ANNIE PROULX
WEIT DRAUSSEN

*Geschichten aus
Wyoming*

Diese Geschichten sind für meine Kinder
Muffy
Jon
Gillis
Morgan

»Mit der Realität konnten wir hier draußen noch nie viel anfangen.«

Rancher aus Wyoming
im Ruhestand

Der halbgehäutete Ochse
....

Während sein langes Leben abrollte, vom ruhelosen jungen Draufgänger im Wollanzug, der in Cheyenne in den Zug stieg, bis zum humpelnden Greis in diesem zuletzt abgespulten Jahr, hatte Mero jeden Gedanken an den Ort, wo er herkam, von sich geschoben, an die sogenannte Ranch auf dem feindseligen Boden am südlichen Ausläufer der Bighorns. 1936 hatte er sich dort aus dem Staub gemacht, war in einen Krieg gezogen und zurückgekommen, hatte geheiratet und wieder (und wieder) geheiratet, war mit Heizkessel- und Entlüftungsrohrreinigung und einigen schlauen Kapitalanlagen zu Geld gekommen, in Ruhestand gegangen, in die Lokalpolitik ein- und ohne Skandal wieder ausgestiegen, hatte nie den Weg zurückgefunden, um den Alten und Rollo bankrott und am Boden zu sehen, denn daß es so um sie stand, wußte er.

Sie nannten es eine Ranch, und es war auch mal eine gewesen, aber eines Tages sagte ihr Alter, es sei unmöglich, Rinder zu halten in einem so üblen Land, wo sie von Felsen stürzten, in Schlammlöchern verschwanden, große Mengen Kälber an die herumstreifenden Berglöwen abtreten mußten, wo kein Gras wuchs, nur breitblättrige Wolfsmilch und Choleradisteln, wo der Wind so viel Sand mit sich trug, daß die Windschutzscheiben blind wurden. Der Alte verschaffte sich einen Job als Briefträger, schaute aber schuldbewußt drein, wenn er den Nachbarn Rechnungen in ihre Briefkästen steckte.

Mero und Rollo sahen in der Briefträgerei nur eine Ausflucht, mit der er sich vor der Arbeit auf der Ranch drückte, einer Arbeit, die ihnen überlassen blieb. Die Zuchtherde war schon auf zweiundachtzig Tiere zusammengeschrumpft, und eine Kuh war nur fünfzehn Dollar wert, aber sie flickten weiter die Zäune, machten Ohrkerben und Brandzeichen, zogen Tiere aus Schlammlöchern und jagten die Löwen, in der Hoffnung, daß der Alte früher oder später mit seiner Freundin und seiner Flasche nach Ten Sleep ziehen würde und sie dann, wie schon ihre Großmutter Olive, als Jacob Corn sie enttäuscht hatte, den Laden auf Trab bringen könnten. Aber der Vogel war nicht fortgeflogen, und darum saß Mero nun, sechzig Jahre später, als achtzigjähriger verwitweter Vegetarier strampelnd auf dem Ergometer im Wohnzimmer eines Kolonialstilhauses in Woolfoot, Massachusetts.

Eines dunstigen Morgens sagte die hämmernde Telefonstimme einer Frau, sie sei Louise, Ticks Frau, und sie forderte ihn auf, nach Wyoming zurückzukommen. Er wußte weder, wer sie, noch, wer Tick war, bis sie ihm sagte, Tick Corn, Sohn von deinem Bruder Rollo, aber Rollo sei hinüber, von einem launischen Emu zerfleischt, bevor der Prostatakrebs hatte zum Zug kommen können. Ja klar, sagte sie, die Ranch gehörte immer noch Rollo. Zur Hälfte jedenfalls. Ich und Tick, sagte sie, wir haben sie die letzten zehn Jahre ganz schön auf Touren gebracht.

Ein Emu? Hatte er richtig gehört?

Ja, sagte sie. Ach, natürlich, kannst du nicht wissen. Schon mal was von Down Under Wyoming gehört?

Nein, nie gehört. Und, dachte er, was für ein Name war Tick? Ihm fielen die vollgesogenen kleinen Zecken ein, die man den Hunden immer rausziehen mußte. Diese Zecke dachte nun wohl, jetzt kriegte sie die ganze Ranch und könnte sich dran vollsaugen. Er sagte, was zum Teufel soll das heißen, ein Emu? Waren sie denn alle verrückt geworden da draußen?

So eine Ranch sei das jetzt, sagte sie, Down Under Wyoming. Rollo habe das Grundstück irgendwann früher mal an den Pfadfinderinnenverband verkauft, aber eines der Mädchen sei von einem Löwen weggeschleppt worden, und die Pfadfinderinnen hätten dann an die Banner-Ranch gleich nebenan verkauft, und die hätte ein paar Jahre lang dort Rinder gehalten und sie dann einem reichen australischen Geschäftsmann angedreht, der mit Down Under Wyoming anfing, aber er war einfach zu weit weg, und mit seinem Manager hatte er auch noch Pech, einem Kerl aus Idaho mit 'nem Rodeogürtel aus dem Pfandhaus, und darum war er zu Rollo gekommen und hatte ihm fünfzig Prozent Gewinnbeteiligung angeboten, wenn er ihm den Laden führte. Das war schon 1978 gewesen. Seitdem war alles prima gelaufen. Klar, jetzt haben wir nicht auf, sagte sie, ist ja Winter und sind keine Touristen da. Der arme Rollo half gerade Tick, die Emus in ein anderes Gebäude zu treiben, als einer von denen plötzlich kehrtmachte und mit seinen großen, rasiermesserscharfen Krallen auf ihn losging. Emus sind schlimm wegen der Krallen.

Ich weiß, sagte er. Er sah sich immer die Tierfilme im Fernsehen an.

Tick hat sich deine Nummer vom Computer geholt. Sie brüllte, als ob die Telefonverbindung sonst nicht bis zu ihm reichen würde. Rollo hat immer gesagt, er wollte sich mal bei dir melden. Er wollte, daß du siehst, was draus geworden ist. Er hat noch versucht, sich das Biest mit seinem Stock vom Leib zu halten, aber es hat ihn von oben bis unten aufgerissen.

Vielleicht, dachte er, wird ja noch mehr draus. Er verlor allmählich die Geduld und sagte, ja, er komme zum Begräbnis. Nein, Flüge seien kein Thema, ihn vom Flughafen abholen auch nicht, erklärte er ihr, er fliege nicht, üble Sache erlebt vor Jahren mit einem Hagelschauer, die Maschine habe nach der Landung ausgesehen wie ein Waffeleisen. Er hatte vor zu fahren. Natürlich wußte er, wie weit es war. Hatte einen verdammt guten Wagen, Cadillac, fuhr immer Cadillac, mit Gislaved-Reifen, über die Interstate-Autobahnen, ausgezeichneter Fahrer, nie im Leben einen Unfall gehabt, toi-toi-toi! Vier Tage, am

Samstag nachmittag würde er ankommen. Er hörte aus ihrer Stimme das Staunen heraus, wußte, daß sie sich überlegte, wie alt er sein mußte, dreiundachtzig, etwas älter als Rollo, hatte wohl gedacht, er würde auch schon am Stock gehen und die letzten müden Tage vertrielen, faßte sich jetzt wohl an ihr eigenes, auch schon verblichenes Haar. Er ließ seine Armmuskeln spielen, machte eine Kniebeuge, dachte, einem Emu könnte er schon noch ausweichen. Er wollte sehen, wie man seinen Bruder in einem roten Loch in Wyoming versenkte. Der Anlaß könnte ihn zurückholen; der blendende Strahl des Blitzes vor der Wolke ist nicht der Schlag abwärts, sondern das erzwungene Hochschießen durch den erhitzten Äther.

Er war abgehauen, als die Freundin des Alten – wie sie hieß, fiel ihm nicht mehr ein – plötzlich aus der Spur zu laufen schien; Rollo beglotzte ihre blutiggebissenen Finger, an denen die Nägel abgeknabbert waren bis aufs Fleisch, die drahtigen Adern an ihrem Hals, den Haarflaum außen an ihren Unterarmen, die Glut ihrer Zigarette, den emporkringelnden Rauch, der ihr in die vorstehenden Mustangaugen stieg, daß sie blinzeln mußte, eine Frau, die Geschichten von Missetaten und Verstümmelungen erzählte. Dem Alten fielen die Haare aus, Mero war dreiundzwanzig, Rollo zwanzig, und sie spielte mit ihnen allen wie mit Karten. Wenn man Pferde schön fand, konnte sie einem gefallen, ihr langer, geschwungener Hals und die hohe Hinterhand, so rund und griffig, daß man ihr am liebsten draufgepatscht hätte. Der Wind heulte ums Haus, trieb Schneekristalle durch die Spalten der verzogenen Bohlentür herein, und jeder in der Küche schien angespannt irgendeine dunkle Absicht zu verfolgen. Sie hatte diesen breiten Hintern auf der Kante der Hundefutterkiste gewiegt, den Alten und Rollo angeblickt, dann und wann ihre glänzenden Augen zu Mero herumgeschwenkt, mit den viereckigen Zähnen am Rand eines Fingernagels gekaut, das hervorsickernde Blut abgelutscht, an ihrer Zigarette gezogen.

Der Alte trank seinen Everclear, rührte darin mit einem geschälten Weidenstäbchen, des bitteren Geschmacks wegen. Sein Bild trat Mero klar vor Augen, als er nun vor dem Schrank in der Diele stand und seine Hüte durchmusterte. Sollte er zu dem Begräbnis einen mitnehmen? Der Alte hatte immer eine unnachahmlich aufgebogene Hutkrempe gehabt, eine enggerollte Wurst auf der rechten Seite, wo er zupackte, wenn er den Hut aufsetzte oder abnahm, links ein wellig abfallender Hang, wie das Dach eines Schuppens. Meilenweit konnte man ihn dran erkennen. Er behielt ihn auch am Tisch auf, als er zuhörte, wie die Frau von Tin Head erzählte, und dabei immer wieder sein Glas leerte, bis er blau in blau war und sein Schurkengesicht mit der zerstampften Rodeonase, den narbenzerschnittenen Brauen und dem Stummelohr sich aufzulösen schien, während er trank. Seit fünfzig Jahren oder länger mußte der Alte nun schon tot sein, begraben in seinem Briefträgerpullover.

Die Freundin fing eine Geschichte an, also, da war mal so einer, den nannten sie Tin Head, Blechkopf, und der lebte in der Gegend um Dubois, als mein Vater noch klein war. Hatte eine kleine Ranch, Pferde, Kühe, Kinder und eine Frau. Aber etwas war komisch an ihm. Er hatte eine Metallplatte im Kopf, weil er mal eine Betontreppe runtergefallen war.

Haben viele Leute, sagte Rollo herausfordernd.

Sie schüttelte den Kopf. Nicht so eine wie er. Seine war aus Galf und fraß sein Hirn auf.

Der Alte hielt ihr die Flasche Everclear hin, hob die Augenbrauen: Na, Spätzchen?

Sie nickte, nahm ihm das Glas aus der Hand und kippte es in einem Zug runter. Ach, damit kannst du *mich* nicht bremsen, sagte sie.

Mero dachte, sie werde gleich wiehern.

Na, und dann? sagte Rollo und pulte sich den Pferdemist vom Stiefelabsatz. Was war mit diesem Tin Head und seiner galvanisierten Schädelplatte?

Ich hab es so gehört, sagte sie. Dann hielt sie dem Alten noch mal ihr Glas hin, er schenkte ihr ein, und sie erzählte weiter.

Mero hatte sich damals die ganze Nacht herumgewälzt und vom Pferdezüchten oder Pferdezeugen geträumt, ob nun vom Geschlechtsakt oder bloß von keuchenden, blutschäumenden Atemgeräuschen, wußte er nicht. Am nächsten Morgen erwachte er, in stinkenden Schweiß gebadet, schaute zur Decke auf und sagte laut, das kann ja noch ewig so weitergehen. Er meinte die Rinder und das Wetter ebenso wie alles andere, und er dachte auch an seine Aussichten, wenn er in irgendeiner Richtung zwei oder drei Staatsgrenzen überschritte. In Woolfoot auf seinem Sportgerät dachte er, daß es in Wahrheit ein wenig anders gewesen war: Er wollte eine Frau für sich, nicht mehr abstauben, was der Alte übrigließ.

Und jetzt, als die Reifen über die geteerten Straßenrisse und Schlaglöcher hinwegsetzten und der Beerdigungshomburg auf dem Rücksitz hin und her rutschte, hätte er gern gewußt, ob Rollo dem Alten die Freundin schließlich ausgespannt, ihr den Sattel übergeworfen hatte und in den Sonnenuntergang davongeritten war.

Die Interstate, durch orangerote Pfosten verstümmelt, zwängte den Verkehr in eine einzige Spur und nahm ihm die Hoffnung auf zügiges Vorwärtskommen. Eingeklemmt zwischen Sattelschleppern mit fauchenden Luftdruckbremsen, schnüffelte sein Cadillac an riesigen Hinterreifen, im Rückfenster der hohe Bug eines Peterbilt-Lasters. Seine Gedanken stockten, als wäre ein Kamm hindurchgestrichen und an einer Verfilzung steckengeblieben. Als der Verkehr flüssiger wurde und er ein bißchen Zeit aufzuholen versuchte, winkte ein Streifenwagen ihn rechts heran. Der Polizist, ein pickeliges, schnurrbärtiges Exemplar seiner Gattung mit verschiedenfarbigen Augen, fragte ihn, wie er heiße und wo er hinfahre. Im ersten Moment fiel ihm gar nicht ein, was er hier wollte. Die Zunge des Polizisten leckte an dem dünnen Bart, während er auf seinen Block kritzelte.

Begräbnis, sagte er plötzlich. Will zum Begräbnis meines Bruders.

Na, dann man sachte, Opa, sonst gibt's noch eins für Sie selbst!

Du kleines Stinktier! sagte er und betrachtete den Strafzettel mit der wichtigtuerischen Handschrift, aber der Schnurrbart war schon meilenweit weg, scherte durch den Verkehr, so wie Mero damals, vor all den Jahren, durch die verschliffene Windschutzscheibe spähend, aus der Ranchzufahrt ausgeschert war. Er hätte einen eleganteren Abgang machen können, aber so wie ein Schlag auf den Musikantenknochen einen klingelnden Stromstoß den Arm hinaufschickt, hatte ihn der Wunsch überfallen, sofort zu verschwinden. Er glaubte, es sei die Frau mit dem Pferdehintern gewesen, wie sie sich gegen die Kiste lehnte und wie Rollo sie anstarrte, während der Alte seinen Everclear becherte und nichts merkte oder, wenn er's denn merkte, nicht beachtete; das hatte ihn angeworfen wie die Drehung des Schlüssels im Zündschloß. Sie hatte lange grausträhnige Zöpfe, die konnte Rollo als Zügel nehmen.

Ja, sagte sie mit ihrer leisen und überzeugenden Lügenstimme, ich kann euch sagen, auf Tin Heads Ranch ging allerhand schief. Hühner wechselten über Nacht die Farbe, Kälber mit drei Beinen wurden geboren, seine Kinder waren buntscheckig, und seine Frau schrie immer nach blauem Porzellan. Tin Head bekam nie fertig, was er anfing, immer ließ er die Sache halb erledigt liegen. Sogar seine Hose war nur halb zugeknöpft, und sein Willi hing raus. In seinem Kopf ging alles drunter und drüber wegen der Galfplatte, die sein Hirn auffraß, und in seiner Familie und auf der Ranch ging auch alles drunter und drüber. Aber! sagte sie. Schließlich mußten sie ja was zu essen haben, genau wie wir alle, nicht?

Hoffentlich hatten sie besseren Kirschkuchen, als du ihn bäckst, sagte Rollo, der es nicht mochte, wenn er beim Essen dauernd Kerne im Mund hatte.

Sein Interesse an Frauen regte sich wenige Tage, nachdem der Alte gesagt hatte, bring diesen Mann rauf und zeig ihm die Indianerzeichnungen, wobei er mit dem Kopf zu dem Fremden hin nickte. Mero war zu der Zeit elf oder zwölf, nicht älter. Sie ritten am Bach entlang und schreckten ein Paar Stockenten auf, die bachabwärts flogen und dann plötzlich zurückkamen, verfolgt von einem Hühnerhabicht, der den Erpel mit einem Geräusch schlug, das sich wie ein Händeklatschen anhörte. Der Erpel trudelte durch die Bäume und stürzte ins Windbruchgestrüpp, der Habicht schoß davon, so schnell, wie er gekommen war.

Sie ritten durchs steinige Gelände hinauf, vorüber an Kalksteinbänken, aus denen der Wind phantastische Möbelstücke herausgeschliffen hatte, an alten angenagten Brotkrusten, verstreuten Knochen, Stapeln zusammengelegter schmutziger Decken, ausgebleichten Krebsscheren und Hundezähnen. Er band die Pferde im Schatten einer Gruppe Bergkiefern fest und führte dann den Anthropologen durch die steifästigen Mahagonibirken zu dem Überhang hinauf. Über ihnen erhoben sich poröse Felswände, mit leuchtendorangeroten Flechten behangen, durchzogen von Löchern und Simsen, die vom jahrtausendelang angehäuften Raubtierkot eingeschwärzt waren.

Der Anthropologe ging auf und ab, musterte die Steingalerie

roter und schwarzer Zeichnungen: Bisonschädel, eine Reihe Bergschafe, Krieger mit Lanzen, ein Truthahn, in eine Schlinge tretend, ein Strichmännchen, genau verkehrt herum und fallend, ockerrote Hände, grimmige Gestalten mit Harken auf dem Kopf, was Federschmuck war, wie er sagte, ein großer toter Bär, auf den Hinterbeinen vorwärts tanzend, konzentrische Kreise und Kreuze und Gittermuster. Er zeichnete die Bilder in sein Notizbuch ab und sagte dabei einigemal Pimperpimper.

Das da ist die Sonne, sagte der Anthropologe, der selber wie eine unvollendete Zeichnung aussah, zeigte auf etwas, das eine Zielscheibe für Bogenschützen sein konnte, und stach dabei mit dem Bleistift in die Luft, als wollte er eine Mücke aufspießen. Das ist ein Atlatl und das eine Libelle. Da haben wir's! Weißt du, was das hier ist? Er legte seine staubigen Finger auf ein längsgeteiltes Oval und rieb an der Spalte, ließ sich auf Knie und Hände nieder und zeigte auf ähnliche Ovale, mehrere Dutzend.

Ein Hufeisen?

Ein Hufeisen! Der Anthropologe lachte. Nein, mein Junge, das ist eine Vulva. Und alle andern hier auch. Weißt nicht, was das ist, wie? Wenn du Montag in der Schule bist, dann schlag es mal im Wörterbuch nach!

Es ist ein Symbol, sagte er. Du weißt doch, was ein Symbol ist?

Ja, sagte Mero, denn er hatte in der Blaskapelle der High School mal ein Ding gesehen, das man aufeinanderschlug und das Zimbel oder so ähnlich hieß. Der Anthropologe lachte und sagte ihm eine große Zukunft voraus, gab ihm einen Dollar dafür, daß er ihn zu der Stelle geführt hatte. Hör mal, mein Junge, die Indianer haben's gemacht wie alle andern auch, sagte er.

In der Schulbibliothek hatte er das Wort dann nachgeschlagen, das Buch gleich wieder zugeknallt vor Verlegenheit, aber das Bild hatte sich ihm fest eingeprägt (mitsamt der blechernen Hintergrundmusik eines Militärmarschs), stumpf ockern auf

Stein geritzt, und kein fleischliches Gegenbeispiel konnte ihn je vom Glauben an das verborgene Steingerüst der weiblichen Genitalien abbringen, das Schambein war der Beweis, ausgenommen nur die Freundin des Alten, die er sich auf allen vieren vorstellte, von hinten besprungen, wiehernd wie eine Stute, keine Angelegenheit der Geologie, sondern des Fleisches.

Donnerstag abend war er, aufgehalten von Umleitungen und Baustellen, erst in den Außenbezirken von Des Moines und nicht weiter. In seinem aschgrauen Motelzimmer stellte er den Wecker, aber er wurde schon vor dem Klingeln von seinem eigenen röchelnden Atem wach. Viertel nach fünf war er auf, mit brennenden Augen, spähte durch die Vinylvorhänge zu seinem schneebestäubten, unter dem Motelschild SCHLAF SCHLAF blau blinkenden Wagen hinunter. Im Badezimmer mixte er sich den Pulverkaffee aus dem Moteltütchen und trank ihn schwarz, ohne Süßstoff und chemische Sahne. Er wollte das Koffein. Es kam ihm vor, als wären die Wurzeln seiner Gedanken welk und schlaff.

Ein kalter Morgen, leichter Schneefall. Er schloß den Cadillac auf, startete ihn und kurvte in die Verkehrsader hinaus, lauter Lastwagen, viele mit einem oder mehreren Anhängern. Im rötlichen Scheinwerferlicht verpaßte er die Ausfahrt nach Westen und geriet in aufgerissene, schlammige Straßen, bog rechts ab und noch einmal rechts, mit dem SCHLAF-Schild des Motels als Fixpunkt, aber er war auf der falschen Seite der Autobahn, und das Schild gehörte zu einem anderen Motel.

Noch eine Gasse mit Schlammlöchern, und er kam in einen Pendlerkreisverkehr, Leute, die aus Thermosbechern Kaffee tranken, hin und her rutschendes Gebäck vor sich auf dem Armaturenbrett. Nach der halben Runde sah er im letzten Moment die Autobahnauffahrt, riß das Steuer herum, stieß mit einem Holzlastwagen mit der Aufschrift SCHLUSS MIT DEM

RAUCHEN! HYPNOSE WIRKT! zusammen, wurde hinten von einem Kombi gerammt, dem seinerseits ein gähnender Wassersprengmeister in einem Firmenlieferwagen auffuhr.

Von alldem sah er wenig, wurde von seinem Airbag in den Sitz gedrückt, einen staubigen Gummigeschmack im Mund, die Brillengläser schnitten ihm in die Nase. Sein erster Gedanke war ein Fluch auf Iowa und alle, die dort lebten. Auf seinem Hemdsärmel waren ein paar runde Blutflecken.

Ein Sternenbanner-Heftpflaster auf der Nase, sah er zu, wie sein zerbeulter Wagen, dunkle Flüssigkeiten auf den Asphalt verströmend, abgeschleppt wurde. Ein Taxi brachte ihn mitsamt Koffer und Begräbnishut in die andere Richtung, zu Posse Motors, wo nachlässige Verkäufer herumstreunten wie aus der Bahn geworfene Satelliten und wo er sich einen gebrauchten Cadillac kaufte, schwarz wie der verschrottete, aber drei Jahre älter und das Polster nicht aus cremefarbenem Leder, sondern aus sonnengebleichtem Velours. Die guten Reifen des alten Wagens ließ er holen und aufziehen. Er konnte sich das leisten, wenn er's wollte, Autos kaufen wie Zigarettenschachteln. Es gefiel ihm gar nicht, wie der Wagen auf der Straße lag, wie er abrupt seitlich ausbrach, wenn er nur ein wenig am Lenkrad ruckte, und er vermutete, daß der Rahmen verbogen war. Scheißegal, für die Rückfahrt würde er sich eben einen neuen kaufen. Er konnte tun, was er wollte.

Eine halbe Stunde hinter Kearney, Nebraska, ging der Vollmond auf, ein lächerliches Gesicht im Rückspiegel unter einer lockigen Wolkenperücke mit feinfaserigen Rändern, wie platinblonde Haarspitzen. Er betastete seine geschwollene Nase, strich sich übers Kinn, noch etwas wund vom Aufprall auf den Airbag. Bevor er in dieser Nacht in das feuchte Bett kroch, trank er ein Glas heißes Leitungswasser, gewürzt mit Whiskey. Gegessen hatte er den ganzen Tag nichts; beim Gedanken an das Essen in den Autobahnraststätten sträubte sich ihm der Magen.

Er träumte, er sei in dem Ranchhaus, aber aus den Zimmern waren alle Möbel ausgeräumt, und auf dem Hof kämpften Soldaten in schmutzigweißen Uniformen. Die Erschütterung beim Abfeuern schwerer Geschütze ließ die Fensterscheiben bersten und riß die Bodendielen auseinander, so daß er auf dem Gebälk laufen mußte, und unter den zerfallenden Böden kamen verzinkte Wannen mit einer dunklen, geronnenen Flüssigkeit zum Vorschein.

Am Samstag morgen, noch vierhundert Meilen zu fahren, aß er ein paar Bissen angebranntes Spiegelei, mit *salsa verde* aus der Büchse bemalte Kartoffeln, trank eine Tasse gelben Kaffee, gab kein Trinkgeld und machte sich auf den Weg. Das Essen war nichts für ihn. Gewöhnlich bestand sein Frühstück aus zwei Glas Mineralwasser, sechs Knoblauchzehen und einer Birne. Am Himmel im Westen brauten sich finstere Wolkenmassen zusammen, hinter ihm Flecken von flittrigem Orange, mit blendendhellen Strähnen durchschossen. Der dicke Rand der Sonne wölbte sich über den Horizont.

Er überquerte die Staatsgrenze, kam zum zweitenmal in sechzig Jahren nach Cheyenne. Jetzt gab es Neonlichter, Verkehr und Beton, aber er kannte die Stadt, ein Eisenbahnknotenpunkt, der bessere Tage gesehen hatte. Damals, das erste Mal, war er quälend hungrig gewesen und ins Restaurant im Union-Pacific-Bahnhof gegangen, obwohl er Restaurants nicht gewöhnt war, hatte ein Steak bestellt, aber als die Frau es ihm brachte und er das Fleisch zerschnitt, breitete das Blut sich auf dem weißen Teller aus, und unwillkürlich sah er das Tier vor sich, das Maul offen in stummem Gebrüll, sah auch die komischen Seiten seines Ekels, ein aus der Art geschlagener Viehtreiber.

Jetzt parkte er vor einer Telefonzelle, schloß den Wagen ab, obwohl er nur drei Schritt entfernt stand, und wählte die Nummer, die Ticks Frau ihm genannt hatte. In dem kaputten Wagen hatte er Telefon gehabt. Ihre Stimme gellte aus dem Hörer.

Wir haben nichts von dir gehört und dachten schon, du hast dir's vielleicht anders überlegt.

Nein, sagte er. Heute nachmittag bin ich da. Jetzt bin ich in Cheyenne.

Der Wind bläst ziemlich scharf. Es heißt, es könnte Schnee geben. In den Bergen. Ihre Stimme verriet Bedenken.

Ich werd aufpassen, sagte er.

Nach wenigen Minuten hatte er die Stadt hinter sich und war auf dem Weg nach Norden.

Das Land öffnete sich weit zu beiden Seiten, machte aus dem Cadillac eine Ameise. Nichts hatte sich geändert, überhaupt nichts, immer noch dieselbe leere, blasse Weite und der tobende Wind, die Antilopen mäuschengroß in der Ferne, die Bodenformationen genau wie früher. Er spürte, wie er rückwärts glitt, wie die Ruhe seiner dreiundachtzig Jahre von ihm abtropfte und der siedenden Wut eines jungen Mannes wich, einer Wut auf die blöde Welt und die Blödmänner, von denen sie voll war. Was für eine verflucht schwere Zeit war das gewesen, als er auf der Straße lag! Ihr wißt ja nicht, wie das war, hatte er zu seinen Exfrauen gesagt, bis sie sagten, doch, sie wüßten's, hundertemal habe er ihnen damit in den Ohren gelegen, der arme Junge, wie er auf der Straße sein Schild mit der Bitte um Arbeit hochhalten mußte, und dann der Job bei dem Heizkesselmann, blablabla. Dreißig Meilen hinter Cheyenne sah er das erste Hinweisschild, DOWN UNDER WYOMING, *Western Fun the Western Way*, über einem vergrößerten Foto von durch die Beifußbüsche hopsenden Kängurus und einem in manischer Imitation kindlicher Freude grinsenden kleinen Blondchen. Ein diagonaler Aufdruck kündigte an: *Geöffnet ab 31. Mai.*

Na und, hatte Rollo zur Freundin des Alten gesagt, was war nun mit diesem Mr. Tin Head? Er sah sie an, nicht nur ihr Gesicht, sondern ließ die Augen von oben bis unten über sie hinstreichen wie ein Bügeleisen über ein Hemd, und der Alte in seinem Briefträgerpullover und mit dem schiefen Hut bemerkte oder beachtete es nicht, süffelte seinen Everclear, stand ab und zu auf, ging auf die Veranda und bewässerte das Unkraut. Wenn er draußen war, flaute die Spannung ab, und sie wurden zu ganz normalen Menschen, denen nichts Besonderes passierte. Rollo wandte dann den Blick von der Frau ab, beugte sich zu dem Hund hinunter und kraulte ihm die Ohren, sagte Schnarrliwau Schnapper, und die Frau brachte einen Teller zum Ausguß, ließ Wasser drüber laufen und gähnte. Wenn der Alte zu seinem Stuhl zurückkam, zu dem süßen Öl in seinem Glas, spitzten die Blicke sich wieder zu, und die Stimmen bekamen vieldeutige Untertöne.

Na ja, sagte sie und warf die Zöpfe zurück, also jedes Jahr schlachtet Tin Head einen von seinen Ochsen, und an dem haben sie dann den ganzen Winter über zu essen, gekocht, gebraten, geräuchert, als Frikassee, angebrannt oder roh. Und das eine Mal, da ist er draußen beim Stall und gibt dem Ochsen ordentlich eines mit der Axt, und der fällt um wie ein Sack. Er bindet ihm die Hinterbeine fest und zieht ihn dran hoch, durchsticht die Kehle und schiebt den Kübel drunter, um das Blut aufzufangen. Als er einigermaßen ausgeblutet ist, läßt er ihn herunter und fängt an, ihm die Haut abzuziehen, zuerst kommt der Kopf, vom Hinterkopf abwärts am Auge vorbei bis zur Nase schält er die Haut zurück. Den Kopf hackt er nicht ab, sondern schneidet weiter, Afterklaue bis Sprunggelenk auf der Innenseite des Schenkels nach oben, dann die Wamme und die Mitte des Bauchs lang zum Bruststück und zum Schwanz. Jetzt kann er mit dem Schälen anfangen, diese zähe alte Haut abziehen. Aber Schälen ist Schwerarbeit – (der Alte nickte) –, und als er die Haut so zur Hälfte runter hat, da denkt er ans Mittagessen. Also läßt er den Ochsen halb gehäutet da auf dem Boden liegen und geht in die Küche, aber vorher schneidet er noch die Zunge raus, denn die ist sein Leib- und Magengericht, gekocht und dann kalt gegessen mit Mrs. Tin Heads Senf aus einer Vergißmeinnicht-Teetasse. Legt sie auf den Boden und geht rein zum Essen. Zu Mittag gibt es Huhn mit Klößen, eins von diesen verfärbten Hühnern, die zuerst weiß und schließlich dann blau waren, jawohl, blau wie die Augen von eurem lieben Daddy.

Sie war eine schamlose Lügnerin. Der Alte hatte trübbraune Augen.

Auf die Hochebene rieselte feiner Schnee herab, die Luft zart durchflimmernd, schön, dachte er, wie Seidengaze, aber der Wind, der den schweren Wagen schüttelte, hatte es in sich, eine große pochende Ader Höhenluft, die auf den Boden herabstieß. Weiße Rauchkringel stiegen turmhoch, zierliche Fontänen und tanzende Schneeteufel, verschleierte Araberinnen und Gespensterreiter, gleich wieder aufgelöst in weißen Dunst. Die Schneeschlangen, die sich über den Asphalt ringelten, streckten sich zu dicken Strängen. Er fuhr mitten in einem Strom kalten, blendenden Schaums, Weiß in Weiß. Er konnte nichts mehr sehen, trat auf die Bremse, der Wind drosch gegen den Wagen, ein bitterer, hartkörniger Staub zischte über Glas und Metall. Der Wagen bebte. Und ebenso plötzlich, wie er aufgekommen war, ließ der Wind nach, und die Straße lag deutlich vor ihm, eine lange, leere Meile.

Wie soll man wissen, wann man von etwas genug hat? Was ist es, das auf den Knopf drückt, so daß das HALT-Zeichen in die Höhe schnellt? Welche elektrischen Ströme sprühen und knistern durchs Gehirn, um den Entschluß zum Verlassen eines Ortes Gestalt annehmen zu lassen? Er hatte sich ihre verfluchte Geschichte angehört, und die Würfel waren gefallen. Jahrelang hatte er geglaubt, ohne echten Grund fortgegangen zu sein, und deswegen gelitten. Aber aus den Tierfilmen im Fernsehen hatte er gelernt, daß es für ihn an der Zeit gewesen war, sein eigenes Territorium und seine eigene Frau zu suchen. Wie viele Frauen es da draußen doch gab! Drei oder vier davon hatte er geheiratet und etliche andere ausprobiert.

Wie die Gezeitenflut höher und höher schwappt, so trat ihm das Bild der Ranch immer deutlicher vor Augen; er erinnerte sich genau an die Zäune, die er gezogen hatte, straffe Drähte und exakte Winkel, die Sumpflöcher und Felsaustritte, den steilen Anstieg des wasserführenden Tals, die immer höher und höher aufragenden Felsen, wie Knochen, an denen noch Fleischfetzen hingen, und an den Bach, der plötzlich im Boden versank, in die unterirdische Finsternis der blinden Fische hinabtauchte und zehn Meilen weiter westlich auf dem Land eines Nachbarn wieder aus dem Berg hervorsprudelte, während sie sich mit einem Stück roten, staubtrockenen Ödlands abfinden mußten, an die steilen Canyons mit den hochgelegenen Höhlen, wie geschaffen für die Berglöwen. Anfang jenes Winters hatten er und Rollo zwei geschossen, nah an dem Überhang mit den aufgemalten Vulven. Es waren gute Höhlen da oben, aus der Sicht des Löwen.

Er fuhr gegen den dickflüssigen Himmel an. Auf den letzten sechzig Meilen begann es wieder zu schneien. Hinter Buffalo ging es bergauf. Bleiche Flocken, milchstraßenweit auseinander, flogen vorbei, dann wurden es mehr, und binnen zehn Minuten kroch er nur noch mit zwanzig Meilen, und die Scheibenwischer klapperten wie Stöcke, die man eine Treppe hinabschleift.

Das Licht schwand schon, als er die Paßhöhe erreichte, die stumpfen Berggipfel lagen unter Schnee, vor ihm die rutschigen Haarnadelkurven. Er fuhr langsam und gleichmäßig in einem niedrigen Gang; er hatte nicht vergessen, wie man im Winter durch die Berge fährt. Aber der Wind wehte wieder, schaukelte und ohrfeigte den Wagen, ließ nichts anderes mehr erkennen als den gepeitschten Schnee. Er schwitzte von der Anstrengung, den Wagen auf der Straße zu halten, die Höhe machte ihn benommen. Zwölf Meilen noch, rutschend und durchgerüttelt, bis er Ten Sleep erreichte, wo die Straßenlaternen zu kreisen schienen wie van Goghs Sonne. Als er fortging, hatte es hier noch keinen Strom gegeben. Zwischen dem Ort und der Ranch hatten damals siebzehn stockfinstere Meilen gelegen, und der lange Bogen der Jahre drängte sich jetzt auf diese Entfernung zusammen. Seine Scheinwerfer schnappten ein Schild auf: 20 MEILEN BIS DOWN UNDER WYOMING. Über den Buchstaben grinsten Emus und Bisons.

Er bog in die verschneite Landstraße ein, die nur an einem einzigen Paar Reifenspuren zu erkennen war, schwach, aber eben noch ausreichend. Das Heizgebläse surrte, das Radio schwieg, alles außerhalb des Scheinwerferlichts verschwamm. Und doch war alles noch so, wie es gewesen war, die Biegungen der Straße schmerzhaft vertraut, die Felszinnen drohend wie in seiner Jugend. Es hatte etwas Unheimliches, Traumhaftes, den verlassenen Farrier-Hof zu sehen, schräg nach Osten zu gelegen wie schon vor sechzig Jahren, und die Einfahrt zur Banner-Ranch, wo die freundlichen Spuren, denen er gefolgt war, abbogen, das geisterhaft aus dem Schnee auftauchende Tor, an dem immer noch das schmiedeeiserne Banner hing, unbeschadet von Wind und Wetter, die straffen fünfsträngigen Drahtzäune und undeutlich die sich bewegenden Gestalten von Rindern. Als nächstes käme der Weg zu ihrer Ranch, eine Abzweigung nach links, gleich hinter einem Hügelkamm. Er fuhr nun bei tiefer Dunkelheit auf der spurenlosen Straße.

Rollo anblinzelnd, hatte die Freundin gesagt, ja, ja doch, also Tin Head ißt seine Mahlzeit zur Hälfte, und dann muß er ein Schläfchen halten. Nach einer Weile wird er wieder wach, reckt die Arme und geht raus, gähnt und sagt, ach ja, jetzt schäl ich mal diesen Ochsen fertig. Aber der Ochse ist nicht mehr da. Er ist weg. Nur die Zunge, die noch auf dem Boden liegt, voll Dreck und Stroh, und der Kübel mit dem Blut, und der Hund schlabbert draus.

Was einen gefangennahm, war ihre Stimme, diese leise, kratzende Stimme, damit hätte sie das Alphabet aufsagen können, man hätte doch das Heu rascheln hören. Sie schaffte es, daß man Rauch roch, wo noch gar kein Feuer brannte.

Wieso fand er die Abzweigung zur Ranch nicht? Er hatte sie so klar und scharf im Gedächtnis: der staubige Winkel an der Ecke, das flache Stück, wo es den Schnee anwehte, die Strecke, wo Weidenäste den Wagen streiften. Er fuhr eine Meile und hielt Ausschau, aber die Abzweigung kam nicht, und dann suchte er nach Bob Kitchens Hof zwei Meilen weiter, aber die Entfernung rollte ab, und nichts war zu sehen. Er wendete mit einer Dreipunktkehre und fuhr zurück. Rollo mußte die alte Zufahrt aufgegeben haben, denn sie war nicht mehr da. Kitchens Hof schien das Feuer oder der Wind geholt zu haben. Wenn er die Abzweigung nicht fand, war es nicht weiter schlimm; dann eben zurück nach Ten Sleep und ein Motel suchen. Aber er gab nicht gern auf, wenn das Ziel schon zum Draufspucken nah war, mochte nicht all die Meilen in einer üblen Nacht zurückfahren, wenn die Ranch vielleicht nur noch zwanzig Minuten entfernt lag.

Er fuhr sehr langsam in der eigenen Spur, und nun kam die Abzweigung, rechts, nur daß die Pforte und das Schild nicht mehr da waren. Darum hatte er sie verpaßt, darum und weil ein Beifußstrauch die Lücke verdeckte.

Mit einem leichten Triumphgefühl bog er ab. Aber der Weg unter dem Schnee war uneben und wurde immer schlechter, bis er über Steinbrocken und schrägen Fels rumpelte und merkte, daß er hier auf keinen Fall richtig war.

Er konnte auf dem schmalen Weg nicht wenden und begann behutsam zurückzusetzen, bei herabgekurbeltem Fenster, den Kopf nach hinten gedreht, bis ihm der Hals stcif wurde, in den roten Schein der Hecklichter hinausstarrend. Das rechte Hinterrad rollte über einen Stein, rutschte ab und sank in ein morastiges Loch. Die Räder drehten sich im Schnee, griffen aber nicht.

Hier bleib ich sitzen, sagte er laut. Hier bleib ich sitzen, bis es hell wird, und dann geh ich zu Banners rüber und bitte sie um eine Tasse Kaffee. Es wird kalt werden, aber erfrieren werd ich schon nicht. Es kam ihm wie ein Witz vor, wenn er sich vorstellte, wie Bob Banner die Tür aufmachen würde und sagen, nanu, Mero, komm doch rein auf 'nen Kaffee und ein heißes Biscuit, aber dann fiel ihm ein, daß Bob Banner hundertzwanzig Jahre alt sein müßte, um diese Rolle spielen zu können. Er war vielleicht drei Meilen von Banners Tor entfernt, und von da bis zum Ranchhaus waren es noch mal sieben Meilen. Also rund zehn Meilen zu Fuß in dieser Höhe und bei einem Schneesturm. Andererseits, er hatte ja noch den halben Tank voll. Er konnte den Motor eine Weile laufen lassen, dann ab- und wieder anstellen, die ganze Nacht über. Es war Pech, weiter nichts. Geduld war das Wichtigste.

Er döste eine halbe Stunde in dem windgeschüttelten Wagen, erwachte bibbernd und verkrampft. Am liebsten hätte er sich hingelegt. Er dachte, vielleicht könnte er dem verfluchten Reifen einen flachen Stein unterlegen. Nie aufgeben! sagte er, tastete auf dem Boden vor dem Beifahrersitz nach der Taschenlampe, die in seinem Notfallkoffer sein mußte, und dann erinnerte er sich, wie der havarierte Wagen abgeschleppt worden war, mitsamt Warnlichtern und Autotelefon und Mitgliedskarte des Automobilclubs und Taschenlampe und Streichhölzern und Kerze und Traubenzuckerriegeln und Wasserflasche, und das hatte jetzt vermutlich alles die verdammte Frau des Manns vom Abschleppdienst in ihrem verdammten Wagen. Aber vielleicht konnte er ja in dem vom Schnee reflektierten Licht genug sehen. Er zog die Handschuhe und den dicken Mantel an, stieg aus und verriegelte die Tür, tapste um den Wagen herum nach hinten und bückte sich. Unter den Hecklichtern lag der Schnee wie eine frische Blutlache. Der durchdrehende Reifen hatte eine Rille, groß wie eine Wiege, in den Schnee gefräst. Zwei oder drei flache Steine konnten ihm aus der Patsche helfen oder auch mehrere kleine runde; Perfektion war hier nicht gefragt. Der Wind zerrte an ihm, der Schnee häufte sich merklich auf. Er schlurfte auf dem Weg hin und her, tastete mit den Füßen nach Steinen, die er bewegen konnte, und der gleichmäßig brummende Motor verhieß Tempo und Rettung. Der Wind biß ihm scharf in die Ohren. Auch seine Wollmütze steckte in dem verdammten Notfallkoffer.

Mein Gott, fuhr sie fort, Tin Head ist schlicht von den Socken, als der Ochse nicht mehr da ist. Er denkt, irgendwer, irgendein Nachbar, der was gegen ihn hat, und davon gab es genug, ist gekommen und hat ihn gestohlen. Er schaut sich um nach Reifenabdrücken oder Fußspuren, aber da ist nichts, nur alte Spuren von Rinderhufen. Er hält die Hand über die Augen und schaut in die Gegend. Im Norden nichts, Süden und Osten auch nichts, aber weit drüben im Westen, am Berghang, da sieht er was, das sich steif und langsam bewegt, so dahinstolpert. Es sieht wund aus, und was Nasses und Lappiges hängt ihm vom Hinterteil runter. Klar, das war der Ochse, der gab keinen Laut mehr. Und genau in dem Moment bleibt er stehen und guckt zurück. Und trotz der Entfernung kann Tin Head das rohe Fleisch am Kopf sehen und die Schultermuskeln und das leere Maul, wo keine Zunge mehr drin ist, weit aufgerissen, und die roten Augen, die ihn anfunkeln, der blanke, totale Haß, wie Pfeile schwirrt der auf ihn los, und da weiß er, es ist aus mit ihm, und mit allen seinen Kindern und deren Kindern ist es aus, und mit seiner Frau ist es aus, und jeder einzelne von ihren blauen Tellern wird zu Bruch gehn, und der Hund, der das Blut geschlabbert hat, mit dem ist es auch aus, und das Haus, wo sie drin gewohnt haben, muß in die Luft fliegen oder verbrennen, und keine Maus oder Fliege darin soll entkommen.

Es wurde still, und dann fügte sie hinzu, das war's. Und dann ist ihm auch wirklich alles danebengegangen.

Das war's? sagte Rollo. Und das war alles?

Aber er wußte, er war schon auf dem Ranchland, er spürte es, und diesen Weg kannte er auch. Es war nicht der Hauptzugang, sondern eine Nebeneinfahrt, an die er sich nicht mehr richtig erinnerte, die irgendwo unterhalb des Bachs hineinführte. Jetzt fiel ihm ein, daß das Haupttor an einer Seitenstraße lag, die schon ein ganzes Stück vor der Banner-Ranch abzweigte. Er fand einen guten Stein und noch einen, fragte sich, welcher Weg dieser hier wohl sein konnte; die Karte der Ranch hatte er nun nicht mehr so klar im Kopf, nur noch lückenhaft und verwischt, wie zertrampelt. Die Tore, die er in Erinnerung hatte, stürzten ein, Zäune verliefen ins Ungewisse, während das Ödland in seinen Einzelheiten massiv deutlich wurde. Die Felsen ragten in den Himmel, Löwen fauchten, der Bach strudelte mit ungeheurer Geschwindigkeit durch ein Loch im Gestein, und Felsbrocken prasselten von den Höhen herab. Hinter dem Stacheldraht bewegte sich etwas.

Er wollte die Tür des Wagens aufklinken; sie war verriegelt. Im Licht der Armaturen sah er drinnen die Schlüssel im Zündschloß schimmern, wo er sie hatte steckenlassen, damit der Motor weiterlief. Es war beinah komisch. Er hob beidhändig einen großen Stein auf und hieb ihn gegen das Fenster auf der Fahrerseite, schob den Arm durch das entstandene Loch in die wohlige Wärme des Wageninnern, bog ihn, wie wenn er aus Gummi wäre, ums Lenkrad herum nach unten und hätte die Schlüssel nie erreicht, wäre er nicht dank seiner Gymnastik, der Nußkoteletts und des vielen Blattgemüses so gelenkig geblieben. Seine Fingerspitzen streiften und erfaßten dann die Schlüssel, er hatte sie. Da sieht man doch, was ein gestandener Mann ist! sagte er laut. Während sich die Finger noch um die Schlüssel bogen, blickte er zur Tür auf der andern Seite. Der Riegelknopf stand hoch. Aber selbst wenn auch dort verriegelt gewesen wäre, warum hatte er so mühsam nach den Schlüsseln geangelt, wo er doch nur den Riegelknopf auf der Fahrerseite hätte anheben müssen? Fluchend zog er die Gummifußmatten heraus und breitete sie über die Steine, stolperte noch mal um den Wagen herum. Ihm war schwindlig, er hatte fürchterlichen Hunger und Durst, fing mit dem Mund ein paar Schneeflocken auf. Seit zwei Tagen hatte er nichts mehr gegessen außer den angebrannten Eiern an diesem Morgen. Er hätte jetzt ein Dutzend angebrannte Eier verzehren können.

Durchs zersplitterte Fenster pfiff der Schnee herein. Er legte den Rückwärtsgang ein und trat sachte aufs Gaspedal. Der Wagen ruckte und kam in die Spur, und wieder fuhr er mit verdrehtem Hals rückwärts in das rote Glimmen hinein, fünf Meter, zehn, aber immer wieder rutschten die Reifen und drehten durch; es lag zuviel Schnee. Und es ging eine Steigung hinauf, die er bei der Herfahrt kaum bemerkt hatte, die sich aber nun als ein gnadenlos langer Hügel erwies, gespickt mit großen Steinbrocken und tief verschneit. Seine alte Spur wand sich wie ein schlaffes Tau. Er kämpfte sich noch zehn Meter weiter, und die Reifen drehten sich schleifend, bis sie rauchten, dann rutschten die Hinterräder seitlich weg und in einen Graben hinein, etwa einen halben Meter tief, der Motor verstummte, und das war's. Er war fast erleichtert, an einem Punkt angelangt zu sein, wo die himmlischen Fingernägel sich offenbar anschickten, seinen Faden durchzuknipsen. Über die zehn Meilen bis zur Banner-Ranch wollte er nicht nachdenken; vielleicht war es gar nicht so weit, oder vielleicht hatten sie den Hof näher an die Straße verlegt. Ein Lastwagen könnte vorbeikommen. Auf rutschigen Schuhsohlen, den Mantel schief zugeknöpft, ging er los, das sagenhafte Grand Hotel im Beifußgestrüpp zu suchen.

Auf der Hauptstraße waren seine Reifenspuren noch als blasses Muster im perlig aprikosengelben Licht des Mondes zu erkennen, der inzwischen durch die wallenden Schneewolken blinkte. Sein verschwommener Schatten wurde deutlicher, immer wenn der Wind abflaute. Dann zeigte sich das Land in all seiner Gewalttätigkeit, die Felsen, die sich gegen den Mond aufbäumten, der Schnee, der über die Prärie stob wie Dampf, die weiße Flanke des Ranchgeländes, von Zaunlücken aufgeschlitzt, die glitzernden Beifußsträucher und, am Bach entlang, die schwarzen Zotteln der Weiden, verfilzt wie totes Haar. Auf dem Feld neben der Straße standen Rinder, und ihre Atemwolken hingen im Mondschein über ihnen wie Sprechblasen in einem Comic Strip.

Er ging gegen den Wind, die Schuhe voll Schnee, fühlte sich so leicht zerreißbar, als wäre er aus Papier geschnitten. Im Gehen bemerkte er, daß ein Tier aus der Herde hinter dem Zaun mit ihm Schritt hielt. Er ging langsamer, das Tier auch. Er hielt an und drehte sich um. Das Tier blieb ebenfalls stehen, blies Dampf aus den Nüstern und sah ihn an, auf dem Rücken einen Streifen Schnee wie ein Leinendeckchen. Es schüttelte den Kopf, und im heulenden Winterlicht sah er, daß er sich wieder mal geirrt hatte, denn das rote Auge des halbgehäuteten Ochsen hatte ihn die ganze Zeit verfolgt.

Tief im Schlamm
....

Rodeo-Abend in einer kleinen, heißen Stadt in Oklahoma, und Diamond Felts, in einem Metallkäfig, weit von dem Drecknest in Wyoming, das er als Heimatort angab, saß auf dem Rücken des Bullen 82N, einer schlaffhäutigen bunten Brahma-Kreuzung, im Programmheft als Little Kisses bezeichnet. An der Schwüle merkte er, daß ein Gewitter bevorstand. Den Hintern hatte er seitlich weggestreckt, die Füße auf den Geländerstangen, damit ihm der Bulle nicht das Bein quetschen, ihn nicht einklemmen konnte, und wenn das Tier sich hin und her warf, konnte er rasch über den Rand steigen. Seine Zeit kam näher, und er schlug sich kräftig ins Gesicht, um das Adrenalinrosa auf seine Wangen zu bringen, blickte zu seinen Helfern hinunter und sagte: »Ich schätze.« Rito, mit schweißglänzendem Hals, fischte das lose Ende des Seils, das um den Leib des Bullen geschlungen war, mit einem metallenen Haken unter dem Bauch des Tiers hervor, führte es vorsichtig bis in seine Hand, kletterte die Stangen hoch und zog es fest.

»Au, das ist ein Hurenbock!« sagte er. »Der zeigt dir die ganze Speisekarte rauf und runter.«

Diamond nahm das Ende, machte seine Schlinge, wickelte sich das Seil zweimal um die Hand, fädelte es zwischen dem dritten und vierten Finger hindurch, klappte die gekreideten Handschuhfinger drüber und drückte es sich in den Handteller. Das lose Ende legte er über den Rücken des Bullen, band eine Schleife mit dem Überhang, aber es war nicht richtig, alles ein bißchen zu schlaff. Er wickelte das Ganze noch mal auf und fing von vorn an, machte die Schleife kleiner, wartete, während die Helfer das Seil noch mal festzogen und in der Arena ein Clown eine rosa Kanone abfeuerte, eine prasselnde Detonation, übertönt von einem tiefen Donnergedröhn aus Süden, einem Texasgewitter im Anrollen.

Abendveranstaltungen waren an sich schon hitzig genug: das gleißende Licht, die Cowgirl-Püppchen, die in flittergesäumten Chaps, den ledernen Beinschützern, in die Arena marschierten, die Scheinwerferkegel, die über die blinzelnden Wettkämpfer und die schon angeheiterten Zuschauer hüpften. Die Vorführungen gingen allmählich zu Ende, man war bereits beim Bullenreiten, und einer kam noch vor ihm dran. Der Stier unter ihm schnaufte, ruckte heftig hin und her. Eine Hand mit ausgestreckten Fingern kam über seine rechte Schulter und legte sich ihm auf die Brust, gab ihm Halt. Er wußte nicht, warum eine stützende Hand seine chronische Angst linderte. Aber, wie das so geht, war das der Moment, wo er einen Anstoß brauchte, um sich durch die acht Sekunden zu bohren.

In der ersten Runde hatte er einen Bullen gezogen, den er kannte, und sich gut warmgeritten. Er hatte ein wochenlanges Tief hinter sich, war angespannt und nervös, aber nun kamen die Dinge wieder ins Lot. Von diesem Bullen war er im Flug abgestiegen, hatte ein bißchen Applaus geerntet, der schnell erlosch; die Zuschauer wußten so gut wie er, daß nach dem Abpfiff absolut alles egal war, selbst wenn er in Flammen aufging und dabei noch eine Opernarie sang.

Auch in den nächsten Runden zog er vernünftige Bullen und ritt sie über die Zeit, mit Punktwerten hoch in den Siebzigern, die Augen immer auf der äußeren Schulter des kreiselnden Stiers, der ihn abzuschütteln versuchte, aber dann, in der Auslosung für die Endrunde, zog er Kisses, einen gemeinen, abgefeimten Burschen, groß wie ein Kohlenwaggon. Auf dem Bullen konnte man nur sein Bestes geben und hoffen, daß man ein bißchen Glück hatte; wenn es klappte, war er Geld wert.

Die verzinkte Stimme des Ansagers klirrte in den Lautsprechern über der Arena. »Also, Leute, 's nix Verfassung oder Menschenrechte, was unser Land groß gemacht hat. 's war *Gott*, der die Berge und die Ebenen und den Sonnenuntergang geschaffen hat und uns hierhergebracht hat, daß wir das alles sehn können. Amen, und Gott segne die amerikanische Flagge! Und gleich sehn wir nun einen Bullenreiter aus Redsled, Wyoming, Diamond Felts, dreiundzwanzig Jahre alt, der jetzt vielleicht gern wüßte, ob er seine schöne Heimat noch mal wiedersehn wird. Leute, Diamond Felts wiegt neunundfuffzig Kilo, und Little Kisses wiegt neunhundertzwölf Kilo, das ist ein mächtiger Bulle, und er ist achtunddreißig und einen Monat und wurde letztes Jahr in Dodge City von den Bullenreitern als Bester ausgezeichnet. Nur ein Mann hat sich bisher acht Sekunden auf diesem großen, bösen Bullen halten können, und das war Marty Casebolt in Reno, und ihr könnt mir glauben, daß der 'ne Stange Geld mitgenommen hat. Die Frage ist: Wird er heut abend geritten? Leute, in der nächsten Minute werden wir's sehn, sobald unser Cowboy bereit ist. Und hört euch nur mal den Regen an, Leute! Sein wir dankbar, daß wir in einer überdachten Arena sind, oder wir würden jetzt mit den Füßen tief im Schlamm stehn.«

Diamond blickte kurz nach hinten zu seinem Flankenmann, rutschte dichter ans Seil, nickte heftig und ungeduldig. »Na los, na los!«

Die Tür der Box ging weit auf, und der Bulle duckte sich, stürzte sich hinaus in die erwartungsvolle Stille und wand sich wie in Krämpfen, in Bauch- und Seitwärtskrümmungen, Drehungen, Bock- und Schüttelsprüngen mit hartem Aufprall auf dem Boden, zeigte ihm die ganze Speisekarte rauf und runter.

Diamond Felts, mit einem Sternbild von Muttermalen auf der linken Wange, das dunkle Haar kurzgeschoren, war ein mehr als gutaussehender Mann, wenn er geduscht und gekämmt war, in einem frischen Hemd und mit dem blauen Sternenbanner-Halstuch, aber für den größten Teil seines Lebens hatte er davon nichts gewußt. Einssechzig groß, fingertrommelnd und nägelkauend, strahlte er Unsicherheit aus. Mit achtzehn war er noch jungfräulich – nicht viele seiner Altersgenossen beiderlei Geschlechts konnten das behaupten –, seine Versuche, dem abzuhelfen, schlugen fehl, und soweit seine verzweifelten Vorstellungen reichten, konnten sie auch immer nur fehlschlagen, denn sie führten ihn in einen Wald baumlanger Mädchen. Es gab zwar auch kleine Frauen dort draußen, aber in Gedanken bestieg er nur solche, die einen Kopf größer waren als er.

Sein Leben lang hatte er sich Namen wie Shorty oder Baby Boy anhören müssen – Stummel, Kleiner, Knirps, Zwerg, abgebrochener Riese. Seine Mutter hörte nie damit auf, hatte immer den Stachel bereit, sogar als sie ihn einmal auf der Diele im Obergeschoß dabei erwischte, wie er nackt aus dem Badezimmer kam; da hatte sie gesagt: »Na, wenigstens da bist du nicht zu kurz gekommen, was?«

Im Frühling seines letzten Schuljahrs trommelte er mit den Fingern auf die Karosserie von Wallace Winters Transporter und hörte dessen schwanenhalsigem Besitzer zu, der gerade eine Geschichte zu einer Pointe hinzubiegen versuchte, als ein Holzkopf, den sie nur als Leecil kannten – gnade einem Gott, wenn man Lucille sagte –, sich zu ihnen gesellte und fragte: »Will einer von euch übers Wochenende arbeiten? Mein Alter will bränden und hat zu wenig Leute. Will anscheinend keiner machen.« Er blinzelte aus seinen mantelknopfgroßen Augen. Sein grobes Gesicht war von pflaumenblauer Akne zerfressen, und zwischen den zornigen Schwellungen wuchsen vereinzelte blonde Barthärchen. Diamond verstand nicht, wie Leecil sich rasieren konnte, ohne dabei zu verbluten. Der Viehgeruch war stark.

»Da hat er sich natürlich das falsche Wochenende ausgesucht«, sagte Wallace. »Basketballspiel, Partys, Ficken, Saufen, Drogen, Wagen schrotten, Lebensmittelvergiftung, Schlägereien, hysterische Eltern! Hast du ihm das nicht gesagt?«

»Hat er nicht nach gefragt. Nur gesagt, hol 'n paar Jungs ran. Ist doch das richtige Wetter jetzt. Nix wie Sturm die letzten Wochenenden.« Leecil spuckte aus.

Wallace tat so, als ob er sich's ernstlich überlegte. »Wochenende gestrichen, dafür werden wir doch wohl bezahlt?« Er blinzelte Diamond zu, der ihm mit einer Grimasse zu verstehen gab, daß mit Leecil nicht zu spaßen war.

»Klar, sechs Dollar die Stunde. Ich und meine Brüder, wir arbeiten umsonst, für die Ranch. Außerdem, vorm Abendessen ist Schluß, also könnt ihr immer noch was unternehmen. Partys oder was ihr wollt.« Er für sein Teil würde nicht zu irgendeiner Fete in die Stadt gehn.

»Auf 'ner Ranch gearbeitet hab ich noch nie«, sagte Diamond. »Meine Mama ist auf 'ner Ranch aufgewachsen und mochte's gar nicht. Hat uns nur einmal dahin mitgenommen, und ich glaube, wir sind keine Stunde dageblieben.« Er dachte an von Hufen zertrampelten Schlammboden, an seinen Großvater, der sich von ihnen abwandte, an einen muskelbepackten, verschwitzten Onkel John in Chaps, mit einem dreckigen Hut, der ihm einen Klaps auf den Hintern gab und zu seiner Mutter etwas sagte, das sie wütend machte.

»Macht nichts. Ist einfach Arbeit. Die Kälber in die Box bringen, sie bränden, kappen, impfen, wieder rausbringen.«

»Kappen?« sagte Diamond.

Leecil machte eine vielsagende Handbewegung zu seinem Hosenschlitz.

»Das könnte ja direkt interessant werden«, sagte Wallace. »Da hätt ich was, das es direkt interessant macht.«

»Wenn's euch zuviel wird, helft ihr eben mit, sie am Boden zu halten«, sagte Leecil streng.

»Nein«, sagte Wallace, »das will ich verdammt noch mal nicht. Na schön, ich bin dabei. Warum nicht!«

Diamond nickte.

Leecil klappte seinen Mund voll untadeliger Zähne auf. »Wißt ihr, wie ihr zu uns rauskommt? Da sind alle möglichen Abzweigungen. Ihr fahrt so«, und er zeichnete ihnen einen komplizierten Plan auf die Rückseite einer zurückgekommenen Quiz-Postkarte, die mit einem roten F gestempelt war. Damit war ein Rätsel gelöst; Leecil hieß mit Nachnamen Bewd. Wallace blickte Diamond an. Die zwischen Pahaska und Pine Bluffs verstreute Sippschaft der Bewds nahm im Pantheon der lokalen Störenfriede einen Ehrenplatz ein.

»Sieben Uhr früh«, sagte Leecil.

Diamond drehte den Plan um und sah sich das Quiz an. Rinderbrandzeichen, mit einem spitzen Stift sorgfältig aufgezeichnet, standen in den Antwortfeldern; sie verliehen dem Stück Papier eine gewisse engstirnige Autorität.

Das schöne Wetter verging. Das Wochenende wurde eine windige, wolkenverhangene Kakophonie aus dem Gebrüll der kotverschmierten Tiere, aus Schlamm, Dreck, Hochheben, Nadeleindrücken, dem Gestank von versengtem Haar, der ihm, wie er glaubte, nie wieder aus der Nase gehen würde. Zwei kleine Wichser aus der Schule tauchten auf; Diamond hatte sie schon mal gesehen, kannte sie aber nicht und hielt sie für Trottel, nur weil sie wenig redeten und auf Ranches irgendwo draußen an den Feldwegen zu Hause waren, Freunde von Leecil. Como Bewd, ein schon etwas angegrauter Mann mit einem Nierengürtel um den Leib, zeigte hierhin und dorthin, als Leecil und seine Brüder die Kälber von der Weide in den Korral und dann in den Halteperch brachten, zur Brändbox und dem gelbglühenden elektrischen Eisen, zum Schneidetisch, wo sich der Ranchgehilfe Lovis vorbeugte, das Messer in der einen Hand, und mit der andern die Haut des Sacks über dem einen Hoden straffzog; dann machte er einen langen Außenschnitt durch Haut und Membran, riß die heißen Eier heraus, warf sie in einen Eimer und wartete auf das nächste Kalb. Die Hunde schnüffelten herum, die allgegenwärtigen Fliegen brummten und schwirrten durcheinander, unter einem Baum traten drei gesattelte Pferde von einem Bein aufs andere und wieherten gelegentlich.

Diamond sah immer wieder Como Bewd an. Auf der Stirn hatte der Mann einen Zickzackzaun von Narben wie aus weißem Stacheldraht. Er fing den Blick auf und blinzelte Diamond zu.

»Bewunderst meinen Kopfputz? Da ist mir mein Bruder mit seinem Wagen drübergefahren, als ich in deinem Alter war. Alle Haut ab vom Ohr bis hier. Mußte verklammert werden. Eingepackt wie in eine Muschel.«

Am späten Sonntagnachmittag wurden sie fertig, und Como Bewd zählte ihnen langsam und bedächtig den Lohn hin, legte auf jedes Häufchen noch einen Fünfer extra drauf, sagte, sie hätten sich's redlich verdient, dann zu Leecil: »Na, wie isses?«

»Wollt ihr 'n Spaß haben?« sagte Leecil Bewd zu Diamond und Wallace. Die anderen gingen schon zu einem kleinen Korral hin, der ein Stück entfernt war.

»Was denn für einen?« sagte Wallace.

Diamond dachte eine Sekunde lang, in dem Korral sei vielleicht eine Frau.

»Bullenreiten. Dad hat ein paar gute Bocker. Unser Rodeokurs war letzten Monat da und wollte sie ausprobieren. Konnten sich kaum auf einem halten.«

»Ich schau zu«, sagte Wallace in seinem ironisch abfälligen Ton.

Diamond hielt Rodeokurse für die letzte Zuflucht von Betonköpfen, die nicht begreifen können, wie man einen Basketball hält. In der Schule hatte er Kriegskünste und Ringen belegt, bis beide Kurse als Firlefanz gestrichen wurden. »O Mann!« sagte er. »Bullen! Ich glaub, das ist nichts für mich.«

Leecil rannte voraus zum Korral. In einem Nebenpferch standen drei Bullen, zwei davon scharrten in der Erde. An der Vorderseite des Pferchs war eine Box mit einer Seitentür, die in den Korral führte. Einer der kleinen Wichser sprang in der Arena herum, bereit, den Stierbändiger zu spielen, der den Bullen von einem abgeworfenen Reiter ablenken mußte.

Für Diamond sahen die Bullen wild und mörderisch aus, aber sogar die Ranchgehilfen versuchten sie zu reiten, wenn auch vergeblich, Lovis wurde am Zaun abgekratzt. Leecils Vater flog nach drei Sekunden runter und knallte mit dem Hintern auf den Boden, daß ihm der Nierengürtel über den Brustkorb hinaufrutschte.

»Versucht's mal!« sagte Leecil, spuckend, den Mund blutig von einem Stoß ins Gesicht.

»Ach, ich nicht«, sagte Wallace. »Ich hab das Leben noch vor mir.«

»Klar«, sagte Diamond. »Klar, ich denke, ich versuch's mal.«

»Bravo, mein Junge, bravo!« sagte Como Bewd und gab ihm einen gekreideten linken Handschuh. »Schon mal auf 'nem Bullen gesessen?«

»Noh nie«, sagte Diamond; er war im T-Shirt, ohne Hut, ohne Stiefel, Sporen und Chaps. Leecils Vater erklärte ihm, daß er die freie Hand hochhalten mußte, weder den Bullen noch sich selbst damit berühren durfte, Schultern vorgestreckt und Kinn gesenkt, sich mit Füßen und Beinen und der linken Hand festhalten, vor allem aber nichts denken durfte und, wenn er abgeworfen würde, ob mit heilen oder gebrochenen Gliedern, schleunigst aufstehen und zum Zaun rennen mußte. Er half ihm, sich das Halteseil um die Hand zu wickeln, sich sachte auf dem Bullen niederzulassen, sagte, jetzt das Gesicht schütteln und raus hier, und ein grinsender, blutbespritzter Lovis machte die Tür der Box auf, in der Erwartung, den Stadtjungen abgeschüttelt und in den Boden gestampft zu sehen.

Aber er blieb oben, bis jemand, der bis acht zählte, mit einem Stück Rohr aufs Geländer schlug, um die Zeit anzuzeigen. Er sprang ab, landete auf den Füßen, stolperte Hals über Kopf, aber ohne zu fallen, zum Geländer, zog sich daran hoch, keuchend vor Anstrengung und Erregung. Er kam sich vor wie eine Kanonenkugel. Der Schock dieser gewaltsamen Bewegung, die blitzartigen Verlagerungen des Gleichgewichts, das Gefühl eigener Stärke, als wäre er der Bulle und nicht der Reiter, und sogar die Angst hatten einen körperlichen Heißhunger in ihm gestillt, den er vorher gar nicht gekannt hatte. Es war ein berauschendes, unerträglich intimes Erlebnis gewesen.

»Weißt du was?« sagte Como Bewd. »Du könntest einen Bullenreiter abgeben.«

Redsled, am Westhang der Wasserscheide, war durchzogen von heißen Quellen, die Touristen anlockten: Schneemobilfahrer, Skiläufer, schweiß- und staubbedeckte Ranchgehilfen, motorradfahrende Bankmenschen, die mit Fünfzigdollartrinkgeldern um sich warfen. Es war das einzig Gute an Redsled, der schweflige Höllendunst und die feuchte Hitze, die einem zusetzten, bis man es nicht mehr aushielt und zum Fluß rannte, um sich mit klopfendem Herzen in die dunkle Strömung zu werfen.

»Fahren wir zu den Quellen«, sagte er auf dem Rückweg, immer noch von dem Adrenalinstoß getragen, im Bedürfnis nach mehr.

»Nein«, sagte Wallace, sein erstes Wort seit einer Stunde. »Ich hab noch was zu tun.«

»Dann setz mich da ab, bevor du heimfährst«, sagte er.

In dem gewalttätigen Wasser, gegen die schlüpfrigen Felsen gelehnt, spielte er den Ritt noch einmal nach, überließ sich dem

Gefühl, daß sein Leben nun zur doppelten Größe angewachsen war. Seine blassen Beine wackelten unter Wasser, Ketten von prickelnden Luftbläschen an jedem Haar. Euphorie durchströmte ihn, er lachte, erinnerte sich, daß er doch schon mal auf einem Bullen gesessen hatte. Fünf Jahre alt war er gewesen, und sie fuhren irgendwohin, er und seine Mutter und sein Vater, der in diesen verflossenen Tagen noch sein Vater gewesen war, und an den Nachmittagen ging er mit ihm zu einem Jahrmarkt, wo es ein Karussell gab. Er war verrückt nach dem Karussell, nicht wegen des gleichmäßigen Kreisens, von dem ihm schlecht wurde, auch nicht wegen des Anblicks der Fiberglaspferde vor ihm mit den breiten Hintern und den traurigen Löchern, wo die Nylonschwänze befestigt gewesen waren, bevor Vandalen sie herausrissen, sondern wegen des lackglänzenden kleinen schwarzen Bullen, des einzigen Bullen unter lauter kaputten Pferden, bei dem auch der Schwanz noch dran war, ein roter Sattel und lächelnde Augen, deren Funkeln ein aufgemalter weißer Keil darstellte. Sein Vater hatte ihn hinaufgehoben und stand neben ihm, griff mit der Hand über Diamonds Schulter, gab ihm Halt, während der Bulle auf und nieder hüpfte und die wilde Musik dazu erklang.

Am Montag morgen im Schulbus ging er zu Leecil, der mit einem von den Wichsern ganz hinten saß. Leecil legte Daumen und Zeigefinger zu einem Kreis zusammen und blinzelte ihm zu.

»Ich muß mit dir reden. Ich muß wissen, wie man da einsteigt. Beim Bullenreiten. Rodeo.«

»Glaub ich nicht«, sagte der Wichser. »Wenn du das erste Mal da draufsitzt, schreist du nach deiner Mama.«

»Er nicht«, sagte Leecil, und dann zu Diamond: »Kannst mir glauben, das ist kein Zuckerlecken. Erwart dir kein Zuckerlecken – das macht dich kaputt.«

Wie sich herausstellte, war es doch ein Zuckerlecken, und es machte ihn trotzdem kaputt.

Seine Mutter, Kaylee Felts, leitete einen Touristenladen, der zu einer Kette mit dem Hauptquartier in Denver gehörte: HIGH WEST –*Stilvolle Cowboy-Ausrüstung, Western-Antiquitäten, Sporen, Sammelobjekte.* Seit er zwölf war, hatte Diamond geholfen, Kisten auszupacken, Schaukästen abzustauben und verkrustete Sporen mit der Drahtbürste blankzuputzen, und sie hatte ihm erklärt, nach dem College könne er vielleicht im gleichen Geschäft unterkommen, in einem der anderen Läden, wenn er was von der Welt sehen wolle. Er dachte, die Entscheidung liege bei ihm, aber als er ihr sagte, daß er auf eine Bullenreiterschule in Kalifornien gehen wollte, rastete sie aus.

»Nein! Kommt nicht in Frage! Du gehst aufs College! Was ist denn das, irgendeine kindische Idee, die du mir die ganze Zeit verheimlicht hast? Ich habe geschuftet wie eine Irre, um euch Jungs in der Stadt großzuziehen, damit ihr aus dem Dreck herauskommt, damit ihr eine Chance kriegt, etwas aus euch zu machen. Und jetzt wirfst du alles weg, um so ein Rodeostrolch zu werden? Nach allem, was ich für dich getan habe, stößt du mich so vor den Kopf!«

»Ich gehe jedenfalls zum Rodeo«, sagte er. »Ich werde Bullenreiter.«

»Du kleiner Teufel!« sagte sie. »Das machst du nur, um mir weh zu tun, das seh ich doch! Du bist einfach gehässig. Diesmal brauchst du nicht zu glauben, daß ich dir zujuble.«

»Schon gut«, sagte er. »Hab ich auch nicht nötig.«

»O doch!« sagte sie. »Du hast es nötig, und ob! Begreifst du denn nicht, Rodeo ist was für Bauernlümmel, denen nicht so viele Möglichkeiten offenstehn wie dir. Die dümmsten von allen werden Bullenreiter. Im Laden sehn wir die jede Woche, wenn sie uns ihre gußeisernen Gürtelschnallen oder ihre dreckigen Chaps verkaufen wollen.«

»Ich mach es«, sagte er. Erklären konnte man's nicht.

»Einen fahrenden Zug kann ich nicht aufhalten«, sagte sie.

»Du bist die totale Katastrophe, Shorty, schon immer. Vom ersten Tag an nichts als Kummer. Wie du dich bettest, so liegst du. Im Ernst. Du hast diese Sturheit in dir«, sagte sie, »wie er. Du bist genau wie er, und das ist kein Kompliment.«

Halt verdammt noch mal das Maul! dachte er, sagte es aber nicht. Er hätte ihr gern gesagt, daß sie diese Lügengeschichte vergessen sollte. Er war überhaupt nicht wie er und konnte es auch nie werden.

»Nenn mich nicht Shorty!« sagte er.

An der Schule in Kalifornien ritt er vierzig Bullen in einer Woche, kaufte sich einen Karton Sportbandagen, sah sich Videos an, bis er im Sitzen einschlief. Unermüdlich redete die näselnde Stimme des Ausbilders auf ihn ein: Drück zu, nie denken, du könntest verlieren, nicht direkt nach unten schauen, den Gleichgewichtspunkt finden, wenn er dich abstößt, sitzt du gleich wieder im Nest, gib's nie auf!

Nach Wyoming zurückgekehrt, fand er ein Zimmer in Cheyenne, einen Gelegenheitsjob, kaufte sich seine Lizenz und fing an, die Rodeos in den Bergdörfern abzuklappern. Die Prüfung beim Verband der professionellen Rodeocowboys machte er in einem Monat, glaubte sich im siebten Himmel. Jemand sagte ihm, das sei Anfängerglück. Fast bei jedem Rodeo traf er Leecil Bewd, besoff sich zweimal mit ihm, und nachdem er eine Zeitlang allein herumgefahren war, mit roten Augen, ständig pleite, da die Monate immer länger waren, als der Geldvorrat anhielt, taten sie sich zusammen und legten gemeinsam die endlosen Strecken zurück, fuhren von Bulle zu Bulle, von einem kleinen Rodeo zum nächsten, schluckten den Staub der Straßen. Er hatte es nun mal so haben wollen, dieses rauhe, aufreibende Leben mit seiner krausen Philosophie, die den Siegeswillen ebenso forderte wie die Entschuldigung für den Sieg, sobald er einmal errungen war; aber wenn er aufsaß, fuhr ihm ein dunkler

Blitz durch die Eingeweide, ein flammendes Gefühl wirklichen Daseins.

Leecil fuhr einen dreißig Jahre alten Chevrolet-Transporter mit verbogenem Fahrgestell, schorfig und gekittet, Leitungen, Motor und Auspufftopf erneuert, ein eigensinniges Fahrzeug, das stark nach rechts zog. Zu den ungelegensten Zeiten pflegte es auszufallen. Einmal, auf dem Weg nach Colorado Springs, streikte es vierzig Meilen vor dem Ziel. Sie beugten sich unter die Haube.

»Mann, wie ich das hasse, in diesen verfluchten schmierigen Innereien herumfummeln zu müssen! Sind mir sowieso alle eins. Wie kommt's, daß du auch nichts von Autos verstehst?«

»Einfach immer Glück gehabt.«

Ein Lastwagen hielt hinter ihnen, der Kalbsfeßler Sweets Musgrove auf dem Beifahrersitz, am Steuer seine Frau Neve, die immer Zöpfe trug. Sweets stieg aus. Er hielt ein Baby in rosa Höschen im Arm.

»Probleme?«

»Weiß noch nicht mal, ob's ein Problem ist. Könnte auch 'n glücklicher Zufall sein, und wir sind beide so ahnungslos, daß wir 's nicht merken.«

»Damit verdien ich mir mein Geld«, sagte Musgrove, steckte mitsamt seinem Baby den Kopf unter die Haube und zupfte an den Drahtgedärmen des Wagens. »Müßten wir von Rodeos leben, kämen wir nicht über die Runden, was, Baby?« Neve kam herbeigeschlendert, entzündete an der Stiefelsohle ein Streichholz und steckte sich eine Zigarette an, schmiegte sich an Musgrove.

»Brauchst 'n Messer?« sagte Leecil. »Das Mistvieh operieren?«

»Du wirst dein Baby dreckig machen«, sagte Diamond, in der Hoffnung, Neve würde es ihm abnehmen.

»Besser ein verschmiertes als ein einsames kleines Mädchen, mhmhmh?« brummte er in den fetten Babyhals hinein. »Versuch ihn jetzt mal zu starten!« Es ging nicht, und sie hatten keine Zeit, länger dran herumzuspielen.

»Ihr könnt euch nicht beide zu uns mit reinquetschen, und meine Stute im Anhänger nimmt nicht gern Mitfahrer auf. Aber deswegen seid ihr noch nicht aufgeschmissen, hinter uns kommen noch so einige. Irgendwer wird euch mitnehmen. Ihr kommt schon hin.« Er stülpte sich einen Mundschutz über die Zähne – rosa, orange und violett – und grinste sein verzücktes Baby an.

Vier Bullenreiter mit zwei Rodeohäschen in einem offenen Wagen nahmen sie mit, und eines der beiden Mädchen drückte sich während der ganzen Fahrt von Schulter bis Fuß gegen Diamond. Als er in die Arena kam, war er sichtlich in Stimmung für einen Ritt, aber nicht auf einem Bullen.

Ein Jahr lang ging alles ganz gut, dann stieg Leecil aus. Es war ein glutheißer, dreckiger Nachmittag auf einem Messegelände in Colorado gewesen, und die Duschen gaben keinen Tropfen her. An einer Tankstelle spritzte Leecil sich mit einem Schlauch Wasser über Kopf und Hals, fuhr dann mit heruntergekurbeltem Fenster weiter, und der trockene Wind sog die Feuchtigkeit sofort auf. Der giftigblaue Himmel spuckte Hitze.

»Zwei große Sprünge und so schnell unten, daß er mich beinah zerstampft hätte! Mann, hat der mich gefressen! Und wieder kein Geld. Jedenfalls hab ich heute nicht genug in der Hose gehabt, um dieses Biest zu reiten. Würde sagen, da kommt die Brühe teurer als die Brocken. Als ich durch den Dreck rollte, ist mir was klargeworden. Ich hab immer gedacht, Rodeos sind mir wichtiger als alles andere«, sagte Leecil, »aber stell dir vor, inzwischen reicht's mir, das Herumfahren, der Verkehr, die stinkigen Motels und all das. Ich hab es satt, die ganze Zeit wund und zerschlagen zu sein. Und ich hab nun mal nicht das gewisse Etwas wie du, den Stil, dieses Hol's-der-Teufel-jetzt-komm-ich.

Mich zieht's zurück auf die Ranch. Ich mache mir Sorgen um den Alten, der hat ein Problem, kann kaum mehr richtig Wasser lassen. Meinem Bruder hat er gesagt, er hat Blut im Urin. Die Ärzte machen Tests. Und dann Renata. Was ich sagen will, ich steig aus. Außerdem, weißt du was, ich werde heiraten.« In einer Lücke in der Böschung wurde der Schatten des Wagens plötzlich lang.

»Was soll das heißen? Du hast Renata was in den Ofen gesteckt?« Es ging alles sehr schnell.

»Na ja. Ist doch o. k.«

»Ach, Scheiße, Leecil! Dann wird's nicht mehr viel Spaß machen.« Zu seiner Überraschung stimmte es. Er wußte, für Freundschaft und Herzlichkeit hatte er wenig Talent, war gepanzert gegen die Liebe; als sie dann später trotzdem über ihn kam, traf sie ihn wie eine Axt und erschlug ihn. »Bei mir ist noch kein Mädchen länger als zwei Stunden geblieben. Ich versteh gar nicht, wie man das länger aushalten kann«, sagte er.

Leecil schaute ihn an.

Seinem jüngeren Bruder Pearl schickte er eine Postkarte mit einem großen gelben anstürmenden Bullen, dem der Speichel in dicken Schnüren aus dem Maul troff, aber er rief nicht an. Nachdem Leecil aufgehört hatte, zog er in Texas herum, wo es jeden Abend ein Rodeo gab, wenn man schnell fuhr, mit geröteten Augen in die meilenweit entfernten Nadelspitzen der Scheinwerfer starrend, die mit dem Steigen und Fallen der Straße abwechselnd aufleuchteten und erloschen.

Im zweiten Jahr fand er ein bißchen Anerkennung und gewann auch Geld, bis ein oder zwei Tage vor dem großen Rodeowochenende um den 4. Juli. Nach einem tollen Ritt sprang er ab, landete hart auf den Füßen, das rechte Knie stark gebeugt, und trug einen Bänderriß und Knorpelschaden davon. Verletzungen heilten bei ihm schnell, aber diese setzte ihn für den

Sommer außer Gefecht. Als er die Krücken weglegen konnte und angeödet am Stock herumhumpelte, dachte er an Redsled. Der Arzt meinte, die heißen Quellen könnten was nützen. Tee Dove, ein texanischer Bullenreiter, nahm ihn mit auf eine Nachtfahrt, der große Wagen schoß wie katapultiert auf die schwarze Gebirgssilhouette zu, eine Stunde nach den letzten Ausläufern blendende Morgensonne und kein Dutzend Worte in der ganzen Zeit.

»Ist Knochenarbeit«, sagte Tee Dove, und Diamond dachte, daß er die Verletzungen meinte, und nickte.

Zum erstenmal seit zwei Jahren saß er wieder bei seiner Mutter am Tisch. Sie sagte: »Gesegnet sei diese Mahlzeit, Amen, o mein Junge, ich hab's doch gewußt, daß du eines Tages wieder da bist. Und nun schau dich nur mal an! Wie eben aus dem Straßengraben gestiegen. Sieh dir mal deine Hände an!« sagte sie. »Wie dreckig sie sind! Ich nehme an, du bist pleite.« Sie war aufgetakelt, das Haar lang und blond gesträhnt, gekräuselt wie chinesische Nudeln, die Augenlider blau schillernd.

Diamond streckte die Finger, drehte die sorgfältig geschrubbte Innenhand zuoberst, dann den Handrücken, muskulöse Hände mit vorspringenden Knöcheln und kleinen Narben, zwei Fingernägel, schwärzlich violett, lösten sich am Ansatz bereits.

»Sie sind doch sauber. Und pleite bin ich auch nicht. Hab ich dich etwa um Geld gebeten, wie?«

»Ach, iß deinen Salat!« Sie aßen schweigend, zwischen den Gurken- und Tomatenstückchen klickten die Gabeln. Gurken mochte er nicht. Sie stand auf, stellte scheppernd die kleinen goldgerandeten Teller auf den Tisch, holte eine Zitronenmeringetorte vom Supermarkt hervor und begann sie mit einem silbernen Tortenheber zu zerteilen.

»Aha!« sagte Diamond. »Kalbssabbertorte.«

Pearl, sein zehnjähriger Bruder, lachte bellend.

Sie hörte mit dem Zerteilen auf und sah ihn scharf an. »Solche Ausdrücke kannst du in den Mund nehmen, wenn du bei deinen Rodeokumpanen bist, aber hier zu Hause rede bitte manierlich!«

Er schaute sie an, sah die kalte Zurechtweisung. »Diese Torte laß ich lieber aus.«

»Ich glaube, das tun wir alle nach deinem einprägsamen Vergleich. Du möchtest sicher eine Tasse Kaffee.« Früher hatte sie ihm Kaffee verboten, sagte, es würde sein Wachstum hemmen. Nun gab es dieses Pulverzeugs aus dem Glas.

»Ja.« Es hatte nicht viel Sinn, gleich am ersten Abend, wo er zu Hause war, zur Sache zu kommen, aber er wünschte sich eine Tasse echten Schwarzen und hätte die Scheißtorte gern an die Decke gefeuert.

Dann ging sie aus, zu irgendeiner Sitzung wegen Western-Antiquitäten im Redsled Inn, und überließ ihm den Abwasch. Es war, als wäre er nie fort gewesen.

Am nächsten Morgen kam er erst spät herunter. Pearl saß am Küchentisch und las einen Comic. Er trug das T-Shirt, das Diamond ihm geschickt hatte. Der Aufdruck hieß *Spende Blut, reite Bullen!* Es war ihm zu klein.

»Mama ist ins Geschäft gegangen. Sie hat gesagt, du sollst Haferbrei essen, keine Eier. Eier haben Cholesterin. Ich hab dich mal im Fernsehen gesehn. Ich hab gesehn, wie du abgeworfen wurdest.«

Diamond briet sich zwei Spiegeleier in Butter und aß sie gleich aus der Pfanne, dann briet er sich noch zwei. Er suchte nach Kaffee, fand aber nur das Glas mit dem Instantstaub.

»Ich kriege auch so 'ne Schnalle wie deine, wenn ich achtzehn bin«, sagte Pearl. »Und ich laß mich nicht abwerfen, weil ich den Griff des Todes kenne. So!« Und er krampfte die Faust so fest zusammen, daß die Knöchel weiß vortraten.

»Diese Schnalle 's nix Besonderes. Hoffentlich kriegst du eine gute.«

»Ich sag's Mama, daß du 's nix sagst.«

»Mein Gott, so reden doch alle! Bis auf so einen alten Arsch von Ochsenfeßler. Ich könnte dir Sachen erzählen, da würden sich dir die Haare sträuben. Und da gibt's *nix* zu lachen. Willst du auch ein Ei?«

»Eier mag ich nicht. Sind nichts für mich. *'s nix* für mich. Wie redet denn dieser alte Arsch? Sagt er auch Kalbssabbertorte?«

»Was denkst du denn, wozu sie Eier kauft, wenn niemand sie essen soll? Der alte Arsch ist fromm. Spricht dauernd Gebete und so Zeugs. Liest immerzu Broschüren über Jesus. Eigentlich ist er nicht alt, nicht älter als ich. Sogar jünger. Der sagt nie 's nix. Er sagt auch nicht Scheiße, Fotze, ficken, Schwanz oder auch nur verflucht. Er sagt: Großer Gott!, wenn er sauer ist oder eins vor die Birne kriegt.«

Pearl konnte sich nicht halten vor Lachen über die verbotenen Wörter und die ordinäre Grammatik in Mamas Küche; er dachte, die Fliesen am Boden müßten sich biegen und zu qualmen anfangen.

»Beim Rodeo gibt's jede Menge Jesus-Freaks. Und Zwillings- und Drillingsbrüder, alle Arten von texanischen Vettern. Verflucht komische Typen gibt's dort. Manchmal denkst du, du bist unter Zauberern: lauter Gebete und Fetische und Kreuze und Amulette und Aberglauben. Wenn einer seine Sache gut macht, einen guten Ritt hinlegt, dann liegt es nicht an ihm, sondern an den geheimnisvollen Mächten, die ihm beistehen. Typen aus aller Welt, aus Brasilien, Kanada, Australien, verbeugen und besprengen sich, neigen den Kopf, machen irgendwelche Zeichen.« Er gähnte, begann sich das verletzte Knie zu reiben, dachte an das schweflige Wasser, in das er bis zum Kinn eintauchen wollte, über sich den blauen Himmel. »Also, du würdest dich so richtig festhalten und dich nicht abwerfen lassen?«

»Klar, ganz fest!«

»Ich muß dran denken, daß ich das auch mal versuche«, sagte Diamond.

Er wollte auf der Bewd-Ranch anrufen, um Leecil guten Tag zu sagen, aber unter der Nummer gab es keinen Anschluß mehr. Die Auskunft gab ihm eine Nummer in Gillette. Er fand es sonderbar, versuchte aber den ganzen Tag immer wieder, dort anzurufen. Niemand nahm ab. Spät am Abend rief er noch mal an und hörte Leecils gähnendes Krächzen.

»He, wieso bist du nicht auf der Ranch? Wieso hat die Ranch keinen Anschluß mehr?« Er ahnte die schlechten Nachrichten schon, ehe Leecil noch etwas sagte.

»Ach, weißt du was, das hat alles nicht so gut geklappt. Als Dad gestorben war, wurde die Ranch geschätzt, und sie haben uns gesagt, wir müßten zwei Millionen Dollar Erbschaftssteuern zahlen. Zwei Millionen! Das war 'n Schlag ins Kontor. Wir hatten nicht mal 'nen Nachttopf zum Reinpinkeln, wo sollten wir soviel Geld hernehmen für unsere eigene Ranch, die schon, als Dad sie übernommen hat, nicht grade klein war? Weißt du, was Rindfleisch heute bringt? Fünfundfünfzig Cent das Pfund. Wir haben hin und her überlegt. Am Ende blieb uns nichts als Verkaufen. Zum Kotzen alles, ich hab eine Stinkwut. Ich arbeite hier oben im Bergwerk. Kann dir sagen, da ist allerhand faul in diesem Land!«

»Ist ein übler Ritt!«

»Klar. Isses. Ein übler Ritt, seit ich zurück bin. Diese Scheißregierung!«

»Aber ihr müßt doch einen Haufen Geld für das Grundstück gekriegt haben.«

»Meinen Anteil hab ich meinen Brüdern gegeben. Die sind rauf nach British Columbia, suchen da nach 'ner Ranch. Sie werden alles Geld brauchen, um eine zu kaufen und Vieh anzuschaffen. Ich denke, ich werde wohl auch da raufgehn. In Wyoming zieht man uns doch den Boden unter den Füßen weg. He, du machst dich ja gut mit den Bullen. Ab und zu denk ich auch dran, wieder anzufangen, aber dann schlag ich's mir schnell wieder aus dem Kopf.«

»Es lief alles ganz gut, bis mein Knie nicht mehr mitmachte. Was ist denn eigentlich mit deinem Kind, war's ein Mädchen oder ein Junge? Ich hab nie was gehört. Du hast keine Zigarren verteilt.«

»Du stellst aber auch genau die heiklen Fragen. Das hat auch nicht so gut geklappt, mag jetzt nicht drüber reden. Hab ein paar Sachen gemacht, die mir leid tun. Jedenfalls, das war mein Zeitvertreib, Beerdigungen, Krankenhausbesuche, Scheidung, Grundstücksverkauf. Willst du nicht am Wochenende hier raufkommen, einen saufen? Ist mein Geburtstag. Vierundzwanzig werd ich und hab das Gefühl, daß ich schon so viel hinter mir hab wie mit fünfzig.«

»Mann, es geht nicht. Mein Knie ist noch nicht zu gebrauchen, kann auch nicht fahren. Ich rufe an, ich werde dich anrufen.«

Leecil nahe zu kommen konnte kein Glück bringen.

Am Donnerstag abend schob sie die Hähnchenbrüste in den Mikrowellenherd und ließ Pearl die Silberbestecke hervorholen. Sie rührte die Trockenkartoffeln mit heißem Wasser an, dann stellte sie die Mahlzeit auf den Tisch, setzte sich und sah Diamond an.

»Es riecht nach Schwefel«, sagte sie. »Hast du nach dem Quellenbad nicht geduscht?«

»Dieses Mal nicht«, sagte er.

»Du stinkst.« Sie schüttelte ihre Serviette auf.

»Rodeocowboys riechen immer ein bißchen scharf.«

»Cowboys? Du und ein Cowboy? Mein Großvater war Rancher, und der hat Cowboys oder was man dafür hielt *angestellt*.

Mein Vater hat das aufgegeben und auf Viehhandel umgesattelt, und er hat Ranchgehilfen engagiert. Mein Bruder ist nie was anderes gewesen als ein Hummelsohn. Keiner von ihnen war Cowboy, aber alle waren sie immer noch mehr Cowboy, als es ein Rodeobullenreiter je sein kann. Nach dem Essen«, sagte sie zu Diamond und schob ihm den Teller mit den blassen Hähnchenbrüsten hin, »nach dem Essen möchte ich dir etwas zeigen. Wir machen einen kleinen Ausflug.«

»Kann ich mitkommen?« sagte Pearl.

»Nein, das ist etwas, das ich deinem Bruder zeigen möchte. Du kannst fernsehen. In einer Stunde sind wir zurück.«

»Was ist es denn?« sagte Diamond und mußte an den dunklen Fleck auf dem Straßenpflaster denken, zu dem sie ihn vor Jahren einmal hingeführt hatte. Siehst du, hatte sie gesagt und darauf gezeigt, der hat nicht in beide Richtungen geschaut. Er wußte, irgend so was würde es wieder sein. Die Hähnchenbrust lag auf seinem Teller wie ein aufgepumpter Schwimmflügel. Er hätte nicht zurückkommen sollen.

Sie fuhr durch Nebenstraßen, an der Altmetallhalde und am Betonitwerk vorüber, und am Straßenrand überquerte sie die Bahngleise, wo die Straße in einen Feldweg durch die Prärie überging. Auf der rechten Seite, unter einem gelben Sonnenuntergang, standen mehrere niedrige Metallgebäude. In den Fenstern spiegelte sich der leuchtend honigfarbene Abendhimmel.

»Niemand da«, sagte Diamond, »was es auch ist«, und kam sich wieder wie ein Kind auf dem Beifahrersitz vor, das von seiner Mutter herumgefahren wurde.

»Die Ställe der Bar J. Keine Sorge, da ist schon jemand«, sagte seine Mutter. Goldenes Licht floß über ihre Hände am Lenkrad, über die Arme, schwappte über die Ränder ihres gekräuselten Haars. Ihr Gesicht, im Schatten, war verschlossen und streng. Er sah die welke Haut an ihrem Hals. Sie sagte: »Hondo Gunsch – sagt dir der Name was?«

»Nein.« Aber irgendwo hatte er ihn schon mal gehört.

»Da sind wir«, sagte sie und hielt vor dem größten der Gebäude. Tausende von Insekten, kaum größer als Staubkörner, schwebten in der gelblichen Luft. Sie ging rasch voraus, er humpelte hinterdrein.

»Hallo!« rief sie in den dunklen Eingang hinein. Ein Licht wurde angeknipst. Ein Mann in weißem Hemd, die Brusttasche zur Befestigung seiner Kugelschreiber mit einem Stück Plastik verstärkt, kam durch eine Tür. Die Krempe seines schwarzen Huts war gebogen wie Krähenflügel, das Gesicht darunter überwuchert von Sommersprossen, Brille, Bart und Schnurrbart.

»Du bist's, Kaylee.« Der Mann schaute sie an wie einen heißen Buttertoast.

»Das hier ist Shorty, der möchte ein Rodeostar werden. Shorty, das hier ist Kerry Moore.«

Diamond schüttelte die warme Hand des Mannes. Es war ein Austausch von Feindseligkeiten.

»Hondo ist draußen in der Sattelkammer«, sagte der Mann, den Blick immer auf Kaylee gerichtet. Er lachte. »Immer in der Sattelkammer. Würde dort schlafen, wenn wir ihn ließen. Kommt mit.«

Er machte eine Tür auf, die in einen großen quadratischen Raum am Ende der Ställe führte. Durch die hohen Fenster fiel das letzte, metallische Licht ein, vergoldete die an der Wand hängenden Zäume und Zügel. An einer anderen Wand war eine Reihe Sattelablagen befestigt, mit zusammengefalteten Decken auf den blanken Sätteln. Hinter einem Tisch brummte ein kleiner Kühlschrank, und an der Wand darüber sah Diamond die eingerahmte Titelseite einer Illustrierten, *Boots 'N Bronks* vom August 1960, mit dem Bild eines Bronc-Sattelreiters, der aufrecht und fest auf einem hoch aufbockenden Pferd saß, die

Sporen bis zum Sattelkranz hochgezogen, den Arm vor sich ausgestreckt. Den Hut hatte er verloren, und der Mund war zu einem irrsinnigen Lächeln verzerrt. Eine Schlagzeile lautete: *Gunsch gewinnt Sattelbronc-Krone von Cheyenne.* Der Rücken des Pferdes war zu einem Buckel gewölbt, das Maul abwärts gerichtet, die Hinterbeine gestreckt in einem mächtigen Sprung und die niedersinkenden Vorderhufe noch fünf Fuß über dem Boden.

In der Mitte des Raums rieb ein älterer Mann einen Sattel mit Lederfett ein; er trug einen Strohhut, die Krempe an den Seiten hochgerollt, so daß seine längliche Kopfform unterstrichen wurde. Mit der Lage seiner Schultern und dem Vorfall des Rumpfes oberhalb der Hüften schien etwas nicht zu stimmen. Es roch nach Äpfeln, und Diamond sah einen vollen Korb auf dem Boden stehen.

»Hondo, wir haben Besuch.« Der Mann schaute mit leerem Blick an ihnen vorbei, und man sah die platte Knolle der zertrümmerten Nase, den eingedrückten Wangenknochen, die große Delle über dem linken Auge, das blind zu sein schien. Die Lippen waren immer noch geschürzt vor Konzentration. In seiner Hemdtasche steckte eine Schachtel Zigaretten. Eine Stille ging von ihm aus, wie von einer holzgeschnitzten Figur, die Stille von Menschen, die lange ohne Geschlechtsverkehr ausgekommen sind, fern von allen Händeln der Welt.

»Das hier sind Kaylee Felts und Shorty, wollten dir kurz guten Tag sagen. Shorty macht Rodeo. Denke mir, *du* verstehst was von Rodeo, was, Hondo?« Er sprach laut, als ob der Mann schwerhörig wäre.

Der Bronc-Reiter sagte nichts, sein blauer, sanfter Blick kehrte zum Sattel zurück, die rechte Hand begann wieder mit einem Bausch Schafwolle auf dem Leder hin und her zu reiben.

»Er redet nicht viel«, sagte Moore. »Er hat allerhand Probleme, aber er gibt sich Mühe. Er hat ja auch viel Zeit dazu, was, Hondo?«

Stumm bearbeitete der Mann das Leder. Wie viele Jahre mochte es her sein, seit er zum letztenmal einem Pferd die Sporen in die Schultern gedrückt hatte, die Zehenspitzen nach Osten und Westen gedreht?

»Hondo, mir scheint, du solltest diese alten, schlaffen Steigbügelriemen mal auswechseln«, sagte Moore in befehlendem Ton. Der Bronc-Reiter gab durch kein Zeichen zu erkennen, ob er es gehört hatte.

»So«, sagte Diamonds Mutter, nachdem sie eine volle Minute lang seinen schwieligen Händen bei der Arbeit zugeschaut hatte, »es war wundervoll, Sie kennenzulernen, Hondo. Alles Gute.« Sie blickte Moore an, und Diamond sah eine Botschaft zu ihm hinüberfliegen, verstand aber ihre Sprache nicht.

Sie gingen hinaus, der Mann und die Frau zusammen, Diamond hinterdrein, so benommen vor Wut, daß er taumelte.

»Ja, ein bißchen schwerhörig, der alte Hondo. War ein heißer Bronc-Sattelreiter, auf dem Weg nach ganz oben. Zwei Jahre hintereinander hat er in Cheyenne die Preise abkassiert. Dann, ein läppisches kleines Rodeo bei Meeteetse oben, sein Pferd spielt in der Box verrückt, fällt hintenüber, Hondo stürzt, kriegt einen Tritt auf den Kopf. Jaja, 1961, und seitdem putzt er auf der Bar J die Sättel. Siebenunddreißig Jahre. Das ist eine lange, lange Zeit. Er war sechsundzwanzig, als es passierte. Nicht dümmer als andre. Na ja, so ist das beim Rodeo, heute hui, morgen pfui. Aber, wie ich schon sagte, er gibt sich Mühe, und er hat alle Zeit der Welt. Wir halten große Stücke auf Hondo.«

Stumm standen sie dabei und sahen zu, wie Diamond in den Wagen stieg.

»Ich ruf dich an«, sagte der Mann, und sie nickte.

Diamond starrte aus dem Wagenfenster in die Ebene hinaus, zu den Bahngleisen, der Pfandleihe, der Fußgängerbrücke, der

Broken-Arrow-Bar, dem Custom Cowboy, dem Staubsaugerladen. Das topasfarbene Licht rötete sich, verschwand. Die Sonne war untergegangen, und ein samtweiches Dämmerlicht hüllte die Straße ein; die Neonlichter der Bars versprachen einen netten Abend.

Als sie auf die Straße am Flußufer einbog, sagte sie: »Ich würde dir eine Leiche zeigen, wenn ich dich damit vom Rodeo wegbekäme.«

»Du wirst mir nichts mehr zeigen.«

Der glasig schwarze Fluß strömte zwischen schattenhaften Weidenbäumen hindurch. Sie fuhr sehr langsam.

»Mein Gott«, schrie sie plötzlich, »was du mich gekostet hast!«

»*Was!* Was hab ich dich gekostet?« Die Worte fuhren ihm heraus wie die Stichflamme aus dem Mund eines Feuerschluckers.

Die niedrigen Scheinwerfer der entgegenkommenden Wagen beleuchteten in der Dämmerung ihre herabrinnenden Tränen. Sie gab keine Antwort, bis sie in die letzte Straße einbog, dann sagte sie, mit einer kehligen Frauenstimme, wund und tief, wie er es noch nie von ihr gehört hatte: »Du gemeiner kleiner Kerl – *alles!*«

Er war draußen, bevor der Wagen stillstand, humpelte die Treppe rauf, stopfte seine Sachen in die Reisetasche, gab Pearl keine Antwort.

»Diamond, du kannst noch nicht wegfahren. Du wolltest doch zwei Wochen bleiben. Du bist erst vier Tage da. Wir wollten ein Bockfaß aufhängen, zum Üben. Wir haben noch gar nicht über Dad geredet. Nicht ein einziges Mal!«

Er hatte Pearl viele Lügen aufgetischt, die mit den Worten anfingen: »Dad und ich und du, als du noch klein warst« – so was wollte der Junge hören. Was er wußte, hatte er ihm nie gesagt, und wenn er es nie herausfände, wäre es nur von Vorteil.

»Ich komme bald wieder«, log er, »wir kriegen sie schon noch klein.« Der Junge tat ihm leid, aber je eher er lernte, daß es nicht so einfach war, desto besser. Aber vielleicht gab es gar nichts, was Pearl wissen mußte. Vielleicht galt die schlechte Nachricht nur für ihn.

»Mama mag mich lieber als dich«, brüllte Pearl, um wenigstens etwas aus dem ganzen Schlamassel zu retten. Er streifte das T-Shirt ab und schmiß es Diamond vor die Füße.

»Das weiß ich.« Er rief ein Taxi und ließ sich zu dem armseligen Flughafen bringen, wo er fünf Stunden saß, bis eine Maschine mit Anschluß nach Calgary abflog.

Im Übermut des ersten Jahres hatte er sich einen breitbeinigen Gang angewöhnt, wie wenn ein Gewicht zwischen seinen Schenkeln pendelte. Er kam sich selbst wie ein Bulle vor, hatte das Trennende zwischen Tier und Reiter noch nicht erkannt, das sie zu Feinden machte. Begierig vernaschte er leichte Mädchen, holte nach, was er jahrelang versäumt hatte. Vor allem auf die Großen hatte er's abgesehen. In dieser bulligen Verfassung ging er der Frau seines zweiten Reisepartners Myron Sasser an die Wäsche. Sie waren in Myrons Lastwagen nach Cheyenne gefahren, und sie war dabei, auf dem Rücksitz der großen Fahrerkabine. Alle drei hatten sie Hunger, und Myron fuhr bei der Burger-Bar vor. Er ließ den Motor laufen, das Radio voll aufgedreht, eine dunkle Texanerstimme, in Störgeräuschen verfangen.

»Wie viele willst du, Diamond, zwei oder drei? Londa, deine mit Zwiebeln?«

Sie hatten sie am Tag zuvor bei Myrons Eltern in Pueblo abgeholt. Sie war ein Meter achtzig, mit langen braunen Locken wie Buffalo Bill, hatte Diamond angesehen und dann zu Myron gesagt: »Du hast mir nicht gesagt, daß er nur 'ne halbe Portion ist. He, du Krümel!« hatte sie gesagt.

»Das bin ich«, sagte er, »kleiner als das kurze Ende von nichts, spitz zugeschnitten«, und lächelte unter Mordgedanken.

Sie zeigte ihnen ein altes, herzförmiges Waffeleisen, das sie von einem Garagenverkauf hatte. Es war nicht elektrisch, ein Ding aus den Tagen der Holzfeuer. Die Griffe waren aus gedrehtem Draht. Sie versprach Myron ein Valentinsfrühstück.

»Ich hol das mal«, sagte Myron und ging in die Burger-Bar.

Diamond wartete mit ihr im Wagen, erregt durch ihren weiblichen Orchideenduft. Durchs Fenster konnten sie sehen, daß Myron weit hinten in einer langen Schlange stand. Er dachte an das, was sie gesagt hatte, wechselte aus dem Vordersitz zu ihr auf den Rücksitz und drückte sie nieder, zerrte ihre 36er Innennaht-Jeans bis zu den Knöcheln herunter und schob ihn rein, wie Sandpapier ficken, und die ganze Zeit knurrte ihm der Magen vor Hunger. Sie war nicht willig. Sie wehrte sich und bockte und schlug um sich und verwünschte ihn, sie war trocken, aber nun war er nicht mehr aufzuhalten. Etwas fiel mit Gepolter vom Sitz.

»Mein Waffeleisen«, sagte sie und hätte ihn beinah abgelenkt – aber noch fünf, sechs wuchtige Stöße, und es war vorbei. Er saß wieder auf dem Vordersitz, bevor Myron die Spitze der Schlange erreicht hatte.

»Ich hab schon viele Namen dafür gehört«, sagte er, »aber Waffeleisen noch nie«, und er lachte, bis ihm die Luft wegblieb. Er war bester Laune.

Sie heulte vor Wut auf dem Sitz hinter ihm und zog ihre Kleider zurecht.

»He«, sagte er, »sei schon still! Ich hab dir nicht weh getan. Ich bin ja viel zu klein, um so einem großen Mädchen weh zu tun, nicht? Eigentlich müßte ich weinen – hätte ihn mir fast abgeschliffen.« Er konnte es nicht fassen, aber sie machte die Tür auf und sprang hinaus, rannte in die Burger-Bar, warf sich Myron in die Arme. Er sah, wie Myron den Kopf zu ihr neigte und ihr zuhörte, wie er zum Parkplatz hinausspähte, wo er nichts sehen konnte, ihr mit einer Papierserviette von der Theke die Tränen aus dem Gesicht wischte und dann mit viereckig aufgerissenem Mund und gefletschten Zähnen zur Tür stürmte. Diamond stieg aus dem Wagen. Besser, der Sache gleich frontal zu begegnen.

»Was hast du mit Londa gemacht?«

»Dasselbe wie du neulich mit dieser wurmstichigen Texas-Schnalle.« Gegen Myron Sasser hatte er nichts, auch wenn er ein humorloser Faschist war, der in der Nase bohrte und klebrige Rotzknötchen am Lenkrad hinterließ, aber dem großen Mädchen wollte er klar und deutlich Bescheid sagen.

»Du mieser kleiner Scheißer!« sagte Myron und ging mit den Armen rudernd auf ihn los. Diamond legte ihn platt aufs Pflaster, das Gesicht in einem verschütteten Milchshake, aber Sekunden später lag er daneben, still und stumm, hingestreckt von Londas Waffeleisen. Später hörte er, daß Myron ohne seine Amazone nach Hawaii abgeschwirrt war und auf der Insel Rodeo machte. Sollten sie sich doch beide den Hals brechen! Das Mädchen war einfach zu scharf, und das würde sie auch merken, wenn sie ihm noch mal übern Weg liefe.

Der Tag damals, als er den Boden unter den Füßen verlor, war ein Sonntag gewesen, der Tag, an dem es meistens Pfannkuchen mit Schwarzkirschensirup gab, aber diesmal hatte sie keine Pfannkuchen gemacht, sondern ihm gesagt, er solle sich selbst eine Schüssel Haferbrei anrühren und Pearl mit dem Birnenmus füttern. Er war dreizehn, dachte nur noch an die Elchjagd, zu der sie in drei Wochen fahren wollten. Pearl stank und wälzte sich in den vollen Windeln, aber inzwischen wurde es mit dem Streit im Obergeschoß ernst. Diamond, der das Geschrei des Babys nicht mehr hören konnte, hatte es gesäubert und die schmutzige Windel in den stinkenden Plastikeimer geworfen.

Sie stritten den ganzen Tag, seine Mutter leise und giftig, sein Vater Fragen brüllend, die unbeantwortet blieben und in dem gehässigen Schweigen auf ihn zurückprallten, hart wie ein Baseballschläger. Diamond sah fern, den Ton laut genug aufgedreht, um die Vorwürfe und Beschimpfungen, die oben hin und her flogen, zu dämpfen. Hastige Laufschritte waren zu hören, als ob sie dort Basketball spielten, Rufe und Schreie. Ihn ging das nichts an. Pearl tat ihm leid, der jedesmal brüllte, wenn er ihre Mutter im Zimmer über ihnen qualvoll schluchzen hörte. Ein- oder zweimal blieb es lange still, aber als Friedenszeichen konnte man das nicht deuten. Am späten Nachmittag schlief Pearl auf der Couch im Wohnzimmer ein, die Faust in die Decke gewühlt. Diamond ging raus auf den Hof, lungerte herum, putzte die Windschutzscheibe des Wagens, weil er sonst nichts zu tun hatte. Es war kalt und windig, eine zigarrenförmige Wolke hing über der Bergkette vierzig Meilen weiter westlich. Er hob Steine auf und schmiß sie nach der Wolke, stellte sich vor, es seien auf einen Elch abgefeuerte Kugeln. Er konnte sie drinnen hören, sie fanden kein Ende.

Die Tür knallte zu, sein Vater kam über die Veranda, in der Hand den braunen Koffer mit einem kleinen roten Pferd als Markenzeichen an der Ecke, und ging zum Wagen, als ob er es eilig hätte.

»Dad«, sagte Diamond, »die Elchjagd – «

Sein Vater starrte ihn an. Die Pupillen in seinem zuckenden Gesicht waren große schwarze Löcher, verschlangen fast die braune Farbe.

»Sag das nie wieder zu mir! Bin nicht dein Vater, nie gewesen. Jetzt geh mir verflucht noch mal aus dem Weg, du kleiner Bastard!« Die Stimme klang gequetscht und flattrig.

Nach dem Bruch mit Myron Sasser kaufte er sich einen Transporter aus dritter Hand, eine alte Texas-Karre, nicht viel besser als Leecils Wrack, reiste ein paar Monate lang allein herum, brauchte die einsam zurückgelegten Entfernungen, fegte an Mesas und roten Steilhügeln vorüber, die wie gehörnte Fleischklumpen dalagen, und auf den Autobahnen an Fetzen von Maultierhirschen, das Fell graugelb wie Wintergras, das rohe Fleisch wie Risse im roten Land, Strände von getrocknetem Blut. Fast immer nahm er sich ein Mädchen mit ins Motelbett, wenn er sich ein Motel leisten konnte, Schmerzlinderung für eine halbe Stunde, aber ohne daß sein Blut in Wallung kam wie bei einem Bullenritt. Es gab kein zärtliches Nachspiel, wenn die Sache erledigt war. Er wollte sie los sein. Unter den wechselnden Mädchen sprach sich herum, daß er ein Mann des schnellen Schusses war, ein arroganter kleiner Gockel, der nicht mal das verdammte Sternenbanner-Halstuch dabei abnahm.

»Komm mir bloß nicht mehr unter die Augen, Kleiner«, sagte eine und warf ihr hurenblondes Haar zurück.

Was sie sagten, war ihm egal, weil es endlosen Nachschub gab und weil er wußte, daß er diese Lebensweise allmählich beherrschte und auch das Kleingedruckte zu lesen verstand. Es gab keine Liebe in seinem Leben, die ihn aufhalten konnte. Manchmal war der Bullenritt selbst noch das wenigste dabei, aber nur der turbulente Ritt jagte ihm diesen unbeschreiblichen Schuß durch die Adern, dieses Hochgefühl wie Feuer im Arsch. In der Arena war alles wirklich, weil nichts wirklich war, außer der Chance, dabei draufzugehen. Der Stromstoß kam, dachte er, weil er noch lebte. Ringsherum landeten die wilden Kerle auf dem Boden.

Eines Abends in Cody, als er zum Parkplatz rannte, um dem Verkehr zuvorzukommen, rief Pake Bitts, ein großer Ochsenfeßler, der für Jesus schwärmte, ihm zu: »Fährst du nach Roswell?«

»Ja.« Bitts rannte neben ihm her, ein breiter, massiger Kerl mit weißblondem Haar und rotem Gesicht. Ein Aufkleber, *Lobet den Herrn,* schälte sich von seiner Werkzeugtasche ab.

»Kannst du mich mitnehmen? Mein blöder Laster hat mich in Livingston im Stich gelassen. Mußte 'n kleinen Wagen mieten, der konnte kaum meinen Anhänger ziehn. Getriebe kaputt. Tee Dove hat gesagt, du wolltest nach Roswell?«

»Klar. Fahren wir los! Wenn du soweit bist.« Sie kuppelten Bitts' Pferdeanhänger an, ließen den Mietwagen stehen.

»Gib Gas, Bruder, wir sind spät dran«, sagte der Feßler und sprang in den Wagen. Noch ehe er die Tür zugemacht hatte, wirbelten die Reifen den Kies auf.

Diamond befürchtete Schlimmes, haufenweise Pausen für Gebete und Augenaufschläge gen Himmel, aber Pake Bitts war vernünftig, behielt den Benzinstand im Auge, kümmerte sich ums Geschäft und predigte kein bißchen.

Ein Hüne und ein Knirps fuhren zusammen weiter nach Molalla, nach Tuska, Roswell, Guthrie, Kaycee, nach Baker und Bend. Nach einigen Wochen sagte Pake, wenn Diamond einen ständigen Reisepartner wolle, sei er dabei. Diamond sagte ja, obwohl Ochsenfesseln nur noch in wenigen Staaten erlaubt war und Pake lange tote Strecken überwinden mußte, denn sein Revier waren hauptsächlich die Viehzuchtgebiete von Oklahoma, Wyoming, Oregon und New Mexico. Ihre Zeitpläne waren ohne geduldige Abstimmung nicht unter einen Hut zu bringen. Aber Pake kannte Hunderte abkürzende Feldwege, steuerte sie durch Lavaplateaus und Hügelland, über Stock und Stein, über die gelbbraune Ebene, die immer noch von den Spuren der alten Planwagentrecks durchfurcht war, in die frühe Dunkelheit und das erste Unwetter, das den Boden mit Glatteis überzog, eine harte, orangerote Morgendämmerung, rauchende Welt, schlangengleiche Windhosen auf nackter Erde, kochende Sonnenhitze, unter der die Farbe von der Motorhaube abplatzte, löchrige Schleier aus Trockenregen, der nie den Boden erreichte, durch

Kleinstadtverkehr und Vieh auf der Straße, vorbei an einer Koppel Pferde im Morgennebel, an zwei rothaarigen Cowboys, die mit einem ganzen Haus umzogen und die Straße versperrten, so daß Pake durch den Graben mußte, vorbei an Müllhalden und mexikanischen Cafés, hinein in mitternächtliche Moteleinfahrten mit dem BITTE LÄUTEN-Schild oder hinaus in die dunkle Prärie, um dort eine Stunde bleischwer zu schlafen.

Bitts kam aus Rawlins und wollte immer nur zum nächsten Rodeo und sich das Geld holen, keine Frau interessierte ihn außer seiner eigenen, der dickbeinigen, schwangeren Nancy, einer eifrigen Christin, die studierte, sagte Bitts, und ihren Doktor in Geologie machen wollte. »Wenn du mal was Interessantes hören willst«, sagte er, »mußt du mit Nancy reden. Großer Gott, die kann dir alles über Gesteinsbildungen sagen!«

»Wie kann eine Geologin glauben, daß die Erde in sieben Tagen erschaffen wurde?«

»Was denn, sie ist eben 'ne christliche Geologin! Für Gott ist nichts unmöglich, der konnte das locker alles in sieben Tagen machen, mitsamt Fossilien und allem Drum und Dran. Das Leben ist voller Wunder.« Er steckte sich einen Streifen Kautabak in die Backe, denn auch er hatte seine kleinen Laster.

»Wie bist du denn dazu gekommen?« fragte Diamond. »Auf 'ner Ranch großgeworden?«

»Was, zum Rodeo? Mach ich, seit ich klein war. Hab nie auf 'ner Ranch gelebt. Werd ich auch nie. Bin in Huntsville großgeworden, Texas. Weißt du, was da ist?«

»Großes Gefängnis.«

»Richtig. Mein Dad ist jetzt Wärter am Gefängnis in Rawlins, aber davor war er in Huntsville. Das Gefängnis von Huntsville hatte jahrelang ein wirklich gutes Rodeoprogramm. Und mein Dad hat mich immer mitgenommen. Er hat mich ins Kinderprogramm reingebracht. Und noch was, mein Großvater

Bitts hat hauptsächlich in Huntsville als Feßler gearbeitet. Hatte einem Zahnarzt die Nase abgedreht. Ein übler alter Viehtreiber, hatte sich ein Seil um den Hals tätowieren lassen und Beinfesselschnüre um die Handgelenke. Nach ein paar Jahren hat er das Licht erblickt, und er hat Jesus in sein Herz eingelassen, und das ist dann auf meinen Dad und mich übergegangen. Und ich versuche christlich zu leben und anderen zu helfen.«

Eine halbe Stunde lang fuhren sie stumm weiter, unter einem bewölkten Himmel, dessen fahles Licht dem Gras in der Senke die stumpfen Farbtöne schmutziger Pennies verlieh, dann fing Pake wieder davon an.

»Bringt mich auf etwas, das ich dir mal sagen wollte. Wegen deinem Bullenreiten. Wegen dem Rodeo. Schau, der Bulle soll nicht dein Vorbild sein, er ist dein Gegner, und du mußt mit ihm fertig werden, genau wie der Ochse mein Gegner ist, und ich muß mich schwer ins Zeug legen und alles richtig machen, um ihn zu fangen und umzuwerfen, oder ich schaff es nie.«

»He, das weiß ich doch.« Er hatte außerdem gewußt, daß er früher oder später so eine Scheißpredigt zu hören bekäme.

»Nein, das weißt du nicht. Denn wenn du's wüßtest, würdest du nicht Abend für Abend den Bullen spielen, würdest nicht auf die Frau von einem Kumpel losgehen, erzwungenen Geschlechtsverkehr würd' ich das nennen, was du gemacht hast, sondern wärst ein Mann, der sich eine zum Heiraten und Kindergroßziehn sucht. Du würdest dir Jesus zum Vorbild nehmen und nicht so einen ganz gewöhnlichen blöden Bullen. Was du gemacht hast, wie du nicht bestreiten kannst. Du mußt aufhören, den Bullen zu spielen.«

»Ich wußte nicht, daß Jesus verheiratet war.«

»Verheiratet vielleicht nicht, aber ein Cowboy war er, der erste Rodeocowboy. Doch, steht in der Bibel, bei Matthäus, Markus, Lukas *und* Johannes.« Er schlug einen Verkündigungston an: »»Gehet in das Dorf vor euch, und kommt ihr hinein, so werdet ihr einen jungen Hengst dort angebunden finden, auf dem noch nie jemand saß; bindet ihn los und bringet ihn her! Der Herr bedarf seiner. Und sie führten ihn zu Jesus und warfen dem Hengst ihre Kleider über und hoben Jesus hinauf.‹ Also, wenn das keine Beschreibung für einen sattellosen Bronc-Ritt ist, dann weiß ich nicht, was.«

»Ich reite einen Bullen, der Bulle ist mein Partner, und wenn Bullen Auto fahren könnten, dann kannst du sicher sein, daß jetzt einer hier hinterm Steuer säße. Ich weiß nicht, wie du dir all dies Zeugs über mich ausdenken kannst.«

»War nicht schwierig. Myron Sasser ist mein Halbbruder.« Er kurbelte das Fenster runter und spuckte hinaus. »Mein Dad hatte auch was von 'nem Bullen in sich. Aber er hat's überwunden.«

Ein paar Tage später fing Pake wieder davon an. Diamond hatte das Gerede über Jesus und Familienglück satt. Pake hatte gesagt: »Du hast doch 'nen kleinen Bruder, nicht? Wieso kommt der nie zu den Rodeos, um seinen großer Bruder zu sehn? Und dein Daddy und deine Mama?«

»Fahr mal rechts ran!«

Bitts lenkte den Wagen vorsichtig auf den harten Prärieboden und parkte; in der Annahme, daß Diamond pinkeln wollte, stieg er selbst aus und machte den Reißverschluß auf.

»Warte mal 'n Moment«, sagte Diamond und stellte sich so hin, daß das harte Licht auf ihn fiel. »Ich möchte, daß du mich genau anschaust. Kannst du mich sehn?« Er drehte sich seitwärts und wieder zurück, sah Bitts an. »Das ist alles, was an mir dran ist. Was du siehst. Jetzt mach dein Geschäft, und dann fahren wir weiter!«

»Ach, was ich meine, ist doch, du kapierst nicht, wie das für jemand anders als für dich selbst ist. Du kapierst einfach nicht, daß du mit einem einzigen blöden Pfahl keinen Zaun ziehen kannst.«

Ende August, eine Hitze wie im Fegefeuer, als sie von Miles City in Montana kamen, versagte Pakes innere Landkarte, und sie standen plötzlich auf einem Randfelsen südlich der Grenze zu Wyoming, vor sich nichts als schroffes Land, eine hundert Meilen weite Sicht auf Herden von Antilopen und Rindern wie winzige Tintenkleckse von abgenutzten Federkielen auf alten Schuldverschreibungen verspritzt. Sie machten kehrt, suchten einen anderen Weg, und einige Meilen vor Greybull zeigte Diamond auf die Ansammlung von Wagen vor einem windschiefen Ranchhaus mit fast schwarz verwitterten Balken, das in eine Bar umgewandelt worden war.

»Der hinterste, das ist Sweet Musgroves Pferdeanhänger, nicht? Und das ist Nachtigals Kutsche. Diese verdammten Kalbsfeßler, reden von ihren Pferden wie von Frauen. Hast du Nachtigal gestern abend gehört? ›Sie's ehrlich, sie's gut, sie hat mich noch nie betrogen.‹ Sagt der von seinem Pferd!«

»So steh ich auch zu meinem Pferd.«

»Fahr ran! Ich will ein Bier trinken, und zwar in einem Zug.«

»Bei den Typen müssen wir Glück haben, daß wir lebend wieder rauskommen. Nachtigal ist verrückt. Die andern reden über nichts als ihre Anhänger.«

»Ist mir scheißegal, Pake. Trink du deinen Kaffee, aber ich brauch ein paar Bier.«

Über der Tür hing eine Scheibe Kiefernholz mit dem tief eingebrannten Namen des Lokals, Saddle Rack. Diamond stieß die Brettertür auf; sie war gesprenkelt mit Einschußlöchern verschiedenen Kalibers. Es war eins von den guten Lokalen, dunkel, mit Hunderten von Viehbrandzeichen an den Balkenwänden, verblaßten Fotos von längst verstorbenen Bronc-Reitern hoch in den Lüften und von Viehtreibertrupps in Pullovern und wollenen Chaps. An der Rückwand stand die älteste Jukebox der Welt, eine abgegriffene, zerbeulte Maschine, deren Neonlicht längst erloschen war, aber für den Fall, daß ein Gast sich die

Mühe machen und eine Platte aussuchen wollte, hing eine Taschenlampe an einer Schnur. »*Oh bree-yee-yee-yeeze*«, wehte Milton Browns hohe, schmelzende Stimme von 1935 über den Zinktresen und die vier Tische.

Der Barmann war ein eigensinniger alter Glatzkopf mit Hakennase und Spaltkinn. Flaschen, Zapfhähne und ein schmutziger Spiegel – das Reich des Barmanns war nicht sehr vielseitig. Er sah sie an, und Pake sagte, Ginger-ale, nachdem er die teerige Brühe auf der Warmhalteplatte taxiert hatte. Diamond wurde plötzlich klar, daß er vorhatte, sich anständig zu besaufen. Sweets Musgrove und Nachtigal, Ike Soot, Jim Jack Jett, ohne Hüte, freie Sicht auf hohe Stirnen, saßen an einem der Tische, Jim Jack mit dunklem Bier, die anderen mit Whiskey, und sie lagen schon fast auf den Stühlen, im Aschenbecher die erloschenen, halb aufgerauchten Zigarren zu Ehren von Nachtigals Tochter, die ihr erstes Faßrennen gewonnen hatte.

»Was zum Teufel machst du denn hier?«

»Scheiße, man fährt doch am Saddle Rack nicht vorüber, ohne sich 'ne kleine Erfrischung zu gönnen.«

»Sieht so aus.«

Nachtigal zeigte zur Jukebox. »Habt ihr denn nichts von Clint Black? Oder Dwight Yoakam?«

»Schnauze! Sei zufrieden mit dem, was da ist!« sagte der Barmann. »Hier hörst du die alte Pedal-Steel. Hier hörst du unbezahlbare Sachen. Ihr Rodeoboys versteht auch rein gar nichts von Country.«

»Schafscheiß!« Ike Soot nahm ein Paar Würfel aus seiner Tasche.

»Laß rollen, um die Zeche!«

»Du gibst einen aus, Nachtigal«, sagte Jim Jack. »Ich bin blank. Das bißchen, was ich gewonnen hab, das hab ich an diesen Hurensohn von einem Indianer verloren, Black Vest, der arbeitet für einen von den Viehaufkäufern. Alles oder nichts, nicht ein bißchen was, sondern den ganzen verfluchten Haufen auf einmal. Ein Wurf. Er hat diesen speziellen Würfel, nur ein einziger Punkt drauf, schüttelt, wirft und hat ihn. Geht ganz schnell.«

»Hab ich auch schon mit ihm gespielt. Willste 'n guten Rat hören?«

»Nein.«

Die Runden kamen und gingen, und nach einer Weile sagte Jim Jack etwas von Frau und Kindern und Familienfreuden, das Stichwort, auf das hin Pake mit einer von seinen Heim-und-Herd-Predigten loslegte, und beim nächsten Bier heulte Ike Soot ein bißchen und sagte, der glücklichste Tag in seinem Leben sei gewesen, als er seinem Daddy die goldene Gürtelschnalle in die Hand legte und sagte, ich hab's für dich getan. Musgrove setzte allem die Krone auf mit dem Geständnis, daß er die achttausendzweihundert Dollar, die er im Finale ergattert hatte, zwischen seiner Großmutter und einem Heim für blinde Waisenkinder aufgeteilt hatte. Mit fünf Whiskey und vier Bier hinter der Binde ergriff Diamond das Wort, wandte sich an alle, auch an die zwei staubigen, schweißtropfenden Ranchgehilfen, die von der Heupresse hereingekommen waren, um mal die Gesichter an den kalten Bierkrug zu drücken, den Ranny zwischen sie hingestellt hatte.

»Ihr macht alle viel Gedöns von der Familie, was ich da hör', Frau und Kinder, Mama und Papa, Brüderchen und Schwesterchen, aber keiner von euch läßt sich zu Hause oft sehen, und das wollt ihr auch gar nicht, denn sonst wärt ihr nicht beim Rodeo. Rodeo ist die Familie. Die zu Hause auf der Ranch, die scheren euch keinen Dreck.«

Einer der Ranchgehilfen schlug mit der Hand auf den Tresen, und Nachtigal faßte ihn scharf ins Auge.

Diamond hob sein Whiskeyglas.

»Prost darauf! Niemand läßt euch für sich rackern oder kommandiert euch rum wie die Deppen. Man wird fotografiert, kommt ins Fernsehn, kann unsortiert seine Meinung sagen, Autogramme geben. Wir sind wer, klar? Aufs Rodeo! Man sagt zwar, wir sind doof, aber keiner sagt, daß wir Feiglinge sind. Prost aufs große Geld für 'nen kurzen Ritt, Prost Leistenbruch und Wirbelschaden, Prost leere Taschen und die verdammten Nachtfahrten, auf die Chance, daß du abkratzt – passiert jemand anderem, wenn du 'ne gute Medizin hast. Wißt ihr, was ich denke? Ich denke –« Aber er wußte nicht, was er dachte, außer daß Ike Soot zu einem Schlag gegen ihn ausholte, aber es war nur eine Bewegung, um ihn aufzufangen, bevor er in die Zigarrenkippen fiel. Das war die Nacht, in der er sein Sternenbanner-Halstuch verlor und in der sein Tief anfing.

»Zuletzt hab ich es gesehn, als einer damit die Kotze vom Boden aufwischte«, sagte Bitts. »Und das war nicht ich.«

In der sechsten Sekunde blieb der Bulle ruckartig stehen, stemmte sein ganzes Gewicht in die Gegenrichtung und dann sofort wieder vorwärts, und da war kein Halten mehr, er flog nach links, Richtung Seilhand, und über die Schulter des Tiers, mit einem Blick aus nächster Nähe in dessen feuchtes Glotzauge, aber er bog sich dabei die Hand um und kam nicht mehr los. Er hing fest. Bleib auf den Füßen! sagte er laut, spring, Amen! Der Bulle versuchte wie verrückt, ihn und die scheppernde Glocke, die am Seil befestigt war, loszuwerden. Mit jedem Sprung wurde Diamond in die Luft geschleudert und durchgeschüttelt wie ein nasses Handtuch. In einer Schlinge drückte das Seil seine geschlossenen Finger an den Rücken des Bullen, und er konnte die Hand nicht umdrehen und den Griff nicht lösen. Alles in ihm streckte sich, um mit den Füßen auf den Boden zu kommen, aber der Stier war zu groß und er zu klein. Das Tier drehte sich so rasch, daß die Zuschauer nur noch kreisende, gefleckte Farbstreifen sahen, den Reiter als buntes Tuch. Die Stierbändiger flitzten los wie eine Meute Terrier. Bei jedem Ruck peitschte der

Bulle ihn vom Polarkreis bis zur mexikanischen Grenze. Er spürte Bullenhaare im Mund. Sein Arm wurde ausgekugelt. Es nahm kein Ende. Dieses Mal würde er sterben, vor johlenden Fremden. Als der Bulle hart aufsetzte, flog er in die Luft, und der Bändiger, der auf die Chance gewartet hatte, stieß seine Hand unter Diamonds Arm hinauf, schob das Seilende durch die Schlinge und zog. Die Handschuhfinger gingen auf, und er fiel, rollte von den Hufen weg. Im nächsten Augenblick war der Bulle über ihm. Er rollte sich zusammen, den gesunden Arm überm Kopf.

»Mann, steh doch auf, der's bös!« rief jemand von weit her, und er rannte auf allen vieren, Hintern zuoberst, zum Metallgeländer, sah einen Clown dort, der Bulle war weg. Die Zuschauer lachten plötzlich, und aus den Augenwinkeln sah er, wie der andere Clown seine stolpernde Flucht nachahmte. Er drückte sich ans Geländer, mit dem Rücken zum Publikum, benommen, außerstande, sich zu rühren. Man wartete darauf, daß er die Arena verließ. Durch den prasselnden Regen drangen schwache, traurige Sirenentöne.

Eine Hand klopfte ihm zweimal auf die Schulter, jemand fragte: »Kannst du gehen?« Zitternd wollte er mit dem Kopf nicken und konnte es nicht. Sein linker Arm hing schlaff herab. Er glaubte zutiefst, daß der Tod ihn gezeichnet und fast bis zum Anschlag geritten, es dann aber irgendwie vermurkst hatte. Der Mann schob sich unter seinen rechten Arm, jemand anders faßte ihn um die Hüfte, und halb getragen kam er in einen Raum, wo ein einheimischer Knochenklempner saß, einen Fuß baumeln ließ und eine Zigarette rauchte. Ein Team von Sportärzten gab es hier nicht. Dumpf ärgerte es ihn, daß er sich von einem Arzt untersuchen lassen sollte, der rauchte. Wie durch einen Tunnel hallte aus der Arena die Stimme des Ansagers herüber: »Was für ein Ritt, Leute, jedenfalls am Anfang, und alles umsonst, null Dollar für Diamond Felts, aber ihr könnt stolz sein auf das, wofür dieser junge Mann steht, laßt ihn nicht gehn ohne einen donnernden Applaus, der wird schon wieder, und nun haben wir hier Dunny Scotus aus Whipup, Texas – «

Er konnte den wolkigen Atem des Arztes riechen, seinen eigenen sauren Gestank. Er war schweißgebadet und hatte rasende Schmerzen.
»Können Sie den Arm bewegen? Sind die Finger taub? Spüren Sie das? Schön, nehmen wir mal das Hemd ab!« Er setzte an der Manschette die Schere an und begann den Ärmel aufzuschneiden.
»Ist 'n Fünfzigdollarhemd«, flüsterte Diamond. Es war ganz neu, mit einem Muster aus roten Federn und schwarzen Pfeilen über Brust und Ärmeln.
»Glauben Sie mir, Sie hätten keine Freude dran, wenn ich versuchen würde, es ihnen vom Arm zu ziehen.« Die Schere biß sich vorn über die Schulter, und das Hemd fiel von ihm ab. Auf seiner nassen Haut fühlte die Luft sich kalt an. Er zitterte und zitterte. Es war jetzt sowieso ein Unglückshemd.
»Da haben wir's«, sagte der Arzt. »Schultergelenkdislokation. Oberarmknochen nach vorn aus dem Gelenk verschoben. Schön, ich versuche mal, ihn einzurenken.« Das Kinn des Arztes lag an der Rückseite seiner Schulter, die Hände packten den untauglichen Arm, starker Tabakgeruch. »Das wird jetzt einen Moment weh tun. Ich fang mal an, das zu – «
»Mein GOTT!« Der Schmerz war teuflisch. Die Tränen liefen ihm über das heiße Gesicht, er konnte nicht anders.
»Kopf hoch, Cowboy!« sagte der Arzt sarkastisch.

Pake Bitts kam herein, sah ihn interessiert an.
»Festgehangen, was? Ich hab es nicht gesehn, aber sie haben gesagt, du bist ganz schön festgehangen. Achtundzwanzig Sekunden. Die nehmen dich in die Videos. Draußen ist ein Ge-

witter.« Er war noch feucht von der Dusche, an der Oberlippe hatte er den Schorf von der vorigen Woche, an der Wange eine frische blutige Schramme. Zu dem Arzt sagte er: »Seinen Arm ausgekugelt? Kann er fahren? Er ist heute dran. Morgen um zwei nachmittags müssen wir in Südtexas sein.«

Der Arzt hatte den Gipsverband angelegt, steckte sich die nächste Zigarette an. »*Ich* würde das nicht machen – er kann nur die rechte Hand gebrauchen. Schultergelenkdislokation – das heißt nicht einfach einrenken und damit hat sich's. Könnte sein, daß er operiert werden muß. Da sind Bänder angerissen, innere Blutungen, Schwellungen, Schmerzen, könnte auch ein Nerv oder 'n Blutgefäß verletzt sein. Das tut weh. Er wird haufenweise Aspirin schlucken. Den Gips wird er einen Monat behalten müssen. Wenn er fahren will, vielleicht mit einer Hand oder mit den Zähnen, kann ich ihm dafür kein Kodein geben, und Sie lassen ihn besser auch keins nehmen. Rufen Sie Ihre Versicherung an, vergewissern Sie sich, ob Sie beim Fahren in behindertem Zustand versichert sind!«

»Was für 'ne Versicherung?« sagte Pake. »Sie sollten lieber das Rauchen sein lassen.« Dann sagte er zu Diamond: »Na, der liebe Gott hat dich verschont. Wann können wir hier weg? He, hast du gesehn, wie sie meinen Namen geschrieben haben? Guter Gott!« Er gähnte gewaltig, war die ganze letzte Nacht durch von Idaho hergefahren.

»Zehn Minuten. Muß nur kurz unter die Dusche und zu mir kommen. Hol schon mal meine Seilundkampftasche! Fahren werd ich schon können. Zehn Minuten.«

»Na denn, Kumpel«, sagte der Arzt.

Jemand anders kam herein, mit einem tiefen Schnitt über der linken Augenbraue, die Finger draufgedrückt, damit ihm das Blut nicht in die rasch anschwellenden Augen lief, und sagte, einfach verpflastern, so daß die Scheißaugen auf bleiben, ich hab noch 'nen Ritt vor mir.

Einhändig zog er sich in dem schmierigen Betonduschraum aus, hatte Schwierigkeiten mit den vier Schnallen der Chaps und mit den Schnürsenkeln. Der Schmerz rollte heran wie lange Meereswogen, die ihn hochhoben und auf der andern Seite nicht wieder herunterließen. In einer der Duschnischen stand jemand, die Stirn an den Beton gelehnt, die Hände flach gegen die Wand, und ließ sich das heiße Wasser über den Buckel laufen.

Diamond besah sich in dem fleckigen Spiegel, zwei schwarze Augen, blutige Nasenlöcher, die rechte Wange zerschrammt, das Haar dunkel vor Schweiß, das Gesicht dreckig, Bullenhaare zwischen den Tränenbächen, eine Schürfwunde von der Achselhöhle bis zum Hintern. Er war taumelig vor Schmerz, und eine ungeheure Müdigkeit überkam ihn. Der euphorische Stromstoß war diesmal ausgeblieben. Wenn er tot wäre, könnte dies jetzt die Hölle sein – rauchende Ärzte und stinkende Bullen, achthundert Meilen Nachtfahrt, die ihm bevorstanden, die ganze Zeit Schmerzen.

Der Wasserschauer versiegte, und Tee Dove kam aus der Dusche, das Haar flach angeklatscht. Er war ein Veteran, wie Diamond wußte, sechsunddreißig, ein alter Mann für einen Bullenreiter, aber immer noch dabei. Sein fahles Gesicht war eine Geländekarte chirurgischer Flickarbeiten, und mit den Narben an seinem Körper hätte er eine Ausstellung bestreiten können. Vor ein paar Monaten hatte Diamond gesehen, wie ihm aus der gebrochenen Nase dunkles Blut rann und er zwei gelbe Bleistifte nahm, einen in jedes Nasenloch steckte und so lange herumstocherte, bis die Knorpel- und Knochentrümmer wieder an ihrem Platz waren.

Dove rieb sich den zernarbten Rumpf mit seinem verschlissenen, aber glückbringenden Handtuch trocken, zeigte Diamond seine gelben Zähne und sagte: »Ist schon eine Knochenarbeit, Bruder!«

Draußen hatte der Regen aufgehört, der Lastwagen glänzte naß, die Rinnsteine flossen über. Pake Bitts war schon auf dem Beifahrersitz eingeschlafen und schnarchte leise. Er erwachte, als Diamond, barbrüstig und barfüßig, den Sitz vorzog, das zerschnittene Hemd hineinwarf, mit einer Hand in seiner Reisetasche nach einem übergroßen Pullover suchte, den er über den Gips ziehen konnte, die Füße in seine alten Turnschuhe zwängte, einstieg und den Motor anließ.

»Wird das gehn, daß du fährst? Wenn du zwei, drei Stunden durchhältst, bis ich ein bißchen geschlafen habe, übernehm ich den Rest. Ist nicht nötig, daß du die ganze Strecke fährst.«

»Wird schon gehn. Wie haben sie denn deinen Namen geschrieben?«

»C-A-K-E. Cake Bitts. Nance wird sich kaputtlachen, wenn sie's hört. Gib Gas, Bruder, wir sind spät dran!« Und schon war er wieder eingeschlafen, die schwielige Hand auf dem Schenkel, mit der Innenseite nach oben und ein wenig geöffnet, wie um etwas zu empfangen.

Gleich hinter der texanischen Grenze fuhr er in eine Lastwagen-Raststätte, die nachts auf hatte, tankte voll, kaufte zwei extrakoffeinhaltige Colas und trank sie aus, spülte damit die Schmerz- und Wachhaltepillen herunter. Er ging an den Registrierkassen und Imbißregalen vorüber zu den Telefonzellen, fischte die Telefonkarte aus seiner Brieftasche und wählte. In Redsled mußte es halb drei sein.

Sie meldete sich gleich beim ersten Läuten. Ihre Stimme war klar, sie war wach.

»Ich bin's«, sagte er, »Diamond.«

»Shorty?« sagte sie. »Was gibt's?«

»Hör zu, ich weiß nicht, wie ich's nett oder höflich sagen kann. Wer war mein Vater?«

»Wie meinst du das? Shirley Custer Felts. Das weißt du doch.«

»Nein«, sagte er. »Das weiß ich nicht.« Er erzählte ihr, was Shirley Custer Felts vor zehn Jahren, als er in seinen Wagen stieg, zu ihm gesagt hatte.

»Dieser Dreckskerl!« sagte sie. »Der hat dich eingestellt wie eine Zeitbombe. Er hat gewußt, was du für eine Art Junge bist, daß du darüber brüten und schmoren wirst und irgendwann explodierst.«

»Ich explodier nicht. Ich frage dich, wer war er?«

»Ich hab es dir gesagt.« Während sie sprach, hörte er durch die Leitung ein tiefes, gedämpftes Husten.

»Ich glaub's dir nicht. Zum drittenmal, wer war mein Vater?« Er wartete.

»Wen hast du denn da bei dir, Mama? Den dicken Affen mit dem schwarzen Hut?«

»Niemand«, sagte sie und legte auf. Er wußte nicht, auf welche Frage sie geantwortet hatte.

Er stand immer noch an der Telefonzelle, als Pake Bitts gähnend herangeschlurft kam.

»Soll ich jetzt fahren?« Er schlug sich mit dem Handrücken an die Stirn.

»Nein, schlaf du nur weiter.«

»Na schön. Dann piß das Feuer aus, Junge, und komm weiter!«

Er konnte schon noch fahren, die ganze Strecke. Er konnte es jetzt, diesmal, noch oft. Doch es war, als ob sich irgendwo in seinem Inneren ein Lager festgefressen hatte und nicht mehr funktionierte. Es war nicht der Anruf gewesen, sondern die leere Minute, als er sich ans Geländer gedrückt hatte, als er nicht aus der Arena gehen konnte.

Er fuhr wieder auf die leere Straße. Meilenweit entfernt brannten Lichter auf ein paar Ranches, der schwarze Himmel über dem schwarzen Land zog sie in den Saum des Sternenvorhangs hinein. Als er dem Getöse und den Lichtern der nächsten Arena entgegenfuhr, dachte er an den alten Bronc-Sattelreiter, der seit siebenunddreißig Jahren Leder blankputzte, an Leecil, wie er in die Moskitowolken des kanadischen Sonnenuntergangs hineinritt, an den Ranchgehilfen, der sich über ein Kalb beugte und den Hodensack aufschlitzte. Das Leben schien langsamer als das Messer seinen Lauf zu nehmen, aber genauso gründlich.

Es muß doch noch mehr geben, dachte er, und wieder hörte er ihre rauhe, wütende Stimme, wie sie »*Alles!*« sagte. Es war immer nur ein heißer, schneller Ritt, der im Schlamm endete. Im Dunkeln überholte er einen Kohlenzug, sah die schmalen Rechtecke der Waggons durch die indigoblaue Nacht gleiten, noch einen und noch einen und noch einen. Sehr langsam, so langsam, wie an einem bewölkten Morgen das Licht aufsteigt, durchströmte ihn die euphorische Wärme oder vielleicht auch nur die Erinnerung daran.

Lebenslauf
....

Leeland Lee wird am 17. November 1947 im Haus seiner Eltern in Cora, Wyoming, geboren, als jüngstes von sechs Kindern. In den fünfziger Jahren ziehen seine Eltern nach Unique, wo seine Mutter eine kleine Klitsche erbt. Die Ranch liegt einige Meilen außerhalb der Stadt. Sie halten Schafe, ein paar Hühner und Schweine. Der Vater ist jähzornig, und die älteren Kinder suchen das Weite, sobald sie können. Leeland kann »That Doggie in the Window« von Anfang bis Ende singen. Der Vater zieht ihm eins mit der Fliegenklatsche über und sagt, er soll den Mund halten. Im Radio kommen keine Nachrichten. Ein Schneesturm hat die Stromleitungen unterbrochen.

Leelands Gesicht verrät den starken Knochenbau von der Seite seiner Mutter. Sein Hals ist dick und sein rotgoldenes Haar kurz gestutzt. Schon als Kind hat er Tränensäcke wie ein fünfzigjähriger Alkoholiker, die Brauen liegen schnurgerade über den unsteten, leicht schielenden Augen. Die Nase sitzt ihm kurz und breit im Gesicht, der Mund sieht aus wie mit einem einzigen Meißelstoß ins weiche Fleisch geschnitten. In der fünften Klasse fällt er beim Herumtollen mit Freunden von der Feuerleiter der Schule und bricht sich das Becken. Drei Monate lang liegt er in der Gipsschale. In den Nachrichten sagt ein Sprecher, der Durchschnittsamerikaner esse im Jahr 8 Pfund Margarine, aber nur 7,5 Pfund Butter. Diese Statistik vergißt er zeitlebens nicht.

Als Leeland siebzehn ist, heiratet er Lori Boves. Sie brechen die Schule ab. Lori ist schwanger, und Leeland ist stolz darauf. Mit dem Becken hat er keine Probleme. Sie ist ein Jahr jünger als er, mit nichtssagendem, ovalem Gesicht, das Haar mittellang. Sie ist ein bißchen pummelig, aber in pastellfarbenen Pullovern sieht sie süß aus. Wegen seiner Heirat kriegt Leeland Streit mit seiner Mutter und verläßt die Ranch. Er findet Arbeit in Egges Tankstelle. Ed Egge sagt: »Feuer frei, sobald Kanonen klar, Gridley!« und lacht. Die Werkstatt steht an der Kreuzung des Highway 16 mit einer Landstraße. Der Highway 16 ist die wichtigste Ader für den Touristenverkehr zum Yellowstone-Park. Leeland kauft Loris Vater für fünfzig Dollar seinen alten Lastwagen ab, und Ed erneuert ihm den Motor. In den Nachrichten kommt Vietnam und Selma, Alabama.

Nach dem Bundesstraßenbauprogramm entsteht die neue vierspurige Interstate vierzig Meilen südlich vom Highway 16 und parallel dazu. Über Nacht verschwindet der Touristenverkehr in Unique. Am einen Tag halten hundert Leute, kaufen Benzin und Öl, Hamburger, kalte Limo. Am nächsten Tag kommen nur noch zwei Wagen vorbei, beide mit einheimischen Fahrern, die sich erkundigen, wie das Geschäft geht. Nach wenigen Monaten hängt ein ZU VERKAUFEN-Schild innen am Fenster der Tankstelle. Ed Egge betrinkt sich und fährt mit hoher Geschwindigkeit auf der Landstraße zwei Ochsen an.

Leeland geht zur Armee, meldet sich für die Fahrbereitschaft. Sechs Jahre ist er in Deutschland stationiert und lernt kein Wort Deutsch. Als er nach Wyoming zurückkehrt, ist er dicker, launischer. Das Frühjahr und den Sommer über arbeitet er in einem Trupp, der Schneezäune aufstellt, dann zieht er mit Lori und den Kindern – dem Jungen und einem neugeborenen Mädchen – nach Casper, wo er Öltankwagen fährt. Sie hausen in einem großen Wohnwagen in der Poison Spider Road, eingepfercht zwischen zwei krawallträchtigen Nachbarn. In den Nachrichten hören sie, daß irgendwo ein riesiger Diamant gefunden worden ist. Eine zweite Tochter wird geboren. Leeland kommt mit dem Fahrdienstleiter der Ölfirma einfach nicht aus. Nach einem Jahr ziehen sie wieder nach Unique. Leeland und seine Mutter begraben ihren Streit.

Lori ist sparsam und hat einen Notgroschen zurückgelegt. Sie machen ihr eigenes Geschäft auf. Leeland glaubt, daß die Leute froh sein werden, wenn sie in einem Ranchbedarfsladen vor Ort einkaufen können und sich die lange Fahrt in die Stadt sparen. Er mietet die Tankstelle von Mrs. Egge, die sie nach dem Tod ihres Mannes nicht hat verkaufen können. Sie staffieren sie neu aus, Leeland macht die Tischlerarbeiten, Lori streicht den Laden innen und außen. Nebenbei betreibt Leeland Schweinezucht, zusammen mit seinem Vater. Sein Vater ist in Iowa geboren und aufgewachsen und kennt sich mit Schweinen aus.

Es stellt sich heraus, daß die Leute liebend gern die lange Fahrt in eine größere Stadt auf sich nehmen, wo sie etwas Neues sehen und außer Ranchbedarf auch Delikatessen, Modeartikel und Backwaren einkaufen können. In einem strengen Winter, wo von Zopf bis Zeh alles einfriert, verlieren Leeland und sein Vater hundertzwölf Schweine. Sie verkaufen. Achtzehn Monate später ist der Ranchbedarfsladen am Ende. Der neue Farbfernseher wandert zurück ins Kaufhaus.

Nach dem Konkursverfahren findet Leeland Arbeit bei einer Straßenbaufirma. Er kommt selten nach Hause, aber anscheinend oft genug für einen »guten Ritt«, wie er es nennt, und Lori wird wieder schwanger. Bevor das Kind da ist, hört er bei der Straßenbaufirma auf. Er kommt mit dem Vorarbeiter einfach nicht aus. Niemand kann mit dem, und die Mitarbeiter wechseln häufig. Im Autoradio hört er, daß Hunderte von Anhängern eines religiösen Kults Kool-Aid und Zyanid geschluckt haben.

Leeland bekommt einen Job bei Tongue River, einem Kühlhaus- und Fleischverarbeitungsbetrieb. Papa Brose ist der Eigentümer des Geschäfts, Leeland der einzige Angestellte. Er hat eine natürliche Begabung für das Taxieren und Zerlegen großer

Tiere. Er mag die säuberlichen Verpackungen, den Geruch feuchter Knochen und die Kälte. Sein Hackmesser ist unfehlbar, und wenn eine Maus über den Boden rennt, kommt sie nicht weit, wenn Leeland in der Nähe ist. Nach monatelangen Verhandlungen mit Papa Brose unterschreiben Leeland und Lori einen Vertrag, mit dem sie die Fleischhandlung für zehn Jahre pachten. Ihr Ältester macht den High-School-Abschluß, der erste in der Verwandtschaft, der es so weit gebracht hat, und geht zur Armee. Er verpflichtet sich für sechs Jahre. In den Nachrichten kommt etwas über Schulmahlzeiten, und Ketchup wird als Gemüse eingestuft. Papa Brose zieht nach Albuquerque.

Der Wirtschaft geht es schlecht. Ständig hört man in den Nachrichten von Konjunkturrückgang und Arbeitslosigkeit. Sparsame Besitzer kleiner Ranches machen das Schlachten, Zerlegen und Einfrieren wieder in eigener Regie. Der Pachtzins für die Fleischhandlung ist hoch, und die Strompreise steigen. Leeland und Lori müssen das Geschäft aufgeben. Papa Brose kehrt aus Albuquerque zurück. Er ist böse. Es hat nicht geklappt, sagt Leeland, und das ist die reine Wahrheit.

Es scheint an der Zeit, daß sie ihr Glück anderswo versuchen. Die Familie zieht nach Thermopolis, wo Leeland während der Jagdsaison eine befristete Anstellung in einem Kühlhaus findet. Ein Jäger aus Des Moines, nicht weit von dem Ort, wo Leelands Vater geboren ist, gibt ihm hundert Dollar Trinkgeld, als er ihm Pakete gefrorenes Elchfleisch und den Elchkopf in sein einmotoriges Flugzeug lädt. Der Mann hat getrunken. Die Maschine stürzt an der südöstlichen Flanke der Medecine-Bow-Kette ab.

Den langen Winter über ist Leeland arbeitslos und hütet zu Hause das Baby. Lori arbeitet in der Schulcafeteria. Der Kleine ist ein echter Schreihals, und zur Beruhigung löffelt Leeland ihm Bier ein.

Im Frühjahr ziehen sie wieder nach Unique, und Leeland versucht es von neuem als Lastkraftwagenfahrer, diesmal in Fernlastzügen von Küste zu Küste, das heißt, er bleibt oft zwei, drei Monate fort. Er fährt über den ganzen Kontinent, nach Texas, Alaska, Montreal und Corpus Christi. Er sagt, überall ist es dasselbe. Lori arbeitet nun in der Küche des Hi-Lo-Cafés in Unique. Das Café wechselt in zwei Jahren dreimal den Eigentümer. West Klinker, ein älterer Rancher, nimmt im Hi-Lo jeden Tag drei Mahlzeiten ein. Er ist in Lori verknallt. Er liest ihr einen Artikel aus der Zeitung vor: Die Ozonschicht hat irgendwie ein Loch bekommen. Er verwechselt Ozon mit Oxygen.

Eines Nachts, als Leeland irgendwo an der Ostküste ist, wird das Baby von Krämpfen geschüttelt, nach einer Woche Fieber und Husten. Über fürchterlich vereiste Straßen fährt Lori den Jungen ins weit entfernte Krankenhaus. Er bleibt am Leben, ist aber geistig behindert. Lori stellt in Unique eine Gruppe für medizinische Notfallhilfe auf die Beine. Drei Frauen und zwei Männer melden sich für den Lehrgang in Erster Hilfe. Zum Unterricht fahren sie hundert Meilen weit. Nur zwei von ihnen bestehen die Prüfung beim ersten Versuch, Lori und Stotterbob, ein alter Junggeselle. Eine der Durchgefallenen sagt, Stotterbob habe ja auch nichts anderes zu tun, als das Erste-Hilfe-Handbuch zu studieren und dabei das schöne Leben zu genießen, das er sich mit dem monatlichen Scheck von der Sozialfürsorge machen kann.

Leeland hört mit der Fernfahrerei auf und fängt noch einmal mit seinem Vater auf der alten Ranch eine Schweinezucht an. Er geht zur freiwilligen Feuerwehr und erlebt den großen Brand im Februar mit, bei dem zwei Kinder umkommen. Der Feuerwehrwagen braucht drei Stunden, um durch die Schneeverwehungen zu der brennenden Ranch zu gelangen. Die Familie ist mit Lori verwandt. Als im Haus etwas explodiert, erzählt Leeland, kommt ein Gegenstand herausgeflogen und schlägt gegen die Kühlerhaube des Löschwagens. Es ist ein Nintendo, nicht mal verkohlt.

Stotterbob hat Cousins in Muncie, Indiana. Einer von ihnen arbeitet im Krankenhaus von Muncie. Der Cousin sorgt dafür, daß das Krankenhaus der Rettungsmannschaft von Unique einen alten Ambulanzwagen stiftet, den man ursprünglich einer Gruppe in Mississippi zugedacht hatte. Bobs Cousin, der in Unique gewesen ist, kann die Krankenhausleitung dazu überreden. Bob hat Angst vor der Fahrt durch die verstopften Städte, darum fahren Leeland und Lori mit dem Bus unter mehrmaligem Umsteigen nach Muncie, um das Fahrzeug abzuholen. Es ist ihr erster Urlaub. Ihren Jüngsten nehmen sie mit. Auf der Rückfahrt läßt Lori ihr Portemonnaie auf einem Stuhl in einem Restaurant liegen. Darin hat sie das Benzingeld für die Fahrt. Sie rennen zurück ins Restaurant, verrückt vor Angst. Das Portemonnaie ist abgegeben worden, und nichts fehlt. Lori und Leeland sprechen darüber, wie gut die Menschen sein können, sogar Fremde. In ihrer Abwesenheit wird Stotterbob zum Vorsitzenden der Rettungsgemeinschaft gewählt.

Ein Ehepaar aus Kalifornien zieht nach Unique und eröffnet eine Werkstatt, in der Tiere ausgestopft werden. Sie sagen, sie seien Künstler, und stellen die Tiere in ungewöhnlichen Posen dar. Lori arbeitet für sie als Putzfrau. Die Einheimischen machen Witze über den Kojoten im Schaufenster, der ein Bein vor einem Beifußstrauch hebt, in dem eine Falle steht. Das Geschäft hält sich fast zwei Jahre, dann zieht das Ehepaar nach Oregon. Leelands und Loris ältester Sohn ruft aus Übersee an. Er wird Berufssoldat.

Leelands Vater stirbt, und sie erfahren, daß die Schweinezucht tief verschuldet und die Ranch mit zwei Hypotheken belastet ist. Zur Abtragung der Schulden wird die Ranch verkauft. Leelands Mutter zieht zu ihnen. Leeland nimmt die Fernfahrerei wieder auf. Seine Mutter sitzt den ganzen Tag vor dem Fernseher. Manchmal sitzt sie auch in Loris Küche, sagt fast nichts und sucht aus den getrockneten Bohnen Steinchen heraus.

Die jüngste Tochter geht Babysitten. Eines Abends, auf der Heimfahrt, betastet ihr Auftraggeber ihre kleinen Brüste und verlangt, daß sie seinen Penis in die Hand nimmt, weil sie, sagt er, das Stück Schokolade gegessen hat, das er für später aufheben wollte. Sie tut, was er will, rennt dann aber weinend ins Haus und erzählt alles Lori. Lori rät ihr, den Mund zu halten und nicht mehr hinzugehen. Der Mann ist Leelands Freund; sie jagen zusammen Elche und Antilopen.

Leeland hört als Fernfahrer auf. Lori hat etwas Geld gespart. Abermals beschließen sie, ein eigenes Geschäft aufzumachen. Sie pachten die alte Tankstelle, wo Leeland seinen ersten Job gehabt hat und wo sie es schon mit dem Laden für Ranchbedarf versucht haben. Nun wird es wieder eine Tankstelle, aber zugleich ein Kramladen. Sie bieten todsichere Renner an: bunte Fähnchen aus Plastik, die im Wind knallen und knattern, ein Gratiseis, wenn jemand volltankt, Lotterielose. Leeland hat an die Glanzzeiten gedacht, als jeden Tag hundert Wagen hier hielten. Nun scheint der Highway 16 die ödeste Straße im ganzen Land zu sein. Ein Jahr stehen sie durch, dann muß Leeland zugeben, daß es nicht geklappt hat, und da hat er recht. Er ist tagelang niedergeschmettert, als San Francisco im Super Bowl gegen Denver gewinnt.

Ihr ältester Sohn wird aus der Armee entlassen und will nicht sagen, warum, aber Leeland weiß, es hat etwas mit Chemikalien zu tun. Drogen. Leeland fährt wieder Fernlaster, trotz seiner Rückenschmerzen. Der älteste Sohn ist zu Hause und arbeitet als Ranchgehilfe in Pie. Leeland beobachtet ihn, sucht nach Anzeichen für eine Sucht. Der Junge hat immer gerötete, tränende Augen.

Ihr schlimmstes Jahr kommt. Leelands Mutter stirbt, er bekommt einen Rückenschaden, in der gleichen Woche erfährt Lori, daß sie Brustkrebs hat und wieder schwanger ist. Sie ist sechsundvierzig. Der Arzt rät Lori zur Abtreibung. Lori will nicht.

Bei ihrem Ältesten wird eine Allergie gegen Pferde festgestellt, und er gibt den Job auf der Ranch auf. Er sagt Leeland, daß er es mit der Schweinezucht versuchen will. Die Schweinefleischpreise sind hoch. Ein paar Tage lang ist Leeland Feuer und Flamme. Er hat schon das Firmenschild vor Augen: Leeland Lee & Sohn, Viehhandlung. Aber der Sohn überlegt es sich anders, als ein Freund, den er vom Militärdienst kennt, mit dem Motorrad zu Besuch kommt. Am nächsten Morgen fahren sie zusammen nach Phoenix.

Lori hat im fünften Schwangerschaftsmonat einen Abgang, und dann verzehrt sie der Krebs. Leeland kommt jeden Tag zu ihr ins Krankenhaus. Lori stirbt. Die Töchter, inzwischen beide verheiratet, beschimpfen Leeland. Niemand weiß, wie der älteste Sohn zu erreichen ist, und er kommt nicht zum Begräbnis. Der Jüngste weint und ist nicht zu trösten. Sie beschließen, daß er in Billings, Montana, bei seiner ältesten Schwester aufwachsen soll, die ihr erstes Kind erwartet.

Im zweiten Frühjahr nach Loris Tod kommt eine Frau mittleren Alters aus Ohio, kauft das Café, läßt es orange anstreichen, tauft es in Unique Eats um und engagiert Leeland als Koch. Er kann gut mit Fleisch umgehen, weiß, wie man die besten Stücke auswählt und sie perfekt grillt oder in siedendem Fett brät. Zu Hause hat er nie gekocht, und alle staunen über sein so lange unerkanntes Talent. Der älteste Sohn kommt wieder, und im nächsten Jahr wollen sie die alte Tankstelle pachten und in eine Motorrad-Reparaturwerkstatt mit Steakhaus umwandeln. Niemand hat Zeit, die Nachrichten zu hören.

Der Blutfuchs
....

Für Buzzy Malli

Der Winter 1886/87 war schlimm. Steht auch in jedem einzelnen gottverdammten Buch über die Geschichte der Hochebene drin. In dem trockenen Sommer davor weideten riesige Viehherden auf übergrastem Land. Der erste feuchte Schnee gefror, und durch die Eiskruste kamen die Rinder nicht mehr ans Gras heran. Blizzards folgten und eine Kälte, daß einem die Augen erfrieren konnten, und magere Rinderleichen türmten sich an den Wasserstellen und Bächen auf.

Ein junger Cowboy aus Montana, der ein bißchen eitel war, hatte bei Mantel und Handschuhen geknausert und seinen ganzen Lohn in einem Paar schöner, handgenähter Stiefel angelegt. Er ritt ins Territorium Wyoming, dachte, dort wäre es wärmer, denn es war südlich von da, wo er herkam. In der Nacht erfror er am eisigen Westufer des Powder River, eines für seine Maße und seine Strömungsrichtung berühmten Flusses: einen Zoll tief, eine Meile breit, und er fließt von Texas her bergauf.

Am Nachmittag darauf ritten drei Viehtreiber von der Box-Spring-Ranch bei Suggs an seiner Leiche vorüber, die blau wie ein Wetzstein halb im Schnee begraben lag. Sie waren erfahrene, abgebrühte Burschen. Sie trugen Filzmäntel, wollene Beinschützer, talgwollene Schals, um Hut und Stoppelkinn gewickelt, Schaffellhandschuhe, und zwei von ihnen hatten das Glück, daß auch die Füße in heilen Stiefeln und dicken Socken gut untergebracht waren. Der dritte, Dirt Sheets, ein schieläugiger Säufer, der selbst vor Haaröl nicht zurückschreckte, war zwar oben herum ordentlich ausstaffiert, aber weiter unten hatte ihn das Glück verlassen: keine Socken, die Stiefel zu eng und voller Risse und Löcher.

»Diese Portion Büchsenfleisch hat genau meine Schuhgröße«, sagte Sheets und stieg zum erstenmal an diesem Tag vom Pferd. Er versuchte, dem Montana-Cowboy den Stiefel vom linken Fuß zu ziehen, aber er war festgefroren. Der am rechten Fuß ging auch nicht besser ab.

»Du Sohn von einem kranken Ochsen in einer Schneewehe!« sagte er. »Dann schneid ich sie eben ab und laß sie nach dem Essen auftauen.« Sheets zog ein Bowie-Messer und sägte Montana dicht über den Stiefelschäften die Schienbeine durch, steckte die gestiefelten Füße in seine Satteltaschen, rühmte das feine Leder und die aufgestickten Herz- und Kreuzkartenmuster. Auf der Suche nach verirrten Rindern ritten sie weiter flußabwärts, fanden ein Dutzend, die in tiefen Schneewehen festsaßen, und verbrachten den größten Teil des Tages damit, sie herauszuziehen.

»Zu spät fürs Bunkhaus. Irgendwo da oben hat der alte Grice seinen Schuppen. Der hat bestimmt ein paar Dörrpflaumen oder andere Leckereien, auf jeden Fall einen warmen Ofen.« Es war so kalt geworden, daß die Spucke in der Luft knisterte und kein Mann sich zu pinkeln traute, weil er dann womöglich bis zum Frühjahr stehen bleiben mußte. Sie waren sich einig, es mußten vierzig Grad minus oder mehr sein, und der Wind mauserte sich zu einem satten Wyominger Heuler.

Vier Meilen weiter nördlich fanden sie den Schuppen. Der alte Grice öffnete die Tür einen Spaltbreit.

»Kommt rein, ob Treiber oder Viehdiebe, ist mir egal.«

»Wir wollen die Pferde unterstellen. Wo ist der Stall?«

»Stall? Nie einen gehabt. Da hinter dem Holzstapel ist ein Unterstand, da werden sie nicht weggeblasen und erfrieren vielleicht auch nicht. Ich hab meine zwei Pferde hier drinnen neben dem Geschirrschrank. Schrecklich, wie ich die Babys verzieh!

Schlaft, wo ihr Platz findet, aber ich sag euch, paßt bloß auf, daß ihr dem Blutfuchs nicht nah kommt, der schlingt euch glatt runter und spuckt euch wieder aus! Ein feuriges Roß, kann ich euch sagen! Zieht euch 'nen Stuhl ran und eßt einen Teller Hurensohn-Stew. Und Gesprächswasser zum Runterspülen hab ich auch genug. Heiße Biscuits kommen gleich aus dem Ofen.«

Es wurde ein netter Abend, mit Essen, Trinken und Kartenspielen, Lügengeschichten am warmen Ofen, und die verwöhnten Pferde im Raum seufzten vor Behagen. Den einzigen Mißton gab es wegen des Zasters, weil der alte Grice seine Gäste ausnahm, verlangte von ihnen dreieinhalb Dollar. Gegen Mitternacht blies Grice die Lampe aus und legte sich in seine Koje, und die drei Treiber streckten sich auf dem Boden aus. Sheets stellte seine Trophäen hinter den Ofen, bettete den Kopf auf den Sattel und schlief ein.

Eine halbe Stunde vor Tagesanbruch wurde er wach, erinnerte sich daran, daß es der Geburtstag seiner Mutter war und er wie ein geölter Blitz reiten mußte, wenn er ihr als guter Sohn noch ein Telegramm schicken wollte, denn das Telegrafenamt machte mittags zu. Er sah sich seine grausigen Trophäen an, fand sie aufgetaut, befreite Stiefel und Socken von ihrem ursprünglichen Inhalt und zog sie über die eigenen unteren Extremitäten. Die nackten Montana-Füße und seine alten Stiefel warf er in die Ecke neben dem Geschirrschrank, huschte leise wie eine fallende Feder nach draußen, sattelte sein Pferd und ritt davon. Der Wind hatte sich gelegt, und die klare, kalte Luft erfrischte ihn.

Der alte Grice stand mit der Sonne auf, mahlte Kaffeebohnen und tat Speck in die Pfanne. Er blickte kurz zu seinen in ihre Decken gerollten Gästen hinab und sagte: »Kaffee's fertig.« Der Blutfuchs stampfte und trat nach etwas, das wie ein menschlicher Fuß aussah. Der alte Grice schaute genauer hin.

»Fängt ja gut an, der Tag«, sagte er, »das ist ein Fuß von einem

Mann, und da ist der andere.« Er zählte die schlafenden Gäste. Es waren nur noch zwei.

»Überlebende, aufwachen! Um Gottes willen, nun werdet schon wach und steht auf!«

Die beiden Viehtreiber rollten sich aus den Decken und glotzten den Alten an, der ganz schön aufgeregt war und auf die Füße zeigte, die hinter dem Blutfuchs am Boden lagen.

»Er hat Sheets aufgefressen! Ach, ich hab's ja gewußt, daß er ein böser Gaul ist, aber einen ganzen Mann aufzufressen! Du brutales Biest!« schrie er den Blutfuchs an und trieb ihn in die brennende Kälte hinaus. »Du frißt mir kein Menschenfleisch mehr! Du schläfst jetzt draußen bei den Blizzards und den Wölfen, du Teufelsvieh!« Insgeheim war er stolz, ein Pferd zu besitzen, das den Mumm hatte, einen Cowboy roh zu verspeisen.

Die beiden übrigen Reiter von der Box Spring waren aufgestanden und tranken ihren Kaffee. Sie beobachteten den Alten aus den Augenwinkeln, nestelten an ihren Revolvergürteln.

»Ach, Jungs, um Gottes willen, es war doch nur ein schrecklicher Unfall. Ich hab ja nicht gewußt, wozu dieses Biest von einem Blutfuchs imstande ist. Das soll aber unter uns bleiben. Sheets war nicht viel wert, und ich hab vierzig Golddollar, das sollt euch überzeugen, und dazu noch die dreieinhalb, die ich euch gestern abgeknöpft hab. Eßt euren Speck, und macht mir keinen Ärger! Gibt schon Ärger genug auf der Welt.«

Nein, sie wollten ihm keinen Ärger machen und steckten das schöne Geld in ihre Satteltaschen, tranken noch eine letzte Tasse heißen Kaffee, legten die Sättel auf und ritten hinaus in den grinsenden Morgen.

Als sie Sheets abends im Bunkhaus trafen, nickten sie ihm zu, gratulierten ihm zum Geburtstag seiner Mutter, sagten aber nichts von Blutfüchsen oder von dreiundvierzigeinhalb Dollar. So rechnete die Sache sich besser.

*In der Hölle will man nur
ein Glas Wasser*
....

Man steht da wie angewachsen. Wolkenschatten rasen über die braungelben Steinhaufen wie ein Film über die Leinwand, werfen Flecken wie von einem schwärenden Ausschlag auf den Boden. Die Luft faucht, und es ist keine Brise von hier, sondern das gewaltige, grausame Brausen des Windes, das bei der Erdumdrehung entsteht. Das wilde Land – indigoblaue Bergzacken, die endlose Grasebene, Steingeröll wie Trümmer von Städten, das flackernde Rasen des Himmels – weckt einen andächtigen Schauder. Es ist wie ein tiefer Ton, den man nicht hört, sondern spürt, wie ein Krallengriff in die Eingeweide.

Gefährlicher, teilnahmsloser Boden: gegen seine feste Masse zählen die Tragödien der Menschen nicht, obwohl man die Spuren ihrer Mißgeschicke überall sieht. Kein Gemetzel von einst, keine Grausamkeit, kein Unfall oder Mord, wie er auf den kleinen Ranches passiert oder in den abgelegenen Siedlungen mit ihren drei bis siebzehn Bewohnern, hält das anflutende Morgenlicht auf. Die Zäune, Rinder, Straßen, Raffinerien, Bergwerke, Kiesgruben, Verkehrsampeln, die Graffiti zur Feier eines sportlichen Triumphs an einer Fußgängerbrücke, die Blutkruste auf der Verladerampe des Wal-Mart, die sonnengebleichten Plastikblumenkränze zur Erinnerung an den Tod auf der Straße sind vergänglich. Andere Kulturen haben eine Weile hier kampiert und sind verschwunden. Nur die Erde zählt und der Himmel. Nur das immer wiederkehrende Anfluten des Morgenlichts. Allmählich sieht man ein, daß uns Gott sehr viel mehr nicht schuldet.

1908, auf der Flucht vor der Dürre und den Sandstürmen von Texas, kam Isaac »Ice« Dunmire an einem dunklen Februarmorgen um halb vier in Taramis, Wyoming, an. Es waren siebenunddreißig Grad unter Null, der Wind heulte über die Gleise.

»Schlimmer als hier kann's ja nicht werden«, sagte er. Er hatte keine Ahnung.

Obwohl er zu Hause in Burnet County eine Frau, Naomi, und fünf Söhne hatte, schwor er dem Verwalter der Six-Pigpen-Ranch, daß er alleinstehend sei, sonst hätte er die Stelle als Viehtreiber nicht bekommen. Die großflächige Ranch gehörte zwei schottischen Brüdern, die sie nie gesehen hatten und auch nicht sehen wollten, ebensowenig wie der Eigentümer eines Sklavenschiffs dessen Fracht in Augenschein nimmt.

Weil er nie in die Stadt ging, seine vierzig Dollar Monatslohn sparte, im Red-Dog-Spiel öfter gewann als verlor, unermüdlich Wölfe abschoß und die Prämien kassierte, besaß Ice Dunmire am Ende des ersten Jahres vierhundert Dollar in einer blauen Blechdose mit dem Bild eines pferdeschwänzigen Matrosen, der sich von einem goldenen Tabakstrang einen Priem abschneidet. Es reichte nicht. Im zweiten Frühjahr verließ er die Six Pigpen und ging in die Teton-Berge, um Wapiti-Elche zu jagen; ihre großen Eckzähne wurden für viel Geld von den Mitgliedern des Elchclubs gekauft, die sich das Elfenbein an die Uhrketten hängten.

Nun steckte er eine Heimstattparzelle in der Laramie-Ebene südlich von der Big Hollow ab, einer langen, vom Wind ausgefegten Senke unterhalb der schneebedeckten Gipfel der Medicine Bows, baute sich eine Grassodenhütte und ließ sein Brandzeichen eintragen, eine Kiste in einer Schaukel, die Rocking Box. Die Grenzziehung hatte nichts zu bedeuten – er sah nur das schöne, tiefe Land und betrachtete es als sein Eigentum, hatte vor, soviel wie möglich davon an sich zu bringen. Er kaufte und stahl ein halbes Hundert Rinder, war stolz auf diesen jämmerlichen Besitz und erklärte sich zum Rancher. Er ließ Frau und Kinder kommen, stellte in Naomis Namen einen Antrag auf eine seinem Land benachbarte Viertelquadratmeile. Seine plötzliche Verwandlung vom Junggesellen zum Familienvater mit fünf kleinen Unruhestiftern, vom mittellosen Cowboy zum grundbesitzenden Rancher trug ihm den Spitznamen »Tricker«, Schwindler, ein – was manche mit großem Unbehagen mißverstanden und als »Trigger«, Revolverheld, hörten.

Was der Frau durch den Kopf gegangen sein mag, als sie die Grassodenhütte sah, drei mal fünf Meter, mit Brettern und Erde überdacht, ein Fenster und eine schiefe Tür, kann man nicht wissen, aber ahnen. Darin standen zwei Bettgestelle, als Matratzen mit der Bauchwolle von Schafen gefüllte Säcke. In dem einen schliefen die fünf Jungen, in dem andern sorgte Ice mit Naomi schleunigst für weiteren Zuwachs, ein Kind nach dem andern, so schnell die Frau sie nur austragen konnte. Am lebhaftesten behielt Jaxon von seiner Mutter in Erinnerung, wie sie kochendes Wasser auf die Klapperschlangen goß, die er und seine Brüder mit Stacheldrahtschlingen gefangen hatten, wie sie lächelte, wenn die Tiere sich wanden. Geplagt und geschunden, suchte sie 1913 bei einem Kesselflicker Trost, ging mit ihm durch und ließ Ice allein mit den neun Jungen – Jaxon, den Zwillingen Ideal und Pet, Kemmy, Marion, Byron, Varn, Ritter und Bliss. Alle überlebten, bis auf Byron, der nach einem Moskitostich an Hirnhautentzündung starb. Jungen waren in diesem Land so gut wie Geld auf der Bank, und Ice zog sie auf, um seinen Bedarf an Arbeitskräften zu decken. Zu Weihnachten bekamen sie Wurfseile, zum Geburtstag jeder einen Händedruck, und vergiß den Kuchen.

Alles, was sie lernten, hatte mit dem Vieh und der Arbeit auf der Ranch zu tun. Schon als kleine Knirpse schliefen sie manchmal allein draußen in der Ebene, die Knie angezogen, eine Zeltplane überm Kopf, und hörten den Regen an ihren Ohren vorüberrieseln. Im Herbst, nach dem Round-up, dem Zusammentrieb der Herden, stiegen sie zum Jelm Mountain hinauf und jagten, nicht zum Vergnügen, sondern zur Fleischbeschaffung. Sie wuchsen zu durch und durch abgehärteten, unermüdlichen Arbeitstieren heran, an Entbehrungen gewöhnt, zufrieden mit Schnaps und Zigaretten als einzigem Luxus und stolz auf die geleistete Arbeit. Sie waren zähe Burschen, groß und muskulös, und nichts taten sie lieber, als einem Pferd am frühen Morgen den Frost aus den Gliedern zu scheuchen.

»Drück ihm die Scheißsporen in die Lungen, mein Junge!« brüllte Ice ein Kerlchen an, das auf einem bockigen Bronc saß. »Sei ein Mann!«

Ihre Leidensfähigkeit war sagenhaft. Als ein Stück von einem schmalen Bergpfad unter Marions Pferd wegbrach und sie auf die Felsen darunter stürzten, das Pferd sich das Genick brach und er das linke Bein, erschoß er das Pferd, schiente sich das Bein mit ein paar Yucca-Stengeln und seinem Halstuch, schnitzte sich eine Krücke aus einem abgeschossenen Zwergzedernast, humpelte in drei Tagen bis zur zwanzig Meilen entfernten Shivers Ranch, bat um ein Glas Wasser, trank es aus, machte auf seiner Zedernkrücke kehrt und schickte sich an, zu seiner Heimatranch weiterzuhumpeln, noch mal sieben Meilen nach Osten, bis George Shivers ihn überreden konnte, eine Kutsche zu besteigen. Da erst sah Shivers, was ihm zuvor entgangen war – daß Marion über die ganze Entfernung hin seinen schweren Cowboysattel mitgeschleppt hatte.

Jaxon, der Älteste, war ein ausgezeichneter Bronc-Reiter, aber mit achtundzwanzig hatte er schon so viele innere Verletzungen, daß seine Unterwäsche oft blutfleckig war; er mußte auf ruhigere, schon von anderen zugerittene Pferde umsteigen. Eine Zeitlang hing er herum, dann kümmerte er sich um den täglichen Betrieb auf der Ranch, führte die Rechnungs- und

Herdbücher, aber im Sommer überließ er das alles wieder seinem Vater und holperte als Vertreter für Morning-Glory-Windmühlen in einem Ford-Laster durchs Land, zu Ranches, Messen und Rodeos. Sie brauchten unbedingt Geld, die Ranch brauchte Geld. In dem Wagen wurde er so durchgerüttelt, daß er ebensogut, sagte er, wieder Broncs reiten könnte. Er kaufte sich einen großkarierten Anzug, dann einen Sportwagen mit einem gummibereiften Anhänger an der hinteren Stoßstange. Auf der Ladefläche des Anhängers schraubte er ein maßstabgetreues Modell der Morning-Glory-Windmühle fest, das von der Firma gestellt wurde. Die Flügel kreisten ansehnlich im Fahrtwind. Nebenher verkaufte er Federn für Pumpengestänge, Regulatoren und ein Sortiment Cowboy-Kalender mit Lagerfeuerbildern und süßlichen Versen oder bonbonfarbenen Mädchen, die auf Indianerdecken knieten. Die Windmühle war ein Stahlgerüst mit Rückkurbelantrieb für eine Wasserpumpe. Die Flügel waren hellblau gestrichen, und eine Wetterfahne mit gezacktem Schwanz trug die Devise NEVER SORRY – MORNING GLORY.

»Den Klinkenputzern, die bloß Bilder und den Katalog dabeihaben, hab ich was voraus. Bei mir kann man die Sache selber sehn – wie die Hauptachse durchs Walzenlager ins Doppelzahnradgetriebe geht. Das kann man auf keinem Bild sehn, wie die Zähne da mit den großen Kurbelwellen ineinandergreifen. Die Walzenlager geben der Sache den Biß. Und wenn so 'n alter Zausel auch keine Windmühle will, dann will er sicher ein paar Kalender. Kleinvieh macht auch Mist.«

In den Angelegenheiten der Ranch redete er weiter mit – das Recht dazu hatte er sich verdient.

Pet und Kemmy heirateten und wohnten dann nicht mehr auf der Rocking Box, aber die anderen blieben unbeweibt zu Hause, waren zufrieden mit der unaufhörlichen Arbeit und, dann und wann, einem gemeinsamen Ausflug in ein Bordell in Laramie. Jaxon war bei diesen Gelegenheiten nicht mit von der Partie, behauptete, alles, was er in der Hinsicht brauche, bekomme er bei seinen Besuchen auf abgelegenen Ranches.

»Manche von diesen Frauen können's kaum abwarten, bis ich aus dem Wagen gestiegen bin«, sagte er. »Die legen gleich Hand an dich, wenn du die Tür aufmachst. So wie unsere Ma, würd ich meinen«, lästerte er.

Zur Zeit der Dürre und der Wirtschaftskrise Anfang der dreißiger Jahre mischten die Dunmires schon bei allem mit, was sie sagten, beruhte auf echter Erfahrung. Sie hatten alles miterlebt: Präriebrand, Überschwemmungen, Schnee- und Sandstürme, Verletzungen, fallende Rindfleischpreise, Heuschreckenplagen, Viehdiebstahl, Kälberruhr, schlechte Pferde. Landstreicher und Zigeuner jagten sie fort, und wenn Jaxon »Shuffle off to Buffalo« pfiff, dauerte es keinen Monat, und überall pfiff man es ihm nach. Das Land mit seinen Pferden und seinem Vieh lag ihnen, und wenn sie an irgendwas hingen, dann daran, und sie gaben hier den Ton an, weil sie zu acht und alle mit Ice einer Meinung waren. Aber unter Menschen, die auf großen Flächen Vieh halten, entsteht leicht eine Art Verachtung für Leute, die anders sind. Was sie jeden Tag sahen, wenn sie über ihr Land ritten, wurde den Dunmires zum Maßstab für Schönheit und Religion, und dies bestärkte sie in ihrer Geringschätzung von Kunst und geistiger Tätigkeit. Sie strahlten eine düstere Arroganz aus, ein starrsinniges Beharren auf der eigenen Lebensweise als der einzig möglichen.

Die Tinsleys waren von anderem Schlag. Horm Tinsley war von St. Louis heraufgezogen, in Erwartung des raschen Erfolgs. Er sagte oft, alles sei möglich, und das war die reine, aber bittere Wahrheit. Er war wurstig und paßte nicht auf, wurde bald schon beim Aufstellen von Zaunpfählen von einer Klapperschlange gebissen und zwei Monate später, bei der gleichen Arbeit, noch mal. Auf der fruchtbaren Ebene von Laramie ergatterte er einen Flecken schlechten Landes knapp östlich der Regenzone, trockener, sandiger Boden mit spärlichem Gras, kam einfach nicht zurecht, versuchte es mit Pferden, Rindern, Schafen. Jeder Wechsel der Jahreszeit kam für ihn überraschend, er konnte zwar Schnee von Sonnenschein unterscheiden, aber ansonsten hatte er keine Nase fürs Wetter. Für sein Stück Land interessierte er sich schon, doch eher für einen stattlichen Felsen hier oder andere belanglose malerische Reize dort.

Daß er als Viehzüchter nichts taugte, war bald allgemein bekannt, aber man duldete ihn und mochte ihn sogar, weil er ein netter Kerl war und vorzüglich Banjo und Geige spielte; allerdings betrachteten ihn die meisten mit geringschätzigem Mitleid, weil er in seinen häuslichen Angelegenheiten fünfe grad sein ließ und seine verrückte Frau nach ihrer kopflosen Untat auch noch verhätschelte.

Mrs. Tinsley, eine zutiefst schamhafte, empfindliche Seele, voll Abscheu vor jeder ehelichen Entblößung, war nervenleidend; schrille Geräusche wie das Kratzen eines Stuhlbeins auf dem Boden oder das Quietschen eines herausgezogenen Nagels verwirrten und quälten sie. Als junges Mädchen in Missouri hatte sie mal ein Gedicht mit der Anfangszeile »Schön ist das Leben wie ein Feenland« geschrieben. Nun war sie Mutter von drei Kindern. Mit ihrer jüngsten Tochter Mabel fuhren sie einmal nach Laramie hinein, das Baby schrie entsetzlich, die Kutsche rumpelte über Steine, die unter den Rädern wegrutschten. Als sie auf der Brücke über dem Little Laramie waren, stand Mrs. Tinsley auf und warf den schreienden Säugling ins Wasser. Das weiße Kleid des Kindes blähte sich auf und schwamm noch einige Meter mit der starken Strömung, dann verschwand es unter überhängenden Weiden an einer Flußbiegung. Kreischend wollte die Frau dem Kind nachspringen, aber Horm Tinsley hielt sie zurück. Sie rasten ans andere Ufer und zur Stelle hinter der Biegung. Aus und vorbei.

Als eine Art Wiedergutmachung für diesen Anfall von Mordlust bildete sich bei Mrs. Tinsley eine überängstliche Besorgnis um die Sicherheit ihrer beiden anderen Kinder heraus. Sie band sie in der Küche an ihren Stühlen fest, damit sie nicht hinausgehen und zu Schaden kommen konnten, schickte sie vor Sonnenuntergang zu Bett, weil die Dämmerung eine Zeit voller Gefahren war, warnte sie vor Heuhaufen, in denen Vipern lauern konnten, vor ausschlagenden Pferden, bissigen Hunden, den gelben Wyandotte-Hühnern und ihren scharfen Schnäbeln, vor dem Krachen des Donners und dem Anblick des Blitzes. Nachts kam sie oftmals an ihr Bett, um sich zu vergewissern, daß sie nicht erstickt waren.

Der Junge, Rasmussen, kartoffelnasig, mit dickem braunem Haar und gelben Augen, legte mit zwölf ein unerwartet närrisches Wesen an den Tag. Er konnte gut kopfrechnen, las Bücher. Er stellte verwickelte Fragen, die niemand beantworten konnte – wie weit ist es bis zur Sonne, warum haben Menschen keine Schnauzen, kommt man nach China, wenn man in beliebiger Richtung immer geradeaus geht? Besonders interessierten ihn Eisenbahnen; er wußte Bescheid über Zugverbindungen, studierte die Kursbücher, löcherte die Reisenden am Bahnhof mit Fragen nach fernen Städten. Alles Vieh mit Ausnahme seines gesprenkelten Grauschimmels Bucky war ihm gleichgültig, und am liebsten ließ er seine Gedanken aufs Geratewohl umherschweifen, als wären die praktischen Probleme des Lebens sowieso nicht zu lösen, sondern nur Spielzeug wie die Halme eines Strohbesens für das Kätzchen.

Mit fünfzehn wandte sich sein Interesse dem fernen Meer zu, und er gierte nach Büchern über Schiffe, Büchern mit Bildern, aber es gab keine. Auf Papier erfand er Boote, die wie umgestülpte Dächer aussahen, stellte sich den Ozean als ein gleichmäßig glattes, glasiges Element vor, bis Mrs. Hepple aus Laramie eines Abends von einer Seereise erzählte, die eine wahre

Höllenfahrt durch ungeheure Wogen und furchtbare Orkane gewesen sein mußte. Ein andermal arbeitete fünf, sechs Monate lang ein Mann bei ihnen, der in San Francisco gewesen war. Er erzählte vom Gewimmel auf den Straßen, von chinesischen Geheimgesellschaften, die sich bekriegten, Matrosen und Holzfällern, die ihren Lohn in einer einzigen wüsten Nacht verjubelten. Er schilderte auch Chicago, eine aus der Ebene aufragende qualmende Masse, die hundert Meilen weit nach Osten die Luft verpeste. Der Lake Superior, sagte er, leckt an der wilden Küste von Kanada.

Ras war nicht zu halten. Mit sechzehn ging der hochaufgeschossene Schlaks von zu Hause fort, wollte nach San Francisco, Seattle, Toronto, Boston, Cincinnati. Was er erwartete und was er erlebte, wußte niemand. Er kam weder zurück, noch schrieb er.

Die Tochter, vernachlässigt, wie Töchter eben aufwachsen, heiratete einen Cowboy mit üblen Angewohnheiten und zog mit ihm nach Baggs. Horm Tinsley gab die Schafzucht auf und verlegte sich auf Gemüsegärtnerei und Bienenzucht, spezialisierte sich auf Tomatenkonserven, auf Moon-and-Stars-Wassermelonen. Ras' Pferd verkaufte er nach etwa einem Jahr an die Klickas auf der Nachbarranch.

1933 hatten sie von ihrem Sohn seit mehr als fünf Jahren kein Wort gehört.

Die Mutter flehte die Gardinen an: »Warum schreibt er denn nicht?«, und sah wieder das Kind im Wasser vor sich, still, von dem geschwellten Kleid um die dunkle Biegung getragen. Wer würde schon einer solchen Mutter schreiben? – und mitten in der Nacht stand sie auf, schrubbte die Küchendecke, die Tischbeine, die Schuhsohlen ihres Mannes, rieb den alten Fleischwolf mit einer Bananenschale ab, um den Silberglanz wiederherzustellen. Mochte sie auch eine Mörderin sein, sollte doch niemand sagen können, daß sie ihr Haus nicht reinhielt.

Jaxon Dunmire war bereit, mit seinem Windmühlenaufbau wieder auf Verkaufsfahrt zu gehen. Sie hatten gerade ein neues Rundgatter gebaut, das Brändern, soweit es etwas zu brändern gab, war vorüber, und das Heumachen konnte man vergessen – auf den ausgedörrten Feldern war nichts gewachsen. Was anderswo ein weißer Blütenteppich hätte sein können, war hier im Wind aufblühender Alkalistaub, und ein dunkler Horizont kündigte nicht Regen an, sondern den nächsten erstickenden Sandsturm oder eine aufsteigende Wolke von Heuschrecken. Ice sagte, er spüre, es werde noch schlimmer kommen. Um die Rancher vor dem Ruin zu bewahren, kaufte die Regierung das Vieh zu Spottpreisen auf.

Jaxon lehnte an einem Verschlag und sah dem zottelköpfigen Bliss zu, der sich über den Huf einer Zuchtstute beugte und eine Hornspalte untersuchte.

»Unten bei Lingle hab ich letztes Jahr Mormonenheuschrecken gesehn, wie sie einen Präriehund bei lebendigem Leib auffraßen«, sagte Jaxon. »Dauerte etwa zehn Minuten.«

»Mein Gott!« sagte Bliss, der mit vierzehn zum erstenmal Schokolade gekostet und sie gleich wieder ausgespuckt hatte; schmecke zu aufdringlich, sagte er. Er hörte sich gern Jaxons Geschichten an, dachte, er würde auch gern mal Windmühlenvertreter werden oder wenigstens ein paar Wochen lang mit Jaxon herumfahren. »Hat 'ne kleine Spalte, die hier anfängt.«

»Gleich behandeln, kann das Pferd retten. Wir haben doch noch eine halbe Büchse Hufsalbe. Klar, man sieht und hört schon so allerlei Verrücktes. Clayt Blay hat mir erzählt, vor rund zwanzig Jahren, da hat er in Laramie so zwei Kerle getroffen, die haben ihm erzählt, sie hätten oben in der Sierra Madre 'ne Diamantenmine gefunden, und dann, sagt Clayt, haben beide Keuchhusten bekommen und sind dran gestorben. Im Herbst hat er ihre Leichen gefunden, schon in den Boden der Hütte eingefault. Aber *natürlich* hatten sie Clayt noch gesagt, wo die Stelle war, bevor sie abgekratzt sind.«

»Hast du ihm nicht abgenommen.« Bliss begann über der Spalte ein Muster in den Huf zu schneiden, damit sie nicht größer wurde.

»Nee, unwahrscheinlich, daß ich je irgendwas ernst nehme, was Clayt Blay erzählt.« Er drehte sich eine Zigarette, zündete sie aber nicht an.

Bliss warf einen Blick in den Hof. »Was ist das für ein verdammtes Zeug auf deiner Stinkkarre?«

»Ach, irgendwer hat in Rock Springs Mehl oder Gips draufgeschmissen. Immer, wenn ich nach Rock Springs komme, machen sie irgendwelchen Mist. Schlechte Laune, die Leute – und kein Schwein hat Geld für 'ne Windmühle. Solltest mal sehn, was die sich selbst für Gestelle zusammenbasteln. Der eine hat sich so ein Ding aus 'nem Teil von 'ner alten Pumpe, Ballendraht, einem Maisschäler und ein paar Verbindungsstangen gebaut. Kostet ihn zwei Dollar. Und das Scheißding funktioniert auch noch prima. Wie soll ich dagegen anstinken?«

»O Gott!« sagte Bliss und begutachtete den Huf zum Abschluß. »Wenn ich hier fertig bin, wasch ich dir das Zeug von deinem Turm ab.«

Als er sich aufrichtete, warf Jaxon ihm seinen Tabaksbeutel zu. »Dann mal los, Brüderlein! Und falls ich die gute Schere finde, schneid ich dir noch dein verlaustes Haar.«

Die Tinsleys bekamen einen Brief aus Schenectady, New York. Der Mann, der ihnen schrieb, ein Methodistenpfarrer, teilte ihnen mit, daß ein junger Mann, der vor einem Jahr bei einem Autounfall schwer verletzt worden und seither stumm und körperbehindert sei, die Verständigungsfähigkeit bis zu einem gewissen Maß wiedererlangt und sich als ihr Sohn Rasmussen Tinsley identifiziert habe.

Niemand hat erwartet, daß er es überstehen würde, schrieb der Pfarrer, *und es zeugt von Gottes Güte, daß er noch am Leben ist. Ich habe die Gewißheit, daß der Schaffner ihm beim Umsteigen in Chicago behilflich sein wird. Die Fahrtkosten werden aus einer Kirchenkollekte bestritten. Er wird am 17. März mit dem Nachmittagszug in Laramie ankommen.*

Das Nachmittagslicht war sauer wie Zitronensaft. Mrs. Tinsley, mit einer wundervoll starren Dauerwelle, stand auf dem Bahnsteig und beobachtete die aussteigenden Fahrgäste. Der Vater trug ein sauberes, gestärktes Hemd. Ihr Sohn kam heraus, auf einen Stock gestützt. Der Schaffner reichte einen Koffer herunter. Sie wußten, es war Ras, aber wie hätten sie ihn erkennen sollen? Er war ein Ungeheuer. Die linke Gesichts- und Schädelseite war verstümmelt, eine Ansammlung scharlachroter Narben. Auch die linke Augenhöhle war vernarbt, und aus einem Loch in seiner Kehle kam ein pfeifendes Geräusch. Das Kinn war entstellt. Mehrfachbrüche des einen Beins waren schlecht verheilt, und er schleifte es torkelnd nach. Beide Hände schienen verkrüppelt zu sein, die Gelenke steif, die Finger gekappt. Sprechen konnte er nicht, abgesehen von einem Krächzen, das der Teufel verstehen mochte.

Mrs. Tinsley schaute weg. Ihr Fehler, durch die Osmose der Schuld.

Der Vater trat zögernd näher. Der Versehrte senkte den Kopf. Mrs. Tinsley stieg schon wieder in den Ford. Sie machte die Tür zweimal auf und zu, fing kurz das Sonnenlicht ein. Auf einem steinigen Hang eine halbe Meile entfernt war ein bißchen Regen gefallen, und die nassen Felsen schimmerten wie Kuchenbleche.

»Ras.« Der Vater streckte die Hand aus und berührte den dünnen Arm seines Sohns. Ras wich zurück.

»Komm, Ras! Wir bringen dich nach Hause und päppeln dich wieder auf. Mutter hat Brathähnchen gemacht.« Aber beim

Anblick des verzerrten, über den fehlenden Zähnen eingesunkenen Mundes kamen ihm Zweifel, ob Ras irgend etwas kauen könnte.

Er konnte. Er aß unentwegt, die Zähne auf der guten Seite des Mundes mahlten sich durch Fleisch, Gemüse und Kuchen. Im Kochen fand Mrs. Tinsley einen gewissen Trost. Nachdem er auf dem Bahnhof gescheitert war, gab Ras seine Sprechversuche auf, aber manchmal schrieb er mit fehlerhafter Orthographie etwas auf einen Zettel und gab es seinem Vater.

IMUS VIERNE WEILE IERAUS

Und Horm fuhr dann mit ihm ein bißchen im Lieferwagen herum. Die Reifen waren nicht mehr gut. Er fuhr nie weit. Horm redete unausgesetzt, während Heuschrecken gegen die Windschutzscheibe prallten. Ras blieb stumm. Es war nicht zu erkennen, wieviel er begriff. Er hatte Schaden genommen, soviel stand fest. Aber wenn der Vater mit dem Winker die Umkehr nach Hause anzeigte, zog Ras ihn am Ärmel und gab einen kehligen Protestlaut von sich. Er kam allmählich wieder zu Kräften. Seine Schultern wurden voller. Und mit den verkrümmten Armen konnte er Sachen heben. Aber was dachte er jetzt wohl von fernen Städten und Schiffen auf hoher See, da er über Küche und Veranda nicht hinauskam?

Horm konnte nicht immer wieder alles liegen- und stehenlassen, um mit Ras spazierenzufahren. Jeden Tag schrieb der Junge nun denselben Satz: IMUS VIERNE WEILE IERAUS. Es war Frühling, heiße Tage, durchwoben mit Reisstar- und Feldlerchengesang. Ras war noch keine fünfundzwanzig.

»Nee, mein Junge, ich hab heut allerhand zu tun. Pflanzen aussetzen, jäten. Kann heut nicht mit dir herumfahren.« Er überlegte, ob Ras kräftig genug sei zum Reiten. Er dachte an Bucky, vierzehn Jahre alt inzwischen, aber immer noch in guter Verfassung. Er hatte ihn letzten Monat bei Klicka auf der Weide gesehen. Er glaubte, der Junge könnte reiten. Es würde ihm guttun, über die Prärie zu reiten. Es würde ihnen allen guttun.

Am späten Vormittag hielt er bei Klicka.

»Sie wissen doch, Ras ist im März zurückgekommen, in ziemlich üblem Zustand. Es wird besser mit ihm, aber er muß ein bißchen rauskommen, und ich kann nicht zweimal am Tag mit ihm durch die Gegend fahren. Ob Sie sich wohl vorstellen könnten, mir den alten Bucky wieder zu verkaufen? Wenigstens könnte der Junge dann allein raus. Das ist ein Pferd, mit dem er wohl zurechtkäme.«

Er band das Pferd an die Stoßstange und brachte es nach Hause. Ras saß auf der Veranda und trank trübes Wasser. Er stand auf, als er das Pferd sah.

»Ucka!« brachte er heraus.

»Stimmt, das ist Bucky, unser guter alter Bucky.« Er sprach mit Ras wie mit einem kleinen Kind. Wer hätte sagen können, wieviel er verstand? Wenn er stumm und regungslos dasaß, dachte er dann an den dunklen Hauch unter den Bäumen oder an das Auto, wie es von der Straße abkam, an kreischendes Metall und die umkippende Welt? Oder gab es da nur ein grobkörniges Feld undeutlicher Bilder? »Meinst du, du kannst ihn reiten?«

Es ging. Es war eine Gottesgabe. Horm mußte ihm das Pferd satteln, aber nach dem Frühstück war Ras auf und davon, stundenlang. Sie sahen ihn über die Prärie reiten, gegen das starke Grün, vor einer fernen dunklen Wolke, die dünne Blitze ausstreute. Doch in Mrs. Tinsley kam eine böse Vorahnung auf, die Furcht, bald ein Pferd ohne Reiter zu sehen, gesattelt, die Zügel schlaff.

In der zweiten Woche, seit sie das Pferd wieder hatten, blieb Ras einen ganzen Tag fort, kam schmutzig und erschöpft heim.

»Wo warst du denn, mein Junge?« fragte Horm, aber Ras schlang Kartoffeln in sich hinein und warf ihnen aus seinem guten Auge schräge Blicke zu.

Da wußte Horm, daß er irgendwas angestellt hatte.

Es dauerte keinen Monat, und Ras blieb den ganzen Tag und die Nacht weg, dann zwei oder drei Tage, trieb sich Gott weiß wo herum, überall und nirgends, verschwand hinter Felsen, galoppierte meilenweit durchs trockene, staubige Gras, schlief zwischen Weiden und auf Unkrautnestern, ein Halbwilder ohne Sprache und mit wer weiß was für Gedanken.

Allmählich kamen den Tinsleys Dinge zu Ohren. Ras war bei Hanson aufgetaucht. Hansons Töchter hängten gerade Wäsche auf, und plötzlich war Ras auf dem grauen Pferd dagewesen, den Hut tief in die Stirn gezogen, redete unverständliches Zeug und war ebenso schnell wieder verschwunden.

Der Gemeinschaftsanschluß klingelte viermal, das war ihr Zeichen, und als Mrs. Tinsley den Hörer abnahm, sagte eine Männerstimme, laßt diesen verdammten Idioten bloß nicht mehr aus dem Haus! Aber Ras blieb sechs Tage fort, und bevor er zurückkam, fuhr der Sheriff in einem neuen schwarzen Chevrolet mit einem weißen Stern an der Seite vor und sagte, Ras habe sich vor einer Rancherssfrau entblößt, irgendwo da unten in Tie Siding, vierzig Meilen von hier.

»Er hat ihr zwar nichts gezeigt, was sie nicht schon mal gesehn hätte, aber trotzdem hat ihr die Vorstellung nicht gefallen, und ihrem Mann auch nicht. Wenn Sie nicht wollen, daß Ihr Junge eingesperrt wird oder daß ihm sonstwas passiert, legen Sie ihn lieber an die Leine. Ein furchtbares Gesicht soll er ja auch noch haben.«

Als Ras am nächsten Mittag heimkam, mager, halb verhungert, nahm Horm den Sattel und verstaute ihn im Elternschlafzimmer.

»Tut mir leid, Ras, aber du kannst nicht weiter so herumziehn. Geht nicht mehr.«

Am nächsten Morgen war das Pferd weg und Ras mit ihm.

»Er reitet ihn ohne Sattel.« Zu Hause war er nicht zu halten. Sein Radius war nun kleiner, aber er war wieder auf Achse.

In der Küche bei den Dunmires stand ein speckiges Ledersofa an der Wand, abgewetzt wie ein alter Sattel, und darauf lag um die Mittagszeit Ice Dunmire, das weiße Haar verstrubbelt, mit offenem Mund schlafend. Auf dem vier Meter langen Bohlentisch zwischen zwei blankgesessenen Bänken stand eine Teigschüssel voller Gabeln und Löffel. Das eiserne Spülbecken hing schief, von der Holztheke kam ein Schimmelgeruch. Im Geschirrschrank, der keine Türen mehr hatte, stapelten sich schwere, an den Rändern angestoßene Teller. Aus dem Bienenstockradio auf dem Wandregal waberten pausenlos Störgeräusche und klagende Stimmen. Neben der Tür hing ein Kurbeltelefon. In einer Kommode stand ein Wald von Privatflaschen, mit Namen oder Initialen gekennzeichnet.

Varn, dunkelhaarig und O-beinig, holte gerade die Biscuits aus dem Herd, Marion scharrte die Milcheinbrenne in der Pfanne herum und stach mit der Gabel in einen Kochtopf mit halbierten Kartoffeln. Der Kaffeetopf ergoß seinen braunen Strahl gluckernd in die Kanne.

»Essen!« rief Varn, kippte die heißen Brötchen in eine Schüssel und nahm schnell einen Schluck aus seinem kleinen Whiskeyglas. »Essen! Essen! Essen! Kommt essen oder hungert!«

Ice streckte sich und stand auf, ging zur Tür, hustete und spuckte aus.

Sie aßen, ohne zu reden, kauten geräuschvoll ihr Fleisch. Salat oder Gemüse gab es nicht, bis auf die Kartoffeln und manchmal auch Kohl.

Ice trank seinen Kaffee wie immer aus der Untertasse. »In Tie Siding soll's was gegeben haben, hab ich gehört.«

»Gibt's nicht viel zu hören drüber. Der verdammte Tinsley-Bengel, der zurückgekommen ist, reitet bei Shawver auf den

Hof und wichst sich vor dem Mädchen einen ab. Frage der Zeit, bis er merkt, daß Reinstecken mehr Spaß macht.«

»Muß man doch was gegen machen. Reich mal die Sauce rüber!« sagte Jaxon. »Klingt ganz so, als ob die verrückte Mrs. T. damals das falsche Gör ersäuft hat.« Er drehte ein Stück Fleisch in der Sauce herum. »Kann dir sagen, Varn, diese Sauce werd ich unterwegs vermissen.«

»Hat nichts mit mir zu tun. Kauf dir einfach ein Glas – Billy Gill's Piccalilli, kriegst du im Laden.«

Eines Mittags in dem langen, sengenden Sommer voller Heuschreckengestank, hörte Mrs. Tinsley vom Hof den gleichmäßigen Takt eines Motors. Sie schaute hinaus. Draußen stand ein Sportwagen samt Anhänger mit aufmontierter Miniaturwindmühle; das Gas aus dem Auspuff wirbelte ein wenig Staub auf. In den Profilrillen der Reifen klebten zermalmte Heuschrecken, und noch mehr davon, in verschiedenen Seinszuständen, verstopften das Kühlergitter.

»Der Windmühlenmann ist draußen«, sagte sie. Horm drehte sich langsam um. Er wurde gerade erst mit einer Erkältung fertig und hatte Kopfschmerzen vom Staub.

Draußen kam ihm Jaxon Dunmire im braunkarierten Anzug lächelnd entgegen. Die Staubwolke von seinem Wagen hing noch über der Straße. Eine Heuschrecke hüpfte ihm vom Bein.

»Mr. Tinsley? Tag. Jax Dunmire. Seit zwei Jahren schon wollte ich immer mal zu Ihnen rauskommen und Ihnen die Vorteile unserer Morning-Glory-Windmühlen erklären. Ist sicher die beste Anlage auf dem Markt, die Pumpe, mit der ein Rancher in diesem verdammten Staubloch hier noch mal mit heiler Haut davonkommt! Ja, ich wollte schon immer zu Ihnen rausfahren, hatte aber auf der Ranch so elend viel zu tun, und dann im Sommer immer kreuz und quer durch den ganzen Staat, diese guten Mühlen verkaufen, da komm ich zu Hause einfach nicht mehr so viel in der Gegend herum.« Das Lächeln lag wie angeschraubt auf seinem Gesicht. »Mein Dad, meine Brüder und ich, wir haben auf der Rocking Box fünf solche Morning Glories. Überall Wasser fürs Vieh, damit's nicht so weit laufen muß bis zur Tränke und Gewicht verliert.«

»Ich halte kein Vieh. Hab mit den Schafen so ziemlich Schluß gemacht, Rinder hab ich nie viele gehabt. Ich hab nur ein bißchen Gemüseanbau, Bienen. Überleg mir, ob ich nächstes Jahr ein Paar Blaufüchse anschaffe, sie züchten, vielleicht. Wir haben den Brunnen, der Bach ist auch nicht weit. Also brauch ich, glaub ich, keine Windmühle.«

»Bäche und Brunnen können auch austrocknen. Bei dieser ewigen Dürre, da kann man nie wissen. Die Mühle kann noch mehr, als nur Vieh tränken. Liefert auch Strom. Kann man ein Wasserreservoir anlegen. Ist verdammt praktisch, Brandschutz, Fischteich, Schwimmbecken für Sie und Ihre Missis. Aber Brandschutz ist die Hauptsache. Man kann nie wissen, ob das Haus nicht mal Feuer fängt. Ich hab schon Zeiten erlebt, da war's so trocken, daß der Wind nur die Grashalme aneinanderreiben muß, und schon hat man den schönsten Präriebrand.«

»Weiß nicht. Ich glaube, ich kann's mir gar nicht leisten. Windmühlen sind verflucht teuer für jemand in meiner Lage. Kann mir ja nicht mal neue Reifen leisten! Und die brauch ich wirklich. Alles so teuer!«

»Klar, stimmt auch wieder. Manche Sachen sind einfach zu teuer. Bin ich mit Ihnen ganz einig. Aber nicht die Morning Glory.« Jaxon Dunmire drehte eine Zigarette und bot sie Horm an.

»Sargnägel hab ich noch nie geraucht.« An der Abzweigung eine Viertelmeile entfernt sah er eine dichte Staubwolke. Von wegen Windmühlen, dachte Horm. Der muß den Jungen auf der Straße überholt haben.

Dunmire rauchte, blickte über den Hof, wiegte den Kopf.

»Ja, 'n kleines Reservoir würd sich hier gut machen.«

Der alte Bucky kam um die Ecke, stapfte in den Hof, Schaum ums Maul, müde, und auf seinem Rücken, ohne Sattel, saß Ras, das eine Auge funkelnd im entstellten Gesicht. Sie kamen so dicht an dem Windmühlenwagen vorüber, daß Sand gegen die Seite prasselte.

»Na, was in aller Welt war denn das!« sagte Jaxon Dunmire, warf die nasse Kippe in den Staub und trat sie mit der Stiefelspitze aus.

»Das ist Ras, mein Sohn.«

»Na, so was! Dachte schon, das wär vielleicht dieser verrückte Schwachkopf, der den Frauen überall angst macht, weil er mit seinem Pinsel vor ihnen rumwedelt. Haben Sie noch nichts davon gehört? Gibt manche Leute hier, die würden ihm am liebsten das Ding abschneiden, damit er nicht noch mehr Schwachsinnige in die Welt setzen kann. Würde ihn ein bißchen beruhigen.«

»Ach, deswegen kommen Sie mir mit Ihrer verdammten Windmühle, wie? Wegen Ras. Ich sag Ihnen, er hat einen schweren Autounfall gehabt. Er tut keinem was zuleide, aber er ist wirklich schwer geschädigt.«

»Kann ich verstehn. Tut mir leid. Aber anscheinend ist ihm ja doch noch ein Teil geblieben, das unbeschädigt ist, nicht, sonst würde er's nicht so begeistert vorzeigen.«

»Verschwinden Sie mit Ihrer verdammten Windmühle von meinem Hof!« sagte Horm Tinsley. »Er ist geschädigt, aber er ist ein Mann wie jeder andere auch.«

Jetzt saßen ihnen dieser Hurensohn und seine sieben Brüder im Nacken.

»Klar, ich geh schon. Sie haben gehört, was ich Ihnen zu sagen hab. Denken Sie dran, ich verkaufe zwar Windmühlen, aber ich mache nicht nur das, was sie antreibt.«

Draußen im Korral striegelte Ras den alten Bucky mit einer Bürste, während das Pferd Wasser schlürfte. Ein energischerer Vater hätte ihm das Pferd weggenommen. Aber Horm Tinsley zögerte. Auszureiten war doch die einzige Freude, die der Junge im Leben noch hatte. Er würde demnächst mit ihm reden, es ihm klarmachen. Ein kurzer Hagelschauer zertrümmerte ein paar junge Melonen, und er hatte ein paar Tage zu tun, sie auszusortieren; dann mußte er alles Wasser, das der Bach irgend hergab, für die ausgedörrten Tomaten heranschleppen. Der Brunnen war fast trocken. Die ersten Melonen wurden reif, und er mußte ein paar Nächte auf dem Feld schlafen, um die Kojoten fernzuhalten. Endlich konnten die Melonen – klein und bitter – gepflückt werden, die Tomaten begannen zu reifen, und ihr Wasserbedarf ließ etwas nach. Es war Spätsommer, dürres, sonnenversengtes Gelb.

Ras saß zusammengekauert im Schaukelstuhl auf der Veranda. Ausnahmsweise war er zu Hause. Der Junge sah elend aus, mit verfilztem Haar, dreckigen Händen und Armen.

»Ras, ich muß mit dir reden. Nun hör mir mal gut zu! Du kannst nicht so weitermachen. Du kannst dich nicht so vor den Mädchen zeigen. Ich weiß, Ras, du bist ein junger Mann, und der Saft will raus, aber so kannst du nicht weitermachen. Du mußt nicht gleich alle Hoffnung aufgeben, vielleicht finden wir ja noch ein Mädchen, das dich heiratet, wenn wir uns umsehn. Ich weiß nicht, bisher haben wir noch nicht gesucht. Aber so, wie du dich anstellst, da machst du ihnen ja angst. Und diese Cowboys, die Dunmires, die werden dir was antun. Die behaupten, sie schneiden ihn dir ab, wenn du die Mädchen nicht in Ruhe läßt. Verstehst du, was ich sage? Verstehst du, was sie dir abschneiden wollen?«

Es war verwirrend. Ras warf ihm mit dem guten Auge einen schrägen Blick zu und fing an zu lachen, ein scheußliches Krächzen, wie Horm es noch nie gehört hatte. Er glaubte, daß es ein Lachen war, aber was es da zu lachen gab, konnte er nicht begreifen.

In der Nacht redete er im Dunkeln mit seiner Frau, ohne Rücksicht auf ihr weibliches Zartgefühl.

»Ich weiß nicht, ob er irgendwas von dem, was ich gesagt hab, kapiert hat. Ich glaube nicht. Er hat sich totgelacht. Mein Gott, wenn ich doch nur irgendwie erfahren könnte, was in ihm vorgeht! Vielleicht ist mir bloß ein Käfer übers Hemd gekrabbelt, und da hat er losgelacht. Der arme Junge, er hat die männlichen Triebe und kann nichts damit anfangen.«

Sie schwiegen, und dann flüsterte sie, kaum hörbar: »Und wenn du ihn nach Laramie bringst? Bei Nacht. In so eins von diesen Häusern.« Ihr Gesicht glühte im Dunkeln.

»Was denn, nein!« sagte er schockiert. »Das krieg ich nicht fertig.«

Am nächsten Tag schien ihm, daß Ras doch etwas verstanden hatte, denn er ritt nicht aus, saß nur in der Küche, einen Teller Brot und Marmelade vor sich, und rührte sich kaum. Mrs. Tinsley legte ihm vorsichtig die Hand auf die heiße Stirn.

»Du hast Fieber«, sagte sie und schickte ihn ins Bett. Auf der Treppe stolperte er und hustete.

»Jetzt hat er die Sommergrippe, die du hattest«, sagte sie zu Horm. »Ich denke, als nächste krieg ich sie.«

Ras lag im Bett, Mrs. Tinsley wusch ihm das entstellte Gesicht, die Hände und Arme. Nach zwei Tagen hatte das Fieber noch nicht nachgelassen. Er hustete nicht mehr, aber er stöhnte.

»Wenn man ihm nur eine Linderung verschaffen könnte!« sagte Mrs. Tinsley. »Ich denke die ganze Zeit, wenn man ihn nur mal ordentlich waschen und ihn nachher am ganzen Körper mit Alkohol abreiben könnte, ginge das Fieber vielleicht zurück. Ihn abkühlen. Diese Hitze, und wie sich das in den Laken fängt! Ich finde, eine Sommergrippe ist einfach abscheulich. Ich glaube, danach ging's ihm besser. Und diese dreckigen Sachen, die er immer noch anhat! Er riecht richtig krank, und schmutzig war er ja schon, als er sich hingelegt hat. Er glüht nur so. Willst du ihm nicht die Sachen ausziehen und ihn gründlich waschen?« sagte sie feinfühlig. »Es ist wohl besser, wenn ein Mann das macht.«

Horm Tinsley nickte. Er wußte, daß Ras krank war, glaubte aber nicht, daß Waschen etwas nützen würde. Er begriff, was seine Frau sagen wollte: Der Junge stank so entsetzlich, daß sie es in seiner Nähe nicht mehr aushielt. Sie goß warmes Wasser in eine Schüssel, gab ihm einen schneeweißen Waschlappen, die parfümierte Seife und ein neues, noch nie gebrauchtes Handtuch.

Es dauerte lange, bis er wieder aus dem Krankenzimmer herauskam. Er kippte die Schüssel in den Ausguß, warf das fleckige Handtuch dazu, setzte sich an den Tisch, ließ den Kopf hängen und fing an zu weinen, *hu hu hu.*

»Was ist denn?« sagte sie. »Geht's ihm schlechter, wie? Was ist denn?«

»Mein Gott, kein Wunder, daß er mich ausgelacht hat! Sie haben's schon getan. Sie haben's schon getan, und mit einem schmutzigen Messer noch dazu. Er ist schwarz vom Wundbrand. Alles geschwollen, von den Lenden die Beine runter bis zu den Füßen – « Er beugte sich vor, brachte sein Gesicht bis auf wenige Zentimeter an ihres heran und funkelte sie an. »Und du! Warum hast du ihn dir nicht genauer angesehn, als du ihn zu Bett brachtest?«

Das Morgenlicht flutete über den Rand der Welt, strömte durch die Fensterscheibe herein, färbte Wand und Fußboden, breitete seine gelbe Decke über das stinkende Bett, den Küchentisch und die Tassen mit kaltem Kaffee. Kein Wölkchen stand am Himmel. Heuschrecken in schwarzgelben Tausendschaften prallten gegen die Ostwand.

Das alles war vor mehr als sechzig Jahren. Diese harten Zeiten sind vorüber. Die Dunmires sind aus dem Land verschwunden, ihre große Ranch überstand jene Dürrejahre nicht. Die Tinsleys liegen irgendwo begraben, und wo ihre Melonen wuchsen, weiden jetzt Rinder. Wir treten in ein neues Jahrtausend ein, und solch schlimme Dinge kommen nicht mehr vor.

Wer's glaubt, wird selig.

Das Präriegrasende der Welt
....

Das Land wirkte leer, nur große Beifuß- und Goldastersträucher, schnell veränderlicher Himmel, Schwärme von kleinen Vögeln, wie Kartenspiele in die Luft geworfen, und ein undeutlicher Weg zur roten Wand vor dem Horizont. Gräber waren nicht gekennzeichnet, das Holz der eingestürzten Häuser und Korrale längst in Lagerfeuern verbrannt. Wetter und Weite, sonst nicht viel, die Weite dann und wann unterbrochen von Ranchtoren, und von Norden her das endlose Gebrumm und die Sonnenreflexe von den Lastzügen auf der Interstate.

In dieser konturlosen Gegend hatten die Touheys ihre Ranch – der alte Red, sechsundneunzig Jahre jung, sein Sohn Aladdin, Aladdins Frau Wauneta, ihr Sohn Tyler, Aladdins ganze Hoffnung, die Töchter Shan und (ständiger Stein des Anstoßes) Ottaline.

Der alte Red, 1902 in Lusk geboren, wuchs im Waisenhaus auf, ein querköpfiger Junge – auffällige, knotige Handgelenke, das rote Haar in der Mitte gescheitelt –, riß mit vierzehn aus und fand Arbeit bei den Bahnschwellenhauern. In dem Jahr, als der Erste Weltkrieg zu Ende ging, war er beim Holzeinschlag in den Medicine Bows. Dort ging er weg, floh vor der Dürre, die den Westen versengte, bohrte Brunnen, wurde Kuhschieber auf den Verladebahnhöfen, klebte Plakate, schusterte sich recht und schlecht den Lebensunterhalt zusammen. 1930 war er in New York dabei, als das Waldorf-Astoria von einem Lastkahn in den Atlantik geschaufelt wurde.

Eines trüben Morgens, voller Heimweh nach dem rauhen, trockenen Land, machte er sich wieder auf nach Westen. Unterwegs fand er eine Frau, und bald hatte er etliche Rotznasen zu ernähren. In Oklahoma jagte er während der Wirtschaftskrise ruhende Krähenschwärme mit Dynamit und verkaufte die Beute an Restaurants. Als die Krähen rar wurden, zog er nach Wyoming und ließ sich dort nieder, hundert oder auch zwei Meilen von da, wo er herkam.

Im Red-Wall-Gebiet pachteten sie eine Ranch – Blockhaus, Korrale, die von weitem wie verstreute Stöcke aussahen. Der Wind schnitt sie von der Welt ab. In diese strudelnden Luftfluten hinauszutreten hieß, weggeschwemmt werden. Die Ranch schien auf der Hochebene zu treiben wie auf einem Meer.

Sie wollten ein paar Schafe halten – eine Idee seiner Frau. In fünf Jahren bekamen sie eine erstklassige Zuchtherde zusammen. Im Zweiten Weltkrieg fielen die Wollpreise nicht. Von der Steuerrückzahlung kauften sie die Ranch.

Im August 1946 kam eine Lampe mit grünem Schirm von Sears-Roebuck, am gleichen Tag gebar Reds Frau ihr letztes Kind. Sie nannte den Jungen Aladdin.

Der Frieden und die thermoplastischen Kunstharzgarne verdarben den Markt für Schafwolle, und sie gingen zu Rindern über. Beim Ausladen der ersten Lieferung schäbiger Kälber beschwerte sich die Frau, ihr werde schlecht; als käme ihr Ekel vom Wechsel der Tierart. Ihr war drei oder vier Jahre lang schlecht, dann suchte sie das Weite. Red war ein richtiger Antreiber, und von den sechs Kindern blieb nur Aladdin auf der staubigen Ranch, der Größte aus dem ganzen Wurf, ein sturer, schandmäuliger Bursche, bereit, jede Suppe auszulöffeln, die auf den Tisch kam.

In Vietnam flog Aladdin C-123 Bs, sprühte Entlaubungsmittel. Als er zurückkam, zeigte er einen Hang zu Unerbittlichkeit, eine Neigung, bis zum Umfallen zu schuften und dann tagelang in träumerischen Stumpfsinn zu verfallen. Er heiratete Wauneta Hipsag an einem heißen Maimorgen in Colorado, wo die Braut zu Hause war. An einer meilenweit entfernten grünen Wolke hing ein Wirbelsturmtrichter. Waunetas üppiges Haar war zu einem altmodischen Dutt hochgesteckt. Die Hochzeitsgäste, ihre Eltern und ihre elf Brüder, bewarfen das Paar mit Weizenkörnern, Reis hatten sie nicht. Während der Zeremonie rauchte Waunetas Vater eine Zigarette nach der andern. Am Abend, auf der Touhey-Ranch, als Aladdin übermütig vor seiner frisch Angetrauten herumalberte und einen Purzelbaum von der Veranda machte, fielen ein paar Weizenkörner aus den Umschlägen seiner Hose. Im Lauf der Zeit keimten sie, schlugen Wurzeln, wuchsen, setzten Ähren an und verstreuten neue Samen. Mit jedem Jahr breitete der Weizen sich weiter aus, bis das wogende Korn einen Viertelmorgen bedeckte, glühend verteidigt von Wauneta. Sie sagte, das sei ihr Hochzeitsweizen, und wenn er je abgemäht würde, ginge die Welt unter.

Als Aladdin sechsundzwanzig war, machte er dem alten Red handgreiflich klar, wer nun das Sagen hatte. Seit dem frühen Morgen stand er im Schlamm, um eine Quelle auszugraben. Der Alte kam auf seiner einäugigen Stute dahergeritten. Der Sohn schmiß eine Schaufel Schlamm in seine Richtung.

»Hast sie immer noch nicht ausgegraben?« fragte der Vater. »Bist eben nicht der Schnellsten einer, du. Und allzu gescheit auch nicht. Schaufel ist ja nicht mal scharf, möcht ich wetten. Wie du eine Frau dazu gekriegt hast, dich zu heiraten, das möcht ich gern mal wissen. Mußt ihr wohl 'ne Flinte vorgehalten haben. Mußt sie hypatisiert haben. Nicht, daß sie viel taugt, aber immer noch besser, als es mit dem Vieh treiben, was?« Schlammverschmiert stieg der Sohn aus dem Loch, hob Erdklumpen auf, bombardierte seinen Vater damit, bis der davongaloppierte, verfolgte ihn bis zum Haus und setzte den Angriff mit Steinen und Scheiten vom Brennholzstapel fort, mit den Seitenschneidern, die er immer in der Gesäßtasche trug, mit dem Bleistift hinter seinem Ohr, mit der runden Dose, die keinen Tabak enthielt, sondern das dunkelgrüne Selbstangebaute.

Red, blutend und mit Beulen am Kopf, hob einen Arm als Zeichen der Kapitulation, wich auf die Veranda zurück. Er war einundsiebzig und verteidigte sich mit der Berufung auf sein Alter. »Ich hab diese Ranch gemacht, und ich hab dich gemacht.« Er deutete mit der fleckigen Hand auf sein Geschlechtsteil. Aladdin sammelte Dose, Bleistift, Seitenschneider auf, brachte das Pferd des Alten in den Stall. Er ging zurück zu der Quelle, den Kopf gesenkt, nahm die Schaufel und grub weiter, bis er seine Hände nicht mehr spürte.

Wauneta schaffte Reds Habseligkeiten aus dem großen Schlafzimmer im ersten Stock in ein ebenerdiges Zimmer neben der Küche, das einmal als Vorratskammer gedient hatte und immer noch nach Rosinen und schalem Mehl roch. Ein Streifen Klebeband hielt die gesprungene Fensterscheibe zusammen.

»Da hast du's näher zum Bad«, sagte sie mit einer Stimme, so sanft wie Gas, das aus einem Trichter strömt.

Wauneta hielt ihre beiden Töchter an, dem Großvater ein Stück Kuchen auf einem weißen Teller zu bringen, ihm einen Gutenachtkuß zu geben, während Tyler mit Plastikkühen spielte und abends lange aufblieb. Eines Vormittags kam sie vom Wäscheaufhängen herein und fand die vierjährige Ottaline rittlings auf Reds Schoß, strampelnd, weil sie herunter wollte. Sie entriß ihm das Kind, sagte: »Laß deine dreckigen alten Pfoten von meinen Mädchen, oder ich gieß dir kochendes Wasser drüber!«

»Was? Ich hab doch nichts – « sagte er. »Nein – Hab doch nie – «

»Ich kenn doch die alten Männer!« sagte sie.

»Töpfchen!« schrie Ottaline, aber zu spät.

Nun warnte sie die Töchter vor ihm, sprach in düsterem Ton von ihm; von ihr aus konnte er den ganzen Tag allein in seinem Lehnstuhl sitzen oder ohne jede Hilfe zwischen der Veranda, der Küche und seinem muffigen Zimmer hin und her humpeln. Je eher er an die himmlischen Pforten klopfte, desto besser, sagte sie zu Aladdin, der sich stöhnend auf die Seite wälzte, verdrossen wegen der Dunkelheit, die ihn von der Arbeit abhielt, ein Schnellschläfer, der um drei schon wieder auf den Beinen sein würde, den Wasserkessel aufsetzen, die rote Kaffeebüchse aufmachen, begierig auf den neuen Tag.

»Wauneta, was soll ich denn machen?« sagte er. »Ihn im Wassertank ersäufen? Er wird schon irgendwann abkratzen.«

»Das sagst du schon seit fünf Jahren. Der nimmt die Panoramastraße.«

Die Zeit rechnete sich nach Kalben, erstem Gras, Brandmarken, Regen, Wolken, Round-up, dem Besuch des alten Amendinger, des Viehhändlers, frühem Schnee, spätem Blizzard. Die Kinder wuchsen heran. Aladdin besorgte sich eine alte Piper Cub, gab dafür zwei Bullen dran, einen Satz Reifen, einen Sattel, das rostige Gehäuse inklusive Trommel eines 44er Colt von 1860, den er unter einer Zedernwurzel gefunden hatte. Waunetas aschblondes Haar wurde allmählich grau, und alle paar Monate färbte sie es im Badezimmer kastanienbraun. Nur der alte Red verfolgte den Ablauf der Daten auf einem kleinen Kalender von der Futtermittelhandlung. Er war älter als Kerosin und stark genug für den Rest des Jahrhunderts.

Shan, die jüngste Tochter, machte den High-School-Abschluß, ging nach Las Vegas. Sie bekam eine Stelle in der Abteilung für Verpackungsdesign bei einer Firma, die religiöse CDs herstellte, begriff schnell die Feinheiten der Bildersprache: brandende Wellen, Sonnenstrahlen als Zeichen für Gottes Güte, während dunkle Wolken mit schillernden Rändern, unter Tränen lächelnde Babys für Probleme standen, die kraft des Gebetes bald überwunden werden konnten. Nichts war hoffnungslos, und das Geld rollte herein wie auf Rädern.

Ottaline war die Älteste, unverwechselbar dank einer Figur, die den Maßen eines Hundert-Gallonen-Propangastanks nahekam. Sie schloß die Schule ein Jahr später ab als ihre jüngere Schwester, blieb dann zu Hause. Ihr rosarötliches Haar trug sie zu zwei peitschengriffdicken Zöpfen geflochten. Wer mit ihr sprach, sah von dem weichen, grübchenverzierten Mund zu den kristallklaren blauen Augen und fand es schade, daß sie so dick war. Im ersten Jahr nach der Schule trug sie fröhlich gemusterte XXL-Röcke und half im Haushalt. Aber sie hatte ständig kalte Beine und litt, wie Wauneta sagte, unter »Minstrel-Problemen«, einem plötzlichen Ausfluß, rannte jedesmal Hals über Kopf ins Badezimmer und hinterließ eine Spur von dunklen runden Blutflecken, mal so groß wie ein Zehncentstück, mal wie ein halber Dollar. Nachdem sie einigemal mit bloßen Beinen im Schnee herumgelaufen war und sich schuppige Frostbeulen geholt hatte, gab sie die zugigen Röcke und die Hausfrauenarbeit auf und half von nun an Aladdin auf der Ranch. Jetzt trug sie verdreckte Cowboystiefel mit flachen Absätzen, weite Jeans und T-Shirts, die ihr bis auf die Schenkel hingen.

»Ja, behalte sie nur draußen!« sagte Wauneta. »Was sie nicht kaputtmacht, das verliert sie, und was sie nicht verliert, macht sie kaputt. Was sie kocht, fressen nicht mal die Schweine.«

»Kochen mag ich nicht«, sagte Ottaline. »Ich helf lieber Dad.« Das war eine Notlösung. Sie wollte fort, rote Sandalen mit Korksohlen tragen, auf dem Beifahrersitz eines perlmuttfarbenen nagelneuen Geländewagens sitzen, aus einer Flasche von der Form eines Hula-Mädchens trinken. Wann würde einer kommen und sie mitnehmen? Sie war nicht so wagemutig wie ihre jüngere Schwester. Sie wußte, wie abstoßend sie war, da konnte sie sich nichts vormachen.

Aladdin sah, daß sie mit dem Vieh gut zurechtkam, während Tyler mit viel Geschrei und Getobe wie ein Unheilsbote herumritt.

»Wenn's nach mir ginge, würd ich nur mit Frauen arbeiten. Frauen haben ein Händchen für Tiere.« Die Bemerkung sollte spitz sein.

»O Daddy!« sagte Tyler mit höhnischer Fistelstimme. Er war der Reiter in der Familie, hatte, seit er dreizehn war, draußen in dem baufälligen Bunkhaus geschlafen, auf Waunetas Anordnung.

»Meine Brüder haben alle in der Baracke geschlafen.« In dieser einen Feststellung lag Waunetas ganze Kindheit: abgeschieden sein, immer wachsam, von Gefahren umringt.

Tyler, dieser einzige Sohn, war ein riesengroßer linkischer Neunzehnjähriger, stark genug, um jedem Vater außer Aladdin angst zu machen. Der Kerl stapfte in dreckigen Jeans herum, immer einen braunen Hut auf dem Kopf. Er hatte einen schlaffen Träumermund, einen weichen Jungmännerschnurrbart, auf den Wangen reihenweise kleine Pickel. Er hatte in allem immer nur ein Prozent recht, schwankte zwischen Niedergeschlagenheit und Jähzorn. Zu Aladdins Geburtstag schenkte Tyler ihm zwei Kojotenohren, das Ergebnis wochenlanger raffinierter Pirschjagd. Aladdin wickelte sie aus der Verpackung, legte sie aufs Tischtuch und sagte: »Oje, was soll ich denn mit zwei Kojotenohren anfangen?«

»Mein Gott«, brüllte Tyler, »steck sie dir an den Schwanz und sag, er hat bei der Kirchentombola einen Pelzhut gewonnen! Ihr seid alle gegen mich.« Er fegte die Ohren vom Tisch und stürmte hinaus.

»Der kommt wieder«, sagte Wauneta. »Und zwar mit dreckigen Sachen und leeren Taschen. Ich kenn doch die Jungs!«

»Ich bin immer auf Achse gewesen«, brummte der alte Red. »Der kommt nicht wieder. Kommt nach mir. Ich bin Cowboy gewesen. Hab Schweine geschlachtet. Hab mich durchgeschlagen. Männerarbeit gemacht, seit ich vierzehn war. Sechsundneunzig Jahre jung. Meinen Vater nie gekannt. Trag euch alle eigenhändig in die Hölle und spuck auf euch.« Seine Finger schleiften über das Tischtuch, das längst überholte Ich, das sich seinen Weg bahnte. Der Alte setzte ein fürchterliches Lächeln auf, fummelte an seiner Schnupftabakdose herum.

Aladdin, das Gesicht wie ein Schild, das krause Haar tanzend, neigte den Kopf ein wenig gegen das Tischtuch und murmelte: »O segne diese Mahlzeit!« Dicke Rindfleischscheiben, umringt von Hammelmöhren und Salzkartoffeln, klatschten auf den Teller. Am Nachmittag hatte er zwei alte Kadaver von Kühen entdeckt, einen im Schlamm, den anderen ohne Anzeichen einer Ursache. Er spießte eine kleine Kartoffel auf und legte sie seinem Vater auf den Teller, ohne ihn anzusehen, kümmerte sich nicht darum, daß der Alte mit der Gabel klapperte, obwohl Wauneta, als sie den Kaffee in die schweren Tassen goß, die Stirn kraus zog und sagte: »Paß bloß auf, John Wayne!« Ein pastellfarbener Briefumschlag lag zwischen ihrem Messer und einem flachen Kuchen mit so dünnem Zuckerguß, daß er blau wirkte.

»Shan hat geschrieben.«
»Kommt sie zurück?« Aladdin zerquetschte seine Kartoffeln, goß entrahmte Milch drüber. Wild und Fisch glichen die Verluste an Rindern durch Grizzlies oder Berglöwen aus. Einen Löwen hatte er seit zehn Jahren nicht mehr gesehen, einen Grizzly überhaupt noch nicht.

»Hab ihn noch nicht aufgemacht«, sagte sie und riß die Ecke ein. Es war ein kurzer, nichtssagender Brief, den sie vorlas, und, daran angeheftet, ein erstaunliches Foto. Es zeigte die Tochter in einem schwarzen Bikini, die geölten Muskeln stark hervortretend, Bizeps und Schenkel gewölbt, das Haar gebleicht und mit stacheligem Bürstenschnitt, die aprikosengroßen Augen verdreht und weit aufgerissen. In dem Brief hatte sie geschrieben: *Hab mit Bodybuilding angefangen. Viele Mädchen machen das hier!*

»Was sie da mit ihrem Haar gemacht hat«, sagte Wauneta, »das muß ihr doch jemand eingeredet haben. Ich kenne Shan, auf so 'ne Idee kommt sie nicht von alleine.« Als Shan fortging, war sie eine ganz normale junge Frau gewesen, mit dünnen Armen und aschblondem Fransenhaar. Ihre unruhigen Augen huschten von Gesicht zu Gesicht. Beim Sprechen ließ sie die Hände kreisen, spreizte die Finger. Im Schuljahrbuch hatte man sie als »überaus lebhaft« bezeichnet.

»Bodybuilding.« Aladdins Ton war neutral. Als Rancher war er immer auf Katastrophen gefaßt, glaubte nie an ein Happy-End. Er war schon zufrieden, daß sie noch am Leben war, weder Bomben bastelte noch am Straßenrand Freier heranwinkte.

Ottaline blickte in ihre Kaffeetasse. Obenauf schwamm ein Nachtfalter mit ausgebreiteten Flügeln, wie die Spitze eines kleinen Pfeils. Er zeigte auf den leeren Stuhl ihrer Schwester.

Aladdin trug Stiefel und einen breitrandigen Hut, stieg aber selten auf ein Pferd. Er vermißte die Piper Cub, die ihm ganz wie ein Pferd vorgekommen war. Vor zwei Jahren hatte sie ihm jemand gestohlen, die Tragflächen abgeschraubt und sie auf einem Tieflader weggefahren, während er schlief. Er hatte die Mormonen im Verdacht. Nun saß er wie festgewachsen in seinem Transporter, brauste durch die staubige Landschaft, verbrachte manchmal die Nacht, blau und bekifft, irgendwo draußen in einem Tal, eingezwängt auf dem Vordersitz. Die vom Höhenlicht verfärbte Windschutzscheibe warf einen violetten Schimmer über ihn. Die Kopfstütze hatte er sich aus Stäben auf der Ranch selbst zurechtgezimmert. Hinter dem Sitz verwahrte er eine Flasche Whiskey, ein Seil. Im offenen Handschuhfach waren Schraubenschlüssel, Schrauben und Muttern, mehrere hundert lose Zaunkrampen und ein Hammerkopf ohne Stiel. Wauneta warf ihm eine alte Decke in die Kabine und sagte, er solle das Fenster hochkurbeln, wenn es regne.

»Ich kenn dich doch!« sagte sie. »Du läßt dich garantiert vom Wetter überraschen.«

Etwa alle zehn Tage machte Ottaline eine Szene und wollte in die Stadt, sich einen Job suchen. Aladdin nahm sie nicht mit; ihr Gewicht, sagte er, würde ihm die Federung auf der Beifahrerseite ruinieren. Jobs gab es sowieso keine, wußte sie selbst. Sie solle lieber auf der Ranch bleiben, wisse gar nicht, wie gut sie's habe.

»Ich weiß nicht, wie du von dieser Ranch fort wollen kannst.«

Sie sagte, er solle sie allein in die Stadt fahren lassen.

»Wenn ich deinen Rat hören will, werd ich's dir sagen«, sagte er. »Einstweilen fahre ich meinen Wagen selbst. Wenn du einen Wagen willst, dann kauf dir einen!«

»Dazu fehlt mir ungefähr 'ne Million Dollar.« Es war alles aussichtslos.

»Was soll ich da machen, für dich 'ne Bank überfallen?« sagte er. »Jedenfalls, du kommst mit zu der Bullenauktion. Und ich werde dir 'n Tip geben, den du nicht vergessen darfst. Hodensackumfang ist verflucht wichtig.«

Was gab es für Ottaline zu tun, wenn die Arbeit abflaute? Zu den indigoblauen Hagelschrägen vierzig Meilen weiter östlich schauen, die wie ölverschmierte Lumpen durcheinandergeworfenen Wolken betrachten, er liebt mich, liebt mich nicht abzählen unterm nervös zuckenden Geäst der Blitze an allen Himmelsgevierten.

In diesem Sommer waren die Pferde ständig naß. Es regnete ungewöhnlich viel, der Südwestmonsun fegte heran. Mit strömendem Widerrist und tropfender Mähne standen die glänzenden Pferde draußen auf der Prärie, und wenn eines sich plötzlich in Bewegung setzte, fielen ihm die abgeschüttelten Tröpfchen wie ein Cape um die Schultern. Ottaline und Aladdin trugen Ölzeug vom Morgenkaffee bis zum Gutenachtgähnen. Wauneta verfolgte beim Hemden- und Lakenbügeln das Fernsehwetter. Der alte Red nannte es Grau in Grau und blieb in seinem Zimmer, kaute Tabak, las Zane Grey in Großdruck, zog mit seinem krummen Fingernagel unter jeder Zeile eine Furche über die Seite. Am 4. Juli, dem Nationalfeiertag, saßen sie beisammen auf der Veranda und schauten einem fernen Gewitter zu, als wären die dicken, rötlichen Blitzbalken und die Donnerschläge ein Feuerwerk.

Das meiste von dem, was es ringsum zu sehen gab, hatte Ottaline schon gesehen, und Neues kam nicht in Sicht. Strahlende Ereignisse winkten nicht in der Zukunft, sondern in der Phantasie. Das Zimmer, das sie mit Shan geteilt hatte, war ein Zimmer in einem Zimmer. Im unverhangenen Mondlicht glänzten ihre Augen öligweiß. Der Kalbfellläufer auf dem Boden schien sich zu bewegen, jedesmal einen Bruchteil eines Zentimeters sich zu wölben und zu kriechen. Der dunkle Rahmen des Spiegels versank in der Wand, ein rechteckiger Graben. Von ihrem Bett aus sah sie den mondgebleichten Getreidesilo und dahinter das unermeßliche Weideland, die Kühe wie kleine schwarze Körner darauf verstreut. Sie war niemand anders als Ottaline in diesem gepfefferten, verstörenden Licht, das in ihr den Wunsch nach allem, das es zu wünschen gab, weckte. Diese brutale Einsamkeit, die Stille des vergangenen Tages, das sehnsüchtige Fleisch brachten sie dazu, den Mund in die Mulde ihres heißen Ellbogens zu drücken. Sie kniff und beklopfte ihre fetten Hüften, wälzte sich auf dem Bett, wand sich, ging immer wieder mit aufstampfenden Fersen ans Fenster, bis der alte Red aus seiner Kammer unter ihr heraufrief: »Was ist, hast du 'n Matrosen da oben?«

Ihre einzige Chance schien der halb analphabetische Gelegenheitsarbeiter Hal Bloom zu sein, ein Mann mit langen, spindeldürren Beinen und einem T-Shirt mit dem Aufdruck *Aggressive by Nature, Cowboy by Choice*. Für Aladdin arbeitete er in kurzen Spannen zwischen seinen Auftritten als Seilwerfer beim Rodeo; man bekam ihn kaum vom Pferd herunter (er stellte sich gern vor, er sei ein Cowboy um 1870, gerade mit einem Viehtreck aus Oregon eingetroffen). Ottaline war mit ihm einigemal zu den Weiden gegangen, wo er auf dem feuchten Boden zwischen Brennesselbüschen ein helles Kondom über seinen kleinen, steifen Penis streifte und stumm auf sie kroch. Sein warmer Hals roch nach Pferd und Seife.

Aber als Ottaline anfing, auf der Ranch richtig Geld zu verdienen, hatte Aladdin ihm gesagt, er könne sich ab jetzt nur noch mit seinem Seil vergnügen.

»Klar, ist sowieso beschissen weit draußen, euer Laden hier«, sagte Bloom und verschwand. Das war's gewesen.

Sie war aufgelöst. Es war zu weit aus der Welt. Jemand mußte kommen. Nicht mal das Fernsehen hatte sie als Trost, denn der alte Red beherrschte die Fernbedienung, sah immer nur Western, feuerte die Filmpferde mit seiner brüchigen Stimme an: »Wirf ihn ab, stampf ihm 's Hirn raus!«

Ottaline ging in ihr Zimmer hinauf und hörte über den Scanner in fremde Mobiltelefongespräche hinein.

»Saldo für Konto Nummer sieben drei fünf fünf neun ist minus zweihundert und, äh, vier...«

»Ja, das seh ich auch, kann sein. Bist du schon beim Bier? Haha. Ja.«

»Ich dachte, vielleicht hast du's gar nicht bemerkt.« »So plattgedrückt war's ja nicht, nicht so weich. Ich hab's aus der Tasche genommen, und da war es – wirst du's hernehmen?« »Lieber nicht. Ist ja widerlich!«

»He, regnet es bei euch schon?«

»Regnet es schon?« wiederholte Ottaline. Überall regnete es, und trotzdem wimmelte es von Leuten, nur nicht im Red-Wall-Land.

Ottaline betrachtete eingehend Shans Foto und sagte dann zu ihrer Mutter: »Und wenn's mein Tod ist, ich werd es mir ablaufen.«

»Hab ich das nicht schon mal gehört?« sagte Wauneta. »Ich kenn dich doch!«

Ein paar Tage lang marschierte Ottaline draußen ums Haus herum, erweiterte dann die Schleife um die Gatter herum, den Geräteschuppen, den Kartoffelkeller, umrundete die alte Kiesgrube, wo Aladdin die ausgedienten Maschinen hinschaffte, darunter eine Anzahl Traktoren, der eine ein blauer 1928er Rumely mit Ölzug aus Stahl, durch dessen Rahmen ein Wildkirschbaum wuchs, daneben der weiße, sonnenvergilbte 1935er AC mit dem 4-Zylinder-Glühkopfmotor, den der alte Red gebraucht gekauft hatte. Halb begraben am Fuß einer überhängenden Böschung lagen die Überreste eines ausgeschlachteten Fordson Major, Kühlerhaube und -gitter eingedrückt, und neben einem kaputten Wassertank stand der heimtückische John Deere 4030.

Sie ging zwischen den regennassen Wracks hindurch, als eine Stimme sie ansprach, kaum hörbar: »Herzchen, junge Frau!«

Die tiefstehende Sonne strahlte schräg unter dem Rand eines Wolkenmassivs herein, das dunkel war wie verkohltes Holz; Prärie, Traktoren, ihre Hand unter dem Ärmelsaum der gelben Ölhaut, alles glänzte safrangolden. Farben von außerirdischer Kraft leuchteten in der gespülten Luft, die Red-Wall-Berge in der Ferne dagegen wie eine Kohlewand.

»Liebste«, hauchte die Stimme.

Sie war allein, kein Raumschiff der Außerirdischen am Himmel zu sehen. Sie stand ganz still. Seit ihren Kindertagen hatte es ihr an Elend nicht gemangelt, Übergewicht, gefühllose Eltern, das harte Leben auf der Ranch. Verrücktwerden war möglich, konnte jedem passieren. Ein Bruder ihrer Mutter, Mapston Hipsag, hatte sich von den Rindern die Strahlenpilzkrankheit geholt und sich schrittweise vom depressiven Rancher zum kichernden Irren entwickelt. Das Licht wurde schwächer, erstarb, und die Schrottmaschinen versanken in ihrem eigenen kaffeebraunen Schatten. Sie hörte nichts mehr als das Sirren der Moskitos, den leichten Windhauch der nahenden Dämmerung.

In dieser Nacht, als sie den Gesprächsfetzen in den Telefonleitungen zuhörte, fragte sie sich, ob nicht der Hunger schuld war, daß sie Stimmen hörte, ging in die Küche und aß alles auf, was von dem Schweinebraten übriggeblieben war.

»*Ich mache mir Sorgen um dich. Hoffentlich will dich niemand umbringen oder so was.*« »*Denk nicht zuviel an mich!*«

»*Nichts getroffen.*« »*Hat einfach geregnet wie verrückt, hier oben.*« »*Hier auch, ein Scheißregen.*« »*Hat keinen Sinn, hierzubleiben.*«

Wochenlang passierte nichts, wie üblich in dieser Gegend. An einem stürmischen Mittag ging sie wieder zu der Kiesgrube.

»Hallo, Herzchen! Komm mal her, komm her!« Es war der 4030er, Aladdins alter grüner Traktor, plump, aber mit vorgestreckten Harken, was einen irrigen Anschein von Fahrbereitschaft weckte. Die Maschine hatte sich vor Jahren an einem mit Unkraut zugewachsenen Bewässerungsgraben überschlagen und dabei einen Ranchgehilfen getötet, Maurice Ramblewood oder so – Rambletree, Bramblefood, Rumbleseat, Tumbleflood? Sie war noch klein gewesen, aber er hatte sie immer angelächelt, gefragt, was es Neues gebe, und am Tag des Unglücks hatte er ihr einen Schokoriegel aus seiner Hemdtasche zugeworfen, warm und biegsam, und gesagt, er werde ihr mal seine Sonnenbrille leihen, durch die man die Welt orange sah.

Am Nachmittag dann lag er tot zwischen Borstenhirse und Grindwurz. Sein Gespenst.

»Maurice? Bist du's?«

»Nein, nein, der nicht. Der Junge ist Asche.«

»Wer spricht da?«

»Zwei Schritt näher!«

Sie streckte die Hand zum Seitengitter hin aus. Wespen hatten sich darin ein Nest gebaut und krochen durch die Zwischenräume ein und aus, die Luft mißtrauisch abschmeckend. Sie blickte die Insekten starr an.

»So ist's gut«, sagte die Stimme in dem Traktor. »Such dir einen kleinen Stock und kratz mal da, wo die Farbe am Abblättern ist!« Aber sie wich zurück.

»Ich krieg mich nicht mehr ein vor Angst«, sagte sie und blickte zum Himmel auf, zu den Wellenkämmen der wogenden Ebene, zum Präriegrasende der Welt, das loderte wie brennende Fäden.

»Nee, brauchst keine Angst haben. Diese alte Welt ist nun mal voller Wunder, nicht? Komm, steig in die Kabine! Immer noch gut gefedert. Der Sitz ist noch gut. Stell dir vor, du fährst mitten durch L. A.« Die Stimme war heiser und drängend, nur wenig lauter als ein gekränktes Flüstern, eine Kinogangsterstimme.

»Nein«, sagte sie. »Das gefällt mir gar nicht. Ich hab schon Probleme genug, auch ohne daß ich mich in einen alten Traktor setze, der jeden Augenblick zusammenfallen kann.«

»Ach, du meinst, du hast Probleme? Schau mal mich an, Herzchen, steh hier draußen in der sengenden Sonne, bei Schnee und Hagel und nicht mal 'ne Plane drüber, Bremsen futsch, Batterie weg, alle brauchbaren Teile ausgebaut, kein Sprit, zwischen lauter Wracks, voller Vogelscheiße und Rost. Endlich bist du da und willst mir nicht mal sagen, wie spät es ist!«

»Sechs Uhr zwölf«, sagte sie und ging davon, die Fingerspitzen an die Augenbrauen gepreßt. Eine Halluzination.

Die Stimme rief ihr nach: »Herzchen, junge Frau, geh nicht fort!«

Sie hätte so gern etwas von der Welt erfahren, aber sie hatte nur den Scanner.

»*Kaputt, Gewinde überdreht, mußte's auseinandernehmen und schweißen lassen. Du kennst doch dieses Arschloch, hat früher solchen Scheiß gemacht, aber der treibt sich hier nicht mehr rum.*«

»*... Ochsen die Hörner ab. Ich hab bei ihr vorbeigeschaut.*« »*So? Ich hab gehört, du bist vor drei weggegangen.*« »*Um drei war ich da und hab mich umgezogen.*« »*Weißt du, ich glaub dir kein Wort.*«

»*Hier regnet's Strippen, Mann!*« »*Was denn sonst. Es war wie – Brrr! Mein Gott, war das ein Blitz! Ich muß raus aus der Scheißleitung.*«

»*Ich will ja bei dir bleiben, aber ich seh's realistisch und sag mir, dieses verfluchte Weib will einfach mit jedem ficken und mich läßt sie's nicht mal auf der Couch machen, muß im Schlafzimmer sein!*« »*Klar, alles nur meine Schuld, nicht?*«

Es machte sie krank, es machte sie eifersüchtig, diese zänkischen, aber gepaarten Stimmen zu hören.

Abermals ging sie zu der Kiesgrube. Das heisere Krächzen setzte schon ein, als sie noch sieben Schritt entfernt war.

»Maurice Stumblebum? Vergiß ihn! Verdreht dir das Lenkrad, latscht auf die Bremse, dann wieder voll aufs Gas. Nie ein Öl- oder Filterwechsel, nie die Bremsflüssigkeit kontrolliert, nie den Ballast richtig verteilt, hat sich nicht die Mühe gemacht, nachzusehn, wie's um die Vorspur steht, immer gnadenlos auf der Kupplung gestanden, fährt in dicken Schlamm und denkt keine Sekunde an die Vorderradlager. Jetzt alles Staub. Hampelt auf dem Sitz herum, bis ich verrückt geworden bin. Ach, trommle nicht so mit den Fingern rum, nimm mich ernst!«

Sie schaute zu der roten Bergkette hinüber, etwas, wovon man sich am besten fernhielt. Die Red Wall war alles andere als einladend. Von fern blitzte etwas auf der Autobahn, der Reflex einer Flasche, die ein Tourist aus seinem Wagen warf.

»Aber das ist nicht der Grund, warum ich ihn umgebracht hab.«

»Warum dann?«

»Deinetwegen«, sagte der Traktor. »Deinetwegen. Ich hab dich vor ihm gerettet. Er hätte dich gekriegt.«

»Ich hätte mich selbst retten können«, sagte sie, »wenn ich gewollt hätte.«

Beim Abendessen machte Wauneta einen rosa Brief von Shan auf. »Wie ich mir's gedacht hab«, sagte sie. »Ich wußte doch, Tyler würde bei ihr aufkreuzen.«

Shan schrieb, daß Tyler seit einem Monat bei ihr und ihrer Zimmergenossin wohnte, daß er sich um eine Stelle beim Wildpferdauftrieb der Landwirtschaftsbehörde beworben hatte und in der Zwischenzeit einen Telefonjob bei einem Inkassobüro mache. Er hatte sich einen Computer gekauft und studierte anscheinend tagsüber Elektronik – wenn sie vom Training nach Hause komme, sei der Tisch voller Drähte, Bänder und Sprungfedern. Sie seien alle Vegetarier geworden, bis auf Tyler, der Garnelen und Krebsbeine esse, etwas, das er vor Las Vegas nie gekostet hatte. Er könne nicht genug davon kriegen. Fünfundsechzig Dollar, schrieb Shan, hatte er für eine Vierpfundbüchse Riesengarnelen ausgegeben, die er sich gekocht und ganz allein in sich reingestopft hatte. *Haha, hat sich nicht groß verändert. Er ist immer noch ein Schwein*, endete der Brief.

Aladdin legte dem alten Red eine Hammelmöhre auf den Teller.

»Von Garnelen kriegst du'n Ringelschwanz«, sagte der Alte. »Kommt mir vor, als ob er mit den Drähten da Bomben bastelt.«

»So was macht er nicht«, sagte Wauneta.

Nach dem Essen kratzte Ottaline die Teller aus und fing an zu flennen. Wauneta stieß sie mit der Hüfte an und legte ihr den Arm um die weichen Schultern.

»Was heulst du denn? Weil das Gewicht nicht runter will? Gewöhn dich dran, du bist eine von denen, die einfach dick sind. Meine Mutter war auch so.«

»Nicht deswegen. Ich glaube, mich veralbert jemand.«

»Wer denn? Wer veralbert dich?«

»Ich weiß nicht. Jemand.« Sie zeigte zur Decke hoch.

»Na, ich kann dir sagen, wenn's der ist, der veralbert uns alle. Dieser Jemand findet das wohl komisch. So seh ich das.«

»Es ist so einsam hier.«

»Ist nie einsam, wenn man genug zu tun hat.«

Ottaline ging die Treppe rauf, ließ den Scanner schweifen und suchen.

»Bitte geben Sie jetzt Ihre Rechnungsnummer ein. Es tut mir leid, Sie haben sich entweder verwählt oder eine Rechnungsnummer angegeben, die wir nicht akzeptieren können. Bitte wählen Sie neu.«

»Was soll das denn?« *»Schalt es ab, schalt ab!«*

»He, kauf Doughnuts! Und klecker nicht rum mit 'nem Dutzend, kauf einen Karton! Klecker nicht, nimm zwei Kartons!«

»Scheiße, wenn das alles ist, was du mir zu sagen hast – dann bäng!«

Jeden Tag wurde der Traktor neue Beschwerden los, mit rauher, drängender Stimme.

»Junge Frau, dein Daddy ist eine richtige Klette. Steigt ein und nie wieder aus. Sechzehn Stunden am Tag hinterm Lenkrad. Ach, komm mal her, ich will dir was zeigen. Schau mal da, links an der Haube, da unten! Was siehst du da?«

»Einen Rostfleck. Großer Rostfleck.«

»Stimmt, ein großer Rostfleck. Ich werd dir nicht erzählen, wie er da hingekommen ist. Ich erzähl einem Mädchen nicht gern was Schlechtes über seinen Daddy. Aber in all den Jahren bei deinem Daddy hab ich nur einen schönen Tag erlebt, und das war der Tag, als ich vom Hof des Händlers hierherkam, aus vierter Hand und ziemlich mitgenommen, und damals warst du zehn, hattest gerade Geburtstag. Du hast mich gestreichelt und gesagt: ›Hallo, Mr. Traktor!‹ Dein Daddy hat dich raufgehoben und gesagt: ›Du darfst dich als erste draufsetzen‹, und du hattest klebrige Händchen von der Kuchenglasur und bist auf dem Sitz herumgerutscht, und ich – ich hab gedacht, so würd's jeden Tag sein, und dann ist es nie wieder passiert, du hast mich nie wieder berührt, bist nie in meine Nähe gekommen, nur der verdammte Knochenarsch von Maurice, der hat sich nie um den Schwungwellenhebel gekümmert, mit Bremsöl unter Druck hab ich ihn dann erwischt, hat er 'ne Entzündung von bekommen, und deinen miesen Dad auch. Hab es bis jetzt still in mich reingefressen. Aber dir sag ich die Wahrheit. Wenn dein Daddy heute hier einsteigen würde, ich würd's ihm heimzahlen, was er mit meinem Bremssystem gemacht hat. Irgendwann erzähl ich dir mal von seinem Bier, und was er damit gemacht hat.«

»Was denn?«

»Ich würd's dir ja erzählen, aber ich fürchte, es stößt dich ab. Ich werde doch eine junge Dame nicht gegen ihre Familie aufhetzen! Ich weiß, du würdest es mir übelnehmen, und das will ich nicht. Ich erzähl's dir ein andermal.«

»Erzähl es mir jetzt! Red nicht so Blabla! Das haß ich.«

»Na schön. Du willst es wissen. Stumblebum hat sich nie damit aufgehalten, etwas nachzusehn. Schließlich war keine Bremsflüssigkeit mehr da. Ich bin mit deinem Daddy da draußen am

Hang, wir schleppen einen Pferdeanhänger. Er wie immer mit seinem Sechserpack – ein Alkoholiker, so viel wie der trinkt. Er tritt auf die Bremse, und wir sausen trotzdem weiter. Mit nichts konnte er mich anhalten, und ich wollte auch gar nicht. Mir war's egal. Wurden langsamer, als eine Steigung kam. Er springt ab, bevor wir zurückrollen, schiebt 'nen Stein unters Hinterrad. Und was macht er? Gießt warmes Bier in den Behälter für meinen Hauptbremszylinder, pumpt dieses Bier durch die Bremsleitungen. Klar, der Druck hat gereicht. Aber für mich war es das Aus. Darum steh ich jetzt hier. Jetzt bist du mir böse, weil ich's dir erzählt hab, nicht?«

»Nein, ich kenne schlimmere Verbrechen. Zum Beispiel jemand in einem Graben umbringen.«

»Schmollst du immer noch?«

Ein andermal stürmte sie wieder zur Kiesgrube hinaus.

»Halt die Klappe!« sagte sie. »Siehst du nicht, wie dick ich bin?«

»Gefällt mir so.«

»Warum bemühst du dich nicht lieber um einen anderen Traktor? Laß mich in Frieden!«

»Nun denk doch mal nach, junge Frau. Traktoren interessieren sich nicht für Traktoren. Traktoren und Menschen, darum geht's. Jeder Traktor sehnt sich nach einem menschlichen Partner, und meistens kriegt er dann einen dicken alten Farmer.«

»Bist du irgendwie verzaubert? Wie in der blöden Geschichte, wo ein Mädchen einen warzigen alten Frosch in ihrem Schuh schlafen läßt, und am nächsten Morgen ist der Frosch dann so ein gutaussehender Typ, der ihr ein Omelett brät?«

»Nee. Ich könnte dir erzählen, daß sie vor ein paar Jahren bei Deere einen Knaben eingestellt haben, der aus dem Raumfahrtprogramm rausgeflogen ist, weil er mit Ausländern gepicknickt und Wodka getrunken hat, konnten ihm aber nichts beweisen. Er war stinksauer deswegen. Das war die Zeit, als sie anfingen, mit Computern und Digitalbändern rumzuspielen. Hast doch sicher von diesen Wagen gehört, die einem sagen, man soll die Tür zumachen. So was. Ganz einfach. Computer. Er hat mir fünfzehn Sprachen eingegeben. Ich könnte dir was erzählen! Soll ich mal was auf Urdu sagen? *Skiffeli, skaffeli* – «

»Du kannst mir viel erzählen, aber ich muß es ja nicht glauben. Ziemlich fade Geschichte.« Und ihr schien, daß die einprogrammierte Zuneigung zu Menschen, deren der Traktor sich rühmte, von seiner rachsüchtigen Gehässigkeit aufgewogen wurde.

»Hast recht, ich hab gelogen.«

»Wenn du auch nur ein bißchen Verstand hättest«, sagte sie, »dann wüßtest du, daß Menschen wegen eines Traktors nicht aus dem Häuschen geraten.«

»Da irrst du dich! Berühmter Fall in Iowa, Mr. Bob Ladderrung, hat sich mit seinem Traktor begraben lassen. Haben sich schlicht und einfach geliebt, war ihm egal, wer's wußte. Und ich meine nicht bloß die Farmer in Iowa. Gibt Leute, die können einfach nicht die Finger von uns lassen. Im ganzen Land gibt's Mädchen, die sich in einen Traktor verlieben. Gibt auch manche, die einen geheiratet haben.«

»Ich geh rein«, sagte sie und wandte sich ab. »Ich geh rein.« Sie blickte zum Haus hinüber, zum gelb wogenden Hochzeitsweizen ihrer Mutter, zu Reds Gesicht, das wie ein Totenschädel im Fenster hing. »O bitte«, sagte sie und weinte, »bitte keinen Traktor und nichts dergleichen!«

Nach dem Abendessen, in ihrem Zimmer, wünschte sie sich eine Strahlenkanone, um die hellen Lichtnadeln von der fernen Autobahn auszulöschen, um das dumpfe Brummen wie von Bienen aus einem Busch im Mai zum Schweigen zu bringen. Sie wollte, daß die Kühe sich hinlegten und starben, wünschte einen Tornado herbei, das Jüngste Gericht, gewalttätige Männer in Anzügen, die mit einem schnellen Wagen in den Hof hereinbrausten. Immerhin hatte sie den Scanner.

»Du denkst, er ist normal, solange du nicht mit ihm redest.«

»Hätte die Polizei rufen sollen, so gemein und abscheulich war er, aber das mach ich nicht. Ich sag dir was: Dem werd ich zusetzen, auch wenn wir noch gar nicht so lange verheiratet sind. Der soll blechen, er hat's ja! Zweitausend verdient er im Monat. Jedenfalls, deswegen werd ich noch viel Kopfschmerzen haben. Aber sonst geht's mir gut. Bin nur ein bißchen verrückt. Keine Sorge, mir geht's gut.«

Aladdin nahm ein Büschel Steckrübengrün aus der Schüssel, legte es Ottaline auf den Teller.

»Was machst du da draußen in der Kiesgrube bei den Traktoren? Ich hab eine halbe Stunde nach dir gesucht.«

»Hab dran gedacht«, sagte sie, »ob man diesen Deere nicht reparieren könnte. Einfach so ein bißchen was dran machen.« An diesem Tag war sie in die Kabine gestiegen, auf den Fahrersitz, hatte sich herrlich gefühlt.

»Für die verdammte Karre würd ich keine zehn Cent mehr ausgeben. Ist nie gut gelaufen.«

»Die Ersatzteile würd ich von meinem Geld bezahlen. Ich weiß nicht, vielleicht verrückt, die Idee. Dachte mir, ich versuch's mal.«

»Mit der Maschine haben wir vom ersten Tag an Ärger gehabt. Nachdem Morris Gargleguts, der Idiot, draufgegangen ist, war nicht mehr viel los mit ihr. Wir haben sie zu Dig Yant geschleppt, der hat ein paar Leitungen ersetzt, den Treibstofftank gereinigt, die Benzinzufuhr ausgeblasen, alles mögliche, den Vergaser umgebaut. Dann stimmte wieder was anderes nicht. Jedesmal, wenn sie repariert war, fiel irgendwas anderes aus. Da haben sie mich ganz schön übers Ohr gehauen. Ich hab dann

Krach geschlagen, und der Händler hat schließlich zugegeben, daß sie 'n faules Ei war. Hat mir dafür den Case zu 'nem wirklich kulanten Preis gelassen. Das ist ein Traktor, der sein Geld wert ist! Dir ist doch klar, diesen 4030er, diese Schrottmaschine mußt du auseinandernehmen bis aufs letzte Schräubchen.« Er aß seinen Hackbraten, dachte nach, sagte: »Ich könnte ja – geh dir vielleicht ein bißchen zur Hand. Schaffen sie in den Schuppen mit der blauen Tür. Stellen da einen Ofen rein, schließen ein Rohr an.« Er sah sich schon an einem dunklen Wintermorgen aufstehen, während alle andern noch schliefen, zu dem Schuppen rausgehen, das Feuer anmachen, eine rauchen und in der gemütlichen Wärme rostige Bolzen abbrechen, verdreckte Armaturen säubern, sah Nadeln, Stifte, Schrauben und Muttern in einer Kerosinwanne baden, während er auf das Tageslicht und den Beginn der echten Arbeit wartete. »Morgen bringen wir sie da rein.«

»Ihn!« sagte Ottaline.

»Das kriegt ihr nicht wieder hin«, sagte der alte Red. »Was ihr reparieren wollt, ist nicht zu reparieren.«

»Na schön«, sagte sie und trat an den Traktor heran. »Wir bringen dich in den Schuppen mit der blauen Tür und machen uns an die Arbeit. Mein Dad hilft mir, und du hältst bitte hundertprozentig die Klappe, oder alles ist aus.«

»Willst du wissen, wo meine Probleme sind? Die Bremsen. Treibriemen durch, Motorblock gesprungen, Kolben festgefressen, alles eingerostet, Dreck und Schmiere, Hubarme zu ersetzen, Wasserpumpe durchlöchert, Nockenwellenlager ist hin, Dichtungen hin, Magnetzünder, Verteiler, Wechselstromgenerator durchgeschmort – schau bloß mal ins Kupplungsgehäuse, ein Alptraum! Kupplungsscheibe muß neu ausgerichtet werden, Kuppelstangenenden zu ersetzen, Treibstoffabsperrung ist futsch, Lenkgestänge kaputt, Vorderachsbuchsen, Wellenbuchsen, alles hinüber, und wenn ich dir aufzählen soll, was am Differentialgetriebe alles fehlt, brauch ich 'ne Viertelstunde. Die Getriebekupplung lag schon in den letzten Zügen, bevor alle Lichter ausgingen. Ich will nicht, daß dein Drecksack von Vater an mir rummacht. Das hat er schon mal gemacht, und schau mich nur an.«

»Das ist jetzt was anderes. Viel wird er sowieso nicht machen. Das meiste mach ich. Bei welchem Tempo ist diese Getriebekupplung denn eingerastet?«

»Du? Du hast doch keine Ahnung, wie man einen Traktor repariert. Ich will nicht, daß du an mir rummachst. Ich möchte zu Dig Yant gebracht werden – der versteht was davon. Traktoren reparieren ist Männersache, nichts für Frauen. Ein für allemal!«

»Du hast keine Wahl. Kann dir eins sagen, ich hab in der Schule nicht Hauswirtschaft gewählt, sondern Mechanik und eine Zwei drin gekriegt. Ein für allemal? Dichtung am Unterantriebsbremskolben stark verschlissen, oder eher die Scheiben.« Sie hatte eine Büchse Penetrieröl mitgebracht und begann es auf die Zapfen, Bolzen und Schrauben zu spritzen, beklopfte die rostigen Bolzen mit einem schweren Schraubenschlüssel.

»Einen falschen Handgriff, und ich könnte dir was tun!«

»Weißt du, was? Ich an deiner Stelle, ich würde einfach stilliegen und es genießen.« Das hatte Hal Bloom mal zu ihr gesagt.

Im September hörte der Regen auf, und die Prärie begann zu vergilben. Es kamen ein paar heiße Tage, dann kühlte es ab, und von Nordwesten wälzte sich ein frühes Unwetter heran, warf feuchten Schnee ab, bevor sie den Traktor in Fahrgestell, Motor und Getriebe zerlegt hatten.

»Wir brauchen eine Motorwinde hier drin«, sagte Aladdin und hustete. In der ersten Sturmnacht war er unterwegs versackt und hatte draußen in seinem Transporter geschlafen, bei herabgekurbeltem Fenster von Schneeflocken umwirbelt. Zitternd erwachte er, fuhr heim, hörte, daß ihnen der Kaffee ausgegangen war, trank ein Glas kaltes Wasser, sagte zu Wauneta, er wolle kein Frühstück. Gegen Mittag hatte er Fieber und Würgreiz, legte sich ins Bett.

»Dieser Husten treibt mich noch ins Wasser, und ich kann gar nicht schwimmen«, sagte der alte Red. »Erstick ihn lieber gleich, dann ist Ruhe!«

»Vorher erstick ich noch jemand anders«, sagte Wauneta. »Ich hab's doch gewußt, daß so was passiert. Im Transporter zu schlafen!« Ihre Heilmittel waren Aspirin, Wadenwickel, Wasser, Inhalationen, heißer Tee, aber es wurde nicht besser. Aladdin briet in seiner eigenen trockenen Hitze.

»Was ist morgen?« sagte er und wälzte den schmerzenden Kopf auf dem heißen Kissen herum.

»Freitag.«

»Bring mir meinen Kalender.« Mit tränenden Augen las er die gekritzelten Vermerke, wollte mit Ottaline sprechen.

»Sie ist draußen beim Füttern. Es hat feucht geschneit, dann hart überfroren, die Tiere kommen kaum ans Gras heran. Soll am Wochenende wieder wärmer werden.«

»Verdammt«, flüsterte er. »Wenn sie reinkommt, schick sie zu mir.« Er zitterte und würgte.

Ottaline saß in der Kabine von Aladdins großem Case-Traktor, einen großen runden Heuballen am hydraulischen Hebespieß. Der Schnee fiel dicht und schwer herunter, es sah aus, als wollte es bis Juni nicht mehr aufhören. Mittags fuhr sie zum Haus zurück, mit einem Bärenhunger, in der Hoffnung auf Makkaroni mit Käse. Den Traktor ließ sie mit laufendem Motor stehen.

»Dad will was von dir«, sagte Wauneta. Es gab Rindfleisch

und Biscuits. Ottaline nahm sich eine Essiggurke vom Glasteller.

Sie ging zum Schlafzimmer ihrer Eltern, blieb aber in der Tür stehen; sie gehörte zu denen, die den Anblick von Kranken nicht ertragen, nicht wissen, wohin sie den Blick wenden sollen, um die blutunterlaufenen Augen und das aufgedunsene Gesicht nicht sehen zu müssen.

»Schau«, sagte er, »morgen ist der erste Freitag im Monat. Um acht kommt Amendinger zu uns raus. Wenn es mir dann nicht bessergeht« – er hustete, bis er würgte –, »wirst du mit ihm verhandeln, ihn draußen herumführen, daß er sie sich ansehen kann, sieht, was wir haben, und dir ein Angebot macht.« Amendinger war der Viehaufkäufer, ein dunkelhäutiger Mann mit Tränensäcken unter den Augen, einem schwarzen Schnurrbart, dessen Enden wie tauchende Zwillinge zum Kinn hinabfielen. Er trug schwarze Hemden und einen schwarzen Hut, strahlte unerbittliche Entschlossenheit und Zielstrebigkeit aus. Er war völlig humorlos, und jeder Rancher verfluchte ihn hinter seinem Rücken.

»Dad, ich hab doch eine Höllenangst vor diesem Mann. Der wird das ausnutzen. Der macht uns ein niedriges Angebot, und ich komm durcheinander und sag ja. Warum nicht Ma? Die übervorteilt niemand.«

»Weil du die Tiere kennst, und sie kennt sie nicht. Wenn Tyler da wäre – aber er ist nicht da. Du bist mein kleines Cowgirl. Du mußt gar nichts sagen. Führ ihn nur herum, hör dir sein Angebot an und sag, wir melden uns wieder bei ihm.« Er wußte, daß Amendinger seine Geschäfte immer an Ort und Stelle abschloß; hinhalten ließ er sich nicht. »Wenn ich das hier überstanden hab, kauf ich ein Flugzeug, das ich mir angesehen habe. Das ist das einzig Richtige für eine so große Ranch. Ein Wagen nützt nichts, und wenn er noch so viele Fenster hat.«

»Ich könnte ihn doch hier reinbringen, Dad.«

»Niemand, der nicht zur Familie gehört, wird mich flachliegen sehn. Verdammt noch mal.« Er hustete. »So heißt's doch, erst nehmen sie einem das Geld ab und dann die Kleider.«

Sie schlief so schlecht wie selten, und am Morgen war sie benommen und übler Laune. Es schneite nicht mehr, und ein warmer Chinook wehte. Die Ebene lag schon wieder bloß, in Gräben und Bodenfalten schrumpften die Schneewehen. Kaffee hatten sie immer noch keinen. Aus dem Obergeschoß hörte man Aladdin keuchen und pfeifen.

»Er sieht nicht gut aus«, sagte Wauneta.

Um acht war der Viehhändler noch nicht da. Ottaline aß zwei Hafermehlkekse, noch eine Scheibe Schinken, trank ein Glas Milch. Es war schon nach neun, als Amendingers schwarzer Transporter vorfuhr; der schwarze Hut senkte sich, Papiere wurden zusammengerafft. Hinten drin saßen drei Jagdhunde. Er stieg aus, das Klemmbrett in der Hand, tippte schon auf dem Taschenrechner Zahlen ein. Ottaline ging hinaus.

Es war nicht der Viehhändler, sondern sein Sohn Flyby Amendinger, breitnasig, stämmig, eine Spalte im Stoppelkinn, so still wie drei Uhr morgens.

»Mr. Touhey da?« fragte er und sah auf seine Stiefel herab.

»Ich werde Ihnen das Vieh zeigen«, sagte sie. »Er hat die Grippe. Oder irgend so was. Wir dachten, Sie wollten um acht kommen. Wir dachten, Ihr Vater würde kommen.«

»Ich habe zwei Abzweigungen verpaßt. Dad ist drüben in Hoyt.« Er suchte in seiner Hemdtasche, fischte Zeitungsausschnitte heraus, zeigte ihr ein Inserat, *Amendinger & Sohn, Viehhandlung*. »Ich arbeite seit fast neun Jahren bei Dad mit, hab inzwischen wohl auch ein bißchen Ahnung von der Sache.«

»Ich wollte nicht sagen, daß Sie keine haben«, sagte sie. »Es freut mich, daß *Sie* gekommen sind. Ihr Vater macht mir angst mit seinem Schnurrbart.« Sie stellte sich vor, wie er über die roten Feldwege zur Ranch gefahren war, Wege wie dicke rote Striche auf einer Landkarte, die den Kreis des Horizonts durchschneiden.

»Davor hatte ich auch eine Höllenangst, als ich klein war.« Er blickte auf die Veranda, das Haus, den Hochzeitsweizen, den Schuppen mit der blauen Tür.

»Na dann«, sagte sie, »fahren wir los.«

»Der Weizen da müßte gemäht werden«, sagte er.

Sie fuhr, und er schaute unter den Bäuchen der Kühe hindurch zum fernen Horizont. Sie rumpelten über die Weiden, daß der Staub in der Kabine aufgewirbelt wurde und als feiner, glitzernder Nebel in der Schwebe hing, als hätten ihre geheimen Gedanken ihn ausgefällt, damit er sich vielleicht in hörbaren Worten niederschlug. Flyby machte die Tore auf. Ottaline dankte ihm, wies auf die guten Eigenschaften der Rinder hin, die schlanken, muskelschweren Körper auf geraden Beinen, den beiderseits vom Rückgrat heraustretenden Lendenfleck, die Größe. Er murmelte etwas wegen einer rauhbrüstigen Kuh, die etwas von einem Ochsen an sich hatte, beanstandete ein paar kleine und sichelbeinige Ochsen mit flachen Lenden. Er zählte, machte sich Notizen, addierte und nannte schließlich einen anständigen Preis.

»Sie sind ein sehr sachverständiges Mädchen«, sagte er, »und verdammt gut sehn Sie aus, wenn auch ein bißchen gepolstert. Möchten Sie 'n Bier?«

Den Rest des Vormittags leerten sie Bierflaschen, und Flyby erzählte Ottaline vom einsamen Leben eines Viehhändlersohns, wobei er seine melancholischen Sätze mit langen, matten Handbewegungen untermalte. Es war schon Mittag, als er wegfuhr.

Von der Schlafzimmertür aus, ohne einzutreten, nannte sie Aladdin die Zahlen. Glühend und benommen, zum Bersten voller Tee, nickte er und sagte, ist in Ordnung. Es war in Ordnung. Er brauchte keinen Computer, um die Spanne auf den Penny genau zu erkennen. Es war in Ordnung, immerhin eine traurige Erleichterung. Von sich selbst konnte er dasselbe nicht sagen.

In dieser Nacht erwachte der alte Red aus seinem leichten Schlaf von einem trockenen, pfeifenden Geraspel, das er mit Grauen hörte. Er hatte Herzklopfen, stand auf und tastete sich zum Fenster seiner Kammer. Schmuddeliges Mondlicht stach durch zerfetzte Wolken, prallte ab von einer schwingenden Sensenklinge, aber es war nicht der Tod, der ihn holen wollte, sondern ein Mann mit einem dunklen Hut, der mit zischenden Streichen den Hochzeitsweizen mähte und am Ende jeder Bahn stehenblieb, um einen Zug aus einer Flasche zu nehmen. Seine Enkelin Ottaline lehnte am Rahmen der blauen Schuppentür, den Mund sperrangelweit offen, ihre hundert Zähne blinkten wie Glimmerschiefer. Sie schmiß ein Stück öliges Metall in die Luft, wo es sich mehrmals drehte, bevor es herabfiel, bückte sich nach einem anderen und ließ es fliegen.

Der alte Red sah zu, machte sich einen Reim drauf. »Ich war Kutscher. Ich war Cowboy. Von Kindheit an gearbeitet. Schafe gehalten, Rinder gehalten. Immer noch da, Löffel noch nicht abgegeben, scharf wie ein Hund mit zwei Ruten. Ich hab meine Runde noch nicht gemacht.«

Tyler und Shan suchten weit weg ihr Glück, aber hier war Ottaline mit ihrem Heumacher. Er mochte seinen kostbaren Atem nicht mit Lachen verschwenden.

Im September gab es eine Hochzeit und ein gigantisches Picknick unter dem Zeltdach der Viehhandlung Amendinger, rote und weiße Streifen, die einen rosa Schimmer durchließen, Stelltische im Nebenhof, ein Schweins-Barbecue, Rinderkeulen und

Filets, in der Grube gebraten, Lamm am Spieß, Prärieaustern, süßer Mais, Riesengarnelen in Tylers Ketchupsauce, selbstgebackene Brötchen, ein Bottich Essiggemüse, Melonen, dicke Pies aus reifen Oregon-Pfirsichen und ein dreistöckiger Hochzeitskuchen mit hellblauer Glasur und einem kleinen Bullen und einer Kuh aus Plastik obenauf. Es war ein heißer, klarer Tag, und die Red Wall flimmerte am Horizont. Draußen vor dem Zaun lag das ausgebaute Fahrgestell des 4030ers umgekippt im Beifußgestrüpp, wo Aladdin es hingeschleppt hatte. Wauneta weinte, nicht wegen ihrer Tochter, sondern wegen des abgemähten Weizens. Tyler inspizierte die Ranch mit geringschätzigen Blicken. Alles war kleiner und schäbiger, als er es in Erinnerung hatte. Warum hatte er das haben wollen? Er hatte ein Mobiltelefon und setzte sich auf sein Pferd, um mit jemandem zu telefonieren, der weit weg war. Wauneta sagte zu Shan, sie werde bald mal nach Las Vegas zu Besuch kommen.

»Nicht, wenn ich ein Wort mitzureden habe«, sagte Aladdin. Die Gäste schleiften die Klappstühle hin und her, und als Ottaline ihr kunstseidenes Kleid über den Knien glattstrich, spürte sie die Sandkörner, sah die Staubteilchen aus dem Gewebe schimmern. Am Busen hatte sie einen Fleck von der Barbecuesauce. Schließlich zog sie sich um und ging in ihrem neuen aquamarinblauen Hosenanzug mit Flyby Amendinger auf eine viertägige Hochzeitsreise durch die Motels von Nebraska.

Wo einst Weizen wuchs, standen nun Hundehütten. Zwei Lastwagen parkten in der Einfahrt. Der alte Red in seiner Kammer wäre gern taub gewesen, wenn über ihm die Bettfedern quietschten. Ansonsten war alles beim alten.

Aladdin bemühte sich bei seiner Bank um einen Kredit für ein Flugzeug. »Ich hab gesagt, wenn der Herrgott mich verschont, dann kauf ich sie.« Er träumte von einer 1948er Aeronca Sedan, einem wackeligen Ding mit großer Kabine und weiblichen Kurven; das gesprungene Kurbelgehäuse wollte er durch ein intaktes aus Donalds Cowboy-Trödelladen ersetzen.

»Sie ist so geräumig, wenn es sein müßte, könnte ich zwei Kälber drin unterbringen, Heuballen, Futter, einfach alles, sogar Ottaline, haha.«

Die Bank gewährte den Kredit, und an einem stillen, grauen Morgen, bei wenig Wind, startete Aladdin seinen Transporter, fuhr die halbe Ausfahrt hinunter, setzte wieder ein Stück zurück, parkte ein und kam in die Küche. Der alte Red tunkte seinen Toast in schwarzen Kaffee.

»Ich fliege die Maschine nach Hause«, sagte er. »Auf der Dreiecksweide werde ich landen. Hätte gern, daß ihr alle draußen seid und zuschaut. Du auch, mein Junge«, sagte er zu seinem Schwiegersohn.

»Ich muß mir heute vormittag Trevs Kühe ansehn.« Flyby Amendinger stand nicht gern unter Aladdin Touheys Fuchtel. Nachts beschwerte er sich bei Ottaline, Aladdin sei noch schlimmer als sein schnurrbärtiger Vater.

»Ich passe ihm nicht in den Kram«, flüsterte er.

»Aber mir paßt du rein«, flüsterte sie zur Antwort.

»Ruf doch Trev an und sag, du kommst etwas später. Stört ihn kein bißchen. Ich möchte euch alle draußen winken sehn. Ist ein Grund zum Feiern, wenn wir auf diesem verdammten Hof wieder ein Flugzeug haben. Werde Ottaline zeigen, wie man's fliegt.«

Mitten am Vormittag hörten sie die Maschine heranbrummen.

»Ma!« rief Ottaline ins Haus hinein. »Er kommt.«

Wauneta stellte sich neben Ottaline und Flyby, und sie schauten zum Horizont. Der alte Red humpelte auf die Veranda heraus. Ein böiger, kalter Wind war aufgekommen, die Kammlinie der Felsen zog in der Ferne einen stumpfroten Strich durch die dürre Prärie. Wauneta rannte ins Haus zurück, um ihre Jacke zu holen.

Die Maschine überflog sie und nahm Kurs auf die Red Wall, wendete und kam wieder auf sie zu, nun sehr viel niedriger. In sieben Meter Höhe flog sie über sie hinweg. Aladdins Kopf war in der Kabine zwischen den Rauchwolken vom Selbstangebauten kaum zu sehen. Vom Wind gerüttelt, stieg die Maschine steil auf und segelte in gleichbleibender Höhe davon. Als sie nur noch ein Punkt in der Ferne war, wendete sie und kam wieder zur Ranch zurück, in kurvigem Gleitflug tiefergehend. Aus einem bestimmten Winkel sah sie aus wie ein Plakat am Himmel.

»Der spielt sich auf«, sagte Wauneta. Sie sah zu, wie die Maschine im Niedrigflug herandonnerte, wie ein Feldbesprüher.

»Ich glaube, er will landen«, sagte Flyby, »oder eine Bodenprobe entnehmen. Oder ein Stück Land abstecken.«

»Er spielt sich auf. Ich kenn ihn doch! DU KOMMST JETZT HIER RUNTER!« brüllte Wauneta die Maschine an.

Als ob es ihr gehorchte, berührte das Flugzeug den Boden, wirbelte eine Staubfahne auf, hüpfte wieder in die Höhe und machte noch zwei weitere mächtige Sprünge, bevor sich das linke Rad im eisernen Fahrgestell des ausrangierten Traktors verfing, das Flugzeug auf die Nase fiel und zusammengestaucht wurde, ein Durcheinander aus Stoff, Metall und Rancher. Es gab eine Explosion wie eine gewaltige Fehlzündung, aber keine Flammen. Eine dicke runde Staubwolke stieg auf.

Flyby schleppte Aladdin auf sicheren Grund. Der Kopf seines Schwiegervaters hing in einem ungewöhnlichen Winkel schlaff zur Seite.

»Er ist tot, glaub ich. Ich glaub, er ist tot. Ja, er ist tot. Der Hals ist gebrochen.«

Wauneta schrie auf.

»Sieh nur, was du getan hast!« sagte Ottaline zu ihr. »Du hast ihn umgebracht.«

»Ich? Das kommt davon, daß ihr den Weizen gemäht habt.«
»Hat er sich selbst zuzuschreiben«, rief der alte Red von der Veranda. Ihm war klar, wie es nun weiterginge. Sie würden Aladdin unter die Erde bringen. Ottaline und ihr Sensenmann würden die Ranch führen. Wauneta würde den Koffer packen und sich zu den Spielautomaten aufmachen. Sobald sie außer Sicht war, gedachte er, aus der Vorratskammer wieder ins Obergeschoß zu ziehen. Das Wichtigste im Leben war Stehvermögen. Darauf lief's hinaus: Wenn du lange genug herumstehst, kannst du dich irgendwann hinsetzen.

Ein Paar Sporen
....

Die Coffeepot

Die Coffeepot südöstlich von Signal war mal eine gutgehende kleine Ranch gewesen, aber an Car Scrope fiel sie in schlechten Zeiten – die jetzige und die letzten Jahre. Die rindfleischkaufenden Staaten zeterten wegen der Brucellose, die sich die Rinder angeblich von den Bisons am Yellowstone und von herumstreunenden Elchen holten, und so braute sich eine Angst vor den Tieren aus Wyoming zusammen, die den Markt kaputtmachte. Darin zeigte sich ein Unterschied der Lebensauffassungen, denn die Fremden wußten nicht, daß das ungeschriebene Gesetz von Wyoming, *Kümmer dich um deinen eigenen Dreck!*, außer für die Fauna und das Vieh auch für sie selbst galt. Und eine noch schlimmere Zeiterscheinung gab es: Im ganzen Land gingen Männer, die einst blutige Steaks verzehrt, und Frauen, die einst für die Sonntagsmahlzeit einen Braten geschmort hatten, nun zu Sojabrei und Gemüse über, vorbeugend gegen Arterienverkalkung, mit Kolibakterien verseuchte Hamburger und den Schüttelfrost des Maltafiebers. Aus Übersee kamen Schreckensmeldungen vom »Rinderwahn«. Und wer wollte schon in Zeiten einer verfeinerten vegetarischen Sensibilität rohen karnivoren Gelüsten Ausdruck geben? Um den Antifleischaktivisten entgegenzutreten, steuerte Scrope zehn Dollar für die Anbringung eines Straßenplakats bei, das den Vorüberfahrenden befahl: ESST RINDFLEISCH! und darunter die siebzehn Rancher nannte, die das Mahnmal bezahlten.

Es war ein harter Winter, und das Frühjahr kam spät; bis in den Mai mußte er füttern, wartete auf das junge Gras. Auf allen

Ranches ging das Heu aus, und die nächste Einkaufsquelle lag eine lange Tagesreise weit entfernt im östlichen Nebraska, wo die Kartoffelbauern einen tüchtig neppten. Zehn Tage vor Anfang Juni fegte ein Blizzard über die Ebene, auf den windgeschützten Seiten der Hänge bildeten sich haushohe Schneewehen, unter einem nachfolgenden Schub arktischer Luft gefror der nasse Schnee, umhüllte die neugeborenen Kälber mit Eisschalen. Eine Woche lang, unter einem gläsernen Himmel, hielt die Kälte an, Schneebrand versengte den Kühnen die Euter; unter dem heißen Atem eines Chinook löste sie sich binnen Minuten auf. Schmelzwasser rann über den gefrorenen Boden. Rinderleichen tauchten aus den schwindenden Schneewehen auf, eben noch versteckt, dann sichtbar, eine mühsame Zählerei für die in ihren Einsitzern drüber hinwegfliegenden Rancher. Scropes Hof war überschwemmt, die Straße eine Meile weit einen Fuß tief unter Wasser, so daß nicht mal die Post zu ihm durchkam, aber bevor es abfließen konnte, torkelte der nächste Sturm von Westen heran und kippte fünfzehn Zentimeter Hagel herab, übergehend in einen Regenguß, abermals gefolgt von Hagel, mit dem Ergebnis, daß schließlich einen Fuß hoch grobkörniger Schnee lag. Zwei Tage später schraubte der erste Tornado der Saison einige Getreidesilos vom Boden los.

»Soviel Scheißwetter hab ich noch nie in zwei Wochen verpackt gesehn«, sagte Scrope zu seinem Nachbarn Sutton Muddyman, als ihre beiden schlammbespritzten Lieferwagen mit klappernden Auspuffrohren auf dem aufgeweichten Feldweg nebeneinander hielten. Die Hunde auf den Ladeflächen rannten in parallelen Bahnen hin und her und grinsten sich an.

»Hat uns ganz schön durchgeprügelt«, sagte Muddyman. »Was mir Sorge macht, ist die Schneelast in den Bergen. Da liegt noch jede Menge, und wenn die erst zu schmelzen anfängt, dann sehn wir hier wirklich mal Wasser. Hat dieses Werbeplakat dir schon Geld eingebracht?«

»Die einzigen, die es sehen, sind die Leute, die an diesem Feldweg wohnen, dem Pick It Up, alle beide. Ich meine, wir hätten es an einer asphaltierten Straße aufstellen sollen, wo ein bißchen Verkehr ist.« Er kratzte sich die entzündete Mulde unterm Kehlkopf. Auf seinen Wangen schimmerten blonde Bartstoppeln. »Herrgott!« sagte er. »Sind schon schwere Zeiten in diesem Geschäft. War schlau von dir, daß du ausgestiegen bist.«

»Car«, sagte Muddyman, »denk bloß nicht, daß ich's leicht habe! Ich hab doch jeden Tag nichts als Ärger. Ich glaub, ich muß weiter. Inez' Eis läuft mir gleich aus der Tüte.«

»Bring es gut heim, Sutton!« sagte Scrope und trat vorsichtig auf die Gasstange; das Pedal war schon vor Monaten abgebrochen. Muddyman lavierte sich durch die Schotterfurchen nach Süden.

Scrope, vierzig Jahre alt, hatte sein ganzes Leben auf der Coffeepot-Ranch verbracht und bekam schon Heimweh, wenn er nur zur Futterhandlung nach Signal mußte. An dieser krankhaften Liebe zu der Ranch litt er seit seiner Kindheit, seit er geglaubt hatte, hören zu können, wie sich das Gras über ihn lustig machte. Diese Fähigkeit hatte er in dem Jahr erworben, als sein älterer Bruder Train auf schreckliche und geheimnisvolle Weise im Badezimmer umgekommen war, wo ihre Mutter ihn gefunden hatte, ein Ereignis, das er nie verstanden hatte, auch jetzt noch nicht. Damals hatte er überhaupt nicht begriffen, was los war oder was als nächstes passieren könnte, denn seine Eltern sagten ihm nichts, steckten nur flüsternd und schluchzend die Köpfe zusammen. In der Küche hörte er ihre leisen Stimmen dahintröpfeln wie zwei Wasserhähne, aber wenn er eintrat und sie seine Stiefel knarren hörten, verstummten sie. Trains Name durfte nicht mehr ausgesprochen werden, soviel wußte er. Später belogen sie ihn auch in so belanglosen Dingen wie den Namen von Kräutern, der Frische der Butter auf dem Teller, der Frage, wieviel Schulbildung für einen Ranchjungen nötig sei –

nicht viel, sagte sein Vater, aber Jahre später beklagte er dann, daß Car nicht Bankangestellter oder Versicherungsvertreter geworden war. Nach dem Begräbnis des Vaters fragte er seine Mutter ohne Umschweife: »Was war das alles, worüber du mit Dad immer geredet hast? Ging es um Train? Was ist eigentlich passiert mit ihm?« Aber sie wandte den Blick ab und ließ ihn zum Fenster hinausschweifen, zu den roten Felspfeilern und dem zerknautschten Himmel dahinter, und sagte überhaupt nichts.

Das Gras dagegen schwieg nie still, es hatte eine Art zischendes Kichern, wie der zu kurz geratene John Wrench in der HighSchool, wenn er im Kino in der letzten Reihe einem Mädchen etwas von seinem Popcorn anbot, und durch den Boden der Schachtel ragte sein Penis inmitten der schmierigen Körner hinauf. Scropes geschiedene Frau Jeri hatte von diesem Popcorn gekostet. *Das Beste geht, das Schlechteste bleibt*, zischte das Gras.

Die Coffeepot war klein, aber gut sortiert, acht Parzellen Mischweide, ein Stück bewässerte Heuwiese (nicht genug) und Weiderechte auf Staatsland. Bewässert wurde die Ranch vom Bad Girl Creek, der in der Niederung einen Sumpf bildete, von den Bibern durch drei kleine Teiche verbessert. Eine staubige Zufahrt, markiert von einer Reihe Strommasten, die mit einem einzigen Draht verbunden waren, führte von der Hauptstraße herein, mit zahlreichen Seitenwegen zu den entlegeneren Teilen der Ranch. Siebzig Meter westlich vom Ranchhaus stand Mrs. Freezes Wohnwagen auf Holzblöcken im Schatten einer Balsampappel. Ein Durcheinander aus Gehegen und Zäunen zog sich bis zu einem sanft ansteigenden Hang hin, auf dem Scrope einen Abkalbestall gebaut hatte.

Das hölzerne Ranchhaus hatte Scropes Vater nach dem Zweiten Weltkrieg gebaut, und der Sohn hatte nichts daran verändert, weder die schlechten Wasserleitungen mit den mineralverstopften Rohren, noch die rostige Hollywoodschaukel auf der

Veranda, von der Jeris geblümte Kleider Flecken bekamen. Der Eingang sah aus wie der einer Hundehütte und führte in die Küche. Eine 1911 aufgenommene Fotografie der Ranch hing über dem Tisch, zeigte die hageren Ahnen der Scropes grinsend vor ihrer Grassodenhütte; der Schatten des Fotografen reichte bis zu ihren Füßen. Es hing dort schon so lange, daß Scrope es gar nicht mehr sah, aber es war ihm auf dieselbe Weise gewärtig wie Sauerstoff und Tageslicht – er würde es bemerken, wenn es fehlte.

Der Südostwinkel der Ranch war hochgelegener steiniger Grund, bevölkert von einem Luchspaar und einigen Klapperschlangen. Die hervorstechenden Merkmale waren ein kleiner Bach und die Hoodoos, zackige Felsen aus bröseligem rotem Gestein, aus dem bei starkem Regen Fossilien herausgespült wurden. Ein unerschrockener Ausbrecher aus dem Jugendgefängnis hatte sich einmal eine Woche lang dort unter einem Überhang versteckt gehalten. Beim schmutzigroten Sonnenuntergang hatte Car ihn dabei erwischt, wie er angebrannte Mohrrüben und Rindertalg aus dem Hundenapf stahl, nahm ihn mit ins Haus, erfuhr, daß er Benny Horn hieß, setzte ihm einen Teller Bohnen und einen Schokoriegel zum Nachtisch vor, zog ihm am Hals eine Zecke heraus und überredete ihn, sich zu stellen, versprach ihm einen Teilzeitjob, unterm Mindestlohn bezahlte Saisonarbeit, wenn er wieder rauskäme.

»Ich hab deinen Daddy gekannt«, sagte er und erinnerte sich an ein täppisches Großmaul. Als der Junge ging, fehlten ein Stapel Münzen vom Fenstersims und zwei nicht zusammenpassende Socken von einer Stuhllehne.

Vormann auf der Coffeepot war seit zwanzig Jahren eine Frau, Mrs. Freeze, ein mürrischer alter Peitschenstiel, der aussah wie ein Mann, sich kleidete wie ein Mann, redete und fluchte wie ein Mann, aber einen stattlichen Busen vor sich hertrug, der sie ärgerte, weil er ihr bei der Arbeit mit dem Seil in die

Quere kam. Scropes Vater hatte sie noch angestellt, wenige Monate, bevor er das Zeitliche segnete, und anfangs sagten die Leute, er habe den Verstand verloren.

Was Scrope selbst anging, so hatte er einen großen Schädel mit kurz geschorenem Haar und platinblondem Schnurrbart, einen kaputten Rücken von einem Preßlufthammerritt auf einem besonders bockigen, Zaunecken streifenden stummelohrigen Schecken, auf dem er sich, wie John Wrench vor zwei Jahrzehnten richtig gewettet hatte, nicht halten konnte, zwei vom lebenslangen Eingezwängtsein in Cowboystiefeln verschrumpelte Füße und lange Affenarme, an denen kein Hemdsärmel je bis zu den Handgelenken herabreichte. Sein Gesicht mit dem kleinen, scharfgeschnittenen Mund und den hellen Augen hatte etwas Verkniffenes, aber die muskulösen Schultern und der mächtige Brustkorb verrieten eine Kraft und Männlichkeit, die im Lauf der Jahre nicht wenige Frauen angelockt hatte. Seit seine kurze und kinderlose Ehe im Verlauf einer halben Stunde in die Brüche gegangen war, begrüßte er allabendlich den Mond mit einer Flasche, schaute sich Pornovideos an und aß, abgesehen von großen Mengen Rind- und Schweinefleisch, Fertiggerichte aus Plastikbeuteln, denen er einen juckenden Ausschlag sowie Darmbewegungen verdankte, die lange orangegelbe Fäden hinterließen, als hätte er einen Fuchs verspeist und verdaut.

Die Box Hammerhandle

Unmittelbar südlich von der Coffeepot lag die Box Hammerhandle – Sutton und Inez Muddymans Ranch. Sutton Muddyman, ein Muskelpaket mit fettigem schwarzem Lockenhaar, behauptete, eine Urlauberranch bedeute Schwerarbeit, und obendrein müsse man noch pausenlos strahlendgute Laune zeigen; aber wenn Inez und er sich auch an die ständige Anwesenheit fremder Großstädter nicht gewöhnen konnten, hatten sie doch ihr Auskommen und bekamen mehr Weihnachtskarten, als sie lesen konnten. Ihre Tochter Kerri war Konditorin in Oregon und lebte mit einem ehemaligen Spieler zusammen, von dem Sutton und Inez nichts wissen wollten. Auf der Ranch hielten sie etwa dreißig Pferde, eine kleine Schafherde, Lastlamas und eine Piratenhorde Hunde, die sich ständig mit Stinktieren und Stachelschweinen anlegten, einmal auch mit den Luchsen, die ihnen bleibende Andenken an ein unerlaubtes Eindringen in die Hoodoos mitgaben.

Inez Muddyman, hager und rothaarig, immer noch ein bißchen wild, obwohl sie früh ihr Leben geändert hatte, war eines der Mädchen von der Bibby-Ranch gewesen, im Sattel großgeworden, sagte sie, und zwar von morgens bis abends; sie war es, die mit den Touris in die Berge hinaufritt, wo sie angesichts der Hänge voll wilder Schwertlilien Gefühlsaufwallungen nebst Anfällen von Höhenkrankheit bekamen. Als junges Mädchen war sie gut im Faßrennen und Seilwerfen gewesen, hatte ein bißchen Ruhm und Geld auf den Wochenendrodeos verdient, gab es aber auf, als sie Muddyman heiratete. Wenn nicht zu Pferd, war sie linkisch und staksig, immer in Jeans und ungemusterten baumwollenen Bubikragenblusen, die vom Waschen im eisenhaltigen Wasser hellbraun verfärbt waren. An den Ellbogen hatte sie Hornhaut, und über dem konturlosen Gesicht kräuselte sich das hellrote Haar. Sie besaß keine Sonnenbrille, blinzelte zwischen gebleichten Wimpern hindurch. Im Toilettenschränkchen stand neben Suttons Nierenpillen eine einzige Hülse Lippenstift, der in dem trockenen Klima mehlig wie Kreide geworden war.

Drei Wege verbanden die Coffeepot- mit der Hammerhandle-Ranch: eine Holzbrücke über den Bad Girl Creek – an der gemeinsamen Grenze –, ein Weg, auf dem man allerdings vierzehn Gatter auf- und wieder zumachen mußte; eine Furt, die nur im Vorfrühling und im Spätsommer passierbar war; und die Fünfmeilenfahrt über die Straße, die Scrope vermied, weil er sie in böser Erinnerung hatte, denn an der Straßenbrücke hatte er seine Frau beinah umgebracht und sich selbst so viele Knochen gebrochen, daß er jetzt nur noch von Dutzenden von Stahlnadeln, Metallplättchen und Schrauben zusammengehalten wurde.

Schüsse

Er gab nicht auf. Noch in Gips und voller brennender rosa Narben hatte er Jeri um Mitternacht angerufen, hin und her gerissen zwischen Erbitterung und Sehnsucht. Während er sprach, sah er zu, wie die nackte Frau auf dem Bildschirm ein Bein in die Luft streckte und mit einem Gegenstand herumfuchtelte, der ebensogut ein Kartoffelstampfer hätte sein können.

»Jeri, wo ist dein Mumm geblieben? Du wirst doch nicht aufgeben? Ich weiß, du findest, es ist ein Scheißspiel, aber du wirst doch nicht aufgeben? Du bist doch keine, die so schnell alles hinschmeißt.«

»Es ist Schluß. Ich hab genug.«

»Wir könnten doch Kinder haben. Ich möchte Kinder mit dir haben. Dann wär alles in Ordnung.« Er hörte selbst, wie jämmerlich es klang. Der Frau mit dem Kartoffelstampfer kehrte er den Rücken.

»Dafür steht die Nadel auf null«, sagte sie. »Für 'ne Million Dollar würd ich von dir kein Kind wollen.«

»Du kommst zu mir zurück und bläst diese verdammte Scheidungssache ab, sonst muß ich dich erschießen.« Seine Worte flossen ins Telefon ab wie in einen Ausguß.

»Car«, sagte sie, »du läßt mich gefälligst in Ruhe!«

»He, Frau, du siehst wohl noch nicht klar, was? Du hast mich oder keinen. Beweg deinen Arsch wieder hier raus, oder du kriegst echt Probleme!« Aber er wußte, daß er es war, der die Probleme hatte.

Sie fing an zu weinen, ein zorniges, gehässiges Weinen. »Du Hurensohn! Laß mich in RUHE!«

»Hör zu!« brüllte er. »Was du mit John Wrench gemacht hast, ist vorbei und erledigt. Ich verzeih dir.« Er konnte das grobe Salz ihrer Tränen fast schmecken. Dann war er sich plötzlich sicher, daß sie nicht weinte, sondern lachte.

Sie legte auf. Er versuchte, von neuem anzurufen, bekam aber nur das Besetztzeichen. *Das Beste geht.*

Er trank noch ein bißchen mehr, nahm die Flinte seines Vaters aus dem Schrank, fuhr zum einzigen Apartmenthaus von Signal, wo ihr Wagen am Straßenrand geparkt war, zerschoß die Fenster und die Reifen des Fahrzeugs, für das er seit zwei Jahren zahlte.

»Mal sehen, ob du das auch noch lustig findest«, sagte er.

Die Tat weckte Rachegedanken, und auf der Rückfahrt machte er einen Umweg zur Wrench-Ranch. John Wrenchs Lieferwagen stand an der Auffahrt, die Haube noch warm, nacktes gebogenes Metall im Mondschein. Scrope lud nach, zerfetzte Gummi und Glas, feuerte ins Armaturenbrett mit dem Ruf, da hast du Popcorn, John, schmiß sein Hemd als Visitenkarte auf Wrenchs Vordersitz. Zum erstenmal wollte er sie beide umbringen, irgendwas umbringen, und sei es auch nur sich selbst. Im Obergeschoß ging das Licht an, und er brauste davon, mit nacktem Oberkörper, trank aus der Flasche und bekleckerte sich das Brusthaar mit Whiskey, hoffte, daß ihm wenigstens ein Hase vor die Scheinwerfer liefe.

Als Jeri wieder nach South Dakota zog, wußte er, daß Inez die Hand im Spiel gehabt hatte, das O-beinige alte Luder, aber sie waren Nachbarn, und Muddyman zuliebe blieb er höflich.

Wrench, dieser Lockenwolf, machte sich rar nach der Beschießung seines Wagens, und Scrope brachte nicht mehr genug Wut auf, um ihm noch mal die Zähne zu zeigen. In jüngeren Jahren hatten sie die Mädchen dutzendweise getauscht, frisch gebrauchte, an denen noch das Sperma des anderen klebte – ausgediente alte Freundinnen, nagelneue, Wrenchs Schwester Kaylee –, manchmal mehrfach hin und her, ein glattes Geschäft, bei dem keiner dem anderen etwas nachtrug. Aber Wrench hatte nie geheiratet, und darum hatte er den Unterschied zwischen solchen Mädchen und einer Ehefrau nicht begriffen.

Sie waren dicke Freunde gewesen, seit ihren Babytagen, als Scropes Mutter auch den kleinen Wrench hütete. Sie hatten im gleichen Laufstall gespielt, wo Scropes Bruder Train ihnen durchs Gitter Fratzen schnitt oder in Sichtweite unterm Tisch lag und mit seinen Plastikpferdchen herumtollte. Jeri war Scropes kleines South-Dakota-Täubchen gewesen, das sich eine Weile bei ihm niedergelassen hatte und dann weggeflogen war, aber John Wrench war schon immer dagewesen, und einer von ihnen würde den andern zu Grabe tragen.

Der Sporenschmied

Ein paar Kalifornier hatte es nach Signal verschlagen, darunter den spinnerten Harold Batts, dessen Haar hinter der hohen Stirn in einen dünnen Pferdeschwanz auslief, und seine Frau Sonia, die Automobilverkäuferin gewesen war, bis es ihren männlichen Kollegen endlich gelang, sie mit Frotzeleien und Anzüglichkeiten aus dem Feld zu schlagen. In seiner Zeit an der Küste war Batts Metalltechniker bei Pacific Wings gewesen, dann aber mit fünfhundert anderen im Zuge einer Firmenverkleinerung plötzlich entlassen worden. Er begann sich für Weissagungen, Zeichen, daß der Weltuntergang nahe sei, und andere eschatologische Schrullen zu interessieren, und zu Sonia sagte er, bis es soweit sei mit dem Jüngsten Gericht, müßten sie ein schlichtes Leben an einem schlichten Ort führen. Er dachte daran, Schmied zu werden, sagte, er wolle der Gesellschaft nützlich sein, solange sie noch bestehe, das Leben eines Hufschmieds vor dem Millennium wäre da genau das Richtige. In letzter Sekunde überlegte er es sich anders und ging für ein Jahr bei einem Sporenschmied in Oregon in die Lehre. Die Wochenenden verbrachte er an einem stillen Ort mit einer Endzeitsekte namens Letzte Betäubung.

In Signal – die Stadt hatte Batts ausgewählt, indem er mit einer Gabel auf eine Straßenkarte stach – machte er seinen Laden auf. In der Werkstatt am funkensprühenden Schleifrad oder in der dunklen Schmiedeecke, wo er den widerspenstigen Stahl bearbeitete, das verschwitzte Gesicht wie eine Chrommaske im heißen Licht, verzierte er Metall mit sich ringelnden Schlangen und schnäbelnden Vögeln. Er sammelte Schrott aus verlassenen Ranches: alte Tore, verrostete Blattfedern aus Kinderwagen, Spiralfedern, Harkenzähne, dies und jenes. Meistens arbeitete er mit leicht oder stark gefrischtem Werkzeugstahl, aber er experimentierte auch mit unorthodoxen Mischungen von Nickel, Chrom, Kupfer, Wolfram, spielte mit Molybden, Vanadium und Kobalt und mit Kontrasten von hellem, glänzendem Messing, Bronze oder Neusilber mit den stumpferen Metallen. Wer versilberte Akanthusblätter und schnörkelige Formen liebte, lehnte seine Arbeiten als »zu neumodisch« ab. Am besten machte er Sporen: Kein Muster wiederholte sich, sein eigenwilliger Stil war auf den ersten Blick zu erkennen, und sie waren sündhaft teuer.

In diesem späten, harten Frühjahr stellte er ein Paar Sporen mit halb abwärts gekrümmten Stacheln fertig, aus pflaumenblau schimmerndem Stahl, in strenger, eleganter Linienführung. Die silbernen Halteknöpfe, die versilberten Morgensternrädchen und die Stachelspitzen hatten den fahlen Dämmerglanz abendlicher Gewässer. Silberne Kometen, deren Schweife in die Stacheln einflossen, zierten die Absatzbügel. Eine spielerische Note bekam das Ganze durch zwei Sternglöckchen, die Roß und Reiter mit ihrem metallischen Geklimper erfreuen sollten.

»Die haben besondere Kräfte«, sagte er zu Soninas Katze, die auf dem Radio in der Werkstatt schlief. »Jemand wird drauf ansprechen.«

Dann fuhr er heim, zählte am Straßenrand ein totes Reh, auf der Straße einen toten Kojoten, ein totes Kaninchen, noch eins, noch eins, eine tote Klapperschlange, eine lebendige in der Sonne, die bald tot sein würde, einen großen Blutfleck, die Hälfte von einer toten Antilope.

Keine Überraschung

Scrope ertappte sie an einem Tag mit starkem Wind, der die Weiden am Bach in peitschende Bewegung versetzte, bis sie sich aus dem Boden rissen.

Er, Mrs. Freeze und die zwei Gehilfen Benny Horn und Cody Joe Bibby waren früh losgeritten, um zweihundert Tiere zu Scropes Pachtland im Norden zu treiben. Das wogende Gras jagte Schauer über die Ebene, so wie das Fell eines Tiers in der Fliegensaison zuckt. Unterwegs verlor Benny Horn seine Jacke, und bald klapperten ihm die Zähne.

»Nur gut, daß du deine Eier im Sack hast«, sagte Mrs. Freeze, »sonst würdest du sie verlieren.«

Einiges war schiefgegangen, Hüte davongeweht, die Augen

vom Staub entzündet. Jeri erwartete sie nicht mit Bier und Sandwiches bei Johnsons Haus am Pass Water Creek. Scrope sagte, wahrscheinlich habe sie den Laster nicht in Gang gekriegt. Um eins kamen Kyle Johnson und sein jüngster Sohn Pleasant zu ihnen, wohlige Dünste nach gekochtem Rindfleisch und Meerrettich aufstoßend; sie wollten sie auf dem Trieb durch das Johnson-Land begleiten, aber die Kühe brachen aus, als sich ein Kleinbus mit Touristen durch sie hindurchhupte, und an der Brücke, beim hohlen Klang ihrer Hufe, brachen sie abermals aus und rannten in ein Dutzend Richtungen auseinander, kreuz und quer über die frisch geteerte Straße, die von so tiefem Schwarz war, daß die gelben Streifen über der Oberfläche zu schweben schienen; sie stank nach Asphalt und gab unter den Hufen unangenehm nach. Als sie die Tiere wieder beisammen hatten und sie weitertreiben wollten, bekam Cody Joe einen seiner Anfälle und fiel vom Pferd.

»Schlüsselbein gebrochen«, sagte Mrs. Freeze, als sie ihm aufhalf und die Knochenenden aneinanderknirschen hörte.

Johnson hatte in der Stadt zu tun, sagte, er werde Cody Joe zum Knife & Gun Club fahren; so nannte man hier die Notaufnahme. »Wenn Sie wollen«, sagte er, »lassen Sie die Tiere bis morgen früh hier. Dann haben Sie Zeit, Hilfe zusammenzutrommeln.« Scrope nahm das Angebot ungern an – später käme eine gesalzene Rechnung.

Es war nichts zu machen, sie mußten zur Coffeepot zurückreiten und telefonieren. Benny maulte, Scrope sagte, halt die Klappe und laß mich nachdenken! Der Wind pfiff ihnen schmerzhaft um die Ohren, wehte die Pferdeschweife hoch. Es wurde kälter. Eine halbe Meile vorm Haus sahen sie etwas kleines Blaues, das sich am Stacheldrahtzaun verfangen hatte und im Wind flatterte. Das Pfauenblau kam Scrope bekannt vor. Er ritt zum Zaun und zerrte es von den Stacheln herunter: Jeris Reizwäsche. Sie hatten deswegen Streit gehabt, fünfundsiebzig Dollar für ein Fetzchen Seide! Benny und Mrs. Freeze schauten nicht hin, um ihm die Peinlichkeit zu ersparen. Scrope wußte, das gute Stück konnte von keiner Wäscheleine geflogen sein – an den Raten für den Trockner zahlte er noch immer. Auf dem Weg bis ins Haus entwirrte er die Möglichkeiten.

Es war keine große Überraschung, John Wrenchs Wagen auf dem Hof zu sehen, die Fahrertür offen, und danach überhaupt keine Überraschung mehr, ihn im Bett vorzufinden, bei einem emsigen Cowboyritt. Er hörte seine Frau sagen, mach weiter, hör nicht auf, und dann sah sie ihn. Er sagte gar nichts, ging rückwärts wieder raus und runter in die Küche, erleichterte die Whiskeyflasche und hörte zu, wie Jeri jammerte, während John Wrench sich anzog und die Treppe herabkam. Schon in der Tür sagte Wrench, Car, es ist nicht so, wie du denkst, überhaupt nicht.

Scrope empfand zuerst nicht viel, und als die Empfindungen dann kamen, das stechende Gefühl des Betrogenseins, die Säuren der Eifersucht, schluckte er sie herunter, aber Jeri, glühend vor Schuldbewußtsein, wollte unbedingt einen großen Auftritt und schrie nach Scheidung. Scrope sagte, das sei doch verrückt. In der halben Stunde, seit er ins Schlafzimmer gekommen war, hatte er nicht im entferntesten daran gedacht, daß irgendwas zwischen ihnen zu Ende sein könnte – grad so wie an einer Unterspülung der Straße, wo man zusieht, daß man durch den Graben kommt, und dann weiter. Seine weißblauen Augen tränten. Am liebsten hätte er ihr gesagt, daß es ja nur John Wrench sei. Hör mal, hätte er gern gesagt, konnte es aber nicht, ich hab doch auch ein paarmal was nebenher gehabt. Nein, was würde das bringen? Er glaubte, nichts müsse sich ändern, wußte noch nicht, daß es unmöglich war, der Qual auszuweichen; wie ein wärmesuchendes Geschoß findet sie ihr strahlendes Ziel.

»Laß uns drüber reden«, sagte er, »fahren wir ein Stück herum und reden drüber«, ließ den Whiskey schnell und unverdünnt in sich hineinlaufen, bekleckerte sich die Hemdbrust, brachte seine Frau schließlich dazu, mit ihm in den Wagen zu steigen, wo er ständig nur sagte, laß uns drüber reden, und sie nur über die Scheidung redete. Weiter kamen sie nicht. Irgendwie hatte die Fahrt dann unter der Straßenbrücke ihr Ende gefunden, die Räder in der Luft, Scrope zerquetscht und zu einem schmerzenden Paket von der Größe eines Nachtschränkchens zusammengestaucht, während Jeri um Hilfe rief, die er nicht leisten konnte.

Als er aus dem Krankenhaus heimkam und wieder einen Löffel halten konnte, war sie schon nach Signal gezogen, die Scheidung kochte auf hoher Flamme, und im Haus war von Jeri nichts zurückgeblieben als eine halbleere Schachtel Tampons auf dem Regal im Badezimmer und ein Paar Schneestiefel hinter der Haustür.

Ein Paar Sporen

Sutton Muddyman braute sich im Keller sein Bier selbst, und an einem staubigen Tag fuhr er in die Stadt, um ein paar Dosen Malz zu kaufen. Er schlurfte den Gehsteig entlang, den 4-X-Cattleman-Hut mit der Falte gegen den körnigen Wind gedreht, am Computerladen mit den sonnengebleichten Schachteln veralteter Software vorüber, am Anwaltsbüro mit der heruntergelassenen blauen Jalousie. Er blieb vor Batts Schaufenster stehen und betrachtete die effektvoll auf einem verwitterten Brett ausgelegten Sporen: ein Paar schmucklose Bronc-Sattelreitersporen mit breiten Absatzbügeln, die Stacheln fünfzehn Grad abgewinkelt, die klassische, zweckmäßige Linie; ein Paar Damensporen, die Stacheln als rüschige viktorianische Hurenstrümpfe in hochgeknöpften Stiefeletten gestaltet; ein anderes Paar aus Bronze, die Stacheln gerade mit eingelegten Türkisstreifen, die Spornzacken in Form kleiner spitzer Stiefel. Hübsch, hübsch, hübsch, sagte Muddyman. Er trat ein, sagte sich, er wolle Inez zum Geburtstag eine Schlüsselkette kaufen – dasselbe, was er ihr schon die letzten zwei Jahre geschenkt hatte.

Harold Batts stand verdrossen hinter dem Ladentisch und las in der Zeitung von Casper, eine Tasse Kräutertee zur Hand. Muddyman schob sich langsam an dem Schaukasten vorbei, nahm den Geruch von Öl, Metall und Leder, Hibiskus und Vanille in sich auf und blieb vor den Kometensporen stehen.

»Sie wünschen?« fragte Batts.

»Lassen Sie mich mal diese Kometensporen sehen«, sagte er und zeigte drauf. Batts verzog die Lippen, legte die Sporen auf den Tisch und begann das Ende seines Pferdeschwanzes um einen narbigen Finger zu zwirbeln.

»Hübsche Dosenöffner«, sagte Muddyman und sah mit Vergnügen, wie Batts die Faust auf und zu machte.

»Das ist der Hale-Bopp. Ich habe in dem Jahr Stunden damit verbracht, ihn zu beobachten – auf der Veranda draußen geschlafen. Kalt war's, aber wenn ich aufwachte, stand immer dieses Ding am Himmel. Wunderschön! Schrecklich! Die Position der Erde im Weltall wird sich ändern. Kräfte kommen auf uns zu, die Eisen schwimmfähig machen und einen hundertfünfzig Meter hohen Tsunami hervorrufen werden. Wir leben in der Endzeit – Sie brauchen nur hinzusehn, die Jahrtausendwende, die globale Erwärmung, furchtbare Seuchen, Kriege, Stürme und Überschwemmungen. Der Komet war das Zeichen. Habe einen von diesen neuen kleinen Rotationsmeißeln von Hines und Roddy in Casper genommen, um die Details hier zu schneiden.«

Muddyman sah auf das Preisschild. Dreihundert – dann war

das Ende wohl doch noch nicht so nahe. Mehr als zwanzig hatte er für das Geburtstagsgeschenk seiner Frau nicht ausgeben wollen, und das sagte er. Sagte auch, er habe in der Zeitung gelesen, daß die Kometen mit wertvollen chemischen Molekülen vollgestopft seien, also keine Vorzeichen der Vernichtung, sondern durchs Weltall gestreute Saatkörner des Lebens.

»Das wollen *die* einen glauben machen«, sagte Batts grimmig, klopfte mit den Fingerspitzen auf das Zeitungsfotogesicht einer Politikerin, die für ihre unverfrorenen Tiraden ebenso berühmt war wie für ihre Dummheit. »Na, dann kaufen Sie sie nicht! Irgend jemand wird sie schon nehmen.« Das durchs Schaufenster von der Straße einfallende Licht ließ Strähnen seines Haars metallisch erglänzen. Die Arme in die Seiten gestemmt, nahm er allmählich selbst die Form eines Paars Sporen an.

Sein Gleichmut reizte Muddyman. Er schrieb einen Scheck aus, der ihre Steuerrückzahlung vertilgte.

Fast war es die Sache wert. Inez sagte: »Ich glaube, die zieh ich heute nacht im Bett an«, und sie tat es auch, bis er an den kalten Stahl stieß, ihr lachend die Stiefel auszog und sie in die Ecke warf, daß die Glöckchen klimperten.

»Hehehe!« sagte Muddyman. »Hier kommt der Komet!« Aber nachher lag er wach und überlegte, wie er die Bücher so frisieren könnte, daß sie es nicht merkte.

Am Mittwoch, als die starke Sonne die kalten Glieder erwärmte, der Wind sich gelegt hatte und das Gras von weitem in frischem Grün schimmerte, ritt Inez zu Car Scropes Ranch. Seit Jahren brachten sie Reitgäste auf die Coffeepot zu einem gestellten Round-up und einem Teller Bohnen vom »Chuckwagon«, dem Küchenwagen der Cowboys, und das hatte sie auch jetzt im Sinn. An der Einbiegung überholte sie ein Traktor, mit Mrs. Freeze am Steuer, und auf dem langen Flachbett schaukelten

Cody Joe Bibby und ein paar leere Mineralzusatzfässer. Cody Joe war ihr Cousin, früher einmal gar nicht dumm und von sanftem Gemüt, aber vor vier oder fünf Jahren hatte er einen Dachschaden bekommen, als ein zehn Zentner schwerer Heuballen von einem Stapel kippte und auf ihn und sein Pferd fiel. Er war stark, stiernackig wie alle Bibbys, aber jetzt nur noch für einfache Arbeiten zu gebrauchen. Sie winkte ihm zu, doch sein vernarbtes Gesicht verriet kein Erkennen, und sein strähniges Haar, von seiner Frau zu Hause verschnitten, flatterte im Wind. Er war der hübscheste Junge von der Welt gewesen, als sie Kinder waren, dachte sie, festes weizenblondes Haar und tiefdunkelblaue Augen. Und sieh ihn dir jetzt an! Sie konnte es kaum ertragen.

Als sie zum Haus kam, schmiß Cody Joe gerade die Fässer vom Flachbett herunter, und Mrs. Freeze berichtete Scorpe, daß sie auf der Weide am Bach einen Bullen mit Huffäule hatten, zu lahm, als daß man ihn zur Behandlung hereintreiben könnte; sie müßten mit dem Lastwagen rausfahren und ihn holen.

Scrope schaute zu Inez auf, mit neutraler Miene.

»Wie geht's, Car?« Ihr rotes Haar war wild zerzaust, der Hut auf dem Ständer zu Hause.

»Einigermaßen. Und dir?«

»Uns geht's gut. Sutton wollte, daß ich vorbeikomme und frage, ob's dir recht ist, wenn wir mit den Touris Samstag kommen statt Freitag. Er muß sich am Freitag mit dem Steuerfritzen zusammensetzen. Die stellen dir nicht mal den Termin frei. Die nennen unsere Ranch einen Unterhaltungsbetrieb.«

»Wie das so läuft, könnte man alle Ranches so nennen. Ich jedenfalls werde gut unterhalten. Wir wollten gerade rein, einen Schluck Kaffee trinken«, sagte Car. »Park dein Pferd!«

»Tolle Sporen«, sagte Mrs. Freeze. Sie stand leicht schräg wie ein alter Zaunpfahl, mußte bald siebzig sein, dachte Inez, das

Haar grau, kurzgeschoren, die Hände knotig und schwielig wie bei alten Viehtreibern. Car sagte, was das alte Mädchen über Vieh nicht wisse, könne man auf ein Blatt Zigarettenpapier schreiben, und dann bleibe noch Platz für Bibelverse. Niemand wußte, wo Mr. Freeze war – vielleicht totgeschlagen und unter den Teppich gekehrt. Mrs. Freeze hatte etwas an sich, das Inez noch nie gemocht hatte; die zähe alte Frau war wie ein gespanntes Seil, das nicht mehr nachgab.

Scrope mußte heranhumpeln und eines der Sporenrädchen betasten. Er bog den Kopf zu Inez hoch, machte den Mund auf, um etwas Witziges zu sagen, gab es auf, kratzte sich hinten an seinem zusammengeflickten Hals. Ein Gemisch von Summtönen wie ein Störgeräusch im Radio ging ihm durch den Kopf.

»Hat Sutton mir zum Geburtstag geschenkt, mit zwei Wochen Verspätung.« Inez saß ab und folgte ihnen in die unaufgeräumte Küche. »Dachte, ich seh zu, daß ich fortkomme, solang es noch ruhig ist. Überall in den Gästehütten sind Ahornwanzen, und ich hab Janey gesagt, sie soll sie mit dem Staubsauger rausholen, wenn sie will. Wird mir ganz anders dabei, wenn ich höre, wie die Wanzen durch den Schlauch raufrasseln und nicht mehr rauskönnen. Was die dabei denken müssen – Weltuntergang, vermutlich.« Sie musterte die Küche, bemerkte ein Tischbein, dem ein Stiefelabsatz unterlegt war.

Scrope machte sich daran, Kaffeebohnen zu mahlen, in einer alten Mühle, die eine Wolke feinen Staubs aufwarf. Er hatte heftige Kopfschmerzen, schaute sie aber unentwegt an, irgendwie erregt, vergaß seinen Groll wegen Jeri.

Inez betrachtete die gußeiserne Bratpfanne, noch halb voll mit erkaltetem Speckschmalz, in dem unzähligemal etwas gebraten worden war. Leere und halbvolle Beutel mit Kartoffelchips, Keksen, Salzstangen und dreieckigen Mais-Chips lagen herum, leere Fertigsaucennäpfe, weiche Pastetenrinde, angebissene

Tortenstücke, leere Puddingdosen. Wahrscheinlich hatte Car Scrope in den zwei Jahren, seit Jeri fort war, keine warme Mahlzeit mehr bekommen. Ein Blaukehlchen flog wütend ans Fenster, verteidigte sein Territorium gegen das eigene Spiegelbild. »Car, ich würde dir gern mal Janey Bucks rüberschicken, daß sie dir den Laden hier saubermacht. Sie kriegt zehn Dollar die Stunde, aber das ist sie wert.« Auf dem Boden waren Flecken von zertrampelten Speiseresten, das Ganze war ein Saustall. Sie wunderte sich, wie Mrs. Freeze alle weiblichen Regungen so gründlich unterdrücken konnte, daß sie das nicht störte.

Scrope brachte sein ersticktes Lachen hervor. »Sie würde tot umfallen bei dem Schock.« Er mochte nicht erklären, welche einsamen Qualen er in einer sauberen Küche zu erleiden hätte, wenn womöglich noch eine gesunde Weizengrütze auf dem Herd stünde und die Sonne auf einen weißen Teller schiene – es war zum Heulen. »Also, was soll's sein am Samstag? Mittagspause am Dirty Water oder am Mud Suck, was ist dir lieber? Haben etwa fünfzig Stück da draußen, die hätten verschickt werden sollen, haben wir aber vom Herbstmarkt zurückbehalten, war ja so schlecht. Jetzt noch schlimmer. Da läuft zwar diese neue Genossenschaft für Northern-Plains-Rindfleisch an, aber ich bezweifle, daß die viel nützen wird. Wenn wir im ganzen Land unsere ESST RINDFLEISCH-Schilder aufstellen könnten, von New York bis San Francisco, dann würden die Leute aufmerksam werden. Was sagen Sie, Mrs. Freeze? Mit Samstag einverstanden?« Er schüttelte eine Handvoll Dinger, die wie orangegelbe Insektenlarven aussahen, aus einem Plastikbeutel und steckte sie in den Mund, wobei sie auf seinen Schnurrbart abfärbten.

Inez wußte kaum, wo sie hinschauen sollte, so vieles war faul an dieser Küche und den Leuten darin, heftete den Blick auf einen Hund draußen im Hof vor dem Fenster, murmelte: »Dirty Water ist besser, hübschere Aussicht.«

Sie dachte, mit Car Scrope geht's bergab. Vielleicht würde er so enden wie der verrückte alte Schrat, den sie als Kind am All Night Creek gesehen hatte. Sie war mit ihrem Vater und ihren Brüdern ausgeritten, und meilenweit von Zuhause waren sie zu einem verfallenen Haus am Bach gekommen. Ein wilder Kerl trat ihnen aus der Tür entgegen, der Schnurrbart steif von Essensresten, die Augen verkrustet, und ein Gestank ging von ihm aus, den man auf zehn Meter Entfernung roch. Ihr Vater sprach den Mann an, wollte sich vorstellen, der Alte brummte, äh?, äh?, und dann sahen sie alle, wie seine Hosen plötzlich bis zu den Knien von frischer Nässe glänzten. Ihr Vater machte scharf kehrt und ritt ihnen voran einen Hügel hinauf, aber der Tag war verdorben. »Hiii, hast du das gesehn«, sagte ihr Bruder Sammy, »der hat es sich einfach in die Hosen laufen lassen. Riecht, als wenn er auch reinkackt.«

»Er war mal ein ganz guter Rancher, aber seine Frau ist gestorben, und nun ist er ein dreckiger alter Eber in seinem Saustall«, hatte ihr Vater gesagt. »Haltet euch da fern!« Die Männer hatten diese Schwäche, dachte Inez, daß ein Ereignis sie aus der Bahn werfen und geradewegs in den moralischen Bankrott stürzen konnte.

»Mein Gott«, sagte Scrope, »ich hab bärenstarke Kopfschmerzen.« Er griff auf den Geschirrschrank, tastete nach dem Aspirinfläschchen, schluckte vier Tabletten trocken, drückte seine Zigarette in einem schmutzigen Kochtopf aus. Eine Dampfwolke stieg aus der Kaffeekanne auf, als er das kochende Wasser hineingoß. Er spülte schmutzige Tassen unterm Wasserhahn und füllte sie mit dem frischen Kaffee. In seinem Kopf hämmerte es, und er kam sich heiß und fremd vor, als wäre ein Dschinn aus der Tülle geflogen und ihm in die Nase hochgestiegen. Er packte die Rückenlehne eines Stuhls, als ob sie ihm helfen könnte.

Sie gingen wieder nach draußen, das Gras wachsen sehen,

lehnten sich an die warmen Stallbalken, hörten die ersten Frühjahrsfliegen brummen. Cody Joe tappte mit seiner Kaffeetasse zum Heuschober, stieg vorsichtig über unsichtbare Furchen hinweg. Car stellte sich dicht neben Inez, und die Worte sprudelten ihm nur so aus dem Mund, ja, die schwere Schneelast in den Bergen, und der Bad Girl Creek sei gestiegen und werde wahrscheinlich über die Ufer treten, wenn es so warm bleibe. Die Titanplatten, die seine Knochen zusammenhielten, waren heiß.

»Es wird so bleiben, und es gibt eine Überschwemmung«, sagte Mrs. Freeze und riß an ihrem Daumennagel ein Streichholz an. Sie haßte unnützes Geschwätz.

Der Kaffee war zu stark, bitter und heiß. »Mann!« sagte Inez, »*das* nenn ich Kaffee!«

»Und ob!« sagte Mrs. Freeze und stellte die halb geleerte Tasse auf eine umgestülpte Kiste. »Der putzt besser durch als ein Kaminbesen.« Sie ging zu ihrem Wohnwagen.

Sobald sie außer Sicht war, griff Scrope nach Inez' Hand und drückte sie gegen das, was Jeri an dem Abend im Lastwagen eine tote Sardine genannt hatte, im Vergleich, dachte er damals, mit John Wrenchs Apparat, aber als er fragte, ob sie es so gemeint haben könnte, hatte sie geantwortet, sprich mir den Namen von diesem Lumpen nicht mehr aus!

»Du machst mich so heiß«, sagte er jetzt zu Inez. »Gehn wir rein und machen's!«

»Um Gottes willen, Car! Bist du noch bei Trost?« Inez' Hals und Wangen glühten, sie wand ihre Hand aus seinem Griff. Es war beinah Mittag. Die Schatten glitten um ihre Füße wie verschüttete Farbe.

»Komm schon, komm!« sagte er und zog sie zu einer offenen Tür. Das brünstige Biest war los und brach aus ihm heraus.

»Nimm dich zusammen!«

»*Dich* nehm ich!«, und er massierte ihren flachen Hintern,

drückte sich an sie, der Atem kam pfeifend aus seiner Nase. »Komm schon!«

Sie stieß ihm den rissigen Ellbogen in die Kehle, drehte ihm den Arm nach oben, tauchte drunter weg und rannte zu ihrer Stute.

»Ich geb nicht auf«, rief er ihr nach. »Ich krieg dich noch. Ich hab ihn bei dir drin, eh' du Schafscheiß sagen kannst.« Er stand in der Staubwolke, die sie hinterlassen hatte, und wußte, irgendein eiserner Hebel hatte sich umgelegt, als er den Kaffee eingoß.

Mrs. Freeze kam von ihrem Wohnwagen zurück und stopfte sich das Hemd in die Hose. »Wo ist Inez?« sagte sie mit ihrer rauhen Stimme. Scrope roch den Whiskey.

»Mußte weg.« Er schaute nach Süden, die farblosen Augen tränten vom Kopfschmerz. Er spürte, wie jedes Stückchen Metall in seinem Körper den klingelnden Sporen hinterherbebte.

»Wohl der Kaffee«, sagte Mrs. Freeze. »Hoffentlich schafft sie's.«

»Kann Ihnen sagen, das wär was für mich.« Und er wölbte die Hände unter zwei imaginären Brüsten und schüttelte sie.

Mrs. Freeze verzog das Gesicht. »Inez? Die ist doch flach wie 'n Brett.«

»Egal, mit den hübschen Sporen.«

»Da haben Sie recht, die sind schön.«

Die Wölfin

Car Scrope wurde sehr lästig, rechnete sich ihren Tageslauf aus und tauchte auf, wenn Sutton irgendwo anders war; in kritischen Momenten rief er sie an. Er folgte ihr in die Stadt, und ein oder zweimal stieg er aufs Pferd und richtete es so ein, daß er den gleichen Weg hatte wie Inez, wenn sie mit den Gästen nach Rabbitheels ritt. Und bei diesen Gelegenheiten machte er ihr große, geile Augen und schweinigelte mit gedämpfter Stimme.

»Mach nur so weiter, dann sag ich was zu Sutton. Ich glaube nicht, daß dir das gefallen würde. Du denkst vielleicht, er ist so ein netter alter Knabe, den du schon seit Jahren kennst, aber wenn Sutton wütend wird, kann er sehr gemein sein.«

»Ich kann nichts dagegen machen«, sagte er. »Inez, ich mag dich noch nicht mal so besonders, wenn du nicht da bist, aber wenn du da bist, dann ist mir, als ob mir jemand glühende Kohlen in die Hosen schaufelt. Ich bin so scharf auf dich, ich krieg davon Kopfschmerzen. Komm, schick diese Touris ein Stück voraus, und dann gehn wir beide hinter die Felsen da oben und ficken.« Er spitzte den Mund und machte Kußgeräusche unter seinem platinblonden Schnurrbart.

Sie schüttelte sich. »Ich könnte dich mit dem Seil aus dem Sattel holen und dich wie 'nen nassen Lappen hinter mir herschleifen. Vielleicht würdest du's dann kapieren. Vielleicht willst du das.«

»Was ich will«, sagte er, »ist ein guter feuchter Ritt ohne Sattel. Was ich will, ist, meinen Schwanz da reinstecken, wo er rein will. Was ich will, ist, dich bespringen, bis du die Augen verdrehst. Was ich will – «

Sie erzählte es Sutton am nächsten Morgen, als er bei Tagesanbruch zum Frühstück hereinkam, ihrer Stunde, bevor die Gäste in ihren neuen Stiefeln über die Veranda trippelten, die Arme reckten und von der guten Luft schwärmten. Draußen peitschte der Wind das verblichene Gras. Sie wußte, daß der Morgen nicht die beste Zeit war, ihm zu sagen, was er zu tun hatte, aber sie konnte es nicht mehr für sich behalten.

»Ich sag das nicht gern, Sutton, aber Car Scrope macht mich seit zwei Wochen an und sagt schweinische Sachen zu mir. Ich hab gedacht, er wird sich beruhigen und es wieder sein lassen, darum hab ich nichts gesagt, aber er hört nicht auf.«

Er legte einen blutigen Fetzen Wolle auf den Tisch. »Irgendwas geht auf die Schafe los. Zwei tot und eines zum größten Teil aufgefressen, eines verschleppt und eines verstümmelt.« Er hob die Kaffeetasse, blies darauf und nippte, als ob es flüssiges Lötmetall wäre; Beifußgeruch kam von seinen Händen.

»Hast du gehört, was ich über Car Scrope gesagt habe? Was er mit mir zu machen versucht? Er ist so aufdringlich, wie's nur geht.«

»Ich meine, es sind Hunde. Die Spuren sind doppelt so groß wie die von einem Kojoten.«

»Ich hab ihm gesagt, ich würd's dir sagen, du würdest ihm den Kopf zurechtrücken. Aber er scheint's nicht zu kapieren.«

»Lieber Herr Jesus, hoffentlich sind es nicht unsere Hunde! Posy hab ich die letzten Tage gar nicht gesehn.«

»Mein Leben ist schwer genug, auch ohne daß noch ein sexbesessener Nachbar hinter mir her ist. Ich erwarte, daß mein Mann die Sache in die Hand nimmt, und zwar pronto!«

Er stand auf, ging zur Veranda und kam wieder zurück an den Tisch. »Nein, Posy ist es nicht. Sie liegt auf der Veranda mit ihrem entzündeten Bein. Das Bein hatt ich vergessen. Sie war's nicht.« Die Hündin hatte ihn angeblickt und gegähnt, ein Ohr nach oben, das andere nach unten geklappt, die Sonne als glasigen roten Ball im linken Auge.

»Du solltest da raufgehn und ihn dir vorknöpfen. Du mußt ihm ein bißchen die Zähne zeigen, damit er glaubt, daß es dir ernst ist. Was denkst du denn, wie mir zumute ist, wenn der sein verschrumpeltes altes Ding an mir reibt?«

»Doch. Ich könnt mal zu Car rauffahren und hören, ob er was gesehn hat, irgendwelche Kälber verloren.«

»Tu das«, sagte Inez, »tu das«, mit einer Stimme wie ein erschossener Kranich, erinnerte sich daran, daß in alten Zeiten

Wrench, Scrope und Muddyman manchmal ein Trio gewesen waren, zusammen loszogen und die Sau rausließen, die Dreckskerle.

Später am Vormittag rief ein Trio von New Yorker Anwältinnen über das Mobiltelefon an, das sie auf Suttons Anordnung bei sich tragen mußten, wenn sie auf eine Fußwanderung gingen, es sei denn, sie zogen es vor, sich an einer langen, ans Geländer der Veranda gebundenen Schnur festzuhalten, eine Regel, die erlassen worden war, nachdem ein verirrter Feriengast einmal einen Grasbrand gelegt hatte, weil er nur noch mit Rauchzeichen deutlich machen konnte, wo er sich befand.

»Inez, wir haben uns verlaufen«, sagte eine gereizte Stimme, als ob Inez ihnen diese Wanderung eingeredet hätte. »Und hier draußen sind Wölfe.« Heftige Atemstöße kamen aus dem Hörer. Sutton kratzte Zahlen auf seinen Big-Chief-Notizblock.

»Das sind Kojoten. Beschreiben Sie mal Ihre Umgebung, damit wir wissen, wo Sie sind.« Dann hörte sie zu, wie die Stimme von großen orangeroten Felsen, Stacheldrahtzaun und freien Flächen sprach.

»Zaun in gutem Zustand oder ziemlich kaputt?«

»Na, sieht halt wie ein Zaun aus.« Ein pfeifender Seufzton, oder war es der Wind? Der Tisch war übersät mit Rechnungen, Briefen und Steuer-Informationsbroschüren, Arbeit für einen Monat, und alles in Rot.

»Große Felsen. Sie sind groß.«

»Ich glaube, sie sind draußen am Rand von Cars Hoodoos«, sagte sie zu Sutton. »Ich reite hin und zeig ihnen den Rückweg. Aber wenn *er* auch da auftaucht, müßte ich die 30-30er mitnehmen.«

»Nimm den Laster! Wenn die Damen laufen wollen, es sind vier Meilen bis zurück.« Auf der Futterrechnung prangte ÜBERFÄLLIG.

»Wird ihnen eine Lehre sein.« Aber sie wußte, daß das nicht stimmte, und sagte, Muddyman könne auch selbst hinfahren, wenn er wolle, das wär doch mal was für ihn, mit drei Weibern dicht an dicht auf dem Vordersitz, könnte ja mit ihnen zu Car Scrope fahren, vielleicht würde der sich eine aussuchen und sie in Frieden lassen. Sie wollte reiten, und das würde sie auch tun. Sie tippte die Futterrechnung an, sagte, ein Glück, daß wir die Steuerrückzahlung haben.

Die Frauen schworen, es seien Wölfe gewesen. Sie trugen steife, gestärkte Jeans, Cowboystiefel, Santa-Fe-Jacken und seidene Halstücher. Der Wind zerzauste ihre Frisuren.
»Ich weiß, wovon ich rede«, sagte die Anwältin Glacken. »Ich hab mal Hunderte Stunden Wolfsvideos angeschaut, in einem Fall, wo ein Mann einen Wolf in einem Mietshaus gehalten und versucht hat, ihn für einen Blindenhund auszugeben. DNS und das alles. Ich weiß Bescheid. Wir haben einen Wolf gesehen.«
»Also, die Ranch liegt in der Richtung. Sehn Sie den Rauch aufsteigen? Das ist unser Schornstein. Da kommen Sie auf den Weg zur Ranch, gehn nach Süden, machen die Gatter hinter sich zu. Sutton kommt mit dem Wagen. Denken Sie an die Gatter!«
Sie ritt das Bachbett hinauf. Rechts von ihr tauchte in einem Goldastergebüsch eine große Wölfin auf, beobachtete sie mit gelben Schielaugen. Ihr Fell bebte in unregelmäßigen Schauern. Ohne nachzudenken, nahm Inez ihr Seil, machte eine Schlinge und warf. Während sie es mit ein paar Windungen ums Sattelhorn befestigte, sprang die Wölfin hoch in die Luft, und die graubraune Stute bäumte sich auf. Die Wölfin rutschte rückwärts, auf die Hinterläufe gekauert, und wieder bäumte die Stute sich auf, ging wie ein Zirkuspferd auf den Hinterbeinen zurück, kam vorn herunter, senkte den Kopf und bockte heftig; Inez

flog vornüber, landete auf dem Kinn und schlitterte mit gebrochenem Genick über den Boden, den Mund offen, mit den unteren Schneidezähnen den roten Sand durchpflügend. Das Seil spulte sich vom Sattelhorn, und die Wölfin flitzte durch die steif im Wind wippenden Beifußsträucher davon.

In der Woche nach dem Begräbnis bot Sutton Muddyman die Ranch zum Verkauf an und bereitete seinen Umzug nach Oregon vor, wo seine Tochter lebte. Seine Schwester und ihr Mann kamen aus Rock Springs, um ihm packen und Sachen für die Auktion aussortieren zu helfen.

»Was ist mit diesen Löffeln, dem roten Kissen und den Sporen, Sutty? Die sind echt hübsch mit den kleinen Kometen drauf. Nur etwas verdreckt.«

»Die verfluchten Dinger hat sie getragen, als es passierte. Die bringen Unglück.« Seine Stimme flatterte und stockte. »Ich will sie nicht mehr sehn. Legt sie zu den anderen Sachen für die Auktion!« Es war Sutton gewesen, den Wagen voller Touristinnen, der seine Frau gefunden hatte, mit den Zähnen im Staate Wyoming. Die Stute hatte er gleich vor den Augen der Damen erschossen.

Daß die Touristinnen einen Wolf gesehen haben wollten, schrieben die Einheimischen der Oststaaten-Hysterie zu; es war kein Wolf, sondern ein Hund von irgendeinem Campingwagen, und wie sich der Besitzer wohl gefreut haben mußte, als er mit Inez' schönem Hanfseil um den Hals zurückkam.

Texas-Jungs

Muddymans Ranch wurde in Galaxy-Ranch umbenannt. Frank Fane, der neue Besitzer, spielte in einer Science-fiction-Fernsehserie einen Kriegsfürsten vom Jupiter, aber im Privatleben gab er Westernmotiven den Vorzug. Er belegte das Gelände mit Treib- und Trennpferden und heuerte eine Mannschaft von Texanern an, angeführt von dem tabakschnupfenden, staksbeinigen, lang aufgeschossenen Vormann Haul Smith, mit wallendem Bart und Löckchen in der Größe und Farbe von Ingwerlimonadebläschen.

Eines Samstagabends kam Smith mit einigen seiner texanischen Strauchdiebe in die Firehole-Bar in Signal, bestellte eine Runde für das ganze Lokal und sagte, sie wollten ein bißchen Pool spielen. Sie blieben bis Ladenschluß und bewiesen, daß alles, was sie von Pferden verstanden, und das war nicht wenig, doch hinter ihren Kenntnissen in bezug auf grünen Filz, Queues und Kugeln zurückblieb. Hauls Art war es, langsam um den Tisch herumzuschreiten, wobei er sich den Bart kraulte, sich bückte und die Winkel abschätzte und dann einen schwierigen, aber spektakulären Stoß ausführte, der selten fehlging. Wenn ihm doch einmal etwas mißlang, rammte er das Ende des Queues einmal, *bamm*, auf den Boden.

»Spielt ihr auch Cowboy hier?« sagte Haul. »Nettes Spiel. Mal 'ne andere Gangart. Spiel geht bis hundert Punkte, und hunderteins gewinnt, aber beim letzten Stoß muß die Weiße nach Karambolage mit dem Einserball in ein angesagtes Loch gehn, ohne eine andere Kugel zu berühren.«

Endlich wurde also in Signal ernsthaft Billard gespielt, und nach einer Weile kam die Rede auf ein Winterturnier, vielleicht mit ein paar richtigen Preisen, nicht nur einem Sechserpack oder einer Dose Copenhagen. Von den Arbeitslosen hörte man ein paar bissige Bemerkungen wegen der Texaner, die Frank Fane hergeholt hatte, obwohl er doch in Wyoming oder wenigstens in diesem Teil des Staates Auswahl genug gehabt hätte.

»Mr. Fane hat hier niemanden gekannt, und mich kannte er eben aus Texas, wo er mal zu einem Dreh hingekommen ist. Die hatten sich Texas für den Mars ausgesucht. Aber wenn die Jungs hier« – er zeigte mit dem Daumen zu seiner Mannschaft hin – »mal aussteigen und heimfahren, dann ersetzen wir sie mit Einheimischen. Das wird schon werden.«

Man würde abwarten müssen. Einstweilen sah es nicht so aus, als ob irgendeiner von diesen spitznasigen Texanern sich in sein heimisches Flachland im Süden mitsamt Wirbelstürmen und Sezessionisten zurücksehnte.

Mrs. Freeze, still und mit rotem Gesicht, saß mit dem Rücken zur Theke bei ihrem Whiskey, die Beine von sich gestreckt, und schaute dem Spiel zu.

Haul sah einigemal zu ihr hin, sagte: »Das ist ein Paar Sporen, solche sieht man nicht alle Tage! Gute Frau, wenn Sie die verkaufen wollen, ich würde sie nehmen. Paßt gut auf die Galaxy, mit Kometen, Sternen und so.«

Mrs. Freeze schnaubte. »Die kommen ja auch von da, als Muddyman die Ranch noch hatte. Teufel werd ich tun und die verkaufen!«

John Wrench, klein und stämmig, so glatt rasiert, daß sein Gesicht wie gelackt aussah, sagte mit seiner tiefen Stimme: »Die hat sie von der Auktion. Auktionator sagt, was bieten Sie für diesen Kasten alte Seile? Die Sporen lagen ganz unten drin, und sie sagt, zwei Dollar, und kriegt das Ganze. Was machen Sie bloß mit den Seilen, Mrs. F., ein Kissen ausstopfen?«

»Ihnen den Arsch ausstopfen«, sagte Mrs. Freeze.

Sie streckte einen Fuß aus und ließ ihn wippen, um den Kometen im Licht funkeln zu sehen. Sie trank ihren Whiskey aus und ging schon um halb elf, weil sie, wie sie sagte, ihren Schönheitsschlaf brauchte.

»Die 's 'ne Nummer, was?« sagte Haul.

»Spitze! Hat Car Scropes Coffeepot jahrelang in Schuß gehalten.«

»Zäh wie nur was und so gut wie ein Mann.«

»*Three little girls from Sheridan*«, sang John Wrench leise, während er ein Queue kreidete und es der kurzbeinigen Frau reichte, die bei ihm war, einer Touristin in roten Stiefeln, »*drinking beer and wine, one said to the other one, your ass twict as big as mine.*« Er betrachtete die Kugeln auf dem Tisch und sagte: »Da schau, was dieser Scheißtexaner uns noch übrig gelassen hat!«

»Mrs. Freeze, jaja«, sagte der alte Ranchhase Ray Seed, »also, das muß vor fast dreißig Jahren gewesen sein, da hab ich auf der Double Eight gearbeitet, und sie war die Köchin. Wir waren mitten im Viehverladen und furchtbar knapp dran mit Leuten. Boss sagt zu ihr, können Sie 'n Pferd reiten? Sie schmeißt die Schürze weg, zieht ein Paar Stiefel an, und seitdem hat sie die Welt nur noch durch ein Paar Pferdeohren gesehn.«

»Gab's auch 'n Mr. Freeze damals?«

»Keine Spur.«

»Oje, oje, ich mag nun mal die Zarten und Weichen«, sagte John Wrench und tätschelte der Rotgestiefelten den Hintern.

»Solche wie Car Scropes Frau? Car muß ganz schön weggetreten gewesen sein, daß er sich von dir den Apfel hat von seinem Baum pflücken lassen.«

»Darüber werden wir bestimmt nicht reden. Und wenn du nicht sowieso ein neues Gebiß brauchst, sagst du am besten gar nichts mehr. Ich laß nichts an dir heil.« Er war endlich doch mal zu Scrope gefahren. Car erzählte ihm, wie sehr er sich gewünscht hatte, John wäre in der wilden Nacht, als er seinen Wagen zusammengeschossen hatte, dringesessen. John sagte, das hatte er sich auch gewünscht, aber was er gemacht habe, sei ja nur 'ne Reflexhandlung gewesen; Scrope sagte, ich weiß, und dann tranken sie zusammen, bis ganz klar war, daß all der Ärger mitsamt den traurigen Konsequenzen nur Jeris Schuld war.

»Na, beim Teufel werd ich mich entschuldigen! Cole, gib mir noch einen, ja? Wenn ich mich schon mit John prügeln soll, kann ich vorher gut noch so einen flüssigen Stacheldraht vertragen.«

Ray Seed ließ sich nicht ablenken. »Mrs. Freeze, also da haben schon einige versucht, damals, sich an sie ranzumachen. Sie hatte immer 'ne Bullenpeitsche zur Hand. Natürlich hat sie nie nach was ausgesehn, darum wurde sie nicht allzuoft belästigt. Einmal hat sie so ein Fieber gehabt, bei dem ihr die Haare ausgefallen sind. Ich glaube, einen Mr. Freeze hat es nie gegeben.«

»Vielleicht ist sie so eine Zunge-Muschi-Schwester.«

»Nein, für Frauen hat sie nicht mehr übrig als für Männer. Alles, was sie liebt, sind Rinder und Pferde. Sie ist in North Dakota großgeworden. Sieben Mädchen in der Familie, und alle konnten reiten, seilwerfen und was es sonst auf einer Ranch zu tun gibt, jede einzelne.«

John Wrench drückte sich mit dem Rotstiefelchen in eine Ecke, und am Tresen kam man auf den einbeinigen Don Clow zu sprechen, der in einer dunklen Nacht nur mit Taschenlampe gefahren war, seinen Lastwagen rückwärts einen Steilhang runtergesetzt und sich, bevor er unten ankam, aus Versehen selbst angeschossen hatte – wahrscheinlich gut für ihn, daß er jetzt nur noch ein Bein hatte, bewahrte ihn vor Schlimmerem, ein Typ, der mit der eigenen Gesundheit so unverantwortlich umging wie er. Und seht euch nur Car Scrope an, wie der vollgestopft ist mit medizinischen Ersatzteilen aus Metall, auch ein Beispiel für Selbstverstümmelung. Es tat gut, mal ein Publikum zu haben, das die Lokalgeschichte noch nicht kannte.

Mrs. Freeze zieht fünf Meilen weiter

Sie saßen im Viehtransporter, ein Angus- und zwei Hereford-Bullen hinten drauf, und die Kometensporen an Mrs. Freezes kleinen Stiefeln verfingen sich an der Fußmatte. Sie fluchte leise vor sich hin, manövrierte den Wagen in die Spuren, die zu den oberen Weiden führten. Der Wind fegte eine Steppenhexe über die Motorhaube. Zwei Rotschwanzdrosseln kreisten in den warmen Aufwinden.

»Was meinen Sie denn?« sagte Scrope, ein Stück Antilopendörrfleisch kauend. »Diese Texas-Jungs, sagen die, was Mr. TV Fane hier vorhat? Der kommt nicht vorbei, um guten Tag zu sagen oder irgendwas. Ob er seine Wachsohren auch bei Tageslicht trägt?« Er blickte auf ihre Stiefel.

»Der lebt in Kalifornien, kommt nur ab und zu mal hier raus. Was hört man denn von Muddyman?« Der hintere Teil des Lastwagens wackelte. »Verdammte Bullen!« Sie trat scharf auf die Bremse, daß die kämpfenden Tiere ins Torkeln kamen und alle Mühe hatten, sich auf den Beinen zu halten; persönliches Gleichgewicht ging vor sexuelle Rivalität. Der Wagen kämpfte sich weiter. »Sagt er, wie's ihm da draußen gefällt?«

»Hat mir ein E-mail geschickt. Sagt, er hätte schon vor zwanzig Jahren nach Oregon ziehen sollen. Kein Wind, reichlich Regen, zur Abwechslung mal nette Nachbarn, Gras bis zum Arsch rauf und hübsche Frauen, was ich, wie ich ihn kenne, so verstehen würde, daß er sich eine geschnappt hat. Die gute Inez wird sich im Grab umdrehn.« Er schob sich näher an Mrs. Freeze heran, die schon dicht an der Tür saß.

»*Sie* waren ganz schön verrückt nach ihr, 'ne Zeitlang.«

»Klar. Die arme alte Inez mit ihren O-Beinen! Ich weiß nicht, was das war. Ich geb's zu, ich war scharf auf sie. Aber es ging vorüber, als sie tot war. Mir wird klar, was zählt, das sind nur Sie und ich, ich meine, wo wir doch etliche Jahre zusammen durch dick und dünn gegangen sind.« Er schob sich noch näher heran, und auf einmal warf er seinen dicken, schweren Arm Mrs. Freeze über die Schultern. »Ich denke viel an Sie, Mrs. F.«, sagte er und atmete schwer.

Mrs. Freeze stieß ihm den Ellbogen in die Rippen. »Verdammt noch mal, rücken Sie rüber, Sie drücken mich ja halb aus dem Wagen!«

Scrope rückte weniger als eine Handbreit weg, langsam und widerstrebend.

»Na schön, dann fahren Sie selbst«, sagte Mrs. Freeze, trat auf die Bremse und stieg aus, ging zur Beifahrerseite herum. »Ich laß mir nicht gern so auf die Pelle rücken, Car.« Sie stieg erst ein, als Scrope hinter dem Lenkrad saß. »Ich reite aus, wenn wir diese Bullen ausgesetzt haben. Cody Joe und ich haben am Zaun bei den Hoodoos zu tun. Wenn Mr. Fane vorbeikommt, sollten Sie ein Machtwort sprechen. Diese Texas-Jungs haben's, scheint's, nicht so mit Zäunen.«

»Der Zaun? Ich komme mit«, sagte Scrope und schaltete in den zweiten Gang. »Zäune ziehen, das ist jetzt genau das richtige. Wenn Benny da wär, würd ich mich an die Papiere machen, aber er ist diese Woche nicht gekommen.«

»Den haben sie eingesperrt wegen Diebstahl«, sagte Mrs. Freeze. »Hat den Zigarettenautomaten in Higgins ausgeraubt.« Sie schraubte das Beifahrerfenster herunter, und der Wind prallte herein wie ein Brett.

In Staubwirbeln rollten sie auf den Hof. Cody Joe Bibby saß auf den Stufen vor der Veranda, ein Stück Bindfaden in der Hand, benommen und verständnislos.

»Ich kann Ihnen sagen, das wird hier allmählich die verlottertste Ranch von ganz Wyoming. Ich krieg's satt!« sagte Scrope.

Mrs. Freeze sagte: »Der sieht mir nicht so aus, als ob er zum Zäuneziehen zu gebrauchen ist. Ich bring ihn lieber heim.«

Nach vierzig Minuten war sie zurück, zwei leere Bierflaschen auf dem Boden des Lieferwagens, ein Zoll weniger in der Whiskeyflasche unter dem Sitz. Der Tag wollte kein Ende nehmen.

»Seine Frau sagt, es wird schlimmer.«

»Wenn wir mal wirklich keine Leute mehr haben –« sagte Scrope. »Verfluchter Mist!«

»Abwarten.« Mrs. Freeze warf Drahtrollen in den Lastwagen, schaute zum windzerkratzten Himmel hoch. »Gibt schlechtes Wetter.«

»Was auch sonst?« sagte Scrope. »Ich muß ein paar Aspirin nehmen.«

Oben bei den roten Felsen kam er ihr zu nahe. Er hatte sich am Stacheldraht die Hände aufgerissen. Das Aspirin wirkte nicht. Seine Venen und Arterien pochten.

»He«, sagte er mit schwerer, verschliffener Stimme, »warum sollten wir nicht –?« und lallte etwas.

»Was? Was haben Sie zu mir gesagt?« Mrs. Freeze trat vom Zaun weg, ihr trockenes, unbewegtes Gesicht rötete sich. Der Wind zerrte an den Zipfeln ihrer zerrissenen Jacke.

»Komm schon!« sagte Scrope. »Komm schon, gleich!« Er streckte die blutige Hand aus.

»Hände weg von mir!« Mrs. Freeze sprang zurück, die Kometensporen klimperten einmal laut, von ihrem ganzen Körper strahlte Gefahr aus. »Den Typ, der mich anrührt, gibt's auf der ganzen Welt nicht. Ich schlag Sie tot.« Sie ging rückwärts zu ihrem Pferd, nahm die Zügel.

»Ach, hören Sie. Ist nicht – laufen Sie mir bloß nicht weg, Mrs. F., oder ich schmeiße Sie raus! Sie brauchen doch nicht gleich in die Luft zu gehn! Warten Sie 'n Moment!« Aber er stöhnte und rieb sich mit beiden Händen die Schenkel, als die Sternchen klimperten, schob sich zu der Frau hin, die einen Fuß in den Steigbügel setzte, sich in den Sattel schwang, sich zu ihm umdrehte und sein verrückt strahlendes Satyrgesicht sah, die Zungenspitze in den blonden Schnurrbart vorgestreckt.

»Ich kündige!« schrie Mrs. Freeze und ritt los zur Ranch.

»Sie sind entlassen!« antwortete Scrope unter Qualen.

In ihrem Wohnwagen nahm Mrs. Freeze erst mal einen tüchtigen Schluck, dann rief sie Haul Smith an und hörte durch Smith' Mobiltelefon, wie drüben auf der Galaxy der Wind pfiff.

»He, Mrs. Freeze! Sie hören sich ein bißchen aufgeregt an. Hoffe, meine Pferde sind nicht durchgebrochen. Wollte Sie sowieso mal anrufen, müssen uns zu diesem Zaun was einfallen lassen.«

»Ich rufe an, um zu hören, ob Sie 'ne Stelle frei haben. Sie sagten doch vorige Woche, Sie wollten einheimische Gehilfen anheuern? Ich bin jetzt über zwanzig Jahre hier. Wird verdammt Zeit, sich zu verändern.«

Hauls Stimme zeigte Bedenken an.

»Na, ich weiß nicht. 'ne Frau hat bei mir noch nie gearbeitet.«

»Sie sind noch nicht lang genug in Wyoming. Die Hälfte aller Ranchgehilfen sind heutzutage Frauen, werden nicht entfernt so gut bezahlt wie die Männer.«

»Tatsächlich könnte ich Ihnen auch nicht viel anbieten. Und ich muß auch sagen, Sie sind wesentlich älter als die andern Jungs. Und ich weiß gar nicht, wie die's aufnehmen würden. Ich weiß, Sie haben einen guten Namen als Ranchgehilfin, aber man muß alle Argumente berücksichtigen.«

Ein beredtes Schweigen trat ein.

»*Andererseits*, Mr. Fane hat was von Büffeln gesagt. Meinen Sie denn, daß Sie mit Büffeln können?« Er quasselte weiter. »Mal sehn, ob mir da was einfällt. Ich verliere zwei von den Jungs, die gehn mit auf so einen scheißhistorischen Viehtrieb, den sie jetzt wieder organisieren, Longhorns durch den Straßenverkehr treiben und Stirnbänder aus Rohhaut verkaufen. Ich muß Sie auch fragen, warum Sie denn eine Stelle aufgeben wollen, die Sie schon so viele Jahre haben.« Der Wind zwischen ihnen zwitscherte wie ein Vogel.

»Ich halt es bei diesem Hurensohn von Scrope nicht mehr

aus. Der Mann ist verrückt. Büffel, sagen Sie? Mann, davon träum ich doch!«

»Ich hab im Lauf der Jahre zwar auch schon ein paar ungewöhnliche Träume gehabt, aber Büffel kamen verdammt selten drin vor. Wissen Sie was, ich hab einen Vorschlag. Aber es kostet Sie was. Ich will diese Kometensporen haben. Ich bin bei diesem Pferdeschwanzapostel gewesen, aber er hat gesagt, das sind die einzigen Kometen, die er je machen wird. Nein sagen schien ihm Spaß zu machen. Hat mir erzählt, daß Muddyman dreihundert für die Herzchen gezahlt hat, und ich weiß, Sie haben sie für nichts gekriegt, also mach ich den Tausch mit Ihnen, Sie kriegen den Job, Mr. Fanes noch nicht vorhandene Büffelherde aufzubauen. Denken Sie drüber nach, und rufen Sie mich an.«

»Da brauch ich nicht erst drüber nachdenken«, sagte Mrs. Freeze. Sie ließ die Kappe der Whiskeyflasche fallen und trat sie unter den Sitz. Die brauchte sie auch nicht.

Scrope war wieder da, hielt neben ihrem Wagen, sah zu, wie sie Kisten einlud. Alles tat ihm weh, er spürte, wie die Metallplättchen gegen seine Haut drückten, die Schrauben sich aus seinen Knochen zogen. Er knallte die Tür des Lasters zu.

»Mrs. F., ich weiß nicht. Ich weiß nicht, was mich geritten hat. Irgendwas ist über mich gekommen. Verdammt, Sie arbeiten bei mir doch schon ewig, bin bei Ihnen noch nie auf solche Ideen gekommen, verstehn Sie? He, Sie sind doch alt genug, könnten fast meine Großmutter sein. Eher freß ich Rattenspeck, als – «

Aber dabei kam er immer näher, und Mrs. Freeze sah, was er vorhatte, sah den geröteten Hals, angeschwollen wie bei einem Elch in der Brunft, das hektisch schweißbeperlte Gesicht. Er war nah genug, um sie anzuspringen. Mrs. Freeze ließ die Kiste fallen, die sie gerade trug, und nahm die Schaufel zur Hand, die am Wohnwagen lehnte. »Kommen Sie mir verflucht noch mal nicht zu nahe, Car Scrope!«

Scrope tippte sich mit den Fingerspitzen behutsam an die Stirn, sagte: »Mein Scheißhirn platzt gleich«, und wankte zum Haus. Etwas später hörte Mrs. Freeze einen Schrei und krachende Geräusche aus der Küche. Es klang, als ob der Geschirrschrank umgekippt wäre. Sie lehnte die Schaufel an die Wand.

Dann kam Scrope noch mal zu dem Wohnwagen, aus dem Mrs. Freeze nun schon fast alle ihre wenigen Habseligkeiten herausgeschafft hatte, hob die Schrotflinte und sagte: »Sie werden nicht mehr nein zu mir sagen, in keiner Sache! Heute nicht und morgen nicht und nächste Woche –«

Die Schaufel flog wie ein Speer, traf Scropes Schulter, und die Flinte fiel klirrend herunter. Mrs. Freeze stürzte sich drauf. Ihr Daumen lag auf der Sicherung. Sie sah Scrope mit harten, klaren Augen an.

»Erzählen Sie mir nichts von Kopfschmerzen, Car, oder ich kuriere sie Ihnen gleich. Sie sind nicht bei Trost. Gehn Sie weg von mir! Wenn ich fort bin, können Sie kommen und sich Ihre Flinte holen. Ich leg sie aufs Bett.«

Scrope stieß wütend eine Hand in die Luft, dann ging er zur Kabine seines Lastwagens, setzte sich hinein und ließ die Tür offen, sah zu, wie Mrs. Freeze ihren Pferdekarren belud.

Alle verließen sie ihn. Jeri hatte die sanfte Hitze des Morgens mit sich genommen, den leisen Schrei ihrer das Laken hinaufgleitenden Fersen, die Schenkel, die sich für ihn spreizten wie die Seiten eines Buches unter dem angefeuchteten Finger, während ihr purpurroter Nagel über seinen Leib strich, vom Geschlecht bis zu den Brustwarzen, und nachher in der blitzblanken Küche die Weizengrütze, die im Topf schmatzte wie ein hungriger Köter, wie John Wrenchs saftstrotzender Riemen, der schmatzend in Jeri hineinglitt, und da stand er wieder in derselben verfluchten Ecke. Er konnte die Einsamkeit nicht ertragen, aber die Ranch ließ ihn nicht los, und es gab keinen Ausweg außer dem durch dieselbe Tür wie sein Bruder.

»Was zum Teufel wissen Sie denn von irgendwas, Sie altes, ausgetrocknetes scheinheiliges Stück Scheiße? Machen Sie, daß Sie von meinem Grund und Boden verschwinden!« brüllte er dem Karren der alten Frau hinterher, der nun nach Süden davonzuckelte.

Tiefes Wasser

In der zweiten Juniwoche, als die Temperaturen bis über dreißig Grad anstiegen, begann der Schnee auf den Bergen rasch zu schmelzen, und obwohl Scrope der Hut wie eine angeschweißte heiße Platte auf dem Kopf saß, verflogen die fürchterlichen Kopfschmerzen, sobald Mrs. Freeze fort war. Aus dem Wohnwagen hatte er achtzehn leere Whiskeyflaschen herausgetragen, und er vermutete, daß noch gut tausend darunter bei den Klapperschlangen lagen. Ende der Woche leckte Wasser in breiten Bahnen über den knochenharten Boden, Bäche schwollen zu Flüssen an, und mächtige Erdrutsche verstopften die Straßen. Ausgerechnet zu dieser Zeit rief Haul Smith an und sagte, er wolle mal sehen, worin sein Anteil an den Zaunarbeiten bestünde, und am Vormittag vorbeikommen.

Auf der Galaxy-Ranch hörte Mrs. Freeze sich an, was der Bisonforscher von der Universität daherlaberte. Mit seiner stumpfen, schwachen Stimme – eine Kehlkopfverletzung bei einem Schneemobilunfall in der Kindheit – sagte er: »Stimmt es, daß Mr. Fane mit der Trennpferdezucht weitermachen *und* Bisonherden aufbauen will?« Es fiel schwer zu glauben, daß es ihn überhaupt interessierte.

»So sagt er.«

»Es ist eine gute Maßnahme, zu Bisons überzugehen, doppelter Ertrag, halbe Arbeit. Lohnkosten sind niedrig, weil sie nur ein Drittel des Futters brauchen. Stöbern das Gras sogar aus dem Schnee auf, bringen schöne zwei Dollar fünfunddreißig das Pfund. Aber! Sie brauchen Platz. Viel Platz. Und den haben Sie nicht.« Seine Augen schweiften über die abgeweideten Grasflächen, den harten Lehmboden, holten die Ferne mit einem weitsichtigen Blinzeln nah heran.

Haul Smith, sein Bart wie gelber Schaum, kam auf seinem Rotschimmelwallach daher, einem Texanerpferd mit Anwandlungen von Größenwahn. »Mrs. Freeze, irgendwelche Nachrichten für Ihren alten Chef? Ich will eben da rüber, mit ihm den Zaun ansehen.« Der Wallach tänzelte mutwillig, und Smith ermutigte ihn noch mit den blitzenden Kometensporen.

»Nein.« Sie spuckte aus. »Aber passen Sie auf, er ist ein Kotzbrocken.«

»Ach, so schlimm ist er nicht. Er redet ganz vernünftig.« Und er ritt nach Norden, wo man die Hoodoos wie Turmzinnen aufragen sah.

Gegen Mittag fächelte sich der Experte mit dem Hut Luft um sein glühendes Gesicht, sagte nicht nein zu einem kalten Bier. Sie gingen in die Küche, wo Janey am Möhrenputzen war.

»Furchtbare Hitze für Juni«, sagte sie. »Ist Haul bei euch? Car Scrope hat etwa fünfmal angerufen und gefragt, wo er bleibt.«

»O Scheiße«, sagte Mrs. Freeze.

»Das letztemal, als er anrief, war er echt sauer, sagte, Haul kann sich den ganzen Zaun allein vornehmen, wenn er Theater machen will.«

»Kurz nach neun war es heute morgen, als wir ihn zuletzt gesehen haben«, flüsterte der Büffelkenner und stellte die leere Flasche ab. »Wie weit ist es denn?«

»Vier, viereinhalb Meilen«, sagte Mrs. Freeze, zog in Gedanken die Strecke nach, versuchte sich vorzustellen, was alles passiert sein könnte. Klapperschlange, Erdhörnchenloch, durchgehendes Pferd, Herzschlag, Herzanfall, Blitzschlag, absichtliches Verschwinden, Car Scrope. »Ich nehm lieber den Wagen, für den Fall, daß er gestürzt und verletzt ist. Wo er langgeritten ist, weiß ich nicht – geht mal besser raus und sucht die Gegend ab, bis ich ein Zeichen gebe.«

»Car hat gesagt, er wollte ihn am Haus treffen«, sagte Janey. »Deswegen war er so sauer, er mußte immer wieder raus zum Zaun und sehen, ob Haul da war, und zurück zum Haus, ob er nicht *da* war. Und er war nirgends. Sagte, er kommt sich vor wie 'n Jojo.«

»Ich fahre mit«, sagte der Experte. »Vielleicht ist doch ein Mann nötig, ihn in den Wagen zu heben, wenn er gestürzt ist.«

Mrs. Freeze sagte etwas zu sich selbst.

Schlammverschmiert von den Löchern und Lehmpfützen, durch die sie den Laster manövrieren mußten, kamen sie auf die Hochwiese. Nichts zu sehen von Haul Smith, bis auf die Hufspuren seines Pferdes, die nun geradewegs auf den Bad Girl Creek zustrebten, nicht zur Ranchbrücke, sondern zur Furt.

»Da ist er nicht rübergekommen«, sagte Mrs. Freeze.

Sie stolperten den rutschigen Hang hinunter. Der Bad Girl, nun ein breiter brauner, schäumender Strom, bis hoch ans Ufer und darüber, bahnte sich einen neuen Weg in der Ebene. Die Uferweiden standen im Wasser, manche waren umgefallen und spannten sich nun mit verheddertem Geäst wie ein großer Filter von Ufer zu Ufer, andere waren abgetrieben worden und verknäuelten sich am Stacheldrahtzaun und an der Stelle, wo vor Jahren die alte Eisenbahnbrücke eingestürzt war. Die Sonne trieb ihre glitzernden Sporen durchs nasse Geäst.

»Scropes Erdwall muß gebrochen sein.« Sie wollte sagen, niemand hatte ihn ausgebessert, seit sie fort war.

Der Bisonmensch flüsterte: »Wissen Sie, fünfundachtzig Prozent des Flußwassers von Wyoming fließt aus dem Staat heraus, der sogenannte – da hängt doch was in dem Baum dort an der Biegung.«

Mrs. Freeze wußte verdammt genau, was da hing. Es war der übermütige Wallach, ertrunken, die Zügel in der Strömung tastend ausgestreckt wie Insektenfühler, kein Zeichen von Haul Smith. »Da sehn Sie mal, was Texasverstand heißt. Er mußte nicht durchs Wasser, hat es aber trotzdem probiert.«

Sie suchten das Ufer ab, fuhren zurück zur Ranchküche und zum Telefon. Als sie auf den Hof kamen, sagte der Experte mit seiner schwachen Stimme: »Es wird nicht gehn, Bisons mit dieser Pferdezucht unter einen Hut zu bringen.«

»Ich weiß. Der ganze Laden stinkt mir.«

Haul Smith kam zum Vorschein, als das Wasser zu sinken begann, eingewickelt und verfangen in Weidenwurzeln, eine halbe Meile unterhalb der Stelle, wo sie das Pferd gefunden hatten. Seine Stiefel und das Hemd fehlten, weggerissen von der Kraft der Strömung. Die drei Texaner, die noch da waren, gingen am Bachufer auf und ab, suchten nach den Stiefeln, sagten, die Kometensporen wären doch ein hübsches Mitbringsel für die Kinder. Sie fanden sie nicht, denn die schweren Stiefel hatten sich unter einem versunkenen Stahlträger der alten Bahnbrücke verklemmt, wo die Sporen verschwistertes Metall fanden.

Was bleibt, ist der Whiskey

Am Ende des Sommers war Fane aus dem Ranchgeschäft wieder ausgestiegen, die Texaner und die Trennpferde waren fort und die Galaxy-Ranch an einen Frühstücksnahrungsmogul verkauft, der auf organisch gewachsenes Getreide schwor und sagte, nichts liege ihm mehr am Herzen, als die Ranch »in den Naturzustand zurückfallen« zu lassen. Mrs. Freeze, erst mal arbeitslos, außer sie band sich wieder die Schürze um und kochte, ging ins Firehole und trank Whiskey. Nach einer Weile sagte eine klägliche Stimme neben ihr: »Hallo, Mrs. Freeze.«

»Benny, alter Knastbruder.« Sie erkannte ihn aus den Winkeln ihrer brennenden Augen.

»Sagen Sie das nicht. Ich mache keine krummen Sachen mehr. Überhaupt, ich hab jetzt Ihren alten Job. Ich bin der Vormann draußen bei Car Scrope. Hause in dem Wohnwagen dort.« An seinem Ärmel hingen faserige Samen von Fuchsschwanzgras.

»Herrje!«

Sie schauten Golfspielern auf dem Bildschirm zu, der Ton war abgeschaltet. Mrs. Freeze trank ihren Whiskey aus, ließ sich Wasser und noch einen geben. Benny rührte mit dem Finger in seinem Bier und leckte ihn ab.

»Eins möcht ich wissen«, sagte Mrs. Freeze. »Er belästigt dich nicht?«

»Wer, Car?«

»Klar, dieser Hurensohn.«

»Der belästigt niemand. Na ja, irgendwie doch. Ich meine, Sie haben recht, er ist verrückt, aber nicht gefährlich oder irgendwas. Er sitzt nur den ganzen Tag am Bach und futtert Kartoffelchips. Geht gleich nach dem Frühstück zur alten Bahnbrücke runter, mit fünf, sechs Beuteln Chips und einem Fläschchen Aspirin. Hat sich einen Küchenstuhl zwischen die Weiden dort gestellt. Gegen Abend muß ich ihm ein Sandwich bringen. Und wenn es dunkel wird, kommt er zurück. Er hat jeden Tag Kopfschmerzen. Wenn Sie mich fragen, er hat 'n Gehirntumor. Gestern nimmt er sich ein altes Weidezelt, das er irgendwo gefunden hat, und will es am Bach aufstellen, haben nur 'n paar Pflöcke gefehlt.«

»Was macht er da bloß?«

»Nichts, sag ich Ihnen doch. Arbeitet nichts mehr. Wenn ich und Cody Joe nicht wären, würde die Ranch den Bach runtergehn. Er sitzt einfach so da und glotzt ins Wasser. Manchmal taucht er die Hand rein. Neulich hat er den Kopf reingesteckt. Er angelt nicht, nichts dergleichen. Ist schon irgendwie komisch. Ich weiß nicht, was er macht, wenn es kalt wird.«

»Darauf weiß niemand 'ne Antwort«, sagte Mrs. Freeze. Sie winkte nach einem neuen Whiskey, etwas, woran man sich festhalten konnte, sogar in einer Schürze, und das war mehr, als Car Scrope auf seinem abschüssigen Uferhang hatte.

Einsame Küste
....

Schon mal nachts ein Haus brennen sehen, Gott weiß wo draußen auf der Ebene? Nichts als Finsternis, nur die Scheinwerfer bohren einen kleinen Lichtkeil, könnte auch mitten auf dem Ozean sein, nach allem, was Sie sehen. Und in dieser ewigen Dunkelheit zittert eine Flammenkrone, so groß wie Ihr Daumennagel. Sie fahren eine Stunde lang und sehen sie immer noch, bis entweder sie ausgebrannt ist oder Sie es sind, bis Sie anhalten und die Augen zumachen oder zum Himmel aufschauen, der überall Einschußlöcher hat. Und vielleicht denken Sie an die Leute in dem brennenden Haus, wie sie versuchen, zur Treppe durchzukommen, aber meistens sind sie Ihnen egal. Sie sind zu weit weg, wie alles.

In dem Jahr, als ich in dem klapprigen Wohnwagen im Quellgebiet des Crazy Woman Creek lebte, da fand ich, mit Josanna Skiles war das genauso wie mit dem brennenden Haus in der Nacht, wo man nur von weitem zusehen konnte. Es schien an dem weit hingestreckten, ausgelaugten Land zu liegen und an den kleinen Steppenbränden des Herzens, solchen, die meistens von selbst wieder erlöschen, sich bei manchen Leuten aber zu unbezähmbaren Feuersbrünsten auswachsen.

Ich hatte damals meine eigenen Sorgen, ein Problem mit Riley, meinem Alten, etwas, das nicht zu ändern war. Hitze und Wirbelstürme lagen in der Luft. Ich hatte vieles nicht im Griff.

Der Wohnwagen, den ich gemietet hatte, war alt, eigentlich nur ein Anhänger, so klein, daß man sich kaum rühren konnte. Wenn der Wind blies, hörte ich, wie sich draußen Teile losrissen und über den Boden schepperten. Gemietet hatte ich ihn von Oakal Roy. Er sagte, damals in den fünfziger Jahren sei er groß im Geschäft gewesen, als Stuntman in Hollywood. Jetzt soff er, und es ging bergab mit ihm. Ein verwahrloster Hund streunte herum – ich denke, es war seiner –, und einmal, als ich spät in der Nacht heimkam, sah ich ihn da kauern und an einem langen blutigen Rindsknochen nagen. Er mußte den Hund erschießen.

Ich hatte das kleine Fachschulzeugnis für den Vertrieb von handwerklichen Erzeugnissen – Seidenblumen, Macramé, Modeschmuck, Perlen, Federn, Textilfarben und dergleichen. Wie eine Elster war ich scharf auf kleine glänzende Gegenstände. Aber gleich am Tag nach dem Examen hatte ich Riley geheiratet und das mit den Perlen und Knöpfen nie ausprobiert. Würde sich auch nicht ändern, denn auf dreihundert Meilen im Umkreis gab es keinen Handarbeitsladen, und aus Wyoming wollte ich nicht fort. Man geht hier nur weg, wenn man muß. Darum kellnerte ich zwei Abende die Woche in der Wig-Wag-Lodge, stand an den Wochenenden im Gold Buckle hinter der Theke, und an den anderen Abenden saß ich im Wohnwagen, löste Kreuzworträtsel und versuchte zu schlafen, wachte aber immer zur gleichen Zeit auf, wenn auf der Ranch der Wecker läutete und Riley aus dem Bett stieg und nach seinem Hemd langte, wenn im Fenster der harte kleine Punkt der Venus aufstieg und darunter der blasse Morgen.

Josanna Skiles war Köchin im Wig-Wag. Sie hatte die Stelle schon sieben, acht Monate lang. Die meisten gehen dort nach ein paar Wochen wieder weg. Man mußte Sushi machen lernen und so einen klebrigen Reis. Der Inhaber war Jimmy Shimazo. Vor fünfzig Jahren, während des Zweiten Weltkriegs, war er als Kind im Internierungslager am Heart Mountain, und, sagte er, als seine Familie dann nach Kalifornien zurückkehrte, da habe er sich trotz all dem Geld, den Autos und der sonnigen Küste wieder nach Wyoming gesehnt, nach dem harten Leben, von dem er geprägt worden sei. Einige Jahre später kam er zurück, mit genug

Geld, um sich das Wig-Wag zu kaufen, vielleicht aus einem perversen Bedürfnis nach Feindseligkeit, die er hier zur Genüge fand. Von den anderen Japanern kam keiner wieder, und wer könnt's ihnen verdenken? Alle Gäste waren japanische Touristen, die durch die Lodge spazierten, sich die alten Sättel und Rinderschädel anguckten, in den Andenkenläden Wasserpistolen und Plastik-Chaps für die Kinder kauften, geflochtene Schlüsselringe aus Roßhaar, hergestellt von den Insassen des Staatsgefängnisses. Jimmy war ein ruppiger Arbeitgeber, schnell gereizt, brüllte aber wohlweislich nur noch Frauen an, seit der Monteur, ein ehemaliger Gehilfe von der Spotted-Horse-Ranch, ihn mit einem Zaunpfahl windelweich geprügelt und ihn halbtot an der Mülltonne hatte liegen lassen. Josanna hatte bis zuletzt nie Krach mit ihm, aber sie leistete auch allerhand im Zubereiten dieses Japsfutters, und hier draußen weiß jeder, daß man einer guten Köchin nicht dreinredet.

Sie hatte zwei Freundinnen, Palma Gratt und Ruth Wolfe, die nicht so heftig loderten wie Josanna, aber jede auf ihre eigene Art der Verwandlung in ein Häuflein Asche entgegenstrebten. Freitags war immer der »Abend der Mädels«, und der begann im Gold Buckle mit Margaritas und Buffalo Wings, das sind Hühnerflügel mit Blaukäse in heißer Soße, und dort wurden die Partnerschaftsanzeigen in der Zeitung durchgehechelt. Dann gingen sie ins Stockman, Spare ribs essen. Palma brachte manchmal ihre Kleine mit. Die saß dann in einer Ecke und riß Papierservietten in Stücke. Nach der Marzipantorte und dem Kaffee sahen sie sich im Silver Wing einen Film an, und vielleicht kamen sie später noch mal ins Buckle zurück. Aber die Nacht der Nächte war erst am Samstag, wenn sie sich in hautenge Jeans und Shirts warfen, Niggerleichenhemden, wie Josanna dazu sagte, sich im Rawhide, bei Bud, im Double Shot oder Gold Buckle trafen und so richtig einen drauf machten.

Das war das Leben, dachten sie dann, tranken, rauchten, alberten lauthals mit Freunden herum, und wenn sie tanzten, dann war es vor allem ein Sichanschmiegen und Sichreiben an dem Männerschenkel zwischen ihren Beinen. Einmal zog Palma die Bluse aus und zeigte ihre Brüste, Josanna knallte einem Betrunkenen eine, der etwas Falsches gesagt hatte, bekam eine zurück, spie Gift und Galle mit geplatzter Lippe, drosch und trat auf den Cowboy ein, angefeuert von fünf oder sechs seiner begeisterten Freunde, die ihn festhielten. Nichts war ihnen zu heftig, nichts zu riskant, sie siebten sich unter den Männern an der Theke die drei besten Exemplare heraus, nahmen alles, was auf dem Parkplatz an Drogen zu haben war, setzten sich vielleicht auch irgendeinem Typ in der Kabine seines Lasters auf den Schoß. Wenn Josanna um zwei Uhr nachts noch da war, sah sie aus wie die Frau, die sie war, eine, die in die Jahre kam, mit abgenagtem Lippenstift, nichtssagendem Gesicht und erschlaffender Haut, gähnte, zog verdrossen und allein in die kühle Nacht hinaus. Als Elk auftauchte, hatte sie einen, mit dem sie nach Hause gehen konnte, und das war es, glaube ich, worauf es ihr ankam.

Etwa einmal im Monat fuhr sie zur Skiles-Ranch südlich von Sundance rauf, wo man von weitem die Black Buttes sieht. Dort hatte sie einen Jungen, sechzehn oder siebzehn, der immer mal wieder im Jugendgefängnis saß. Ihre Familie hatte allerhand durchgemacht. Sie erzählte mir, ihre Herde habe das Gen für Zwergwüchsigkeit gehabt, seit der Zeit der Großeltern in den Vierzigern. Sie hätten versucht, die Mißratenen nach und nach auszusondern, zwei Generationen lang. Eigentlich hätten sie die ganze Herde zur Schlachtung verkaufen müssen und von vorn anfangen, aber irgendwie ging's nicht. Das Gen hatte sich zuerst gezeigt, als die Großmutter die Ranch führte, weil der Großvater mit der Powder River Cavalry, dem berühmten 115. Regiment, im Zweiten Weltkrieg war. Die Regierung nahm diesen guten Reitern die Pferde weg und gab ihnen dafür Lastwagen, steckte sie hinter Schreibtische und in Fahrbereitschaften. Bei der Rückkehr fand der Großvater stummelbeinige Kälber vor. Er tat sein Bestes. 1960 ertrank er im Belle Fourche River, was gar nicht so einfach ist, aber ihre Leute, sagte Josanna, hätten schon immer den steinigen Weg gewählt.

Von ihren Bienenstöcken dort brachte sie mir mal ein Glas Honig mit. Jede Ranch hat Bienenstöcke. Als ich noch mit Riley zusammen war, hatten wir zwanzig, und einmal hab ich ihr gesagt, der Honig würde mir fehlen.

»Da«, sagte sie. »Ist nicht viel, aber wenigstens etwas. Ich fahr doch immer da rauf. Ein Hundeleben dort. Clayton will weg, redet von Texas, aber ich weiß nicht. Die brauchen ihn doch. Würden's krumm nehmen, denk ich, und mir die Schuld geben, wenn er geht. Herrgott, er ist doch schon groß genug, soll er machen, was er will! In sein Unglück rennt er sowieso. Nichts als Ärger mit dem Jungen!«

Riley und ich, wir hatten keine Kinder, ich weiß auch nicht, warum. Keiner von uns ging je zum Arzt, um sich untersuchen zu lassen. Wir sprachen nicht darüber. Ich dachte, es hatte vielleicht etwas mit der Abtreibung zu tun, die ich mal machen hab lassen, bevor ich ihn kannte. Man sagt, dabei kann man verpfuscht werden. Er wußte davon nichts, und ich nehme an, er machte sich selbst seine Gedanken.

Riley fand nichts Schlimmes an dem, was er getan hatte. Er sagte: »Schau, ich hab meine Chance gesehn und sie genutzt«, wie man in Sweetwater, wo er herkommt, eben so redet, und das war sein letztes Wort zu der Sache.

Wer wüßte besser als ich, daß er einen Liebesfleck am Leib hat? Vielleicht hatte sie ihn da berührt. Wenn es so war, dann konnte er nichts dafür. Riley ist nur Muskeln und Knochen, er hat ein schmales, grobes Gesicht, Lippen wie Papierränder, und er redet nicht viel. Aber wenn man diesen Fleck berührt, ihn anmacht, sich zu ihm legt, dann sind seine Lippen so richtig geschwollen, ich war jedesmal wieder hin und weg, wie dick und naß seine Küsse waren und wie groß er dann wurde. Ohne seine Klamotten – nur Hund und Pferd und Öl und Dreck –, ohne die Klamotten hatte seine Haut ihren wahren Geruch, nach was Trockenem wie dem Mark eines Balsampappelzweigs, wenn man ihn an der Abgabelung durchbricht und den bräunlichen Stern in der Mitte freilegt. Was soll's, jeder hat seine Fehler, und man muß wissen, was man sich auflädt.

In unseren neun Ehejahren haben wir nur einmal Urlaub gemacht, in Oregon, wo mein Bruder lebte. Wir sind auf eine Felszunge hinausgelaufen und haben zugeschaut, wie die Wellen heranrollten. Es war kalt und neblig, niemand anders war da, nur wir beide schauten den Wellen zu. Es dämmerte schon, und die Schaumkronen hielten das Licht, als ob es aus ihnen käme. Ein Stück weiter an der einsamen Küste warnte ein stotterndes Blinkzeichen zu nahe kommende Schiffe. Ich sagte zu Riley, das sei es, was uns in Wyoming noch fehle – Leuchttürme. Nein, sagte er, was uns fehle, sei eine Mauer um den ganzen Staat, mit Wachttürmen und Maschinengewehren.

Einmal nahm mich Josanna im Lastwagen ihres Bruders mit – er war für ein paar Tage da, um Pumpenteile und irgendwelche Rohre zu besorgen –, und die Kabine sah richtig bewohnt aus, Chaps über der Lehne, eine Kette und ein verbeulter Hut auf dem Boden, eine dreckige Drillichjacke, Hundehaare, Staub, leere Bierdosen, eine 30-06er auf der Ablage unterm Rückfenster und auf dem Sitz zwischen uns, in einem Knäuel von Drähten, Seilen und alten ungeöffneten Briefen, eine 44er Ruger Blackhawk, locker im Halfter. Ich kann Ihnen sagen, in diesem Wagen bekam ich Heimweh. Ich sagte etwas wie, Feuerkraft hat er ja wohl genug, dein Bruder, und sie lachte und sagte, die Blackhawk sei ihre, die habe sie sonst im Handschuhfach ihres eigenen Wagens, aber der war an diesem Tag wieder mal in der Werkstatt wegen des ewigen Kompressorproblems, mit dem sie anscheinend nicht fertig wurden; sie hatte das Ding auf den Sitz gelegt, damit sie es nicht vergaß, wenn ihr Bruder wieder heimfuhr.

Lang herabhängendes gekräuseltes Haar war die Mode, und zwischen den wuscheligen Kaskaden wirkten die Gesichter der Frauen schmal und verletzlich. Palmas Haar war neonorange. Ihre Brauen waren bogenförmig gezupft und nachgezogen, die Augen standen weit auseinander, die Haut darunter war dunkel und sah wund aus. Sie lebte mit ihrer Tochter zusammen, eine trübsinnige Göre von zehn oder elf Jahren mit stets verdrossener Schnute und glattem braunem Haar, so wie es Palma auch gehabt hätte, wenn sie es nicht herrichtete. Die Kleine mußte ständig an irgendwas zupfen.

Die andere, Ruth, hatte eine Spur von einem Damenbart, und im Sommer sah man die dunklen Stoppeln unter ihren Armen. Zweimal im Monat ließ sie sich für fünfundvierzig Dollar die Beine mit Wachs enthaaren. Sie lachte dröhnend wie ein Mann.

Josanna war muskulös wie die meisten Frauen vom Land, versuchte es unter bauschigen Kleidern mit Schlüssellochausschnitt zu verstecken. Ihr Haar war erdbeerfarben, dicht und drahtig und knisterte vor Elektrizität. Sie hatte einen etwas muffigen Körpergeruch, der in der Familie liegen mußte, denn ihr Bruder hatte ihn auch, moschusdumpf und ein bißchen sauer, und so roch es auch in seinem Laster. Bei Josanna war es nur ein schwacher Duft, den man mit dem der eigenartigen Japsgewürze hätte verwechseln können, aber der Schwall, der von ihrem Bruder ausging, hätte ein Pferd betäuben können. Er war ein alter Junggeselle. Man nannte ihn Woody, weil er einmal, als er vier oder fünf war, erzählte Josanna, splitternackt in die Küche gewatschelt kam, mit einem unübersehbaren Baby-Steifen, und ihr Vater hatte gelacht, daß ihm die Luft wegblieb, und ihn Woody genannt, und der Name war für immer an ihm hängengeblieben und hatte ihm lokale Berühmtheit verschafft. Wer davon gehört hatte, konnte einfach nicht anders als hinsehen, und dann lächelte er.

Alle drei Frauen hatten Ehen hinter sich, harte Zeiten voller Zank, blauer Augen, Heulen und Fluchen, und alle drei konnten von betrunkenen Männern und rasch aufflammender Wut ein Lied singen. Wyos sind Grabscher, hitzig und aufbrausend und körperlich unersättlich. Vielleicht kommt es daher, daß sie soviel Zeit in engem Kontakt mit dem Vieh zubringen, jedenfalls sind die Leute hier ständig am Händeschütteln, Schulterklopfen, Streicheln, Tätscheln, Knuddeln, Sichumarmen. Dieser Hang macht sich auch im Zorn geltend: der blitzschnelle Schlag mit der Rückhand, der Rempler, der einen aus dem Gleichgewicht bringt, Ellbogenstoß, Armverdrehen, Ohrfeigen, ganz abgesehen von den ernsteren Sachen, die tödlich sein können und es manchmal auch sind. Über Josanna erzählte man, daß sie auf ihren Mann geschossen hatte, als sie mit ihm Schluß machte, die Schulter gestreift, bevor er über ihr war und ihr die Knarre wegnahm. Herumstoßen ließ sie sich nicht. Das gab ihr den Nimbus einer gefährlichen Frau, der manche Männer reizte, zuletzt Elk Nelson, den sie durch die Zeitungsannoncen kennengelernt hatte. Als sie sich zusammentaten, sammelte er alle Patronen im Haus ein und versteckte sie bei seiner Mutter in Wyodak, als ob Josanna sich keine neuen kaufen könnte. Aber Josanna war nicht mehr die alte, sie hatte ihren Schneid irgendwo vergraben, als Elk auftauchte.

»Hör mal, mit allem, was vier Räder oder einen Schwanz hat, kriegt man nur Ärger, könnt ihr mir glauben«, sagte Palma an einem ihrer gemütlichen Freitagabende. Sie lasen sich laut die Bekanntschaftsanzeigen aus der Zeitung vor. Wenn Sie nicht hier leben, können Sie sich nicht vorstellen, wie einsam es sein kann. Wir brauchen solche Anzeigen. Was nicht heißt, daß wir nicht drüber lachen können.

»Wie findet ihr den hier: ›Einsneunzig, einundneunzig Kilo, siebenunddreißig, blaue Augen, spielt Trommel und liebt geistliche Musik.‹ Da hört man doch richtig ›The Old Rugged Cross‹ auf Bongos, nicht?«

»Hier, der ist besser: ›Schmusiger Cowboy, einsdreiundneunzig, zweiundachtzig Kilo, N/S, keine Gottesgabe für Frauen, liebt Händchenhalten, Feuerlöschen, Üben auf meiner Tuba.‹ Könnte heißen, er ist 'ne Nervensäge, häßlich, dürr und spielt gern mit dem Feuer. Bestimmt so schmusig wie ein Reisighaufen.«

»Was ›keine Gottesgabe für Frauen‹ wohl heißen soll?«

»Erdnußgroßer Pimmel.«

Josanna hatte schon eine andere Anzeige farbig eingekreist: »Gutaussehender, athletisch gebauter Teddybär, braune Augen, schwarzer Schnurrbart, mag Tanzen, Spaß, Natur, Spaziergänge unter den Sternen. Leben in vollsten Zügen.« Das war Elk Nelson, wie sich herausstellte, und ihm fehlte nicht viel zum Herumtreiber, hatte auf Ölbohrplattformen gearbeitet, auf dem Bau, in Kohlebergwerken, Lastwagen beladen. Er sah gut aus, war nicht auf den Mund gefallen, konnte entwaffnend lächeln. Ich fand, er war ein richtig übler Bursche vom fettigen Pferdeschwanz bis zu den abgelatschten Stiefeln. Als erstes legte er gleich seine 30-30er auf die Ablage in Josannas Wagen, und sie sagte kein Wort. Er hatte hellbraune Augen, die gleiche Farbe wie Vollkornkekse, und so einen wuchtigen Schnurrbart, wie die Schwingen einer Amsel. Schwer zu sagen, wie alt er war; älter als Josanna, vielleicht fünfundvierzig oder ein bißchen mehr. Auf seinen Armen war freie Wildbahn, lauter verblaßte

Tätowierungen von Spinnen, zähnefletschenden Wölfen, Skorpionen, Klapperschlangen. Mir kam er vor wie einer, der jede Schweinerei der Welt dreimal ausprobiert hat. Josanna war vom ersten Mal an, als sie sich trafen, wahnsinnig verknallt und wahnsinnig eifersüchtig. Und denken Sie, das störte ihn? Nein, daran schien er zu messen, was sie für ihn empfand, und er stellte sie auf die Probe. Wenn man das Alleinsein bis auf die Knochen satt hat, wenn man sich nur noch jemanden wünscht, der einen in die Arme nimmt und sagt, schon gut, wird alles wieder gut, und an einen wie Elk Nelson gerät, dann merkt man bald, daß es tiefer runter nicht geht.

An den Wochenenden bediente ich im Gold Buckle hinter der Theke und konnte zusehen, wie sie Feuer fing. Sie lächelte, wenn er etwas sagte, lauschte seinen Worten, neigte sich zu ihm, steckte ihm sogar die Zigarette an, untersuchte seine Hände auf Schnitte – er war für zwei Wochen auf der 5-Bar-Ranch mit Zäuneziehen beschäftigt. Sie betastete sein Gesicht, strich ihm eine Falte seines Hemds glatt, bis er sagte, hör auf, an mir rumzufummeln! Stundenlang saßen sie im Buckle und stritten herum, ob er mit irgendeiner Frau Tuchfühlung aufgenommen hatte oder nicht, und irgendwann hatte er dann die Nase voll und ging. Er schien sie vor sich herzutreiben, um zu sehen, was er sich alles erlauben konnte, bevor sie explodierte. Ich fragte mich, wann sie endlich begreifen würde, daß sie ihm scheißegal war.

Der August war heiß und trocken, Heuschrecken über Heuschrecken und ausgetrocknete Bäche. Es hieß, dieser Teil des Staats sei ein Katastrophengebiet. Das hörte ich schon, bevor die Heuschrecken kamen. Am Samstag abend war Hochbetrieb, die Luft dick wie ein Schrank mit Wintermänteln. Es war Rodeo-Abend, und der schwemmt immer Leute heran. Die Bar füllte sich schon früh, ab drei Uhr nachmittags, als die Ranchgehilfen kamen, noch in ihren verschwitzten Hemden, Hitze- und Schmutzflecken in den roten Gesichtern, und die meisten von der alten Garde der Stammgäste verdrängten, die Unverbesserlichen, die schon seit dem Vormittag am Trinken waren. Kurz nach fünf war Palma da, allein, herausgeputzt, die Haare grell gefärbt, in einer zimtroten Satinbluse, die bei jeder Bewegung glitzerte. An ihren Armen hingen Silberreifen, klimpernd und klirrend, einer neben dem andern. Um halb sechs war es gerammelt voll und heiß, die Leiber dicht an dicht, und trotzdem versuchten ein paar Dummchen noch zu tanzen – Landmädchen, die ihre einzige Karte ausspielten, sich an die Jungs schmiegten –, die Leute quetschten sich zu acht in eine Nische, die für vier gedacht war, und die Männer standen, Hut an Hut, sechs Reihen tief an der Theke. Wir bedienten zu dritt, Zeeks, Justin und ich, und sosehr wir uns auch ranhielten, wir kamen nicht nach. Die Leute schütteten den Alkohol nur so in sich rein. Alle brüllten durcheinander. Draußen war der Himmel grünschwarz, und die Wagen, die auf der Straße vorüberfuhren, hatten die Scheinwerfer an, überblendet von immerzu aufflackernden Blitzen. Für etwa fünfzehn Sekunden fiel der Strom aus, die Bar verwandelte sich in eine dunkle Höhle, die Jukebox erstarb mit einem *Worrr*, und aus der Menge stieg ein lautes, beschwipstes und beseligtes Liebesstöhnen auf, das in Geschimpf umschlug, als das Licht wieder anging.

Elk Nelson kam herein, schwarzes Hemd und silberstumpiger Hut. Er beugte sich über die Theke, hakte einen Finger in den Bund meiner Jeans und zog mich zu sich heran.

»Josanna schon da?«

Ich riß mich los, schüttelte den Kopf.

»Gut! Gehn wir in die Ecke und bumsen.«

Ich gab ihm ein Bier.

Neben Elk stand Ash Weeter, ein einheimischer Rancher, der seine Frau keinen Fuß in eine Bar setzen ließ, ich weiß nicht, warum. Die Spaßvögel sagten, er habe wohl Angst, sie könnte bei einer Schlägerei im Billardzimmer draufgehn. Er sprach gerade über eine bevorstehende Pferdeauktion in Thermopolis. Eigentlich besaß er gar keine Ranch, er verwaltete eine für irgendwelche reichen Leute in Pennsylvania, und ich hatte gehört, daß die Hälfte der Kühe, die er auf ihrem Gras weiden ließ, ihm gehörte. Was sie nicht wußten, konnte ihnen auch nicht schaden.

»Trink noch ein Bier mit, Ash!« sagte Elk im Kumpelton.

»Nö, muß nach Hause, scheißen und dann ins Bett.« Ein breites, glänzendes Gesicht ohne jeden Ausdruck. Er mochte Elk nicht.

Palmas Stimme durchdrang eine Flaute, Elk blickte auf, sah sie am Ende der Bar, winkte.

»Man sieht sich«, sagte Ash Weeter zu niemandem, zog den Hut in die Stirn und schob sich hinaus.

Elk hielt seine Zigarette hoch überm Kopf, als er sich durch das Gedränge arbeitete. Ich machte ein frisches Coors auf, brachte es ihm, hörte, wie er etwas von Casper sagte.

Das war das höchste, im Buckle anfangen und dann nach Casper fahren, zu fünft oder sechst, hundertdreißig Meilen weit, sich in eine andere Bar setzen, vermutlich nicht viel anders als das Buckle, saufen bis zum Gehtnichtmehr und dann ab in ein Motel. Von Josanna wußte Elk zu berichten, daß sie einmal so hinüber gewesen war, daß sie ins Motelbett gepißt hatte, und er mußte sie unter die Dusche zerren und das kalte Wasser aufdrehen, warf die Laken gleich mit dazu. Leben in vollsten Zügen. Er schien das für die schönste Geschichte von der Welt zu halten, und jedesmal, wenn er sie erzählte, senkte Josanna den Kopf und ließ es mit gequältem Lächeln über sich ergehen. Ich mußte an meine letzte Nacht auf der Ranch mit Riley denken, an das drückende, beklemmende Sichanschweigen, das Ticken der Uhr, laut wie Axthiebe, das nervtötende Tröpfeln aus dem undichten Hahn in die schlierige Badewanne. Er reparierte ihn nicht, wollte einfach nicht! In der andern Sache konnte er nichts ändern, und da tat er auch nichts. Ich glaube, er dachte, ich würde mich irgendwann maulend damit abfinden.

Palma lehnte sich an Elk, bewegte sich langsam auf und ab, als wollte sie sich an seinen Hemdknöpfen den Rücken kratzen. »Weiß nicht. Warten wir mal auf Josanna und hören, was sie machen will!«

»Josanna wird einen Abstecher nach Casper machen wollen. Dabei bleibt es, sie will, was ich will.« Er sagte noch etwas, das ich nicht hören konnte.

Palma zuckte die Achseln, schob sich mit ihm zwischen die Tanzenden. Er war einen Kopf größer als sie, seine Zigarette sengte ihr Haar an, als er sie an sich zog. Sie warf das Haar nach hinten, preßte ihr Becken an seines, und er hätte fast den Zigarettenstummel verschluckt.

Es gab einen mächtigen Blitz- und Donnerschlag, die Lichter gingen wieder aus, und von dem Ozongeruch konnte einem schwindlig werden. Eine Regenwand schlug auf die Straße, gefolgt von ohrenbetäubendem Hagel. Die Lampen flackerten wieder auf, aber schwach und gelblich. Unmöglich, beim Prasseln des Hagels irgendwas anderes zu hören.

Eine Art fröhliche Hysterie wehte durch den Raum, als draußen Sachen vor dem Wind davonflogen, die Fahrzeuge lauter schöne neue Dellen bekamen, hier die schwitzende Menge, der Geruch nach Rasierwasser, Dung, auf der Leine getrockneten Kleidern, Billigparfüm, Rauch, Schnaps, die vom Geschrei und Geschnatter übertönte Musik, deren hämmernder Baß trotzdem in die Fußsohlen drang, durch die Beine geleitet hinaufschoß bis dahin, wo der Körper sich gabelt, wo die Mitte von allem ist. Solche Samstagabende setzen das Leben für ein paar Stunden in Brand, und man hat das Gefühl, es passiert was.

Es gab Zeiten, wo mir das Buckle als der schönste Ort auf Erden erschien, aber das konnte umschlagen, und dann kam einem der ganze Laden wie eine Ansammlung von fratzenschneidenden Nieten vor, die Frauen mit Augenbrauen wie Brechstangen, die Männer überall voll borstiger roter Haare, an den Händen kartoffelgroße Knöchel, die verrieten, daß der Genvorrat beschränkt war und die Bäche, die ihn einmal gespeist hatten, ausgetrocknet waren. Ich glaube, Josanna ging es manchmal ähnlich, denn eines Abends hockte sie still und mit hängenden Schultern an der Bar und behielt die Tür im Auge, wartete auf Elk, und er kam nicht. Er war aber schon dagewesen, hatte eine Touristin in weißen Shorts aufgegabelt, eine, die kaum über zwanzig sein konnte. Es hätte nichts genützt, wenn ich es ihr erzählte.

»Was für ein mieses Lokal!« sagte sie. »Mein Gott, ist das mies!«

Die Tür ging auf, und vier oder fünf von den Arena-Männern kamen rein, dicke Schnauzbärte, Hüte und Regencapes tropfnaß, die Stiefel schlammig, drängten sich zwischen den Tanzenden durch, um vor dem Rodeo auf die Schnelle ein paar zu kippen. Es war heiß und feucht. Alle hatten sich zurechtgemacht. Hinten an der Theke sah ich Elk Nelson, wie er sich an Palma lehnte, einen Arm über ihrer Satinschulter, die dicken Finger baumelten vor ihrer rechten Brust, ein Fingernagel kratzte an der erigierten Warze.

In dieses Spiel waren sie noch versunken, als die Tür wieder aufflog, vom Wind gegen die Wand geknallt wurde und Josanna reinkam, triefend naß, den Kopf mit den angeklatschten getönten Haaren schüttelnd. Ihr pfirsichfarbenes Hemd klebte ihr am Leib, stellenweise durchsichtig, und wo es sich knäulte und die Farbe intensiver war, wie verbrannte Haut. Ihre Augen waren gerötet, der Mund schmal und bissig.

»Gib mir einen Whiskey zur Feier dieses verfluchten Tages!«

Justin schenkte ihr voll ein, schob ihr behutsam das Glas hin.
»Bißchen naß geworden«, sagte er.

»Schau dir das an!« Sie hielt die linke Hand hin, streifte den durchgeweichten Ärmel hoch. Hand und Arm zeigten kleine rote Schürfstellen. »Hagel«, sagte sie. »Vor Cappy's wollte ich den Wagen wenden und hab eine Parkuhr gestreift, Kühlerhaubenriegel ab. Zwei Straßen weit hierher gelaufen. Aber das ist nicht mal das Problem. Ich bin entlassen, Jimmy Shimazo hat mich gefeuert. Aus heiterem Himmel. Soll mir heute bloß keiner in die Quere kommen!«

»Verlaß dich drauf!« sagte Justin und drückte sich mit dem Schenkel an mich. Anscheinend wollte er etwas anbahnen, aber da würde er eine Enttäuschung erleben. Ich weiß nicht, vielleicht wäre es auch nur die Quittung gewesen. Aber so konnte ich es nicht sehen.

»Na, jetzt trink ich erst mal einen. Wenn der Regen aufhört, mach ich, daß ich wegkomm, mal sehn, ob's in Casper besser ist. Scheiß drauf, sollen mich alle am Abend besuchen!« Sie kippte den Whiskey herunter und knallte das Glas auf den Tresen, hart genug, daß es hätte zersplittern können.

»Verstehste, was ich meine?« sagte sie. »Was ich anfasse, geht in die Brüche.« Elk Nelson trat von hinten an sie heran, schob seine breiten roten Hände unter ihren Armen durch, stülpte sie über ihre Brüste und drückte sie. Ich fragte mich, ob sie gesehen hatte, wie er Palma befummelte. Wahrscheinlich. Ich glaube, er wollte, daß sie sah, wie bereitwillig ihre Freundin sich von ihm betatschen ließ.

»So«, sagte er, »was hast du vor? Nach Casper, oder? Krieg noch was zu essen, hoffentlich. Ich hab einen solchen Hunger, ich könnt einen ungeputzten Rancherarsch verschlingen.«

»Willst du Buffalo Wings?« sagte ich. »Ist praktisch dasselbe.« Wir bestellten sie über die Straße bei Cowboy Teddy, und binnen einer Stunde brachte jemand sie rüber. Meistens waren sie halbroh. Elk schüttelte den Kopf. Er fummelte an Josanna herum, die eine Hand unter ihrem nassen Hemd, blickte aber im Barspiegel auf die Leute hinter ihm. Palma stand noch am Ende des Tresens und beobachtete ihn. Ruth kam heran, gab Josanna einen Klaps auf den Hintern, sagte, sie habe gehört, was Shimazo gemacht habe, der kleine Wichser. Josanna schlang Ruth den Arm um die Hüften. Elk trat einen Schritt zurück, blickte Palma im Spiegel an, setzte sein breites, gelbzähniges Grinsen auf. Es war allerhand los.

»Ruth, Herzchen, dieser olle Schuppen hier ödet mich an. Was hältst du davon, wenn wir nach Casper fahren und da ein Weilchen rumhängen? Ich sag dir, so ein Arschloch, ein Riesenarschloch, dieser Jimmy Shimazo! Ich hab gesagt, he, sagen Sie mir wenigstens 'nen Grund. Ich soll zuviel Wasabi auf die blöden Fischbällchen getan haben? Scheiße! Hat mich einfach gefeuert, ich weiß nicht mal, warum.«

Elk mußte auch seinen Senf dazugeben. »Was soll's, ist doch sowieso ein beschissener Job. Such dir 'nen andern!« Als ob das so leicht gewesen wäre. Es gab keine Jobs.

»Der Riegel an meiner Kühlerhaube ist futsch. Sie bleibt nicht zu. Wenn wir nach Casper wollen, muß das jemand richten.« Josannas Laster hatte eine große Kabine, Platz genug für alle. Sie fuhren immer mit ihrem Wagen, und sie bezahlte auch das Benzin.

»Mach sie doch mit einem Stück Ballendraht fest!«

An der Registrierkasse flüsterte Justin mir zu, was er in den hinteren Nischen in der Bar gehört hatte: Jimmy Shimazo hatte Josanna gefeuert, weil er sie dabei erwischt hatte, wie sie sich in der Fleischkühlkammer eine Line reinzog. So was war für ihn tabu. Einstweilen wollte er selbst die Küche machen. Er hatte vor, einen richtigen Japskoch aus Kalifornien kommen zu lassen.

»Das hat uns hier in der Gegend grad noch gefehlt«, sagte

Justin. Es heißt, den Japsen gehört schon der ganze Südwesten des Staates, die Raffinerien, die großen Räucherhäuser.

Dann passierte etwas, und in dem Durcheinander sah ich nicht, wie sie weggingen, Josanna, Elk, Palma, Ruth und noch einer, den sie aufgegabelt hatte, Barry, der vor Whiskey schon nicht mehr aus den Augen gucken konnte. Vielleicht sind sie schon vor dem Feuerball gegangen. Das Buckle hat zur Straße hin ein großes Tafelglasfenster und außen ein hölzernes Sims, breit genug, daß man Bierflaschen draufstellen kann. In diesem Fenster stellte Mr. Thompson, der Besitzer der Bar, seine Sammlung von Sporen, Seilen und getragenen Stiefeln zur Schau, zwei Sättel, einige alte wollene Chaps, so voller Motten, daß sie aussahen wie ein Schneesturm im Frühling im Rückwärtslauf, und anderes Gerümpel. Das Fenster war wie eine Bühne. Jetzt erglühte auf dem Sims draußen ein mächtiger, funkensprühender Feuerball und tauchte das staubige Cowboyrüstzeug in gleißendes Licht. Es regnete immer noch. Man hörte den Feuerball zischen, und auf dem Fensterglas bildete sich ein Rußfleck in Form eines Kegels, durchschossen von Regentropfen. Justin und ein Dutzend Leute gingen raus, um zu sehen, was das war. Er versuchte, den Ball vom Sims herunterzustoßen, aber das Ding hatte sich festgebrannt. Er rannte wieder herein.

»Gib mir die Wasserkanne!«

Die Leute, die dabeistanden, lachten alle, einer rief, draufpissen, Justin! Er kippte drei Kannen Wasser drüber, bevor das Ding erlosch, ein geschwärzter Klumpen irgendwas, von Unbekannten da hingelegt und angezündet. Es gab einen Knall wie bei einem Schuß, und die Glasscheibe platzte von oben nach unten. Justin sagte später, es sei garantiert ein Schuß gewesen, nicht die Hitze. Aber es war die Hitze. Ich weiß, wie ein Schuß klingt.

Sie müssen sich vorstellen, wie das ist, wenn man nachts von Norden nach Casper kommt, und nicht nur da, auch in anderen Gegenden, wo man stundenlang durch die Dunkelheit fährt, ohne ein Licht zu sehen, außer vielleicht ein in der Ferne dahinkriechendes Fünkchen von einem Laster. Es geht ein Gefälle hinunter, und auf einmal liegt die schimmernde Stadt vor Ihnen, lang hingestreckt wie alle Städte im Westen, dahinter der runde Bergbuckel. Die Lichter ziehen sich weit nach Osten hin, ein dichtes Gedränge kleiner, stumpfgelber Punkte in hartem Kontrast zur Dunkelheit. Und wenn Sie mal an der einsamen Küste gewesen sind, haben Sie gesehen, wie die Uferfelsen ins schwarze Wasser abstürzen, und wissen, daß das Licht auf der Felszunge ein Endpunkt ist. Dahinter sind nur die Wellen, die seit Millionen Jahren heranrollen. So ist es auch hier bei Nacht, nur hat man statt der Wellen den Wind. Aber hier war auch einmal Wasser. Denken Sie sich das Meer, wie es diese Gegend vor Hunderten Millionen Jahren bedeckt hat, die langsame Verdunstung, der zu Stein gewordene Schlamm. Nicht gerade beruhigend, der Gedanke. Es ist nicht endgültig, es kann jederzeit anders kommen. Nichts ist endgültig. Nutzen Sie Ihre Chance.

Vielleicht sahen sie es so, als sie zu den Lichtern hinunterrollten, Bier tranken und einen Joint herumreichten, Elk am Steuer, vollkommen high, und niemand redete viel, man fuhr eben nach Casper. So erzählt es Palma. Ruth erzählt es anders. Ruth sagt, Josanna und Elk hätten auf dem ganzen Weg furchtbar gestritten, und Palma sei der Grund gewesen. Barry sagt, alle hätten ein paar Schrauben locker gehabt, er sei nur betrunken gewesen.

Wir hatten Probleme beim Kalben in diesem Frühjahr, Riley und ich. Die großen Saler-Bullen eines Nachbarn waren auf unsere Weiden gekommen und hatten einige von unseren jungen Färsen gedeckt. Wir merkten es erst, als das Kalben anfing, obwohl Riley aufgefallen war, daß manche Färsen unerhört dick angeschwollen waren; wir dachten, es würde Zwillinge geben. Als das erste Kalb da war, wußten wir Bescheid. Es war noch dazu eine gute Färse, langleibig, fleischig, schlank und sehr muskulös – sie hätte doppelt so viele Muskeln gebraucht –, geschmeidig und fraulich, genau so, wie wir unsere Mutterkühe haben wollten, und sie wurde fast in zwei Stücke gerissen von dem größten Kalb, das wir je gesehen hatten. Es war ein Monstrum, ein Drittel von der Größe der Mutter.

»Coldpepper, dieser Drecksack! Schau dir dieses Kalb an! Das ist von seinen Scheißriesenbullen, groß wie Panzer. Die müssen im letzten April reingekommen sein, und ich wette, er hat es gewußt und kein Wort gesagt. Ich fürchte, wir werden bald rausfinden, wie viele es waren.«

Auch das Wetter war scheußlich, Frühjahrsstürme, Niederschläge jeder Art. Die ersten zehn Tage überstanden wir schlaflos, durchnäßt und frierend, besonders Petey Flurry, der seit neun Jahren bei uns arbeitete; er ritt draußen im eiskalten Regen herum und trieb die Färsen in den Abkalbepferch. Und wie sollte es anders sein, als wir ihn am dringendsten brauchten, kriegte er eine Lungenentzündung und wurde ins Krankenhaus gekarrt. Seine Frau schickte uns die fünfzehnjährige Tochter als Aushilfe, ein tüchtiges Mädchen, auf einer Ranch aufgewachsen, immer mit Tieren zu tun gehabt, und mit ihren kräftigen, aber schmalen Händen konnte sie gut in die gebärende Fräse greifen und die jungen Hufe packen. Wir waren alle todmüde.

Am Nachmittag hatte ich sie im Abkalbestall allein gelassen und war ins Haus raufgegangen, um mich ein Stündchen hinzulegen, war aber viel zu müde und aufgedreht, als daß ich hätte einschlafen können; darum stand ich nach zehn Minuten wieder auf, setzte Wasser auf, nahm Keksteig aus der Gefriertruhe, und nach kurzer Zeit waren der dampfende Kaffee und die heißen Mandelplätzchen fertig. Ich stellte drei Tassen in einen

Karton, steckte die Kekse in einen Thermosbeutel und ging wieder hinaus zum Stall.

Mit dem Karton und den Keksen in den Händen stieß ich sachte die Tür auf. Er war gerade fertiggeworden, hatte ihn eben rausgezogen, war schon wieder auf den Beinen. Das Mädchen lag noch auf einem Heuballen, die mageren Beine auseinandergebogen. Ich sah ihn an, sie setzte sich auf. Es war nicht sehr hell da drin, und er versuchte ihn schleunigst in seiner Hose zu verstauen, aber ich sah das Blut daran. Die Hitze des Kaffees drang durch die Pappe, und ich stellte ihn auf den alten Schreibtisch, in dem sich die Kalbzangen, Stricke, Salben und das Zeug für Wundnähte befanden. Ich stand da, während die beiden ihre Kleidung zurechtzupften. Das Mädchen flennte. Klar, sie war auf dem besten Weg, ein mieses kleines Luder zu werden, aber sie war erst fünfzehn, und es war das erste Mal, und ihr Vater arbeitete bei dem Mann, der es ihr angetan hatte.

Er sagte zu ihr: »Komm, ich bring dich nach Hause«, und sie sagte: »Nein«, und sie gingen raus. Zu mir sagten sie kein Wort. Er blieb bis zum nächsten Nachmittag fort, dann kam er wieder und sagte sein Sprüchlein, ich sagte meines, und am nächsten Tag zog ich aus. Die verdammte Färse war verreckt und hatte das tote Kalb noch in sich.

Bei den meisten Sachen erfährt man nie, was genau passiert ist oder warum. Selbst Palma, Ruth und Barry, die dabei waren, konnten nicht sagen, wie es gekommen war. Nach allem, woran sie sich erinnerten und was die Zeitungen berichteten, waren sie auf dieser vielbefahrenen Straße, und Elk versuchte einen Wagen mit einem Anhänger voller Kälber zu überholen. Bis sie nach Poplar abbogen, war nicht ein Fahrzeug auf der Straße, und dann gerieten sie in den dichten Verkehr, der sich von der Ampel östlich der Ausfahrt her staute, und auf einmal steckten sie mittendrin und hatten tausend Probleme. Während Elk den

Kälbertransporter überholte, überholte ihn ein blauer Lieferwagen, der auf die Gegenfahrbahn hinausschwenkte und einige Wagen zwang, auf den Straßenrand auszuweichen. Der blaue Lieferwagen schnitt den Kälbertransporter. Der Typ im Transporter trat auf die Bremse, und Elk fuhr auf, hart genug, sagte Palma, daß sie sich eine blutige Nase holte. Josanna zeterte um ihren Wagen, und der Draht am Riegel der Kühlerhaube hatte sich gelockert, und die Haube begann zu klappern, ein paar Zentimeter rauf und wieder runter, wie das Maul eines gierigen Alligators. Aber Elk kochte, er hielt nicht an, schwenkte um den Kälberwagen herum und jagte hinter dem blauen Lieferwagen her, der auf die 20-26 abgebogen war und nach Westen brauste. Josanna schrie auf Elk ein, der so wütend war, sagte Ruth, daß ihm beinah das Blut aus den Augen spritzte. Gleich hinter Elk kam der Kälbertransporter, hupend und die Scheinwerfer auf- und abblendend.

Elk überholte den blauen Lieferwagen nach etwa acht Meilen, drängte ihn in den Straßengraben und stellte sich vor ihm quer. In weitem Abstand kamen die Lichter des Kälbertransporters schnell und beharrlich nach. Elk sprang raus und ging auf den blauen Lieferwagen los. Der Fahrer war bekokst und bekifft. Seine Beifahrerin, ein dünnes Mädchen in einem hellen Kleid, war ausgestiegen, schrie und schmiß Steine auf Josannas Wagen. Elk und der Fahrer kämpften, rutschten dauernd auf der Straße aus, fluchten; Barry, Ruth und Palma stolperten herum und versuchten sie zu trennen. Dann erschien Ornelas, der Kälberfahrer, auf der Bildfläche.

Ornelas arbeitete montags bis freitags bei Natrona Power, reparierte nach Feierabend im Zweitberuf Sattelzeug und versuchte an den Wochenenden die kleine Ranch zu bewirtschaften, die er von seiner Mutter geerbt hatte. Als Elk ihn rammte, hatte er seit zwei Nächten nicht mehr geschlafen, soeben die achte Bierdose geleert und die neunte aufgemacht. Beim Fahren zu trinken ist in diesem Staat erlaubt. Man billigt den Leuten eine gewisse Urteilsfähigkeit zu.

Die Polizisten sagten später, Ornelas sei der zündende Funke gewesen, denn als er aus seinem Wagen stieg, legte er mit einem Gewehr auf Elk und den Lieferwagenfahrer Fount Slinkard an, jedenfalls in die grobe Richtung, und der erste Schuß machte ein Loch in Slinkards Rückfenster. Slinkard schrie seiner Beifahrerin zu, sie solle ihm seine 22er von der Ablage geben, aber sie kauerte neben dem Vorderreifen und hatte die Hände über den Kopf gelegt. Barry brüllte, paß bloß auf, Cowboy, und rannte über die Straße. Es war kein Verkehr. Slinkard oder seine Beifahrerin hatte die 22er, ließ sie aber fallen. Ornelas schoß noch mal, und in dem Lärm und Schrecken des Augenblicks erkannte keiner Ursache oder Wirkung. Jemand hob Slinkards 22er auf. Barry war betrunken und lag im Graben auf der anderen Straßenseite, er konnte überhaupt nichts sehen, sagte aber, er habe mindestens sieben Schüsse gezählt. Eine der Frauen schrie. Jemand drückte auf eine Hupe. Die Kälber brüllten und stießen gegen die Seitenwände des Anhängers. Eines war getroffen worden, und sie rochen das Blut.

Als die Polizisten kamen, hatte Ornelas einen Halsdurchschuß, kam zwar mit dem Leben davon, aber singen konnte er nicht mehr. Elk war schon tot. Josanna war tot, die Blackhawk neben ihr auf dem Boden.

Wissen Sie, was ich denke? Wie Riley sagen würde, ich denke, Josanna hatte ihre Chance gesehen und sie genutzt. Ja, mein Freund, es ist leichter, als man denkt, dem dunklen Trieb nachzugeben.

Die Gouverneure von Wyoming
....

Wade Walls

Das kurze Gewitter war vorüber, die Straße naß, und zwischen den Wolkenhaufen erschienen Schlitze von grellem Blau. Sie warteten im Wagen. Roany hatte in der Nähe des Zeitungskiosks geparkt, der Haltestelle für den Denver-Bus. Die letzten Regentropfen fielen, vereinzelt, hart wie Würfel. Fünf nach halb sechs fuhr der Bus ein, stinkend, seufzend. Elf Fahrgäste stiegen aus, Wade Walls als letzter. Als Roany das Fenster herunterkurbelte und ihn beim Namen rief, warf er ihnen aus den Augenwinkeln einen kurzen Blick zu. Sie sahen, wie er in die Ranger-Bar ging.

»Ist er das? Wo geht er denn hin?« Renti biß unbarmherzig auf ihrem Kaugummi herum. Sie war eine kleine schmuddelige Person in hautenger schwarzer Hose und Bauarbeiterstiefeln, um die Ellenbogen tiefeingegrabenen Dreck, ein hübsches, verdrossenes Gesicht. Sie schaute dem Mann nach, der die Straße überquerte und über ein Wasserrinnsal sprang.

Ihre verheiratete Schwester Roany Hamp zuckte die Achseln. Ihr mit Rosenöl geglättetes Haar war zu einem Knoten gedreht. Zwei saubere Bögen teilten die Windschutzscheibe in ein Diptychon auf, und ihre Gesichter schimmerten durchs Glas.

»Vielleicht will er ein Bier trinken«, sagte Renti und drückte auf die Radioknöpfe.

»Der trinkt nicht. Vielleicht will er einen Tritt in den Arsch.« Roany drehte den Schlüssel um, und sie hörten mahnende Worte von einem hiesigen Radiosprecher, dem einen, der seinen Namen immer so aussprach, als hätte er eben einen Diamanten in seiner Nase gefunden.

»Sollen wir hier auf ihn warten oder auch da reingehen?«

»Wird uns nichts schaden, wenn wir ein paar Minuten im Wagen sitzen bleiben.« Sie nahm eine Tube aus ihrer Handtasche, drückte sich einen Klacks Salbe in die Hand, ein parfümiertes Gel, die Farbe wie verdünntes Blut. »*Black hat, black hat blues ...*«

»Er tut so, als wär er 'n Spion oder so was.«

Sie sahen zu, wie Leute bei der Bar ein und aus gingen. Die Tür schwang auf, kam zum Stehen, schwang zurück. »*Got those dirty old black hat blues ...*«

»Ach ja«, sagte Roany, »trinken tut er nicht, fahren tut er nicht, aber wenn er einen Damm in die Luft sprengen kann, ist er glücklich. Wie er Shy in diese Geschichte hineingezogen hat, kapier ich nicht. Bevor ich ihn kannte. Shy ist ungefähr so – «
Der Türriegel knackte, und Wade Walls rutschte auf die hintere Sitzbank. »*Don't put it on the bed ...*«

»Mein Gott! Ich krieg noch 'n Herzschlag«, sagte Roany, »sich so ranzuschleichen!« Sie schaltete das Radio ab.

»Ich bin durch die Hintertür raus und durch die Nebenstraße zurückgekommen«, sagte er. In der Kabine roch es nach Rosenöl und dem Fruchtkaugummi.

»Meine Schwester Renti«, sagte sie. »Sie bleibt ein paar Wochen bei uns. Kommt aus Taos. Finden Sie diese Heimlichtuerei notwendig? Sind wir im Kino? Glauben Sie, man verfolgt Sie, oder was?« Hinter einem Lieferwagen mit einem Schwanenhalsanhänger scherte sie in den Verkehr ein. Sie hörten seine raschen, hechelnden Atemzüge hinter sich. Wenn es ein Film wäre, käme seine Kennmusik von einer asthmatischen, spucknassen Mundharmonika.

»Ich mache meine Aktionen seit siebzehn Jahren«, sagte er, »und von dem Dutzend, die mit mir zusammen angefangen haben, bin ich als einziger noch übrig. Weil ich vorsichtig bin.«

»Wieso sind Sie eigentlich in den Ranger gegangen?«

»Wasser. Habe etwa drei solche kleinen Flaschen im Flugzeug getrunken. Und noch zwei im Bus.«

Dazu gab es nicht viel zu sagen, und sie fuhren stumm weiter. Wade Walls saß da wie bewußtlos, bis sie auf die Landstraße abbogen.

»Trocken hier«, sagte er, benommen, aber bemüht, wach zu erscheinen, kam sich vor wie in einem bösen Traum über diese Gegend, als säße er noch im Bus und käme gerade über die Grenze, durch einen Wust von Plakaten, Schildern, Billigtankstellen, Zigaretten- und Feuerwerksläden, dann ein paar winddurchfegte Ortschaften, Ranches, die weit verstreut lagen wie Schottersteine auf unebenem Grund.

»Willkommen in Wyoming«, sagte Roany mit ihrer trockenen Stimme. »Willkommen im Paradies!«

Aber er wußte Bescheid über die Gegend, über die Feuersäule der Verbrennungsanlage von Cave Gulch mit ihrer großen Müllhalde, die Raffinerien, den vergifteten Boden, Uranbergwerke, Kohlebergwerke, Tronabergwerke, Pump- und Bohrstationen, Kahlschläge, Tanklager, schadstoffbelastete Flüsse, Pipelines, methanolverarbeitende Betriebe, verheerende Dammbauten, den Amoco-Skandal, Eisenbahnen, alles getarnt durch die täuschende Leere der Landschaft. Es war nicht seine erste Reise. Er wußte Bescheid über die stille Teilhabe des Staates an den Einkünften des Bundes aus Mineralabbaulizenzen, Ausfuhr- und Mehrwertsteuern, den Ausverkauf der alten Ranches an Country-Music-Stars und diverse Milliardäre, die glaubten, hier den Cowboy spielen zu können, die Ausblutung an Talenten und Fachkräften, und fürs gemeine Volk gab es keine Arbeit und ein hartes Leben in einem Wohnwagen. Für fremde Ausländer war der Staat ein 97 000 Quadratmeilen großes gefundenes Fressen, mitsamt republikanischen Ranchern und landschaftlichen Reizen. Die Rancher wollten nicht einsehen, daß sie ausgespielt hatten. Sie brauchten eine bittere Lektion, und er würde sie ihnen erteilen.

»Es ist trocken. War 'ne lange Dürreperiode.« Roany steuerte, ihre Schwester sagte nichts.

»Dürreperiode«, sagte er, als probierte er ein neues Wort aus, betrachtete ihren weißen Nacken und das kompliziert verflochtene Haar.

»'n kleiner Schauer, bevor der Bus kam. Nicht hier draußen, nur in der Stadt. Hier draußen kein Tropfen.«

Die Ranch lag zweiundzwanzig Meilen südlich von Slope im Mima-Hügelland – Biscuitland, wie es die alten Leute nannten, wegen der niedrigen runden Erdkuppeln, in der Ebene aufgeworfen von ausgestorbenen Nagetieren oder vielleicht auch durch Frosteinwirkung entstanden, niemand wußte es genau –, und nach Westen zu sah man eine gezähnte Landschaft, die nach einem zu schnappen schien. In diesem trockenen, heißen Jahr war das Gras jetzt schon gelbbronzen, und über dem staubigen Boden wimmelte es von schwirrenden Heuschrecken, Brust und Kopf graubraun marmoriert. Ackertrespe verdrängte das einheimische Borstengras, schädliche Kräuter breiteten sich aus. Schon bevor sie abbog, wußte er, daß sie die Nebenstraße nehmen würde, und der Lastwagen glitt durch die metronomisch fallenden Schatten der Telefonmasten, dann in die ausgewaschene und geschotterte Furche, die man die Säuferstraße nannte.

Juniper Hamp hatte seit 1882 den hellen Sandstein abgebaut und mit seinen sechs Söhnen das quadratische, zweigeschossige Ranchhaus errichtet. Es hatte an jeder Ecke über dem Mansardendach einen Schornstein, große Fenster und eine hohe Veranda. Nach dem Stall, dem Brunnenhaus und dem gepflasterten quadratischen Hof am Hintereingang war der kleine Steinbruch so ziemlich erschöpft gewesen – sehr zur Erleichterung der Söhne, die im Scherz behaupteten, sonst hätten sie auch noch die Viehpferche aus Stein bauen müssen.

Roany hatte alte Trennwände niedergerissen, neue Decken eingezogen, die Küche vollständig umgebaut. Nur das Wohnzimmer war unverändert geblieben, mit der Glasvitrine und dem grünsamtenen Sofa.

In der Küche sah Renti sich Wade Walls genauer an, das irgendwie fleischige Gesicht, eine vorspringende Unterlippe wie bei einem Barsch. Sein höfliches Lächeln entblößte gelbe Zähne, die alle gleich groß waren. Aus einigem Abstand, mit seiner Nichtleder-Aktentasche in der Hand, sah er aus wie ein schmieriger Anwalt. Aus der Nähe wirkte er befremdlich, die Beine angespannt, wie zum Sprung bereit, und sein eigenartiger, aus einem rauhen Stoff geschnittener Anzug hatte krumme Nähte.

Er konnte spüren, daß es ein weibliches Haus war. »Wo ist denn Shy?« Wenn er sprach, zuckte es in seinem steifen Gesicht, als würde es mit Haken und Drähten bewegt.

»Wenn ich das wüßte! Ist Dienstag früh weggefahren. Hat nicht gesagt, wohin.«

»Was soll das heißen?« Sie standen in der Küche, und wie Figuren in einem Comic Strip bewegten sie nur die Münder.

»Ich glaube, er ist in Montana. Er hat was von Montana gesagt, glaub ich. Sie töten da oben die Bisons.« Ebensogut hätte sie sagen können, sie würden dort Rasen mähen.

»Das war vor zwei Jahren. Die übrigen Bisons sind soweit gesund und munter. Bis zum Winter.«

»So, weiß ich nicht. Er hat tausend Sachen um die Ohren. Er schwingt ständig Reden von wegen Landtausch und Erhaltung der Frettchen und was nicht noch alles. Abgesehen von all dem Quatsch muß er auch noch fürs Geschäft dasein, ich meine seine Pferdeversicherung, und ich kümmer mich um meines. Er meldet sich nicht ab, wenn er weggeht. Manchmal seh ich ihn nur einmal die Woche.« Ihre Stimme war ein klein bißchen brüchig geworden.

»Klingt, als würd's richtig Spaß machen«, sagte Renti. Ihre Haare waren zerzaust, sie vermißte das Nachtleben von Taos, sogar die stets kreisenden Touristen, die halb blind waren vom Beglotzen des Silberschmucks, zumeist alte Leutchen, Paare, die zusammen auf Reisen waren, die Männer auf dem Vordersitz, wo sie alles sehen konnten, die Frauen wie Hunde auf dem Rücksitz, mit dem Seitenausblick auf Leitplanken und Abfälle am Straßenrand.

Sie hatte schon einige Jobs gehabt, Signalgeben beim Straßenbau, Bedienen einer Kerzeneinwickelmaschine, Kunstverkäuferin bei kleineren Galerien, Gehilfin bei einem Buntglasdesigner, Bühnenarbeiterin bei einem Sommertheater, bevor die Muleshoe Gallery sie anstellte. Dort leimte sie Musselin auf die Rückseite vergilbter Landkarten, ersetzte die Federwalzen und Haltestangen an alten Rollkarten und legte sich eines flauen Nachmittags auf den Kartentisch und kopulierte mit Pan, dem Geschäftsführer. Es gab Gelegenheit genug, dies zu wiederholen, und nach einem Monat kam Pan mit zwei Flaschen Sekt und einem Teller *chiles rellenos* an und wollte wissen, ob sie nicht so was wie eine Beziehung hätten; sie war nicht schön, ein herber Typ, aber ein Blickfang in ihrem langen hautengen Kleid mit der breiten roten Bordüre. Zwanzig Meilen außerhalb Richtung Angel Fire fanden sie ein Einzimmerhaus aus Ziegeln mit einem in die Nordwand eingepfropften Wohnwagen. Pan schleppte große Tontöpfe in den Vorhof, Renti pflanzte Kräuter, und sie nahmen einen herrenlosen Schäferhund zu sich. Er war brav und folgsam, ein echter Rücksitzhund. Es war alles in Ordnung, aber nach einem Jahr hatte Renti einen Koffer gepackt und gesagt, sie werde in ein paar Wochen zurück sein. Sie fahre nach Wyoming, ihre Schwester besuchen. In der Nacht darauf hatte sie einen gräßlichen Traum, in dem sie ein Chihuahua-Hündchen in einen Kessel kochende Brühe setzte, und als sie die Brühe in ihren Teller schöpfte, sprach das verbrühte Tier sie respektvoll an und fragte, ob sie es nicht zum Arzt bringen könne, vielleicht am Nachmittag, wenn sie Zeit habe.

Ein paar Tage lang war es gutgegangen, nichts als Geschwisterliebe und Altvertrautsein, aber dann war alles gesagt. In ihren Erinnerungen waren sie da angelangt, wo ihre Lebenswege sich getrennt hatten, und statt Geheimnissen, die nur sie beide kannten, waren höchstens noch kursorische Berichte zu erwarten. Renti sagte, die Sache mit Pan werde allmählich ein bißchen dröge. Ihre Schuld, sie sei eben herzlos und nicht zufrieden mit dem, was sie habe. Roany sagte, Shy sei nur zwei Striche oberhalb der Idiotie, aber lieb, und wenn er sie auch in jeder Hinsicht nur aufhalte, sei die Scheidung doch den Kummer nicht wert, und er sehe verdammt noch mal zu gut aus, als daß sie ihn loswerden wolle. Nach einer Woche fingen sie an, sich zu zanken, wie sie es als Kinder getan hatten, und über dieselben Dinge: welche von ihnen die Eltern der anderen vorgezogen hatten und warum sie, Renti, so ein Schmuddelkind war.

»Wie eine vergammelte alte Krähe siehst du aus«, sagte Roany, »immer nur in Schwarz. Dabei könntest du gut aussehn, wenn – «

»Liebste Schwester, versuch nicht, mich umzumodeln!« Tatsächlich waren sie beide schludrig, Roany auch, nicht was ihr Äußeres oder das Geschäft anging, aber im Haushalt. Und das, obwohl Shy Hamp, ihr Mann, zwanghaft reinlich war, wie viele auf einer Ranch aufgewachsene Männer. Die schmierigen Ausgüsse, der Staub! Er wartete, bis sie ins Geschäft gefahren war, und dann, statt sich um seine Pferdeversicherung zu kümmern, rückte er dem Dreck zuleibe. Jetzt, mit zwei Schwestern im Haus, wirkten ein mit Orangenmarmelade verschmiertes Messer, das aussah, als wäre ein monströses Insekt damit erschlagen worden, tote Fliegen auf dem Badewannenrand, ein Fenster mit Vogelkotstreifen wie eine perverse Offenbarung seiner geheimen Wünsche.

Renti war auf Wade Walls sehr gespannt gewesen, hatte gedacht, er müsse Arme wie aus Holz haben, ein gefährliches Funkeln in den Augen, aber er hatte Hängeschultern, schien nirgendwoher zu kommen und nirgendwohin zu gehören.

»Es ist kein Spaß.« Er saß auf dem Stuhl, die Hände überm Bauch gefaltet. Die Küche war nach einem Illustriertenfoto eingerichtet worden, mit Kupferpfannen, die von Balken herabhingen, einem Wald von zierlichen Öl- und Essigfläschchen.

Roany nahm eine halbleere Flasche Chardonnay aus dem Kühlschrank und schenkte ein wenig davon in zwei Weingläser.

»Er weiß, daß Sie da sind. Er wird heute noch zurückkommen. Oder heute nacht. Irgendwann heute, klar? Ich habe keine Ahnung, was Sie machen, und will's auch nicht wissen. Ich bin bloß der Chauffeur.« Sie trank einen Schluck Wein, warf ihm noch einen Satz hin. »Sie kriegen dasselbe Zimmer wie voriges Mal, das Cowboyzimmer.«

Er stieg mit seiner Aktentasche die Treppe hinauf. Dieses Zimmer war ausstaffiert mit Rinderschädeln, rußigen Lariats, einer digitalen Reproduktion einer Farblithographie, die einen auf frischer Tat ertappten Viehdieb zeigte. Die Möbel waren fast alle aus klobigem Wildholz. Auf einer Molesworth-Truhe liefen aufgemalte Longhorns über die Schubladenfronten. Jemand hatte eines der Longhorns wegzumeißeln versucht und eine splitterige Scharte hinterlassen.

Renti und Roany hörten die Toilettenspülung rauschen.

»Die kleinen Wasserfläschchen kommen immer noch raus«, sagte Renti.

Er kam die Hintertreppe herunter, räusperte sich. »Ich will euch ja keine Umstände machen, Mädchen, aber habt ihr irgendwas zu essen?«

»Haben Sie im Flugzeug nichts gekriegt?«

»Die Flugzeugmahlzeiten eß ich nicht – « Er lachte ein bißchen, um sich den Ärger nicht anmerken zu lassen. Die beiden saßen da und tranken Wein, trafen keine Essensvorbereitungen.

»Tomatensuppe, Eier, Grapefruitsaft, Brot.« Roany wartete ein, zwei Takte. Der Teufel ritt sie. »Im Kühlfach liegen Steaks.« Das würde ihn in Fahrt bringen.

»Ich esse kein Fleisch. Sie wissen doch, daß ich kein Fleisch esse. Sie wollen gegen die Viehzüchter kämpfen und unterstützen sie, indem Sie ihr Rindfleisch essen?«

»Ich will nicht gegen die Viehzüchter kämpfen«, sagte Roany. »Das wollen Sie und Shy.«

»Sie liegen im Kühlfach«, sagte Renti. »Sie werden Gefrierbrand kriegen, wenn niemand sie aufißt.« Sie wußte sofort, daß sie ihn nicht mochte, seit er sie mit »Mädchen« angeredet hatte.

»Ist es deshalb schon richtig?«

»Hören Sie«, sagte Roany. »Es ist kein Rindfleisch. Es ist Büffel. Niemand von uns ißt Rind. Außerdem, was wir essen, hat doch nichts mit dem zu tun, was Sie und Shy vorhaben.«

»Und ob es damit zu tun hat! Diese subventionierten Rancher und ihre aufgedunsenen Kühe vernichten öffentliches Land, Feuchtgebiete, rotten seltene Pflanzen aus, zertrampeln die Bachufer, erzeugen ozonvernichtendes Methangas, ruinieren die Staatswälder, die dem Volk gehören, uns allen, diese blöden, stinkenden Kühe, die die Umwelt verschmutzen und die Welt zerstören – und weswegen? Wegen jämmerlicher drei Prozent der Bruttoeinnahmen dieses Staates. Damit einige wenige sich ihr Leben einrichten können wie im neunzehnten Jahrhundert.« Fast verzweifelt hielt er inne. So was hier erst erklären zu müssen! Er blickte zu Boden. Die dünne Dunkelhaarige trug

Lederstiefel. Er bemerkte nun, daß beide nach Fleisch rochen, das ganze Haus stank danach. Mit einer weit ausholenden, anklagenden Bewegung machte er den Kühlschrank auf, sah zwei angedunkelte Mohrrüben, Brokkoli, der schon gelblich wurde, Tonicwasser-, Wein- und Bierflaschen, ein Körbchen verschrumpelte Chilischoten, im Fleischfach mehrere Päckchen in Metzgereipapier mit braunen Blutflecken drauf.

»Ich koche heute abend nicht«, sagte Roany. »Jeder macht sich, was er will.«

Er trank ein Glas Wasser, während die Suppe warm wurde.

»Wissen Sie noch«, sagte er in beinah sanftem Ton zu Roany, »die Artischocken? Letztes Jahr? Da haben Sie solche großen kalifornischen Artischocken gegrillt. Ich wußte gar nicht, daß man die so zubereiten kann. Sie waren wundervoll. Als wir alle draußen waren und dem Mondaufgang zugesehen haben?« Er hatte gewußt, daß sie betrunken war. Nur wenn die Leute betrunken waren, mochten sie ihn.

»Ja«, sagte sie gleichgültig. »Solche Artischocken gibt es jetzt nicht, weiß ich, warum.« Etwas drückend Schweres machte sich in der Küche breit. An diesem Abend vor einem Jahr, beim Artischockenessen, hatte er Roany erzählt, daß er sich den braunen Anzug selbst genäht hatte, aus neuseeländischem Hanf. Der werde ewig halten. Sie hatte soviel Wein intus gehabt, daß ihr der Anzug schön vorgekommen war und Wade Walls wie ein Held. Am verkaterten Morgen war er dann nur noch ein Mann in einer zerknautschten Jacke.

»Also«, sagte er sehr ruhig, »Shy hat wieder mit Fleisch angefangen.« Einst, als Shy Hamp noch ein junger Bursche war, der traurig und frustriert seine Rinder hielt, hatte er ihm die Augen geöffnet. Aber das war lange her.

»Er hat nicht ›wieder mit Fleisch angefangen‹. Er hat nie damit aufgehört, nur mit Rindfleisch. Und er hat gesagt, Büffel ist was anderes, Büffel ist o. k.«

»Es ist nicht o. k.« Er versuchte nicht mehr, die Schärfe seines Tons zu mildern. »Die Zähmung von Tieren war von allen Untaten, welche die menschliche Gattung je verübt hat, die schrecklichste. Ein Verhängnis für alles, was lebt. Die Zukunft der Erde ist unausweichlich – eine öde, wasserlose, mit Knochen übersäte Wüste wird sie sein, wenn wir nicht – «

»Ihre Suppe kocht, Wade«, sagte Roany. Sie kniff die Lippen fest zusammen, stand unschlüssig da, halb von ihm abgewandt, dann, als stünde sie vor Problemen, deren Voraussetzungen sich ständig änderten, gab sie es auf und schenkte ihrer Schwester und sich selbst Wein ein. Mit ihrem Glas ging sie hinaus auf die Veranda und setzte sich auf einen Liegestuhl, rauchte eine Zigarette. Da rekelte sie sich hinter der offenen Tür, ließ sich den Rauch aus der Nase strömen, das rote Glas in der Hand.

»Wade«, sagte Renti, »arbeiten Sie für eine Landerschließungsfirma?«

»Um Gottes willen, nein! Wie kommen Sie auf die Idee?«

»Sie wollen doch die Rinder aus dem Weg schaffen, nicht? Ich meine, läuft es nicht alles darauf raus, entweder Rinder oder Parzellierung? Ich meine, was wird denn aus einer Ranch, wenn das Vieh einmal weg ist? Erschließung, oder? Was gibt's denn sonst noch? Ich meine, was haben Sie denn vor?« Geballte Verachtung, wie der Wasserstrahl aus einem Feuerwehrschlauch.

»Ich will das Land renaturieren«, sagte er. Seine Stimme schwoll an vor professioneller Leidenschaft. »Ich will das Land wieder so, wie es einmal war, ohne die Zäune und die Rinder. Ich will, daß die einheimischen Gräser wiederkehren und die Wildblumen. Ich will, daß die ausgetrockneten Bäche wieder Wasser führen, daß die Quellen fließen und die großen Flüsse über die Ufer treten. Ich will, daß der Grundwasserspiegel wieder steigt. Ich will, daß die Antilopen und Elche, die Bisons und die Bergschafe und die Wölfe das Land wieder in Besitz nehmen. Ich will, daß die Rancher und Viehmäster, die Fleischverarbeiter und Fleischgroßhändler allesamt auf kürzestem Weg zur Hölle fahren. Wenn ich im Westen was zu sagen hätte, ich würde sie alle fortjagen und den Wind und die Gräser in den Händen der Götter belassen. Dies soll ein leeres Land werden.«

»Herrlich! Warum sprengen Sie dann nicht eine Fleischfabrik in die Luft, statt auf die Rancher einzuschlagen? Warum machen Sie nicht die Rancher in Florida zur Schnecke? Ich wette, aus Florida kommt mehr Rindfleisch als aus dem Westen.«

Sie kehrte ihm den Hintern zu und schlurfte aus der Küche, ohne erst seine Antwort abzuwarten, daß das Rindfleisch aus dem Westen der Dreh- und Angelpunkt von allem sei, daß die Schlacht auf dem verwüsteten Land geschlagen werden müsse, das dem Volk gehöre.

Die bösen Rinder

Sie waren Töchter des Anwaltsehepaars Slinger & Slinger aus Tucson, in guten Verhältnissen aufgewachsen. Renti hatte eine Kunsthochschule in Kalifornien besucht, Roany hatte Betriebswirtschaft an der Universität von Wyoming studiert, wo sie Shy Hamp kennengelernt hatte. Er war etwas Neues für sie; nur machte sie den Fehler, aufs Ganze zu gehen.

Sie wußte, sie hatte Geschmack und Geschäftssinn.

»Sie begreifen es hier einfach nicht«, sagte sie zu Shy, nachdem Delong Teleger sie im Eisenwarenladen aufgefordert hatte, noch mal zurück zum Regal zu gehen und nachzuschauen, was die vier Kreuzschrauben kosteten, die sie kaufen wollte. Sie hatte ihm die Schrauben hingeworfen und war rausgegangen.

»Der Mann denkt, weil er den einzigen Eisenwarenladen in

der Stadt hat, seien die Leute verpflichtet, bei ihm zu kaufen. Und dann jammert er, wenn das Geschäft sich nach Denver, Billings oder Salt Lake City verzieht.«

»Na ja, Delong hat ein Hüftleiden. Er hat wahrscheinlich bloß gemeint, du wärst schneller beim Regal und wieder zurück als er. Und natürlich weiß er, daß du wegen vier Schrauben nicht nach Denver fährst.«

»Er hätte den Preis entweder im Kopf haben müssen oder in einem Computer. Er schreibt immer noch alles von Hand in einen kleinen Block. Mit Durchschlägen.«

»Werd doch nicht gleich so sauer, Roany! Reg dich ab!«

Später, in einem Kettenladen in der Fußgängerzone, kaufte sie minderwertige Schrauben, in Klarsichtfolie und mit einem Preisaufkleber.

Sie gedachte ihnen zu zeigen, wie man's machen mußte. Mit Westernartikeln war viel Geld zu machen – aromatisches Beifuß-Badeöl, Yucca-Seife, duftende Samen der Wilden Akelei, getrocknete Drehwurzblüten, Zedern-Potpourri, alles für Touristen, denen Lavendel und Cordobaner Haarfärbemittel aus der Drogerie zu läppisch waren. Sie würde Armbänder und Schlüsselketten aus geflochtenem Roßhaar anbieten, ein paar Häute und Kojotenfelle. Aber das Hauptgeschäft würden zeitgemäße Abwandlungen alter Westernkleidung sein – Freizeithemden aus Köperdrillich, Rancherwesten und eine Reihe maßgeschneiderter Rodeohemden. Sie würde zwei, drei Frauen als Näherinnen anstellen, zum Mindestlohn. Und spaßeshalber würde sie auch ein Schaukästchen mit Cowboymähnenentflechtern, Päckchen mit wilden Bergamotten, wie sie die Cheyenne zur Parfümierung ihrer Lieblingspferde benutzt hatten, und Dosen mit Kräuterkautabak aufstellen, Schnickschnack, den niemand brauchte, den die Leute aber kaufen würden, weil es Schnickschnack war, genauso wie sie selbst sich Shy Hamp zugelegt hatte. Er war eine Superniete, ein zahmer Cowboy ohne den Dreck und den

Pferdeschweiß. Was sie so liebte, war seine niedliche Begriffsstutzigkeit.

»Die Kunden sind da«, sagte sie zu ihm, scharf und herausfordernd, »aber wenn du mit dieser Ranch weiterwursteln willst, dann glaub ja nicht, daß ich für dich die Buchführung mache und in der Futterhandlung anrufe. Ich hab mein eigenes Leben.« Später tat es ihr leid, sie wurde trübsinnig, bereute ihre wütende Gereiztheit. »Ich weiß nicht, was mit mir los ist. Ich werd noch verrückt«, sagte sie. »Ich kann nicht – «

»Schon gut«, sagte er. Dann, als ob sie von etwas anderem gesprochen hätten: »Mach dir keine Sorgen, mein hübsches großes Mädel, ich komm schon immer wieder nach Hause.« So, wie er das sagte, hätte er eine Reise zum Bellingshausenmeer planen können. »Nun komm doch mal her«, murmelte er, »du kleines verrücktes altes Mädel.« Aber in Gedanken war er meilenweit weg von allen heimischen Belangen. Ob er wollte oder nicht, er ritt auf zwei Pferden, und eines war ein Vollblüter aus verflossenen Tagen.

Shy Hamp hatte nicht Rancher werden wollen, sondern aufs College gehen – sein fixer Bruder Dennis war der Cowboy, und der sollte das nur machen. Die Familie stand vor einem Rätsel. Dennis war der gescheitere. Shy hatte sich durch die Schule gequält, und nun wollte er noch mehr davon.

»Du trübe Tasse«, sagte sein Vater, »du bist doch zu blöd zum Milchholen. Also meinetwegen lerne ein bißchen Betriebswirtschaft, aber eines schönen Tages landest du mit Sicherheit wieder hier auf der Ranch.«

Da kannten sie ihn schlecht, hatten ihn nie verstanden. Von frühester Jugend an war ihm klar gewesen, wieviel Abstand er von ihnen hatte; es war ihm selbst peinlich, aber Land und Vieh interessierten ihn nicht.

Mit den Lehrbüchern hatte er seine liebe Not, wühlte sich

aber durch; Aufgeben war nicht seine Art. Dann, als er das letzte Studienjahr schon halb hinter sich hatte und mit Roany Slinger verlobt war, machte der fatale Schnee all seine Pläne zunichte, warf ihn aus der Bahn und zurück auf die Ranch.

Am Morgen nach der Beerdigung schmiß er Heuballen vom Laster herunter. Sonst hätte es keiner getan. Er schaute zum wutentbrannten Himmel auf, der Front wogender Wolken mit ebenmäßigen, gekräuselten Gipfeln, darüber, in der Nähe des Jetstream, dünne Schlieren, ein Zeichen starker Höhenturbulenz. Die Ranch lag auf der Leeseite der Bergkette, trotzdem tobte den ganzen Tag ein gewaltiger Wind. Wäre das Wetter am Samstag so gewesen, hätten seine Angehörigen vielleicht weiter Cribbage gespielt und wären am Leben geblieben. Es waren die schönen Tage, die einen niederwarfen, der strahlende Fleck Sonnenschein, der einen bei lebendigem Leib verbrannte.

Nachdem er sich auf der Ranch ein paar Wochen lang nur zwischen Trauer und Arbeit bewegt hatte, fuhr er, im Innersten wie betäubt, zur Universität, um sich die Studiengebühren rückerstatten zu lassen. Eine Frau mit einer Warze zwischen den Augen sagte ihm, er habe keine Aussicht, sein Geld wiederzubekommen.

»Sie sind umgekommen«, sagte er, »meine Eltern. Ich bin ganz allein da draußen, ich bin pleite und kann nicht mehr auf die Hochschule gehn.«

»Sie würden sich wundern«, sagte sie, »wie viele junge Männer eine Ranch bewirtschaften, ihre Kurse besuchen und gute Noten erzielen. Sie würden sich wundern, wie viele dann weitergehn nach Harvard und Yale.« Mit saurer Milch großgezogen und auch noch stolz drauf.

»Das würde mich allerdings wundern.« Er machte mit einigem Nachdruck die Tür zu.

Er zögerte die lange Heimfahrt zur Ranch hinaus, ihm graute vor dem Haus, der Stille und Eintönigkeit, dem Rascheln des trockenen Schnees, den der Wind durchs Gras fegte; von ein paar anderen ließ er sich zu einem öffentlichen Vortrag mit dem provozierenden Titel »Die bösen Rinder« mitschleppen. Der Gastredner war Wade Walls. Die Zuhörer unterbrachen ihn immer wieder mit Pfiffen und höhnischen Zwischenrufen. Zu seinem Nachbarn, einem breitschultrigen Rancher, der seinen fleckigen Hut aufbehalten hatte und einen Priem kaute, sagte Shy: »Das hat was für sich!« Der Rancher sagte nichts, stand auf und ging weg, als wäre solch eine Ketzerei ansteckend wie die Maul- und Klauenseuche.

Nach dem Vortrag ging Shy als einziger nach vorn zu dem Tisch, an dem der Redner saß, kaufte ein signiertes Exemplar des Buchs, das er geschrieben hatte, und lud ihn zu einem Bier ins Lariat ein.

»Ich trinke keinen Alkohol, aber einen Kaffee nehm ich gern.« Walls redete wie aufgezogen. Shy trank zwei Bier, ging dann zu Whiskey über. Etwas an Walls' Predigerstimme, der Art, wie der Mann ihn umwarb, veranlaßte ihn, seinen Kummer vor ihm auszubreiten.

»Die Sache mit meinen Leuten. Am dritten Februar. Dennis hatte eine neue Maschine. Schöner Tag. Kalt, aber kein Wind. Nicht eine Wolke. Einen besseren Tag konnte man sich gar nicht aussuchen. Man hat mir gesagt, sie waren vierzehn, fünfzehn Meilen von dem Paß entfernt, da haben sie einen offenen Hang überquert, und ein Schneebrett hat sich gelöst. Das Ding hat sie in ein Espenwäldchen mitgerissen. Schneemassen, so fest wie Beton. Meine Eltern und mein Bruder sind tot, ich hab das Studium geschmissen, sitze da mit meinen Rindern auf der alten Ranch, bin völlig pleite, und hundertfünfzig Erstkälber von jungen Färsen kommen auf mich zu. Gehilfen kann ich mir nicht leisten. Was zum Teufel soll ich machen? Was denn?«

»Steigen Sie aus dem Ranchbetrieb aus; denken Sie an Ihre

Kinder!« sagte Walls. »Die werden sonst wissen, daß ihr Vater ein Rancher war, einer von denen, die den Westen verwüstet haben. Sie werden Ihnen Vorwürfe machen.«

»Ich bin noch nicht mal verheiratet. Ich hab keine Kinder. Nicht, daß ich wüßte.«

Sich selbst stellte Wade Walls vor Shy als einen Mann hin, der Nägel mit Köpfen machte, der beim Hobeln wegen der Späne keine Bedenken hatte. »Sie wissen doch, was Abbey über die Rinder gesagt hat – ›stinkende, kot- und fliegenverdreckte Viecher, die Krankheiten verbreiten‹. Aber es kommt nicht drauf an, was sie sind, sondern was sie aus dem Land machen. Sie haben den Westen zugrunde gerichtet, sie richten die ganze Welt zugrunde. Sehn Sie sich nur Argentinien an, Indien! Den Amazonas!« Er wütete noch lange weiter gegen die Rinder.

»Hören Sie!« sagte er in seiner monoton einhämmernden Art, während er seinen Kaffee schlürfte. »Wenn Freundlichkeit und Überredung nichts bewirken, bekämpft man Feuer mit Feuer. Das ist die einzige Sprache, die diese Leute verstehen – Gewalt. Hören Sie!« sagte er. »Einen wie Sie könnten wir gebrauchen.« Das »wir« sei ein kompliziertes Kürzel. In Wahrheit gab es kein Kürzel; er war der einsame Rächer, und vielleicht war es das, was Shy zu ihm hinzog.

»Sie können auf mich zählen«, sagte Shy, »ich bin dabei. Die Scheißrinder werd ich mir vom Hals schaffen.« Er war sehr betrunken, konnte sich kaum mehr auf den Beinen halten.

Unterhalt

Im Sommer nach dem Unfall heiratete er Roany Slinger. Es war eine Westernhochzeit gewesen, mit Empfang im Hitching Post Motel in Cheyenne, Roany im maßgeschneiderten Seidenkleid, einen Strauß welker Wildrosen in der Hand, Shy in einem wollenen Gehrock, der ihm bis zu den Knien herabreichte. »Wie der General Sherman siehst du aus, jawoll, Exzellenz!« sagte sein Cousin Huey. Sie tranken Champagner aus Gläsern mit eingravierten Seilen, die die Worte *Shyland & Roany* bildeten. Die beiden Familien saßen getrennt, an verschiedenen Tischen, redeten nur unter sich. Huey und Hulse Birch tranken sich in Schabernackslaune, füllten einen Müllsack mit Messern und Gabeln des Motels, banden ihn unter dem Wagen des Brautpaars fest.

Hulse Birch war in den ersten Schuljahren sein Freund gewesen. Im Sommer ritten sie zu einem entlegenen Winkel des Birch-Geländes, wo der Pinhead Creek einen Teich bildete, kampierten dort drei, vier Tage lang, lebten von halbgerösteten Kartoffeln und Forellen. Als sie elf waren, entdeckten sie in den bröckeligen Kalksteinfelsen einige Höhlen. In einer fanden sie unter einer dicken Staubschicht drei Sättel mit Zaumzeug, das Leder aufgebogen und hart.

»Bahnräuber«, sagte Hulse, der den Ehrgeiz hatte, selbst einer zu werden. »Sie müssen die Sättel hier versteckt haben. Sie wollten Pferde stehlen, sich hier ihre Sättel holen und verschwinden. Ich wette, die haben versucht, unsere Pferde zu stehlen, und mein Dad oder mein Opa haben sie abgeknallt.«

Dann suchten sie nach der Höhle, wo die Räuber vermutlich ihre Banknoten und Goldbarren versteckt hatten. Hulses Vater stellte begeistert fest, daß einer der Sättel ein alter Cheyenne Meanea war; er trug die Prägung WYOMING TERRITORY, und am Rand des einen Steigbügelschutzschilds waren mit einer Ahle die krummen Initialen *B.W.* eingestochen. King Ropes in Sheridan bot eine hohe Summe dafür, aber Hulse flehte seinen Vater an, ihn behalten zu dürfen. Danach hatten sie anscheinend nur noch nach Höhlen gesucht, bis Shy diese Löcher voll Fledermauskot satt hatte.

Der Plastiksack riß auf, als sie über die Interstate 80 fuhren, mit einem Geräusch, daß er dachte, er hätte den Motorblock verloren. Er hatte einen langen Schnurrbart mit gewachsten und nadelspitz gezwirbelten Enden, und die Glasur des Hochzeitskuchens war dran hängengeblieben. Er stand am Straßenrand und betrachtete die Spur von Utensilien, die sich in einer Kurve hinter ihnen herzog, und Roany zeigte auf seinen verzuckerten Schnurrbart, machte sich fast in die Hosen vor Lachen.

»Sieht aus wie Vogelscheiße«, sagte sie luftschnappend.

Eine Woche nach der Hochzeit rasierte er den Bart ab, etwa zur gleichen Zeit hörte er auf, die Rinder zu füttern, und fing an, sie zu schlachten.

»Wenigstens kann ich damit unsern Unterhalt bestreiten«, sagte er zu Roany. Einen Teil des Erlöses für die Herde verwendete er, um sein Studium abzuschließen, und einiges steckte er in Roanys Laden. Er machte seinen Betriebswirt, dann einen zweimonatigen Lehrgang über Pferdeversicherungsrecht in Colorado. Auf seiner Visitenkarte stand:

SHY W. HAMP
BIG-HORSE-PFERDEVERSICHERUNG
FÜR RANCH & FARM
SLOPE, WYOMING

Auf seinem Anrufbeantworter hörte man zuerst ein Pferd wiehern und dann seine angestrengte Stimme: »Big Horse versichert Ihr Pferd gegen Tod, Unfruchtbarkeit, Stallbrand, Erdbeben und Blitzschlag. Wir wollen Ihnen helfen, einen pferdegerechten Gesundheitsplan auszuarbeiten.«

»Ich verkaufe zwar die Rinder«, sagte er zu Roany, »aber die Ranch verkaufe ich nie. Wir leben hier seit fünfundsiebzig Jahren. Wir können verdammt gut weiter hier leben, auch ohne die

Rinder. Ich werde das Land verpachten, für Schafe vielleicht, aber nicht für Rinder. Ein paar Pferde können wir behalten, das einzige, was mir an der Ranch immer gefallen hat, waren die Pferde.« Doch er hatte sich den vier H verschworen, hatte sich mit Herz und Hand und Haut und Haar einer Sache gewidmet, der Zerstörung, wie es schien. Ein- oder zweimal im Jahr kam Wade Walls zu Besuch, und zusammen stifteten sie Schaden, wo er, wie Walls sagte, am meisten nützen konnte.

Das Land zu verpachten war nicht schwer. Der alte Edmund Shanks, ein gerissener Bursche, übernahm es. Sein Grundsatz war allgemein bekannt: Warum Land besitzen, wenn man es für weniger, als die Steuern kosten würden, pachten und drüber verfügen kann?

Die Pferdeversicherung kam schwer in Gang. Was die Butter aufs Brot brachte, war Roanys Laden. Er konnte es nicht fassen, daß es so viele Frauen gab, die darauf brannten, ihr gutes Geld für Kräutertränke und Ponyfellwesten loszuwerden, so viele Cowboys, die unbedingt Dreihundertdollarhemden brauchten. Mit den Bestellungen für die maßgefertigten Hemden konnte Roany kaum Schritt halten. Ein berühmter Kalbsfeßer bestellte jeden Monat ein neues. Und da hatte Shy mit seiner Versicherung noch keinen Penny verdient.

Er hatte erwartet, daß Roanys Laden bald eingänge – dann würde sie ihm für Big Horse die Buchhaltung machen, Anrufe beantworten, die Schreibarbeit erledigen. Es kam anders. Sie hatte den neuen Lastwagen bezahlt, das Ranchhaus renovieren lassen, redete nur noch von Laptops. Bei der Pferdeversicherung kam nicht viel heraus. Er glaubte seinen Kunden aufs Wort, was sie ihm über Gesundheitszustand, Stammbaum, Wert und Leistungsfähigkeit ihrer Pferde erzählten, und verlor regelmäßig Geld. In einer Welt voll Lug und Trug verließ er sich auf Abmachungen per Handschlag, obwohl er doch selbst ein geübter Heuchler mit einer üblen, kriminellen Angewohnheit war.

Einmal sagte er zu Roany: »Ich *krieg's* einfach nicht in den Griff, gar nichts!« Sie hatte keine Ahnung, was er meinte, gurrte aber besänftigend.

Portugee Phillips

Wenn eine Gewohnheit sich einmal verfestigt hat, kann sie bei manchen Menschen nicht mehr durchbrochen werden, solange sie atmen. Shy Hamp hatte eine solche Gewohnheit, die von einer Fahrt auf dem Rücksitz in der alten Limousine von Nikole Angermillers Großvater herrührte. Für den Rest seines Lebens konnte er sich an jede einzelne Berührung, an das kratzige Veloursleder des Sitzes, an die hohnlachende Landschaft von einem Augenblick zum andern lebhaft erinnern. 1973 war es gewesen, als er zwölf war und Nikole Angermiller dreizehn. Sie gingen in die siebte Klasse, sollten zusammen ein Referat in Geschichte schreiben, und zwar über Portugee Phillips, der 1866 im Anschluß an das Gemetzel, dem der tollköpfige Fetterman und seine achtzig fehlgeleiteten Soldaten zum Opfer fielen, von Fort Phil Kearny nach Fort Laramie geritten war.

»Großvater sagt, es ist nicht möglich – außer Phillips hatte einen Hintern aus Eisen und ein Zauberpferd –, zweihundertsechsunddreißig Meilen in zwei Tagen zu reiten. Durch Schneestürme.« Sie wohnte in der Stadt bei ihren Großeltern väterlicherseits. Ihr Vater, einziger Sohn der Großeltern, war 1963 auf der Halbinsel Ca Mau gefallen, und ihre Mutter lebte in Austin, Texas, mit einem Sitarspieler zusammen, der einen unaussprechlichen Namen hatte.

»Das Pferd ist doch dabei draufgegangen. Er hat es zu Tode geritten. Es war ein Vollblut.« Er wollte daran glauben, daß Portugees heroischer Ritt wirklich stattgefunden hatte.

Nikole Angermiller war dunkelhaarig, mit olivbrauner Haut, Mund und Wangen kräftig rot, schön, aber unbeliebt. Die fleischlosen Mädchen mit den Stangenarmen und den Männerschuhgrößen haßten sie wegen ihres Aussehens, und die warzenfingrigen Jungen hatten Angst vor ihr. Robert Angermiller, der Apotheker, war ihr Großvater, ein freundlicher Polterer. Die Großeltern nahmen sie überallhin mit, verwöhnten sie mit Kleidern aus Denver und Fort Collins, und das Haar schnitt der Großvater ihr persönlich. Alles an ihr saß wie angegossen. Sie durfte schon farblosen Nagellack auftragen, und ihre spitz zugeschnittenen Nägel glänzten, als wären sie aus Silberblech. Drei kupferne Armbänder am linken Handgelenk garantierten ihre Gesundheit.

Nikoles Großvater sagte: »Junge, du wächst ja so schnell, daß der Kopf durch die Haare stößt! Wie geht's deinen Eltern?« Dann: »Wundert mich aber, daß du kein anderes Thema genommen hast, bei dem, was ihr bei euch zu Hause habt.« Gold blitzte in seinem Mund.

»Was denn? Was haben wir da?«

»Gouverneure von Wyoming – Fotos von jedem einzelnen, bis dein Großvater starb. Du weißt doch, wir haben uns gut verstanden, dein Großvater und ich. Das ist ein Schatz, was ihr da an der Wand hängen habt. Aber dein Vater hat sich nie viel draus gemacht.«

»Na ja, die Lehrerin hat eben die Themen verteilt. Unseres war das einzige über Wyoming, nein, noch zwei gab's. Die anderen Kinder haben gute gekriegt, Scotts Tod am Südpol oder Angriffe von Haien. Wir kriegten Portugee Phillips.«

Auf die Fotos hatte er kaum geachtet. Er war acht oder neun gewesen, als der Großvater starb, und die Fotos hatten schon immer da gehangen, eine Art schwarzweißes Tapetenmuster mit Reihen von umschatteten Augen und schmalen Lippen. Das Gebiß des Großvaters lag noch in einer Schreibtischlade, seine

Jacke mit ihrem Tabakgeruch hing in der Diele. Immer wieder hatten er und Dennis sich die Geschichten des alten Herrn anhören müssen, wie sie den letzten Wolf auf der Ranch erlegt hatten, wie die Nachbarin blind wurde, als ihr die Augen erfroren, und wie sie später in einem Präriebrand umkam, wie er im Bach ein Büffel-Pulverhorn gefunden hatte, wie jemand aus der Familie nach Brasilien gegangen war, dort eine Ranch gehabt und merkwürdige Sachen gegessen hatte. Sie konnten es jedesmal kaum erwarten, daß er sie endlich gehen ließ.

»Und weil es über Wyoming ist, findest du's nicht so interessant?« Nikoles Großvater zog ein Fläschchen aus einer Innentasche, schraubte die Kappe ab.

»Klar, so ist es wohl.« Immer dieselben Grasschatten, derselbe unaufhörliche Wind, die ewigen Zäune.

»Junge, laß dir was sagen! Verflucht wichtige Sachen sind hier passiert.« Gluckern und Schluckgeräusch.

Um den Abschluß der Arbeit zu feiern, fuhren die Großeltern an einem Sonntag mit ihnen zu den historischen Wahrzeichen am Anfang und am Ziel des denkwürdigen Ritts – dem Denkmal des Vollblutpferds in Fort Laramie und der Gedenktafel für Portugee Phillips an der Bruchsteinsäule bei Fort Kearny. Er machte Aufnahmen mit der Kamera seiner Mutter. Die Fotos wurden nichts.

»Ich find es schwachsinnig, ein Denkmal für ein Pferd aufzustellen«, sagte Nikole.

»Herrgott, es gibt doch alle möglichen Denkmäler«, sagte der Großvater. »Friedenspfeifen, Ferienranches, Felsen, Kohlebergwerke, Sonnenuhren, tote Rancher, Lynchjustiz, Freimaurerlogen, Indianer, Schwellenhauer, Feuerwehrmänner, Badehütten und kleine, zwitschernde Meisen. Babe hat eins, der kleine Liebling der Prärie, das älteste Pferd der Welt, starb erst mit fünfzig Jahren. Und natürlich auch so ein Pferdearsch wie die erste Frau auf dem Gouverneursposten von Wyoming.«

»Robert!« sagte die Großmutter, der die Stichelei galt. Sie ging gelegentlich zu Versammlungen eines Frauenvereins, der das Andenken an Mrs. Nellie Tayloe Ross hochhielt, einer Gouverneurswitwe, die 1924 ehrenhalber zur Nachfolgerin ihres Mannes gewählt worden war – aber ganz wohl war ihr dabei nicht, denn Mrs. Ross war Demokratin gewesen.

Auf dem Heimweg von dem Phillips-Denkmal, als die Sonne durchs Heckfenster hereinschien und die Hinterköpfe der Großeltern gelb färbte wie die Brüste wilder Kanarienvögel, fuhr der Wagen zwischen streifigen Felswänden und seltsam glühenden Beifußsträuchern hindurch. Im Osten lag eine kirschrote Wolkenwand. Die Sonne ging unter, die Dämmerung sickerte in den Wagen herein. Ab und zu setzte der Großvater sein Fläschchen an und trank einen Schluck, hielt es, Whiskeydunst aushauchend, der Großmutter hin, die den Kopf schüttelte. Schläfrig nach dem langen Tag, lehnte Shy sich zurück. Das Radio spielte »I shot the Sheriff«, und ringsum sammelte sich die Dunkelheit.

Er schlief nicht ein, war aber auch nicht ganz wach, und er spürte die Wärme ihrer Finger, noch bevor sie ihn berührte. Dann lag ihre Hand still und warm auf seinem Schlitz. Das hatte er noch nie erlebt, es war überwältigend. Wie zur Antwort auf seine jähe Erektion kamen ihre Finger in Bewegung, Bruchteile einer Bewegung, aber ausreichend, ihn zu seinem ersten Orgasmus zu bringen. Danach nahm sie die Hand nicht weg, und etwas später geschah dasselbe noch einmal. Er machte keinen Versuch, sie zu berühren oder auch nur die Sitzhaltung zu verändern, denn er glaubte, ihre Hand sei unschuldig. Die klebrige Nässe in seinen kurzen Hosen, die Wärme ihrer Finger, die durch den Drillichstoff drang, das Brummen des Motors, der Rauch von der Zigarette des Großvaters machten den Rücksitz zu einer geheimen Lasterhöhle. Ein warmes Gefühl für Portugee Phillips und sein Vollblutpferd überkam ihn. An der Ranch stolperte er aus dem Wagen, ohne sie noch einmal anzusehen, und in den Lichthof auf der Veranda, mit den Händen den Schwarm der Motten abwehrend, die wie weiche Kugeln gegen ihn prallten.

Erst viel später kam er darauf, sich zu fragen, woher sie wohl gewußt hatte, was sie wußte, denn obwohl er mit zwölf ihre Berührung für zufällig gehalten hatte, begriff er mit siebenunddreißig, daß nur er unschuldig gewesen war. Sie hatte ihn verdorben, aber wer hatte sie in diesen Abgrund gestoßen?

Fiddle and Bow

Bei Tagesanbruch auf der Fiddle-and-Bow-Ranch saß die alte Frau Birch auf einem gradlehnigen hölzernen Stuhl, und ihr Sohn Skipper, selbst schon mit den Jahren ergraut, bürstete sacht ihr dünnes weißes Haar. Es war so lang, daß es fast bis aufs Linoleum herabhing. Er stellte die Bürste mit dem Griff nach unten in einen schwarzen Becher und begann den ersten Zopf zu flechten.

»Wo ist denn Hulse heute morgen?« Sie wollte das Frühstück hinter sich bringen, und die Regel verlangte, daß alle zusammen aßen.

»Sie sind früh rausgegangen, Mama.«

»Ein hartes Stück Arbeit, die Welt zu retten, was?« Also würden sie auf ihn warten müssen. Sie sah draußen jemand vor dem Korral herumlaufen, aber Hulse konnte es nicht sein, der war nicht so dick. »So was hat es auf der Birch-Ranch nie gegeben. Dein Vater würde sich schämen, wenn er sähe, was für krumme Zäune ihr zieht, wie ihr euch von den Behörden die Zeit stehlen laßt.«

»Man sieht aber doch Ergebnisse. Wo wir diese kleinen Heuhaufen zusammengeharkt und liegen gelassen haben – auf diesem harten alten Alkaliboden, der kahl gewesen ist, seit die Birchs ins Land kamen –, da ist der Boden jetzt weicher, fetter. Es wächst wieder Gras. Wenn du wissen willst, wie weit Land und Wasser runtergewirtschaftet worden sind, Mama, mußt du mal die Landwirtschaftsberichte des County bis zum Anfang des Jahrhunderts zurückverfolgen – was es da noch alles für Arten von Gräsern hier gegeben hat, und wieviel Wasser! Jetzt ist es dürr. Hart und dürr. Der Boden ist verkrustet. Hulse und ich, wir denken auf lange Sicht voraus, weil gutes Gras irgendwann auch 'ne gute Herde bringt.«

»Alles schön und gut, Skipper, aber ich sag dir eins – die Rancher werden machen, was ihnen paßt. Es sind deine Nachbarn. Und die denken nicht auf lange Sicht. Auf lange Sicht denken, das ist Luxus. Kannst du Gift drauf nehmen.«

»Hulse und ich, wir glauben immer mehr, was auf lange Sicht passiert, ist das einzige, was zählt. Die Zeiten ändern sich. Du weißt doch besser als irgendwer sonst, was für ein schweres Leben das ist mit der fingernagelbreiten Gewinnspanne. Wir können's uns nicht leisten, daß unser Land noch weiter runterkommt. Wir müssen was tun. Unser Zuschuß wird gekürzt, diese Weidelandreform kommt, wir haben Probleme mit der Bewässerung. Schlägt sich alles in Dollar und Cent nieder. Ich will ja nichts gegen Dad sagen, aber was er und sein Vater damals getan haben, zwingt Hulse und mich zu dem, was wir jetzt tun.«

»Ist das Bonnie da draußen?«

»Ja.«

Der erste Zopf war glatt und fest, am Ende mit einem roten Gummiband zusammengehalten. Er beeilte sich, als er Bonnie die Richtung zum Haus einschlagen sah. »Sie kommt herein. Sie wird schon etwas richten. Mindestens frischen Kaffee aufsetzen.«

»Weiter brauch ich nichts. Und das dunkle Brot. Hoffentlich sitzen wir dann nicht da und müssen auf Hulse warten.«

»Wir können schon anfangen. Er wird nichts dagegen haben.«

»Aber ich hab was dagegen. Wir warten. Soviel Rücksicht sind wir ihm schuldig.«

Aber sie hatten nicht gewartet. Um halb sieben nahm Skipper eine Scheibe Schinken aus der Pfanne, legte eine Scheibe Schwarzbrot und ein Spiegelei darüber, zuoberst ein Tupfer Salsa verde, aufgetragen mit einem winzigen Löffel mit dem Stempel *Alberte*, und setzte sich an den Tisch, das aufgeschlagene Buch vor sich. Mit leiser Stimme las er:

»Herr, ich ertrink'! Was aber, wenn die Flut
Von Rosenwasser ist, ein Meer randvoll
Des Aqua Vitae mit dem Schiff darauf?«

Skipper war vor Jahren verheiratet und auch schon Vater gewesen, aber die beiden kleinen Jungen hatten sich beim Spielen im offenen Kofferraum des neuen Wagens eingeschlossen, während die Eltern Lebensmitteleinkäufe ins Haus trugen. Die Preise für Rinder waren in jenem Herbst hoch gewesen, und den neuen Wagen, der für Ziona bestimmt war, hatten sie bar bezahlen können.

»Wo sind die Jungen?« hatte sie gesagt. Sie rannten hierhin und dorthin, riefen, fuhren auf dem Gelände herum, die Namen der beiden brüllend, während die Kinder erstickten. Es war der heißeste Tag gewesen, und nachher konnte er nur hoffen, daß sie schnell das Bewußtsein verloren und die angstvollen Rufe ganz in der Nähe nicht mehr hatten hören können. Erst draußen in der Prärie hatte etwas – die Fluchtwendung eines verfolgten Vogels, mit einer zuckenden Bewegung wie in einem Krampf? – ihn bewogen, anzuhalten und in den Kofferraum zu sehen. In diesem luftlosen Glutofen lagen sie, schlaff, blau angelaufen. Es war falsch, was man immer über die Trauer sagte. Sie fraß sich in einem weiter, bohrte immer neue Löcher, auch wenn man schon ganz durchsiebt war. Ziona lebte nun in San Diego, hatte wieder geheiratet und Kinder bekommen, aber er war immer noch da und sah die Stellen, wo sie jeden Tag gewesen waren. Der Pfarrer hatte ihm – der seit der Grundschule kein Gedicht mehr gelesen hatte – ein scheinbar abseitiges Buch gegeben, Meditationen eines calvinistischen Metaphysikers aus dem siebzehnten Jahrhundert, niedergeschrieben in der Wildnis von Massachusetts. Die ersten Verse, die er las, begannen mit derselben brennenden Frage, die in ihm aufgeflammt war, als er den Deckel des Kofferraums anhob.

Von deiner Rute, Gott, der Schmerzensstreich
Knickt' meinen James in seiner Blüt', warum?

Der dreihundert Jahre alte Schmerz des Geistlichen und die rücksichtslose Art, wie er sich in die Trauer hineinkniete, wie wenn ihm Schottersteine unter den Kniescheiben gerade recht wären, konnten Skippers Kummer zwar nicht lindern, leisteten ihm aber darin Gesellschaft, verbanden seine vagen Ideen vom Einssein Gottes mit der Natur zu einem Glauben. In den Jahren seither hatte er die Meditationen viele Male gelesen und schöpfte immer wieder aus ihnen die Überzeugung, daß im chaotischen Universum eine göttliche Ordnung walte. Anders konnte es nicht sein.

Die alte Frau Birch nippte an ihrem schwarzen Kaffee und behielt das Tor im Auge.

»Da ist er. Da kommt Hulse. Stell deinem Mann eine Tasse hin, Bonnie, er mag seinen Kaffee kochend heiß.«

Hulse, das ledrige Gesicht glatt rasiert, kam mit einer Handvoll wildem Schnittlauch für Bonnie herein, sagte: »Warum habt ihr denn nicht auf mich gewartet?« Er schob den Hut auf seinem runden, kurzgeschorenen Schädel ein Stück nach hinten. Sein dikker Hals ging in massige Schultern über und in Arme, deren Muskeln so stark entwickelt waren, daß er sie nicht gerade herabhängen lassen konnte. Sein Gesicht schien nur aus den dicken Wangen und der stumpfen Nase zu bestehen, ein ernsthafter Mensch mit einem kargen Lächeln. Seine Feinde kannten ihn als einen aufbrausenden, hundsgemeinen, unversöhnlichen Hurensohn.

Die beiden Cowboys, Rick Fissler, der noch nicht ganz gebackene, und Noyce Hair mit der narbenzerfurchten rechten Gesichtshälfte, kamen hinter ihm herein, wuschen sich überm Ausguß in der Küche die Hände. Skipper hatte sie angeheuert, als sie die Ranchbewirtschaftung umstellten. Das neue Verfahren erforderte, daß das Vieh in Bewegung gehalten wurde, damit es weder die Weiden übermäßig abgraste noch sich wochenlang an wenigen Wasser- und Schattenstellen zusammendrängte; statt der großen Herde mußten nun kleine Gruppen in die Waldparzelle getrieben werden. Dazu brauchten sie Cowboys, stellten zu ihrer Überraschung aber fest, daß sie schwer zu bekommen waren.

»Mist!« sagte Skipper. »Vielleicht können wir einen ausbilden.« Er ging zum Berufsberatungstag der örtlichen HighSchool, stellte dort ein Kartentischchen mit einem Schild auf:

EIN ECHTER COWBOY SEIN,
SEILWERFEN UND REITEN AUF DER FIDDLE & BOW,
DAS IST DAS GRÖSSTE.
TAGESDIENST, AUF WUNSCH MIT UNTERKUNFT
IN ECHTEM BUNKHAUS.
DREI QUADRATMEILEN UND EINE KOPPEL PFERDE.
EIGENEN SATTEL MITBRINGEN.
BEWERBER MIT RANCHERFAHRUNG BEVORZUGT.

Es trug ihm einen Lacherfolg und die Bekanntschaft mit Rick Fissler ein, einem klapperdürren Jungen aus den Wohnwagenslums draußen beim Bergwerk.

»Kannst du reiten?«

»Nein. Eigentlich wollt ich's bei der Marine versuchen, aber ich würde doch lieber ein – na ja, so was machen.« Er zeigte auf das Schild. »Man kommt nie auf ein Pferd, wenn man nicht auf 'ner Ranch aufwächst.«

Skipper notierte sich den Namen des Jungen, sagte ihm, er könne am Samstag morgen antreten, glaubte nicht, daß er kommen würde. Aber er kam, auf einem Kinderfahrrad, mit spitzen Knien wie eine Heuschrecke, bunte Wimpel am Lenker. Skipper schickte ihn zum Frühstück.

»Der arme Rick ist halb verhungert«, sagte Bonnie nach dem Abendessen, als der neue Gehilfe ins Bunkhaus runtergegangen war. »Der hat vielleicht heute morgen was in sich reingeschlungen. Sieben oder acht Scheiben Toast, drei Eier mit Speck und Bratkartoffeln. Getrunken hat er einen Liter Milch. Und heut abend wieder – sechs Nachschläge bei den Kartoffeln!«

»Dafür ist er auch etwa sechsmal vom Pferd gefallen«, sagte Hulse. »Wird verflucht lange dauern, bis er zu was taugt.«

Wie Tausende von Männern im Westen stemmte sich Hulse den Kräften entgegen, die ihn beugen, ihm keine Wahl lassen wollten. Er war in Eile. Er hatte mit dem semiariden Klima zu kämpfen, mit dem gewalttätigen Wetter, Regierungserlassen, stupiden Bankleuten, fremden Kräutern, dem unberechenbaren Markt für Rindfleisch, Wasserproblemen, den anderen störrischen Ranchern. Er hatte nicht viel Spielraum. Er würde sich nur behaupten können, wenn sich manche Hindernisse aus dem Weg räumen ließen.

»Was hast du denn heute morgen gesehn, Hulse?« fragte seine Mutter. »Nisten die Adler wieder auf dem Berg?«

»Ich hab nicht nachgeschaut. Aber ich glaub's nicht, denn die

Schafe sind da oben. War dunstig von den Bränden in Oregon. Kam nicht dazu, viel zu sehen, weil mir die ganze verfluchte Zeit Shot Matzke die Ohren vollgelabert hat. Sein Schwager unten in Tie Siding hat gerade für zweieinhalb Millionen Dollar an eine Firma verkauft. Das ist viel Geld, aber weniger, als die Ranch wert ist. Die verdammten Piraten machen Parzellen, belegen das ›Gemeindeland‹ mit zahmen Elchen. Hälfte der Leute, die sich da einkaufen, sind Bildschirm-Heimarbeiter. Da hast du den Neuen Westen! Mein Gott, das sind ja noch nicht mal Aktentaschen-Rancher. Die brauchen kein Vieh zu halten, sitzen still auf ihrem Hintern und verdienen mehr Geld, als wir je zu sehen kriegen. Trinken Cappuccino, während sie sich die Elche ansehen. Shot sagt, sein Schwager hat letztes Jahr einigemal Ärger mit Plastikwindeln gehabt. Irgendwelche Arschlöcher haben die übern Zaun geschmissen, und die Kühe haben sie sich geholt. Siebzehn Stück dabei verloren. Würde mich nicht wundern, wenn das Halunken waren, die die Firma angeheuert hat, um den Verkauf zu beschleunigen. Herrgott, ich könnt gut noch 'ne Tasse Kaffee vertragen. Rick und Noyce, wollt ihr auch welchen?« Aber Noyce wollte Grapefruitsaft, und Rick nahm eine Cola mit Eis. Die Männer setzten sich zusammen ans Südende des Tischs.

»Wie der einen immer angrinst mit seinen Butterzähnen, dieser Shot Matzke!« sagte die alte Frau Birch. »Ich glaub allmählich, da ist eine Verschwörung im Gang. Da steckt eine mächtige internationale Gruppe dahinter, die wollen die Rancher und Farmer kontrollieren – und die Lebensmittelversorgung der ganzen Welt. Am Ende entscheiden die dann, wer leben darf und wer nicht.«

Bonnie reichte eine Pfanne mit heißen Biscuits herum, sagte: »Das glaubst du doch selber nicht!«

»Die Gören noch nicht auf?« Hulse blickte zu den drei Porridge-Schüsseln.

»Die trödeln noch da oben rum«, sagte Bonnie und schob ihm einen Teller Eier hin.

Hulse brüllte zur Decke hinauf: »Macht euch auf die Socken und kommt runter! Wir haben noch mehr zu tun.«

Skipper schob sich zwei Biscuits auf den Teller. »›Der Engel Brot von Himmelsweizen …‹«, murmelte er. »Die arme alte Ricke da draußen, ich sollte sie erschießen. Die Ohren hängen ihr runter, hat Schraubenwurmfliegen, klar wie – streunt hinter den Espen rum.«

»Ich weiß«, sagte Noyce. »Hab sie heute morgen gesehn. Wird eben langsam sterben.«

»Nicht genug, daß ein Rancher sich um seine Rinder kümmern muß, das Wild kommt auch noch dazu«, sagte Hulse. »Die Hauptsache ist«, fuhr er fort, »man hält durch, solange man kann, und paßt auf, daß man die Ranch immer noch hat, wenn man begraben wird. So seh ich das.« Aber er hatte nur selten einen alten Rancher auf dem eigenen Grund sterben sehen; immer verkauften sie vorher und zogen in eine Stadt, kamen dann in Santa Monica oder Tucson unter die Erde. Besser, man hatte einen Unfall mit der Schrotflinte, wenn man über einen Zaun kletterte.

»Amen!« sagte die alte Frau Birch.

Von oben auf der Treppe hörten sie Gekicher.

»Was gibt's Komisches da oben?« sagte Bonnie.

»Seht mal, Cheryl, was die anhat!« Zwei nackte Füße und Beine kamen einige Stufen herab. Sie sahen das kleinste von den Mädchen in weißen Unterhosen und dem rosa Büstenhalter, den Bonnie zum Trocknen im Bad aufgehängt hatte. Das Wäschestück stand ab wie ein exotischer Harnisch. Rick Fissler warf Bonnie einen Blick zu und wurde rot.

»Das dauert noch 'ne ganze Weile, bis der dir paßt«, sagte Hulse. »Nun macht, daß ihr fertig werdet!«

»Übrigens«, sagte Skipper, goß Kaffee nach, erst in Hulses

Tasse, dann in seine, »es ist nicht so, als ob hier nichts passieren würde. Keine Plastikwindeln, aber jemand macht die Gatter auf. Weißt du noch, letzten Sommer, wie in einer Nacht ein Dutzend Gatter geöffnet wurden? Das war doch kein Zufall. Und drüben bei Casper haben sie Zäune aufgeschnitten. Oho, die Brüder kommen auch hierher!«

»Stimmt, und es wäre wohl gar nicht so schlecht, wenn wir ein paar von diesen schönen Nächten unter den Sternen verbringen. Bettrolle mitnehmen und ein Gewehr und draußen schlafen. Wechseln uns ab. Kann nicht schaden. Die Schufte kommen nie im Winter.« Er blickte in den Kaffeedampf, der von der Tasse aufstieg.

Die alte Frau Birch stand vom Tisch auf, suchte nach ihrer Illustrierten, der *Today's Christian Ranchwoman*. Bonnie rührte am Herd den Porridge für die Kinder an, betrachtete die auf dem Fensterbrett verschrumpelnde Papaya. Warum hatte sie das Ding gekauft? Die bauchigen Früchte mit den vielen Kernen in der Mitte mochte sie gar nicht.

Die Gouverneure von Wyoming

Wade Walls saß auf dem alten Sofa, trommelte mit den Fingern auf seinem Knie herum, blickte hin und wieder zu den Gesichtern der toten Politiker an der Wand auf, die in ihrer Masse eine beklemmende Stimmung verbreiteten. Viele der Fotos waren mit Widmungen versehen – *Für Monty Hamp, meinen alten Kumpel* oder *Nur ein Hurensohn erkennt den andern*. Das Wohnzimmer verströmte den bitteren Duft von gefärbtem Leder und kalter Asche.

Roany stellte einen Teller mit Crackern und Käse auf den Tisch. Renti tauchte einen Cracker in ihr Weinglas.

»Das Essen hier ist schrecklich fad.«

»In Slope gibt's 'n mexikanischen Laden«, sagte Roany. »Das vermißt du doch.«

»Das Zeug aus dem Glas? Nein. Ich möchte *pozole rojo* und einen Salat mit frischen *nopales*. Ich möchte Truthahnkeule mit gerösteten Chilis. Mein Gott!«

Etwas nach neun kam Shy.

Wells hatte noch nie ein scheußlicheres Hemd gesehen, im Westernschnitt, aus vollkommen unterschiedlichen Schottenmustern zusammengesetzt, übernäht mit grünen und orangeroten Diagonalstreifen.

Renti war wieder einmal vom klassischen Cowboyflair ihres Schwagers überwältigt: lange Beine, ein scharfgeschnittenes, hübsches Gesicht, ein Anflug rötlicher Bartstoppeln. Er sah sie kaum an; sie hatte alles, was er an Frauen nicht mochte.

»Wo bist du denn gewesen, Shy«, sagte Roany. »Wade ist seit dem Nachmittag hier. Wir haben ihn in der Stadt abgeholt.«

»Weißt du was, Roany? Genau das hab ich auch erwartet. Ich mußte nach North Dakota. 'ne Demo gegen so ein verfluchtes Hundeschießen. Hättet ihr sehn sollen – dreißig Typen, die Präriehunde abschießen, und etwa dreißig dicke alte Polizisten, die uns zurückhalten«, log er. Er war zwei Nächte in einer Hütte in den Wind-River-Bergen mit einem sehr jungen Mädchen zusammengewesen, einer Schoschonin aus dem Reservat. Um zu der Hütte zu gelangen, waren sie durch gelbe Berglilien unterhalb abschmelzender Schneewehen gegangen. Eine Stufenkaskade von glasklarem Schmelzwasser rieselte über die Felsen und zwischen ihnen herunter, durch leuchtende Polster aus spaltblättrigem Indianerscharlach, von denen Wolken von Mücken und Moskitos aufstiegen, wenn man sie streifte. Er war übersät mit Mückenstichen. Die Kleine sagte wenig, klatschte sich auf Arme und Beine. Er hatte in der Jackentasche einen

Duftstab, der Insekten abschrecken sollte, etwas, das er für Roany bei sich trug. Er hielt ihn der Kleinen hin. Sie schüttelte den Kopf. Einen Abschreckungsduft, der ihn von ihr fernhalten konnte, gab es nicht. Er konnte jetzt nicht dran denken. Eine Welle der Scham, der Vorsatz, es wieder zu tun.

»Wie war die Reise?« sagte er zu Wade Walls.

»Turbulent. Ganz üble Turbulenzen über den Bergen. Sie haben uns eine halbe Stunde überm Flughafen kreisen lassen. Das war das Schlimmste.« Sein Gesicht wurde starr wie Ton, die Sätze kamen heraus wie zurückgegebene Münzen aus einem Telefonautomaten.

»Hoffentlich hast du recht.« Er ging in die Küche, wo Roany im Kühlschrank nach der nächsten Flasche Wein wühlte. »Hast du irgendwas zu essen?« Er sah sie nicht an.

»Tomaten. *Büchsen*-Tomatensuppe. Und die *Büffel*-Steaks im Gefrierfach. Wir hatten eine Diskussion über die Büffelsteaks.«

»Was, mit Wade?«

»Kannst du dir denken.«

»Scheiße! Was hast du gesagt?« Er nahm ihr die Flasche aus der Hand, drehte die Spitze des Korkenziehers hinein. Quietschend kam der Preßkorken heraus. Er mußte ihr in den sechzehn Jahren wohl schon tausend Flaschen aufgemacht haben. Zweitausend.

»Ich hab gesagt, du hättest gesagt, Büffel sei was anderes. Als Rind.« Sie lehnte an der Küchentheke, die Hände aufgestützt. Die Haltung betonte die Breite ihres runden Hinterns. Ihre Nägel waren nach französischer Manier kurzgeschnitten, milchigrosa lackiert.

»Und was hat er gesagt?«

»Ach, streng war er. ›Einmal Rancher, immer Fleischfresser‹, irgend so was hat er gesagt. Er ist ein Oberlehrer, findet ständig was auszusetzen. Das ist das letzte Mal, daß ich mir das antue.

Er kann im Motel absteigen, wenn du mit diesen Dummheiten weitermachen willst. Gott, bin ich müde!«

»Reden wir noch drüber. Er ist schon ein bißchen schwer zu verdauen. Ich werde so eine Suppe essen und ein paar Scheiben Toast. Was du dahast. Wir gehn heute abend noch aus. Willst du einen Whiskey?« Der Whiskey konnte ihm vielleicht durch diese Verwicklungen hindurchhelfen.

»Nein, ich bleib beim Wein. Mach, was du willst, und mach's selber. Ich geh schlafen.« Sie hob die Arme, zog Nadeln aus dem Knoten, schüttelte den dunklen Vorhang ihres Haars, das plötzlich den schweren Duft von Rosen verströmte, einen Geruch, den er verabscheute. Sie goß sich das Glas voll. Sie fürchtete sich im Dunkeln und schlief bei Licht. Der Wein, sagte sie, helfe ihr einzuschlafen.

Eine der beiläufigen Freuden seiner Nächte mit dem kleinen Mädchen war die tiefe, satte Dunkelheit, die seine Phantasie beflügelte und die böse Vorahnung, bald überführt und bestraft zu werden, erstickte.

Aus dem großen Zimmer am Ende der Diele drang gedämpft Rentis nadelnde Stimme; sie führte ein Ferngespräch am schnurlosen Telefon. Sie machte einen bellenden Hund nach, lachte.

»Was haben sie dir denn zur Last gelegt?« sagte Wade Walls im Wohnzimmer. Er war nach oben gegangen und hatte sich umgezogen; schwarze Hose und Kapuzenpullover statt des Hanfanzugs.

»Was?« Es ärgerte ihn, die Suppe aus einem Becher trinken zu müssen.

»Haben sie denn niemanden festgenommen? Mit wem warst du da, mit der Liga für die Rechte der Präriehunde?«

»Nein. Ich war woanders. Hatte mit den Scheißpräriehunden nichts zu tun. Persönliche Angelegenheit. War mit jemand zusammen.«

»Sieh da – « sagte Wade Walls.

»Möcht ich nicht drüber reden. 'ne private Geschichte. Privat und alt und nie vorbei.« Er war wieder zwölf Jahre alt gewesen, erregt, aber passiv, ließ etwas mit sich geschehen. Es war kompliziert. Er wurde zum Kind und die Kleine zur Erwachsenen. Das war es zum größten Teil, Ekel und Erregung zugleich. Diese Sache mit Wade Walls, bei der er sich nie viel gedacht hatte, abgesehen davon, daß er sie irgendwie gut fand, diente ihm als Habenspalte in seiner moralischen Buchführung, zum Ausgleich für das Konto seiner Missetaten. Den Bezug zur Ranch hatte er nicht verloren; er hatte ihn nie gehabt. Der Umsturz war ganz einfach gewesen – Gatter aufmachen, das Vieh auf die Straße trotten lassen, mit Melasse beschmierte Plastikstreifen verteilen.

Aus seinem Rucksack nahm Wade Walls einen Stapel kleiner gelber Karten und einen Filzschreiber, setzte sich an das Tischchen im Wohnzimmer und begann Blockbuchstaben zu schreiben. RANCHER WEG VON DEN BUNDESTITTEN! SCHLUSS MIT DER LANDBESETZUNG DURCH RANCHER! KEINE KÜHE AUF GEMEINDELAND! WOHLFAHRTSCOWBOYS VERSCHWINDET! Jede Karte steckte er, wenn er mit ihr fertig war, wieder in den Rucksack.

»Diese Fotos«, sagte er, während er schrieb. »Jedesmal, wenn ich hier bin, will ich dich danach fragen. Ich glaube, ich hab noch nie so was – wer ist denn das?« Er zeigte auf ein unscharfes Gesicht, das über einer gekritzelten Signatur schwamm. Seine Hand spiegelte sich im Glas.

»Gouverneure. Die Gouverneure von Wyoming. Roany wollte sie runternehmen, als wir gerade geheiratet hatten, aber die haben schon immer da gehangen. Großvater war im Parlament und ist dahinterher gewesen wie ein blinder Hund im Metzgerladen, bis er jeden, den er kriegen konnte, an der Wand hatte.«

»Eine Art politisches Verbrecheralbum.«

»Kann man so sagen. Der hier ist Doc Osborne, der erste demokratische Gouverneur. 1870 wurde Big Nose George Parrot von einem Haufen gelyncht. Doc hat sich die Leiche beschafft, die Haut abgezogen und gegerbt und sich einen Arztkoffer und ein paar Schuhe draus gemacht. Die Schuhe hat er zu seiner Amtseinführung getragen. Solche Demokraten gibt's heute nicht mehr.«

»Gottes willen!« sagte Wade Walls. »Und der hier?« Ein hochnäsiges Gesicht, leicht verzerrt wegen eines gezackten Risses, starrte aus einem Oval.

»Da soll es einen Streit mit einem anderen Parlamentarier wegen eines Wassergesetzes gegeben haben – vor Gott weiß wie langer Zeit. Der eine hat dieses Foto auf den Kopf des anderen draufgehauen, hat gesagt, mit so einem verfluchten Narren wollte er nicht an derselben Wand hängen.«

Er zeigte auf das Gesicht eines Mannes auf einem von Kugeln durchlöcherten Foto. »Ein Demokrat aus Kansas, von Grover Cleveland ernannt. Gouverneur Moonlight hätte dir vielleicht gefallen – er hat die Großranches gehaßt und sich über die Jungs lustig gemacht, die im Winter 1886 untergegangen sind. Er hat auf Flächenbeschränkung gedrängt – Ranches im Taschenformat – in den Fluß- und Bachniederungen. Die jämmerlichen hundertsechzig Morgen, die sich in den Spatzenhirnen der Ostküstler festgesetzt haben.«

»Schau dir den Idioten an!« Walls nickte zu einem Foto hin, auf dem ein Mann mit dem Kopf zuunterst hoch über einer großen Decke schwebte, die sechzig Männer, alle mit Cowboyhut, festhielten; die Köpfe zurückgebeugt, die Münder offen, sahen sie zu, wie der Mann in die Luft flog, ein verknitterter dunkler Anzug, die blankgewichsten Schuhe in der Sonne blitzend. »Läßt sich mit einer Decke hochwerfen.«

»Gouverneur Emerson.«

»Was sollte das? Brachte so was Wählerstimmen im guten alten Wyoming? Daß man sich zum Narren machte?«

»Ich nehme an, das waren Wähler – ich weiß, was es bedeutet, kann's aber nicht erklären.«

»Es bedeutet gar nichts. Einfach ein Idiot, der sich aufspielt, um einen politischen Vorteil herauszuschinden. Roany hat recht. Du solltest sie allesamt rausschmeißen.«

»Wade, das waren nicht alles Idioten. Sie waren nicht alle schlecht.«

Wade Walls schnaubte verächtlich. »Na schön«, sagte er. »Vielleicht erzählst du mir lieber mal, was mit dem Fleisch im Gefrierfach ist.«

»Nein, keine Lust. Was wir essen, geht dich nichts an, Wade.« Jetzt war es soweit.

»Wie ich schon zu deiner entzückenden Frau gesagt habe, es geht mich sehr viel an. Wir versuchen den Rinderranchern das Leben schwer zu machen. Du bist Teil der Aktion. Kannst du dir vorstellen, wie uns das vor der Öffentlichkeit schaden würde, wenn herauskäme, daß einer unserer Mitstreiter ein Fleischfresser ist?«

»Ach, hör schon auf! Jetzt nehmen wir uns mal die Sache vor, die wir machen sollen, und damit hat sich's.«

Walls faltete seine Karte auf. Sie war handgezeichnet, mit genau eingetragenem Verlauf der Zäune, der Grenzen zwischen Grundbesitz, Pacht- und Staatsland. Shy brauchte eine Minute, dann sah er es.

»Wade«, sagte er, »das ist ja hier in der Umgebung!«

»Ich weiß. Eine Probe auf deine Prinzipien. Du kannst ja nein sagen.«

»Nein. Ich schneide doch nicht meinen Nachbarn die Zäune durch, es ist mir egal, ob sie Wölfe oder Unkraut großziehen.« Ein Zweifel senkte sich wie ein Wolkenschleier auf die Habenseite seiner inneren Buchführung.

Wade Walls sagte nichts, lehnte sich zurück.

»Überhaupt, was hat das für einen Sinn, Zäune zu zerschneiden, die an öffentliches Land grenzen? Die Viecher gehn dann eben auf das öffentliche Land. Oder davon runter. Kommt drauf an, wo sie anfangs sind.«

»Es geht nicht so sehr um die Logik der Tat als um das Tun der Tat, ums Prinzip«, sagte er geduldig. Daß man das immer erst erklären mußte!

»Ich glaub, ich bin zu blöd für diesen Scheiß«, sagte Shy. »Zäune zerschneiden paßt mir gar nicht.«

»Du bist nicht zu blöd«, sagte Wade Walls und stieß die Arme in die Ärmel seiner schwarzen Jacke.

Im hüfthohen Gras

Zuerst sah er den Bruder des Mädchens durchs Gras hinken. Er war auf dem Weg nach Dubois durchs Reservat gefahren, an einem klaren Tag mit scharfem Wind, der Sand vor sich her blies, und sah eine gedrungene Gestalt durch hüfthohes Schwingelgras am Straßenrand gehen, einen Indianer, das Haar bis zu den Schultern, mit ruckartig schlurfendem Gang wie ein Krüppel, in sicherem Abstand zur Straße. Shy brauste vorüber, daß das Gras Wellen schlug, und sah im Seitenspiegel den Mann weiterhumpeln. Stunden später, als er seine Sache erledigt hatte, kam er wieder durchs Reservat, diesmal von Westen. Etwa zehn Meilen hinter Fort Washakie sah er verblüfft denselben Mann entgegenkommen. Er ging nun näher an der Straße, und Shy sah deutlich das breite Gesicht, verschwitzt, unbewegt. Der Indianer stapfte einfach dahin, links, rechts, links, rechts. Dann war Shy wieder vorüber, aber irgendwas hatte ihn berührt. Er wendete, fuhr neben dem Indianer, der nicht stehenblieb, an den Straßenrand. Er fuhr im Schrittempo, mit heruntergekurbeltem Fenster.

»He, Mann, kann ich Sie wo hinfahren?« Der Himmel war nackt und hart, wie abgeschabt, mit einem Fleck am südwestlichen Horizont von den Raffinerien in Utah.

Der Mann sagte nichts, drehte sich auf dem Absatz herum, öffnete die Tür und stieg ein. Er roch nach Gras und zerdrücktem Laub und muffigen, ungewaschenen Kleidern.

»Wie weit wollen Sie?«

»Nirgends hin. Gehe spazieren. Weiß nicht. Irgendwohin. Wohin fahren Sie?«

»Na, ich wollte nach Slope, dachte, ich wende mal und fahr Sie ein Stück. Hab Sie schon heute morgen gesehn, als ich nach Westen fuhr.«

»Ich Sie auch. Ich will nirgends hin.«

Der Wagen stand mit leerlaufendem Motor am Straßenrand, in der falschen Richtung. Der Mann wollte nirgendwohin. Eine peinliche Situation. Wollte der einfach sitzen bleiben und mit ihm reden?

»Na, dann wende ich mal lieber und fahr nach Hause. Wenn Sie nirgends hinwollen.«

»Ja.« Machte aber keine Anstalten, auszusteigen.

»Ich glaub, hier trennen sich unsere Wege.«

»Noch nicht.« Der Mann blickte starr geradeaus. Er war breit und muskulös, aber in seiner Haltung war nichts Drohendes, die breiten Hände lagen offen und locker auf den Knien. »Warum haben Sie gehalten?«

»Na, ich dachte, ich kann Ihnen 'nen Gefallen tun. Sie sind weit gelaufen.«

»Sie wollen was. Was wollen Sie? Was denken Sie, was Sie von mir wollen?«

»Scheiße, ich will gar nichts von Ihnen. Ich wollte Sie ein Stück mitnehmen.« Der Motor lief immer noch.

So schnell, daß er die Handbewegung gar nicht sah, hatte der Mann die Zündschlüssel abgezogen und umschloß sie mit seinen dicken Fingern. »Nein. Sie wollen was. Worüber Sie mit niemand je geredet haben. Aber Sie wollen's unbedingt, und darum kommen Sie her und wenden meinetwegen. Weil Sie mich fragen wollen.«

Und dann war er damit herausgeplatzt. Ein Mädchen. Dreizehn. Zum Ficken. Er würde zahlen. Er würde den Mann bezahlen, er würde das Mädchen bezahlen.

Herrgott, warum hatte er nicht den Mund gehalten, warum war er nicht lieber gleich tot geboren?

Querschläger

Es war eine trockene Nacht, der Mond grün, ein paar Wolken wie einstürzende Säulen. Die Straßen waren endlos und gerillt wie ein Waschbrett, der Schotter spritzte von den Reifen auf, ein unaufhörliches Prasseln, Staub drang in den Wagen, im Mund spürten sie den steinigen Geschmack. Die Feldwege wurden schmaler, stiegen höher an, durchfurcht und voller Steine von der Größe eines kleinen Bratofens. Die Scheinwerfer leuchteten abgesprungene Felstrümmer an, der Wagen mahlte sich vorwärts, der Taschenlampenschein flimmerte auf der Karte, Wade Walls sagte, hier, und sie stiegen aus und zerschnitten in der weichen Dunkelheit einen Zaun. Walls schob die gelben Kärtchen mit den Parolen unter Steine, klemmte sie zwischen umgebogene Drahtenden. Sie hauten ab, fuhren weiter zum nächsten Ziel.

Die Nacht war dröhnend still, verstärkte Wades Atemgeräusch. Er war übermütig, die geballte Zerstörungslust, sein geheimes Ich kam zum Vorschein, Wade Walasiewicz, der Rächer, Sohn eines Fließbandmetzgers, sein Vater, der Kopfentbeiner, führte das Messer in die Mundhöhle ein, entfernte die dicken Adern und Sehnen von der steifen Zunge, spaltete den Schädel, um das Hirn mitsamt Anhang herauszunehmen, sägte die Hörner ab und starb mit zweiundvierzig an irgendeiner bösartigen Infektion.

Shy drückte die Drahtschere zu, spürte den Widerstand und dann das Nachgeben, ein leises Nachzittern der losen Drahtenden. Sie waren seit Stunden am Werk. Nun arbeiteten sie an einem Steilhang. Es mußte eine Schinderei gewesen sein, hier einen Zaun zu ziehen. Im Osten erblaßte der Himmel.

»Halbe Stunde«, keuchte Walls. Er hätte tage-, wochenlang schneiden können.

Es war hell genug, daß sie die Landmerkmale erkennen konnten, obwohl Kiefern und herumliegende Felsbrocken noch schwarz waren. Die trockene Kälte zeigte das unaufhaltsame Kürzerwerden der Tage an, das die trügerische Hitze der Nachmittage beschwerte.

Shy streckte sich, legte eine Hand ins Kreuz und lehnte sich in den Schmerz hinein. Der Horizont schien mit hellem Wasser vollzulaufen, dessen Spiegel anstieg, während er hinschaute. Er hörte einen dumpfen Vogelruf, Fetzen von Kojotengeheul aus der Ferne. Seine Sinne schärften sich im frischen Luftzug. Im Norden ragte eine Felsklippe aus der Dunkelheit vor. Er konnte schwarze Löcher darin ausmachen, Höhlen. Beim Klicken der Scherenklingen, dem trockenen Kratzen von Beifuß an seinen Stiefeln wurde er unruhig und lauschte. Es kam ihm so vor, als wäre er vor langer Zeit durch diese Gegend geritten.

Als der Schuß fiel, hörte er ihn mit einer Art Befriedigung, weil sein Gefühl, daß etwas die Luft aufstörte, ihn nicht getrogen hatte. Die Kugel traf auf den Felsen und prallte ab. Zwei Töne schienen gleichzeitig zu kommen, das stumpfe Pfeifen und sein eigenes Luftschnappen, mit Fistelstimme, wie wenn ein Mann über Bord in eiskaltes Wasser fällt. In seiner Hüfte glühte etwas mächtig auf, ein taubes Feuer. Er lag plötzlich auf dem Boden, stieß mit dem intakten Fuß gegen einen Stahlpfosten, und die Drahtenden klirrten.

Von unten herauf rief jemand: »Komm runter auf den Weg, du Hurensohn! Die Hände hoch! Sofort! Und bring die Scheißdrahtschere mit! Wir beobachten dich seit einer Stunde. Beeilung, das nächste Mal ziele ich richtig!« Die blecherne Stimme schnappte über vor Wut.

Wade Walls hockte sich neben ihn. »Du bist angeschossen«, sagte er. »Du bist angeschossen.«

Wieder kam die Stimme von unten: »Du Hurensohn, wenn ich erst raufkommen muß, um dich zu holen, kriegst du 'ne Krawatte aus Stacheldraht um den Hals.«

Eine andere Stimme sagte, hör auf.

Shy fühlte die Drahtschere immer noch in seiner Hand. Unten hüpften Lichtkegel von Taschenlampen, geschwächt von der unerbittlichen Morgendämmerung. Sein Bein hätte aus Pappe sein können. Er ließ die Schere fallen, faßte sich an die Hüfte, spürte das klebrig warme Blut und etwas Scharfes, Rauhes, das in ihm steckte, tief eingekeilt ins Hüftgelenk. Die Berührung peitschte Wellen von Schmerz auf. Die von unten Heraufsteigenden waren in einer Bodenrinne, dem Blick entzogen. Wade Walls entfernte sich von ihm.

Orangerotes Sonnenlicht strahlte auf, verwandelte einen Nachtfalter auf einem Stengel vor ihm in ein glühendes Mosaik.

»Wade«, sagte er. »Ich glaube, es ist ein Steinsplitter. Ich bin nicht angeschossen.« Aber Wade rannte davon, auf den Nationalpark zu. Er war fort.

»Wade«, sagte er.

Sonne flutete heran, direkt und stark. Ihm tränten die Augen.

Er lehnte an einem dichten Goldasternstrauch, fast wie auf dem Rücksitz einer Limousine, Licht von allen Seiten. Durchs Dach des Wagens konnte er hindurchsehen, und da schwebte Gouverneur Emerson in der Luft, hatte den höchsten Punkt schon überschritten und fiel, ungeschickt auf die Seite gedreht. Wundervoll klar erschien ihm alles: Man wurde aus der Decke heraus hochgeschleudert, stieg auf, hing in der Luft, die Gesichter unten heiter oder finster, man fiel, wurde von der Decke aufgefangen, und das war's.

Er machte sich bereit, die Wähler anzulächeln.

55 Meilen bis zur Tankstelle
....

Rancher Croom, in handgenähten Stiefeln, mit dreckigem Hut, dieser glotzäugige Rinderzüchter, vereinzelte Haarspitzen gekringelt wie Saitenenden am Hals einer Geige, dieser warmhändige, leichtfüßige Tänzer auf splittrigen Dielen oder die Kellertreppe hinunter zu dem Regal voller Flaschen mit seinem eigenartigen, selbstgebrauten Bier, das hefig und trüb in Schaumgirlanden aufwallt, Rancher Croom also galoppiert bei Nacht betrunken über die dunkle Ebene, biegt ab an einer Stelle, wo er weiß, daß es zum Rand eines Canyons geht, sitzt ab, blickt hinunter auf Felsgeröll, wartet, tritt dann hinaus, zerteilt die Luft mit seinem letzten Schrei, die Ärmel schieben sich an den rudernden Armen hinauf, die Jeansbeine bis über die Stiefelschächte, aber bevor er aufschlägt, steigt er noch einmal hoch bis zum Rand des Felsens wie ein Korken in einem Eimer Milch.

Mrs. Croom, auf dem Dach mit einer Säge, sägt ein Loch in den First über dem Dachboden, den sie seit zwölf Jahren nicht mehr betreten hat, ferngehalten von Mr. Crooms Warnungen und Vorhängeschlössern, die sie nur immer neugieriger machten, und der Schweiß trieft, als sie die Säge mit Hammer und Meißel vertauscht, bis endlich eine zackige Lücke entstanden ist und sie hineinsehen kann: Genau, wie sie sich's gedacht hat, die Leichen von Mr. Crooms Geliebten – sie erkennt sie nach den Fotos in der Zeitung: FRAU VERMISST –, manche ausgetrocknet wie Dörrfleisch und etwa von gleicher Farbe, manche schimmlig, weil sie unter undichten Stellen liegen, und alle schwer mißbraucht, bedeckt mit teerigen Fingerabdrücken, Spuren von

Stiefelabsätzen, manche hellblau von Resten der Farbe, mit der vor Jahren die Läden gestrichen wurden, eine von der Brustwarze bis zum Knie in Zeitungspapier gewickelt.

Wer so weit draußen wohnt, hat seine eigene Vorstellung von Spaß.

Brokeback Mountain
....

Ennis del Mar erwacht vor fünf, der Wind rüttelt am Wohnwagen, pfeift durch die Aluminiumtür und die Fensterrahmen herein. Die Hemden, die an einem Nagel hängen, schwanken ein wenig im Luftzug. Er steht auf, kratzt sich am grauen Keil von Bauch- und Schamhaaren, schlurft zum Gaskocher, schüttet den übriggebliebenen Kaffee in einen angestoßenen Emailtopf, den die Flamme dann blau umhüllt. Er dreht den Wasserhahn auf und uriniert in den Ausguß, zieht Hemd und Jeans an, steigt in die abgetragenen Stiefel, mit den Fersen aufstampfend, um richtig hineinzukommen. Der Wind fegt über das gewölbte Dach des Wagens, und trotz des Geheuls ist das Kratzen von feinem Kies und Sand zu hören. Mit dem Pferdeanhänger auf der Straße könnte es schlimm werden. Am Vormittag muß er mit Sack und Pack fort sein. Die Ranch steht wieder zum Verkauf, die letzten Pferde sind schon abtransportiert, und am Tag davor haben alle ihren Lohn ausbezahlt gekriegt. »Gib sie dem Grundstückshai, ich hau ab«, sagte der Besitzer, als er ihm die Schlüssel gab. Ennis wird vielleicht zu seiner verheirateten Tochter ziehen müssen, bis er wieder einen Job findet; und trotzdem durchströmt ihn ein Lustgefühl, weil er von Jack Twist geträumt hat.

Der abgestandene Kaffee brodelt, aber er nimmt ihn vom Feuer, ehe er überkocht, schüttet ihn in eine ungespülte Tasse und bläst auf die schwarze Flüssigkeit, läßt ein Standfoto aus dem Traum herangleiten. Wenn er die Aufmerksamkeit nicht zu gewaltsam darauf lenkt, könnte der Tag gerettet sein, würden die alten, kalten Tage auf dem Berg wieder aufleben, als die Welt ihnen allein gehörte und nichts daran schlecht zu sein schien.

Der Wind knallt gegen den Wohnwagen wie eine Ladung Dreck, die von einem Müllauto herunterfällt, läßt nach, setzt aus, gibt für einen Augenblick Ruhe.

Sie sind auf kleinen, ärmlichen Ranches in entgegengesetzten Winkeln des Staates aufgewachsen, Jack Twist in Lightning Flat, oben an der Grenze zu Montana, Ennis del Mar in der Gegend um Sage, nah bei Utah, beides Jungen vom Land ohne High-School-Abschluß und Berufsaussichten, mit harter Arbeit und Entbehrungen aufgewachsen, beides Rauhbeine und Schandmäuler, an ein stoisches Leben gewöhnt. Ennis, von seinem älteren Bruder und seiner Schwester großgezogen, nachdem seine Eltern aus der einzigen Kurve auf der Dead Horse Road herausgeflogen waren und ihnen vierundzwanzig Dollar in bar und eine Ranch mit zwei Hypotheken darauf hinterlassen hatten, beantragte mit vierzehn die Ausnahmegenehmigung für den Führerschein, den er für die einstündige Fahrt von der Ranch zur Schule brauchte. Der alte Lieferwagen hatte keine Heizung, nur einen Scheibenwischer und schlechte Reifen; als das Getriebe kaputtging, war kein Geld für die Reparatur da. Er wäre gern mal »Student« gewesen, weil er fand, daß einem das Wort ein gewisses Ansehen verlieh, aber nun war vorher der Wagen ausgefallen, und ihm blieb nichts anderes übrig, als auf einer Ranch zu arbeiten.

1963, als er Jack Twist kennenlernte, war Ennis mit Alma Beers verlobt. Jack und Ennis behaupteten beide, sie würden Geld für ein kleines Stück Land sparen; in Ennis' Fall bedeutete das zwei Fünfdollarscheine in einer Tabakdose. Hungrig nach jeder Art Job, hatten sie sich in diesem Frühjahr beide bei der Arbeitsvermittlung für Farm- und Ranchpersonal gemeldet; auf dem Papier kamen sie als Hirte und Lagerhalter für denselben Schafzuchtbetrieb nördlich von Signal zusammen. Die Sommerweide lag oberhalb der Baumgrenze auf dem Brokeback Mountain, im Bereich des Forstamts. Für Jack Twist wäre es der zweite Sommer auf dem Berg, für Ennis der erste. Beide waren sie noch keine zwanzig.

Sie gaben sich die Hand in dem stickigen kleinen Wohnwagenbüro vor einem mit bekritzelten Papieren übersäten Tisch, darauf ein Bakelitaschbecher, randvoll mit Kippen. Die schräghängende Jalousie ließ ein weißes Lichtdreieck durch, in das die Hand des Vormanns ihren Schatten warf. Joe Aguirre, mit welligem, zigarettenaschfarbenem Haar, in der Mitte gescheitelt, erklärte ihnen seinen Standpunkt.

»Forstamt hat Lagerplätze im Gelände festgelegt. Lager sind oft paar Meilen weit weg von da, wo wir die Schafe weiden. Schlimme Verluste durch Raubtiere, wenn niemand nachts aufpaßt. Ich möcht es so: Lagerhalter im Hauptlager, da wo's Forstamt sagt, aber der HIRTE« – mit einer Handbewegung zu Jack hin – »stellt sich klammheimlich ein Einmannzelt bei den Schafen auf, und da draußen SCHLÄFT er. Abendessen und Frühstück im Lager, aber SCHLAFEN BEI DEN SCHAFEN, hundertprozentig, KEIN FEUER, und Sie hinterlassen KEINE SPUREN! Zelt jeden Morgen einrollen, falls Forstamt rumschnüffelt! Sie haben die Hunde, Ihre 30-30er, schlafen da. Letzten Sommer verdammt noch mal fast fünfundzwanzig Prozent Verluste. Das kommt mir nicht noch mal vor! SIE«, sagte er zu Ennis und nahm das struppige Haar zur Kenntnis, die breiten, schartigen Hände, die zerrissene Jeans, die klaffenden Lücken zwischen den Hemdknöpfen, »sind freitagmittags um zwölf mit Ihrer Liste für die nächste Woche und den Maultieren unten an der Brücke. Jemand kommt mit einem Lieferwagen und bringt die Vorräte.« Er fragte nicht erst, ob Ennis eine Uhr hatte, sondern nahm eine billige runde Uhr an einem geflochtenen Band aus einer Schachtel in einem hohen Regal, zog sie auf, stellte sie und warf sie Ennis hin, als wäre der es nicht wert, daß man ihm das Ding in die Hand gab.

»MORGEN FRÜH karren wir Sie hoch zu der Abzweigung.« Zwei arme Deppen, aus denen würde nie was werden.

Sie fanden eine Kneipe, tranken den Nachmittag über Bier, und Jack erzählte Ennis von einem Gewitter auf dem Berg, bei dem die Blitze im vorigen Jahr zweiundvierzig Schafe erschlagen hatten, von dem eigentümlichen Gestank und wie die Kadaver sich aufblähten, warum man soviel Whiskey brauchte da oben. Er hatte einen Adler geschossen, sagte er, drehte den Kopf, um die Schwanzfeder in seinem Hutband herzuzeigen. Auf den ersten Blick sah Jack ganz gut aus mit seinem Lockenkopf und seiner lebhaften Lache, aber für einen kleinen Kerl war er ein bißchen schwer um die Hüften, und wenn er lächelte, sah man seine vorstehenden Zähne, nicht so schlimm, daß er damit Popcorn direkt aus dem Becher schaufeln konnte, aber doch auffällig. Er schwärmte für alles, was mit Rodeo zu tun hatte, und sein Gürtel wurde von einer billigen Bullenreiterschnalle zusammengehalten, aber seine Stiefel waren durchgelatscht bis auf die Brandsohlen, voller Löcher, und er brannte darauf, irgendwohin zu kommen, möglichst weit weg von Lightning Flat.

Ennis, mit Adlernase und schmalem Gesicht, stiernackig und ein bißchen hohlbrüstig, ein kurzer Rumpf auf langen, greifzirkelartigen Beinen, hatte einen muskulösen und geschmeidigen Körper, wie geschaffen zum Reiten und für Schlägereien. Seine Reflexe waren ungewöhnlich schnell, seine Augen so weitsichtig, daß er ungern etwas anderes las als Hamleys Sattelkatalog.

Die Schaf- und Pferdetransportwagen wurden an der Abzweigung des Bergpfades entladen, und ein krummbeiniger Baske zeigte Ennis, wie man die Maultiere bepackte, zwei Säcke und einer obenauf für jedes Tier, ringverschnürt mit Achtknoten und mit halben Schlägen befestigt. »Bestell bloß keine Suppe!« sagte er ihm. »Die Suppendosen sind echt schwer zu verpacken.« Drei Welpen von einer der australischen Schäferhündinnen kamen in einen Deckelkorb; den kleinsten des Wurfs nahm Jack unter seinen Mantel, denn er hatte gern ein Hündchen bei sich. Zum Reiten suchte Ennis sich einen großen Kastanienbraunen namens Cigar Butt aus, Jack eine Rotfuchsstute, die, wie sich später herausstellte, leicht scheute. Zur Koppel der Ersatzpferde gehörte auch ein mausbrauner Grullo, der Ennis gut gefiel. Ennis, Jack, die Hunde, Pferde, Maultiere und die tausend Mutterschafe mit ihren Lämmern strömten wie schmutziges Spülwasser den Pfad durch den Wald hinauf und oberhalb der Baumgrenze hinaus auf die weiten, blumenreichen Wiesen und in den stürmischen, unaufhörlichen Wind.

An der vom Forstamt bezeichneten Stelle schlugen sie das große Zelt auf, mit Sicherungen für die Küche und die Lebensmittelkisten. In dieser ersten Nacht schliefen sie beide im Lager. Jack fluchte schon über Joe Aguirres Befehl, ohne Feuer bei den Schafen zu übernachten, aber in aller Frühe sattelte er die Rotfuchsstute, ohne viel zu sagen.

Der Morgen dämmerte glasig-orange herauf, von unten her verfärbt von einem blaßgrünen Gallertstreifen. Die rußschwarze Masse des Berges wurde langsam blasser, bis sie die gleiche Farbe hatte wie der Rauch von Ennis' Frühstücksfeuer. Die kalte Luft wurde milder, Häufchen von Kieseln oder Erdreich warfen plötzlich bleistiftlange Schatten, und die unterhalb des Lagers aufragenden Murraykiefern rückten zu Scheiben von dunklem Malachit zusammen.

Während des Tages schaute Ennis über eine weite Kluft hinweg, und manchmal sah er Jack, einen kleinen Punkt, der sich über die Bergwiese bewegte wie ein Insekt über ein Tischtuch; Jack in seinem dunklen Lager sah Ennis als ein Feuer in der Nacht, einen roten Funken an dem riesigen schwarzen Bergmassiv.

Eines Nachmittags kam Jack spät, trank seine Flaschen Bier, die zur Kühlung in einem nassen Sack auf der Schattenseite des Zelts standen, aß zwei Schüsseln Eintopf, vier von Ennis' steinharten Biscuits, eine Dose Pfirsiche, drehte sich eine Zigarette, sah zu, wie die Sonne unterging.

»Ich pendle vier Stunden am Tag«, sagte er verdrossen. »Hierher zum Frühstück, zurück zu den Schafen, sie abends zur Ruhe bringen, hierher zum Essen, zurück zu den Schafen und dann die halbe Nacht immer wieder aufstehn und nachsehn, ob keine Kojoten da sind. Von Rechts wegen müßte ich über Nacht hierbleiben. Aguirre hat kein Recht, so was von mir zu verlangen.«

»Willst du mal tauschen?« sagte Ennis. »Ich hätte nichts dagegen, bei der Herde zu bleiben. Es macht mir nichts aus, da draußen zu schlafen.«

»Darum geht's nicht. Wir sollten beide hier im Lager bleiben. Und dieses dämliche Einmannzelt stinkt wie Katzenpisse oder schlimmer.«

»Würde mir nichts ausmachen.«

»Kann dir sagen, ein dutzendmal mußt du nachts raus wegen der Kojoten! Würde gern tauschen, muß dich aber warnen, versteh einen Scheiß vom Kochen. Kann nur Büchsen aufmachen.«

»Schlechter als ich kannste gar nicht sein. Klar, würde mir nichts ausmachen.«

Mit der gelben Petroleumlampe wehrten sie noch eine Stunde die Nacht ab, und gegen zehn ritt Ennis auf Cigar Butt, einem guten Nachtpferd, durch den glitzernden Reif zurück zu den Schafen, nahm die restlichen Biskuits mit, ein Glas Marmelade und eine Dose Kaffee für den nächsten Tag, sagte, einmal wolle er sich den Weg sparen, bis zum Abendessen fortbleiben.

»Einen Kojoten geschossen beim ersten Licht«, erzählte er Jack

am nächsten Abend, spritzte sich heißes Wasser ins Gesicht, rührte Seifenschaum an, in der Hoffnung, daß sein Rasierer noch nicht ganz stumpf sei, während Jack Kartoffeln schälte.
»Groß, der Hurensohn! Eier so dick wie Äpfel. Wette, der hat sich ein paar Lämmer geholt. Sah aus, als ob er ein Kamel auffressen könnte. Willst du auch was von dem heißen Wasser? Ist genug da.«

»Kannst alles nehmen.«

»Na, dann wasch ich mal alles, wo ich drankomm«, sagte er, zog Stiefel und Jeans aus (keine Unterhosen, keine Socken, bemerkte Jack) und fuhrwerkte mit dem grünen Waschlappen herum, daß das Feuer zischte.

Sie gönnten sich ein Festessen am Feuer, jeder eine Dose Bohnen, Bratkartoffeln und zusammen einen Quart Whiskey, lehnten an einem alten Baumklotz, die Schuhsohlen und die kupfernen Nieten der Jeans heiß vom Feuer, reichten die Flasche hin und her, während der Lavendelhimmel Farbe verlor und die kalte Luft herabsickerte, tranken, rauchten Zigaretten, standen ab und zu auf, um einen im Feuerschein funkelnden Bogenstrahl abzulassen, warfen Stöcke ins Feuer, um das Gespräch in Gang zu halten, redeten über Pferde und Rodeo, Schlägereien, überstandene Unfälle und Verletzungen, das U-Boot *Thresher*, das vor zwei Monaten mit allen Mann an Bord untergegangen war und wie die letzten hoffnungslosen Minuten darin gewesen sein mußten, über die Hunde, die sie jeder schon gehabt oder gekannt hatten, den Militärdienst, Jacks Zuhause auf der Ranch, wo sein Vater und seine Mutter noch durchhielten, während Ennis' Familie ein paar Jahre, nachdem die Eltern gestorben waren, den Laden dichtgemacht hatte, der ältere Bruder jetzt in Signal, die Schwester verheiratet in Casper. Jack sagte, sein Vater sei früher mal ein ziemlich bekannter Bullenreiter gewesen, habe aber seine Geheimnisse für sich behalten und Jack nie den kleinsten Rat gegeben, sei nie gekommen, um Jack reiten zu sehen, obwohl er ihn als kleinen Jungen auf die Schafe gesetzt hatte. Ennis sagte, die Art zu reiten, die ihn interessiere, müsse länger dauern als acht Sekunden und irgendwie einen Sinn haben. Geld ist Sinn genug, sagte Jack, und Ennis mußte ihm zustimmen. Jeder hörte respektvoll die Meinungen des anderen an, jeder war froh, einen Gefährten gefunden zu haben, wo er keinen erwartet hatte. Als Ennis bei trügerischem, trunkenem Licht gegen den Wind wieder zu den Schafen ritt, war ihm, als hätte er noch nie so einen schönen Abend verbracht und als könnte er das Weiße aus dem Mond rausprügeln.

Der Sommer zog sich hin, und sie trieben die Herde auf neue Weiden, schlugen ein neues Lager auf; die Entfernung zur Herde war größer und der nächtliche Ritt länger. Ennis ritt gern, schlief dabei mit offenen Augen, aber die Stunden, in denen er nicht bei den Schafen war, dehnten sich immer mehr aus. Jack holte ein schleppendes Brummen aus der Harmonika heraus, die einmal von der nervösen Rotfuchsstute heruntergefallen und seither ein bißchen plattgedrückt war, und Ennis hatte eine gute, knarrende Stimme; einige Abende lang brachten sie ein paar Lieder zustande. Ennis kannte einen deftigen Text zur Melodie von »Strawberry Roan«. Jack versuchte es mit einem Carl-Perkins-Song, schmetterte *»what I say-ay-ay«*, aber am liebsten war ihm ein trauriges Kirchenlied, »Water-Walking Jesus«; er hatte es von seiner Mutter gelernt, die an das Pfingstwunder glaubte, und sang es langsam wie eine Totenklage, aus der Ferne von Kojotengejaul beantwortet.

»Zu spät jetzt, um noch zu den verdammten Schafen zu reiten«, sagte Ennis, so betrunken, daß er nicht mehr geradestehen konnte, in einer kalten Stunde, als es nach dem Mondstand zwei Uhr durch sein mußte. Die Steine auf der Wiese schimmerten weißlich grün, und ein bissiger Wind fegte über das Gras, drückte das Feuer flach und riß es dann in gelbseidene Schärpen auseinander. »Gib mir eine Extradecke, ich hau mich hier draußen hin, schlaf ein paar Takte und reite los, wenn's hell wird.«

»Frierst dir den Arsch ab, wenn das Feuer runterbrennt. Schlaf lieber im Zelt!«

»Glaub nicht, daß ich was spüre.« Aber er torkelte hinein, zog die Stiefel aus, schnarchte eine Weile auf der Bodenplane, bis Jack von seinem Zähneklappern wach wurde.

»Herrgott, hör auf zu schnattern und komm hier rein! Bettrolle ist groß genug«, sagte Jack gereizt und schlaftrunken. Ja, sie war groß genug, warm genug auch, und binnen kurzem wurde es sehr intim. Ennis, der in allen Dingen, ob beim Zaunflicken oder beim Geldausgeben, gern in die vollen ging, wollte nichts davon wissen, als Jack seine linke Hand nahm und sie an sein steifes Glied führte. Ennis riß die Hand zurück, als hätte er sich verbrannt, schnallte seinen Gürtel auf, streifte die Hose runter, wälzte Jack herum, daß er auf allen vieren hockte, und dank einem Vorläufertröpfchen und etwas Spucke drang er ein – etwas, das er noch nie getan hatte, aber es ging ohne Gebrauchsanleitung. Sie machten es in aller Stille, abgesehen von ein paar heftigen Atemzügen und Jacks stöhnendem »Gleich ballert's los!« – und dann rausziehen, hinlegen und schlafen.

Ennis erwachte in roter Morgendämmerung mit gediegenen Kopfschmerzen, die Hose um die Knie, an Jacks Hintern geschmiegt. Ohne irgendwas zu sagen, wußten sie beide, wie es für den Rest des Sommers weitergehen würde, zum Teufel mit den Schafen.

Und so ging es auch weiter. Über Sex sprachen sie nie, sie ließen ihn geschehen, zuerst nur nachts im Zelt, dann auch am hellichten Tag in der heißen Sonne und abends beim Feuerschein, schnell, hart, lachend und schnaufend, jede Menge Geräusche, aber geredet wurde kein Sterbenswörtchen, nur einmal sagte Ennis: »Ich bin nicht schwul«, und darauf Jack: »Ich

auch nicht! Einmalige Sache. Geht niemand was an außer uns.«
Nur sie beide waren auf dem Berg, flogen durch die euphorische, bittere Höhenluft, schauten herab auf den Rücken des Habichts und die über die Ebene kriechenden Lichter der Fahrzeuge, schwebten hoch über allen gewöhnlichen Angelegenheiten, fern von den zahmen Ranchhunden, die sie in den Nachtstunden bellen hörten. Sich selbst hielten sie für unsichtbar, denn sie wußten nicht, daß Joe Aguirre sie an einem Tag zehn Minuten lang durch sein 10 x 42er Fernrohr beobachtet hatte. Er wartete, bis sie sich die Hosen zugeknöpft hatten, wartete, bis Ennis wieder zu den Schafen ritt, bevor er die Nachricht von Jacks Familie hinaufbrachte, daß Jacks Onkel Harold mit Lungenentzündung im Krankenhaus liege und es wohl nicht überstehen werde. Er überstand es dann doch, und Aguirre kam noch mal herauf, um Bescheid zu sagen, wobei er Jack mit seinem wissenden Blick anstarrte, ohne auch nur aus dem Sattel zu steigen.

Im August war Ennis die ganze Nacht bei Jack im Hauptlager, während die Schafe bei einem stürmischen Hagelgewitter nach Westen ausbrachen und sich mit der Herde auf einer anderen Weide vermengten. Fünf verdammt elende Tage waren das, als Ennis und ein chilenischer Hirte, der kein Englisch sprach, die Herden zu trennen versuchten, fast ein Ding der Unmöglichkeit zu dieser späten Jahreszeit, weil die Farbzeichen verwachsen und verblaßt waren. Auch als die Zahlen stimmten, wußte Ennis, daß die Schafe vermischt waren. Alles schien in beunruhigender Weise vermischt zu sein.

Der erste Schnee fiel früh, am 13. August, einen Fuß tief, taute aber schnell wieder weg. In der Woche darauf schickte Joe Aguirre Anweisung, die Herde herunterzutreiben – ein anderer, schwererer Sturm zog vom Pazifik herauf –, und sie brachen das Lager ab und zogen mit den Schafen vom Berg herunter, verfolgt von nachrollenden Steinen, aus dem Westen herandrängenden violetten Wolken und dem Metallgeruch des kommenden Schnees. Der Berg, kalt glänzend im flackernden Licht aufbrechender Wolken, brodelte vor dämonischer Energie, der Wind kämmte das Gras und entlockte angeknacksten Bergkiefern und Felsspalten ein bestialisches Heulen. Während sie den Hang hinabstiegen, hatte Ennis das Gefühl, kopfüber zu fallen, langsam, wie in Zeitlupe, doch unaufhaltsam.

Joe Aguirre zahlte ihnen den Lohn aus, sagte wenig. Mit saurer Miene hatte er sich die durcheinanderlaufenden Schafe angesehen und bemerkt: »Manche von denen sind nie mit euch da raufgestiegen.« Auch die Zahl war nicht die erhoffte. Solche Ranchlümmel rissen eben keine Bäume aus.

»Kommst du nächsten Sommer wieder her?« sagte Jack auf der Straße zu Ennis, mit einem Bein schon in seinem grünen Lieferwagen. Der Wind blies scharf und kalt.

»Vielleicht nicht.« Eine Staubfahne trübte die Luft mit feinem Sand, und er blinzelte dagegen an. »Wie gesagt, Alma und ich heiraten im Dezember. Werde versuchen, auf einer Ranch was zu finden. Und du?« Er wandte den Blick von Jacks Kinn ab, das ganz blau war von dem harten Schlag, den Ennis ihm am letzten Tag verpaßt hatte.

»Wenn sich nichts Besseres ergibt. Fahr wahrscheinlich nach Hause, bei meinem Daddy den Winter über ein bißchen mit anfassen, im Frühjahr dann vielleicht nach Texas. Wenn ich um die Einberufung rumkomme.«

»Na, man sieht sich, denk ich mal.« Der Wind trieb einen leeren Futtersack die Straße entlang, bis er sich unter seinem Laster verfing.

»Gut«, sagte Jack, und sie drückten sich die Hand, schlugen einander auf die Schulter, dann waren zehn Meter Abstand zwischen ihnen und nichts anderes möglich, als in entgegengesetzte Richtungen davonzufahren. Nach kaum einer Meile schon war

Ennis, als reiße ihm etwas die Eingeweide heraus, Hand über Hand, Meter um Meter. Er hielt am Straßenrand, im wirbelnden Neuschnee, und versuchte zu kotzen, aber nichts kam hoch. Ihm war so elend zumute wie noch nie, und es dauerte lange, bis das Gefühl verging.

Im Dezember heiratete Ennis Alma Beers, und Mitte Januar hatte er sie geschwängert. Er nahm ein paar kurzzeitige Ranchjobs an und kam dann als Pferdetreiber auf der alten Elwood-Hi-Top-Ranch nördlich von Lost Cabin in Washakie County unter. Dort arbeitete er noch im September, als Alma jr., wie er seine Tochter nannte, geboren wurde und ihr Schlafzimmer erfüllt war vom Geruch nach angetrocknetem Blut, Milch und Babyscheiße, von Sauggeräuschen, Geschrei und Almas schläfrigem Stöhnen – für einen, der mit Vieh zu tun hatte, alles beruhigende Anzeichen von Fruchtbarkeit und dem Kreislauf des Lebens.

Als die Hi-Top-Ranch dichtmachte, zogen sie in eine kleine Wohnung in Riverton über einer Wäscherei. Ennis ging zum Straßenbau, fand es erträglich, aber an den Wochenenden arbeitete er auf der Rafter-B-Ranch, als Gegenleistung für die Versorgung seiner Pferde. Die zweite Tochter wurde geboren, und Alma wollte in der Stadt bleiben, in der Nähe der Klinik, weil das Kind ein asthmatisches Keuchen hatte.

»Ennis, bitte, nicht wieder auf so eine verdammt einsame Ranch!« sagte sie. Sie saß auf seinem Schoß, umschlang ihn mit ihren dünnen, sommersprossigen Armen. »Suchen wir uns ein Haus hier in der Stadt?«

»Vielleicht«, sagte Ennis, schob die Hand in ihren Blusenärmel und rührte in dem seidigen Achselhaar, ließ sie dann aufs Bett gleiten, fuhr mit den Fingern über ihre Rippen hinauf zu der qualligen Brust, über den runden Bauch und die Knie, dann aufwärts in die feuchte Kluft bis zum Nordpol oder zum Äquator, je nachdem, in welche Richtung man unterwegs war, bearbeitete ihn, bis sie erschauerte und sich gegen seine Hand drückte, worauf er sie herumdrehte und schnell tat, was sie gar nicht mochte. Sie blieben in der kleinen Wohnung, die ihm am liebsten war, weil man sie jederzeit aufgeben konnte.

Der vierte Sommer seit dem Brokeback Mountain begann, und im Juni erreichte ihn ein postlagernder Brief von Jack Twist, sein erstes Lebenszeichen in der ganzen Zeit.

Freund dieser Brief ist schon lange über fällig. Hoffe du kriegst ihn. Höre du bist in Riverton. Komme am 24. vorbei, dachte, ich mach Halt und geb dir ein Bier aus. Schreib wenn du kannst ob du da bist.

Die Absenderadresse war Childress, Texas. Ennis schrieb zurück: *Na klar!* und gab die Adresse in Riverton an.

Der Tag war am Morgen heiß und klar, aber bis Mittag waren von Westen Wolken heraufgezogen, die etwas schwüle Luft vor sich her wälzten. Ennis trug sein bestes Hemd, weiß mit breiten schwarzen Streifen; er wußte nicht, um welche Zeit Jack ankommen würde, und hatte darum den ganzen Tag freigenommen, ging auf und ab, sah immer wieder auf die staubbleiche Straße hinaus. Alma meinte, daß sie, statt zu kochen, weil es doch so heiß war, mit seinem Freund zum Abendessen ins Knife & Fork gehen sollten, wenn sie einen Babysitter fänden, aber Ennis sagte, wahrscheinlich würde er mit Jack bloß einen saufen gehen. Jack sei kein Typ für ein Restaurant, sagte er, dachte an die schmutzigen Löffel, die aus den kalten Bohnenbüchsen auf dem wackligen Baumklotz hervorschauten.

Spät am Nachmittag, Donner grollte, fuhr derselbe alte grüne Lieferwagen vor, und er sah Jack aussteigen, den schäbigen Resistol tief im Nacken. Ennis schoß es heiß durch die Glieder, und er lief raus auf die Treppe, zog die Tür hinter sich zu. Jack nahm immer zwei Stufen auf einmal. Sie packten sich bei den Schultern, umarmten sich gewaltig, drückten sich, daß ihnen die Luft wegblieb, sagten, du Hurensohn, du Hurensohn, und dann, so leicht, wie wenn der richtige Schlüssel das Schloß öffnet, kamen ihre Münder zusammen, so hart, daß Jacks große Zähne bis aufs Blut drangen, sein Hut fiel zu Boden, Bartstoppeln kratzten, Speichel strömte, und die Tür ging auf, und Alma schaute ein paar Sekunden lang auf Ennis' zuckende Schultern und machte die Tür wieder zu, und immer noch hielten sie sich umklammert, Brust an Brust, Lende an Lende und Schenkel an Schenkel, traten sich auf die Zehen, bis sie sich trennen mußten, um Atem zu schöpfen, und Ennis, kein Freund von Koseworten, sagte, was er sonst nur zu seinen Pferden und Töchtern sagte, mein Liebling.

Die Tür ging wieder ein paar Zentimeter weit auf, und Jack stand in dem schmalen Lichtstreifen.

Was konnte er sagen? »Alma, das ist Jack Twist, Jack, das ist Alma, meine Frau.« Seine Brust hob und senkte sich. Er sog Jacks Geruch ein – tief vertrauter Duft von Zigaretten, Moschusschweiß und etwas zart Süßem wie von Gras, dazu die heftige Kälte des Berges. »Alma«, sagte er, »Jack und ich, wir haben uns seit vier Jahren nicht mehr gesehen.« Als ob das ein Grund wäre. Er war froh, daß das Licht auf dem Treppenabsatz trüb war, wandte sich aber nicht von ihr ab.

»Schon klar«, sagte Alma leise. Was sie gesehen hatte, hatte sie gesehen. Im Zimmer hinter ihr leuchtete das Fenster unter einem Blitz auf, als würde ein weißes Laken geschwenkt, und das Baby schrie.

»Du hast ein Kind?« sagte Jack. Seine zitternde Hand streifte Ennis' Hand, ein Stromkreis schloß sich zwischen ihnen.

»Zwei kleine Mädchen«, sagte Ennis. »Alma jr. und Francine. Hab sie zum Fressen gern.« Alma verzog den Mund.

»Ich hab einen Jungen«, sagte Jack. »Acht Monate. Weißt du was, ich hab da unten in Childress 'ne süße kleine Texas-Biene geheiratet – Lureen.« An der Vibration der Bodendielen, auf denen sie standen, konnte Ennis spüren, wie Jack bebte.

»Alma«, sagte er, »Jack und ich, wir gehn jetzt einen trinken. Bin vielleicht heut nacht nicht zurück, beim Saufen kommt man leicht ins Reden.«

»Schon klar«, sagte Alma und nahm einen Dollarschein aus ihrer Tasche. Ennis erriet, daß sie ihn bitten wollte, ihr eine Schachtel Zigaretten mitzubringen, damit er früher heimkäme.

»Freut mich, Sie kennenzulernen«, sagte Jack, zitternd wie ein erschöpftes Pferd.

»Ennis – « rief Alma mit ihrer Jammerstimme, aber er rannte schon die Treppe hinunter, rief nur zurück: »Alma, wenn du Zigaretten brauchst, da stecken welche in der Tasche von meinem blauen Hemd im Schlafzimmer.«

In Jacks Wagen fuhren sie los, kauften eine Flasche Whiskey, und binnen zwanzig Minuten waren sie im Siesta-Motel und rüttelten das Bett. Einige Handvoll Hagelkörner prasselten gegen das Fenster, gefolgt von Regen und einem gierigen Wind, der die unverschlossene Tür des Nebenzimmers auf und zu knallte, jetzt und die ganze Nacht über.

Das Zimmer stank nach Samen und Rauch und Schweiß und Whiskey, nach altem Teppich und saurem Heu, Sattelleder, Scheiße und billiger Seife. Ennis streckte alle viere von sich, kaputt und naß, schwer atmend, immer noch nicht ganz schlaff, Jack blies dicke Rauchwolken hoch, wie Walfontänen, und sagte: »Mein Gott! Muß davon kommen, daß du so viel reitest, daß es so verdammt gut ist. Wir müssen drüber reden. Bei Gott, ich schwör dir, ich hab's nicht gewußt, daß wir wieder damit anfangen – ach was, doch! Der Grund, warum ich hier bin. Klar hab ich's gewußt. Ganze Strecke mit Vollgas gefahren, ging mir nicht schnell genug.«

»Ich hab nicht gewußt, wo du *verdammt* noch mal steckst«,

sagte Ennis. »Vier Jahre. Ich hab dich so gut wie aufgegeben. Dachte, du bist sauer wegen dem Kinnhaken.«

»Freund«, sagte Jack, »ich war in Texas, hab Rodeo gemacht. Dabei hab ich Lureen getroffen. Guck mal da, auf dem Sessel!«

Auf der Lehne des schmutzigen orangeroten Sessels sah er eine Gürtelschnalle glänzen. »Bullenreiten?«

»Klar. Ganze dreitausend Dollar hab ich in dem Jahr gemacht. Bin fast verhungert. Mußte mir bis auf die Zahnbürste alles von andern leihen. Ganz Texas abgeklappert. Die meiste Zeit bin ich unter diesem Scheißwagen gelegen, um was zu reparieren. Trotzdem, ich hab nie aufgegeben. Lureen? Da steckt schwer Geld dahinter. Ihr Alter. Der hat so ein Geschäft mit landwirtschaftlichen Maschinen. Klar gibt er ihr nichts von dem Geld, und mich kann er nicht ausstehen, darum sind das jetzt schwere Zeiten, aber eines Tages – «

»Na, du weißt jedenfalls, wo du hin willst. Zur Armee haben sie dich nicht geholt?« Der Donner war nun schon weit im Osten, entfernte sich von ihnen in roten Lichtkränzen.

»Die können mit mir nichts anfangen. Hab ein paar kaputte Wirbel. Und einen Ermüdungsbruch, der Armknochen hier, weißt doch, wie man beim Bullenreiten den Arm immer vom Schenkel abhebelt? Jedesmal, wenn du's machst, gibt er ein bißchen nach. Auch wenn du ihn gut bandagierst, bricht jedesmal ein klein bißchen was. Kann dir sagen, tut elend weh nachher. 'n kaputtes Bein hatt ich auch. Dreifacher Bruch. Ich komm runter von dem Bullen, und das war ein großer, schöne Fallhöhe, hat mich nach genau drei Sekunden abgesetzt, und dann ist er hinter mir her, Mann, war der schnell. Trotzdem Glück gehabt. Freund von mir, dem ging das Horn rein wie 'n Meßstab in die Ölwanne, und dieses war sein letztes Wort. Noch 'n Haufen anderer Mist, Rippenbrüche, Verrenkungen, Bänderrisse. Weißt du, ist alles nicht mehr so, wie's zu Daddys Zeiten mal war. Heute sind das Typen mit Geld, gehn aufs College, durchtrainierte Athleten. Heute mußt du schon ein bißchen Geld haben, wenn du Rodeo machen willst. Lureens Alter, der gibt mir keinen Cent, wenn ich aufhör, außer auf eine Art. Ich kenne das Spiel jetzt gut genug, um zu wissen, daß ich nie ganz oben sein werde. Und noch andere Gründe. Ich steig aus, solang ich noch laufen kann.«

Ennis zog Jacks Hand zu seinem Mund, tat einen Zug aus der Zigarette und blies den Rauch aus. »Also, ich finde, du bist verdammt gut in Form. Weißt du, daß ich die ganze Zeit hier oben rumsitze und mir überlege, ob ich –? Ich meine, wir haben doch beide Frau und Kinder, nicht? Ich mach's gerne mit Frauen, klar, aber Herrgott, das ist nichts gegen das hier! Ich hab nie auch nur dran gedacht, es mit einem anderen zu machen, außer natürlich, daß ich mir hundertmal einen runtergeholt und dabei an dich gedacht hab. Machst du's auch mit andern Jungs, Jack?«

»Scheiße, nein!« sagte Jack, der nicht nur Bullen geritten hatte und ohne Selbstgedrehtes auskam. »Weißt du doch! Der Brokeback hat uns ganz schön erwischt, und es ist noch nicht vorbei, das ist klar. Wir müssen uns verdammt noch mal überlegen, was wir jetzt machen.«

»Der Sommer damals«, sagte Ennis. »Als wir den Lohn bekommen und uns getrennt haben, bekam ich Magenkrämpfe, so schlimm, daß ich rechts rangefahren bin und kotzen wollte; dachte erst, ich hätte in dem Laden in Dubois was Falsches gegessen. Hat ein Jahr gedauert, bis mir klar wurde, woher es kam; ich hätte dich nie wieder aus den Augen lassen sollen. Da war es aber zu spät, viel zu spät.«

»Freund«, sagte Jack, »die Situation ist wirklich zum Kotzen. Müssen uns überlegen, was wir machen.«

»Ich glaube, jetzt können wir gar nichts mehr machen«, sagte Ennis. »Ich will dir was sagen, Jack, ich hab mir mein Leben eingerichtet in diesen Jahren. Ich liebe meine kleinen Mädchen.

Alma? Die kann nichts dafür. Und du hast deinen Sohn und deine Frau da in Texas. Du und ich, wir können uns kaum noch zusammen sehn lassen, wenn das so über uns kommt wie da vorhin.« Er ruckte mit dem Kopf in Richtung seiner Wohnung. »Wenn wir das am falschen Ort machen, sind wir tot. Ich jedenfalls kann mich da nicht zügeln. Ich hab Schiß.«

»Da muß ich dir was sagen, Freund, kann sein, daß uns in dem Sommer jemand gesehn hat. Ich bin im nächsten Juni noch mal da gewesen, dachte, ob ich vielleicht wieder hingeh – bin dann aber doch nach Texas abgehauen –, und Joe Aguirre sitzt im Büro und sagt zu mir, ihr Jungs, sagt er, ihr habt euch ja nett die Zeit vertrieben, da oben, nicht? Ich hab ihn groß angeschaut, aber als ich rauskomme, da seh ich, er hat ein Superfernrohr am Rückspiegel hängen.« Für sich behielt er, daß der Vormann sich auf seinem knarrenden hölzernen Stuhl zurückgelehnt und gesagt hatte, Twist, ihr Typen wurdet nicht dafür bezahlt, daß ihr die Hunde als Babysitter bei den Schafen laßt, während ihr eure Frühlingsgefühle austobt, und abgelehnt hatte, ihn wieder anzustellen. »Doch«, fuhr er fort, »dieser kleine Kinnhaken von dir hat mich überrascht. Ich hatte dir so was Gemeines nicht zugetraut.«

»Ich bin mit meinem Bruder K. E. aufgewachsen, der ist drei Jahre älter als ich und hat mich jeden Tag verdroschen wie blöd. Dad bekam es satt, daß ich dauernd heulend ins Haus gerannt kam, und als ich ungefähr sechs war, hat er mich mal beiseite genommen und gesagt, Ennis, du hast da ein Problem, und das mußt du lösen, oder du behältst es, bis du neunzig bist und K. E. dreiundneunzig. Na, sag ich, der ist doch größer als ich. Mußt du ihn eben überrumpeln, sagt Dad, sag gar nichts zu ihm, mach irgendwas, das ihm weh tut, dann nichts wie weg, und das immer wieder, so lang, bis er's kapiert! Mit nichts kriegst du einen besser dazu, daß er die Ohren aufsperrt, als wenn du ihm weh tust. Und so hab ich's gemacht. Ich hab ihn im Außenklo überrascht, ihn auf der Treppe angesprungen, mich nachts angeschlichen, wenn er schlief, und ihm ordentlich was verpaßt. Ging so etwa zwei Tage. Seitdem nie wieder Streit mit K. E. Die Lehre hieß, nichts sagen und die Sache schnell erledigen.« Im Nebenzimmer klingelte ein Telefon, klingelte mehrmals, brach mitten im Läuten ab.

»Mich überrumpelst du kein zweites Mal«, sagte Jack. »Hör zu, ich will dir was sagen. Ich hab mir gedacht, wenn du und ich zusammen eine kleine Ranch hätten, bißchen Kuh- und Kälberhaltung und du mit deinen Pferden, das wär doch ein Leben! Wie gesagt, mit Rodeo hör ich auf. Heißt nicht, daß ich den Schwanz einzieh, aber ich hab nicht das Geld, mich aus dem Tief, in dem ich stecke, wieder rauszuarbeiten, und meine Knochen sind mir zu schade, sie immer wieder brechen zu lassen. Ich hab mir was überlegt, hab so einen Plan, Ennis, wie wir's machen können, du und ich. Lureens Alter, verlaß dich drauf, der würde was dafür hinblättern, daß ich verschwinde. Hat er schon mehr oder weniger gesagt – «

»Halt, halt, halt, so geht das nicht! Wir können nicht. Ich bin kein freier Mann, bin in meiner eigenen Schlinge gefangen. Ich kann da nicht raus, Jack, ich will nicht so einer werden wie die Typen, die man manchmal sieht. Und am Leben bleiben möcht ich auch. Da, wo ich herkomme, gab es zwei alte Knaben, die zusammen eine Ranch hatten, Earl und Rich – Dad machte so seine Bemerkungen, wenn er die sah. Die beiden waren ein Witz, obwohl sie ziemlich hartgesottene Typen waren. Wie alt war ich, neun, da fand man Earl in einem Bewässerungsgraben, tot. Sie hatten ihm einen Wagenheber angelegt, ihn eingeschraubt, ihn am Schwanz herumgeschleift, bis er abriß, alles ein blutiger Brei. Was der Wagenheber gemacht hatte, sah aus wie Stücke von verbrannten Tomaten überall am Körper, die Nase abgeschürft auf dem Kiesboden.«

»Das hast du gesehn?«

»Dafür hat Dad schon gesorgt. Ist mit mir hingegangen. Mit mir und K. E. Dad hat drüber gelacht. Mein Gott, nach allem, was ich weiß, könnte er es selbst gewesen sein. Wenn er noch leben und jetzt seinen Kopf zur Tür reinstecken würde, verlaß dich drauf, dann würd er gleich seinen Wagenheber holen gehn. Zwei Männer, die zusammenleben? Nein. Wie ich es sehe, können wir uns höchstens ab und zu mal treffen, irgendwo draußen am Arsch der Welt –«

»Wie oft ist ab und zu mal?« sagte Jack. »Einmal alle vier Jahre?«

»Nein«, sagte Ennis und unterdrückte die Frage, wer denn schuld sei. »Ich find es auch beschissen, daß du morgen früh wegfährst, und ich muß wieder zur Arbeit. Aber wenn man's nicht ändern kann, muß man's aushalten«, sagte er. »Scheiße! Ich seh mir oft die Leute auf der Straße an. Passiert das nicht auch andern? Was zum Teufel machen die dann?«

»In Wyoming passiert so was nicht, und wenn doch, dann weiß ich nicht, was die machen, vielleicht fahren sie nach Denver«, sagte Jack, setzte sich auf und wandte sich von ihm ab, »und das ist mir auch scheißegal. Ennis, du Hurensohn, nimm dir ein paar Tage frei! Gleich jetzt. Wir machen hier die Fliege. Schmeiß dein Zeug in meinen Wagen hinten rein, und wir fahren in die Berge. Nur ein paar Tage. Ruf Alma an und sag ihr Bescheid. Los, Ennis, du hast mir grade mein Flugzeug abgeschossen, nun gib mir 'ne Krücke! Das ist keine Kleinigkeit hier.«

Das hohle Klingeln im Nachbarzimmer fing wieder an, und Ennis, als ob es ihm gälte, nahm den Hörer des Telefons auf dem Nachttisch ab und wählte seine eigene Nummer.

Zwischen Ennis und Alma gab es eine langsame Abkühlung, keinen richtigen Streit, nur wurde der Graben zwischen ihnen immer breiter. Sie arbeitete als Verkäuferin in einem Lebensmittelladen, begriff, daß sie wohl immer zu dem, was Ennis nach Hause brachte, dazuverdienen mußte, um mit den Rechnungen mitzukommen. Sie bat Ennis, Gummis zu benutzen, weil ihr vor einer weiteren Schwangerschaft graute. Er lehnte das ab, sagte, wenn sie keine Kinder mehr von ihm wolle, würde er sie gern in Frieden lassen. Ganz leise sagte sie: »Ich würde schon wollen, wenn du sie ernähren könntest.« Und noch leiser, nur in Gedanken sagte sie, bei dem, was du am liebsten machst, gibt es sowieso nicht allzuoft Kinder.

Ihr Ärger wuchs mit jedem Jahr: Die Umarmung mit Jack Twist, die sie kurz mit angesehen hatte, die Angelausflüge der beiden ein- oder zweimal im Jahr, während Ennis mit ihr und den Mädchen nie in Urlaub fuhr, seine Abneigung, mit ihr auszugehen und sich zu amüsieren, seine Begeisterung für die schlechtbezahlte und vielstündige Arbeit auf den Ranches, sein Hang, sich zur Wand zu drehen und einzuschlafen, sobald er im Bett lag, sein Versäumnis, sich eine ordentliche feste Stelle bei der Bezirksverwaltung oder bei der Elektrizitätsgesellschaft zu suchen – all dies war für sie eine lange, langsame Talfahrt, und als Alma jr. neun und Francine sieben war, sagte sie sich, warum bleib ich überhaupt bei dem, ließ sich scheiden und heiratete den Lebensmittelhändler von Riverton.

Ennis nahm die Rancharbeit wieder voll auf, heuerte bald hier, bald dort an, brachte es nicht weit, war aber schon froh, wieder mit Vieh zu tun zu haben, jederzeit alles hinwerfen zu können, zu kündigen, wenn es sein mußte, und von einem Tag auf den andern in die Berge zu fahren. Er war Alma nicht ernstlich böse, hatte nur ein vages Gefühl, übervorteilt zu werden, und um zu zeigen, daß alles in Ordnung war, kam er an Thanksgiving zu Alma und ihrem Krämer zum Essen, saß zwischen seinen Mädchen und redete über Pferde, erzählte Witze, gab sich Mühe, nicht der traurige Daddy zu sein. Nach dem Apfelkuchen nahm Alma ihn mit hinaus in die Küche, und während sie die Teller auskratzte, sagte sie, sie mache sich Sorgen um ihn, und er solle doch wieder heiraten. Er sah, daß sie schwanger war, im vierten oder fünften Monat, nahm er an.

»Gebranntes Kind«, sagte er, lehnte sich an den Küchentisch, kam sich zu groß für den Raum vor.

»Fährst du immer noch mit diesem Jack Twist zum Angeln?«

»Manchmal.« Er dachte, sie wollte von den Tellern das Muster mit abkratzen.

»Weißt du«, sagte sie, und an ihrem Ton erkannte er, daß ihm etwas bevorstand, »ich hab mich immer gewundert, wieso du nie Forellen heimgebracht hast. Hast immer gesagt, ihr hättet jede Menge gefangen. Also hab ich mal am Abend vor so einem kleinen Ausflug deinen Angelkoffer aufgemacht – an dem war nach fünf Jahren noch das Preisschild dran – und dir ans Ende der Schnur einen Zettel gebunden. Darauf stand, hallo, Ennis, bring doch mal ein paar Fische nach Hause, schönen Gruß, Alma. Und dann bist du wiedergekommen und hast gesagt, ihr hättet einen ganzen Haufen gefangen und alle aufgegessen. Erinnerst du dich? Ich hab dann bei Gelegenheit im Koffer nachgesehen, und da war mein Zettel immer noch dran, und diese Angelschnur hat noch nie in ihrem Leben das Wasser gesehn.« Als ob sie mit dem Wort »Wasser« dessen zahmen Vetter zu Hilfe riefe, drehte sie den Hahn auf und spülte die Teller ab.

»Das heißt gar nichts.«

»Lüg doch nicht, mach mir nichts vor, Ennis! Ich weiß, was es heißt. Jack Twist ist ein Dreckskerl! Du und er – «

Das ging ihm zu weit. Er packte sie beim Handgelenk; Tränen kamen und kullerten, ein Teller klapperte.

»Halt die Schnauze!« sagte er. »Kümmer dich um deinen eigenen Dreck. Du weißt gar nichts.«

»Ich schreie gleich nach Bill.«

»Tu's doch, verdammt noch mal! Los, schrei doch. Den mach

ich zur Schnecke, verdammt, und dich sowieso.« Er verstärkte noch einmal den Griff um ihr Handgelenk, hinterließ ihr ein brennendes Armband, dann setzte er seinen Hut verkehrt herum auf und stapfte türknallend hinaus. An diesem Abend ging er noch in den Black and Blue Eagle, betrank sich, hatte eine kurze, gemeine Schlägerei und ging. Lange Zeit machte er keinen Versuch mehr, seine Töchter zu sehen, glaubte, sie würden schon zu ihm kommen, wenn sie erst alt und gescheit genug wären, von Alma wegzuziehen.

Sie waren keine jungen Männer mehr, die alles noch vor sich hatten. Jack war um Schultern und Gesäß fülliger geworden, Ennis blieb dünn wie ein Kleiderständer, lief, ob Sommer, ob Winter, in abgetragenen Stiefeln, Jeans und Hemd herum, bei kaltem Wetter noch mit einem Leinenmantel. Ein harmloses Gewächs bildete sich auf einem Augenlid und ließ das Auge schlaff aussehen, die Nase war gebrochen und schief zusammengewachsen.

Jahraus, jahrein kletterten sie über Bergwiesen und Gebirgsbäche mit schwerbepackten Pferden hinauf in die Bighorns und die Medicine Bows, in den Südteil der Gallatins, in die Absarokas, Granites, Owl Creeks, die Bridger-Teton-Kette, die Freezeouts und die Shirleys, Ferrises und Rattlesnakes, die Salt-River-Kette, immer wieder in die Wind-River-Berge, die Sierra Madre, die Wyoming-Kette, die Washakies, Laramies, kamen aber nie wieder zum Brokeback.

Unten in Texas starb Jacks Schwiegervater, und Lureen, die die Firma erbte, bewies Führungseigenschaften und Geschäftstüchtigkeit. Jack erhielt einen nichtssagenden Managertitel, reiste viel zu Vieh- und Landwirtschaftsmessen. Er hatte nun ein bißchen Geld und fand auf seinen Einkaufsfahrten genug Gelegenheit, es auszugeben. Seine Sätze waren mit einem leichten Texas-Akzent gewürzt, in dem sich »cow« wie »kjau« und »wife«

wie »waaf« anhörte. Er hatte sich die Schneidezähne abschleifen und überkronen lassen, sagte, er habe keine Schmerzen verspürt, und ließ sich, das Tüpfelchen auf dem i, einen dicken Schnurrbart wachsen.

Im Mai 1983 verbrachten sie einige kalte Tage an einer Reihe von kleinen und namenlosen zugefrorenen Bergseen und stiegen dann querfeldein ins Quellgebiet des Hail Strew River hinauf.

Beim Aufstieg war schönes Wetter, aber der Weg war tief verschneit und an den Rändern patschnaß. Sie nahmen eine dicht bewachsene Abkürzung, führten die Pferde am Zügel durch stachliges Gestrüpp, und in der Mittagshitze hob Jack, an seinem Hut immer noch dieselbe Adlerfeder, den Kopf und schnupperte den Duft nach Kiefernharz ein, nach trockener Nadelstreu und heißem Fels, nach bitterem Wacholder, den die Hufe der Pferde zertraten. Ennis, wetterkundig, schaute nach Westen, ob kein Hitzekumulus heraufzog, wie es an einem solchen Tag möglich war, aber das haltlose Blau war so tief, sagte Jack, daß man drin ertrinken konnte, wenn man hinaufsah.

Gegen drei bogen sie durch eine enge Schlucht zu einem Südosthang ab, auf dem die starke Frühjahrssonne schon etwas bewirkt hatte, stießen wieder auf den Weg, der schneefrei unter ihnen lag. Sie hörten den Fluß rauschen, und das Rattern eines vorüberfahrenden Zuges verschwand dahinter in weiter Ferne. Zwanzig Minuten später überraschten sie einen Schwarzbären auf dem Hang über ihnen, wie er auf der Suche nach Maden einen gestürzten Baumstamm herumdrehte, und Jacks Pferd scheute und bäumte sich auf, Jack sagte »Wuh! Wuh!«, Ennis' Rotfuchs tänzelte und schnaubte, ließ sich aber halten. Jack griff nach der 30-06er, aber es war nicht nötig; der aufgeschreckte Bär rannte zu den Bäumen davon, in dem humpelnden Galopp, bei dem man immer den Eindruck hatte, der Bär bräche gleich in Stücke.

Der teebraune Fluß führte Schmelzwasser, strömte schnell dahin, mit Schärpen von Schaumblasen an jedem herausstehenden Felsen, durch strudelnde und überquellende Becken. Die ockerfarbenen Weidenäste schwankten steif, die Blütenstaubkätzchen wie gelbe Daumenabdrücke. Die Pferde tranken, und Jack saß ab, schöpfte mit der Hand das eisige Wasser, kristallene Tropfen fielen herab, an Mund und Kinn glitzerte es feucht.

»Davon kannst du Biberfieber kriegen«, sagte Ennis, dann: »Gar nicht schlecht, der Platz«, blickte auf die flache Bank oberhalb des Ufers mit zwei, drei Feuerkreisen von früheren Lagern. Hinter der Uferbank stieg sanft eine Wiese an, von einer Gruppe Murraykiefern geschützt. Trockenes Brennholz gab es reichlich. Sie schlugen das Lager auf, ohne viel zu reden, pflockten die Pferde auf der Wiese an. Jack machte den Verschluß einer Flasche Whiskey auf, nahm einen langen, brennenden Zug, stieß geräuschvoll die Luft aus, sagte: »Das ist eins von den zwei Dingen, die ich jetzt dringend brauche«, schraubte sie zu und warf sie Ennis hin.

Am dritten Morgen zogen die Wolken auf, die Ennis erwartet hatte, grau von Westen heranstürmend, ein dunkler Riegel, der Wind und kleinflockigen Schnee vor sich her trieb. Nach einer Stunde ging er in weichen Frühjahrsschnee über, der sich feucht und schwer häufte. Mit Einbruch der Nacht wurde es kälter. Jack und Ennis rauchten einen Joint, ließen das Feuer lange brennen, unruhig und über die Kälte fluchend, stocherte Jack mit einem Stock in den Flammen, drehte am Knopf des Transistorradios, bis die Batterien leer waren.

Ennis sagte, er habe was mit einer Frau angefangen, die halbtags in der Wolf-Ears-Bar in Signal bediente, wo er gerade auf Stoutamires Kuh-und-Kalb-Ranch arbeitete, aber da könne nichts draus werden, und sie habe Probleme, die er nicht haben möchte. Jack sagte, bei ihm laufe etwas mit der Frau eines Ranchers aus seiner Nachbarschaft in Childress, und die letzten Monate sei er nur noch herumgeschlichen in der Erwartung, erschossen zu werden, von Lureen oder dem Ehemann, mindestens von einem. Ennis lachte ein wenig und sagte, das geschehe ihm ja wohl recht. Jack sagte, er komme schon zurecht, aber Ennis fehle ihm manchmal so sehr, daß er Babys schänden könnte.

Die Pferde wieherten leise in der Dunkelheit außerhalb des Lichtkreises. Ennis legte den Arm um Jack, zog ihn an sich, sagte, etwa einmal im Monat sehe er seine Mädchen, Alma jr. eine schüchterne Siebzehnjährige, eine Bohnenstange wie er selbst, Francine ein kleiner Quirl. Jack schob seine kalte Hand Ennis zwischen die Beine, sagte, er mache sich Sorgen wegen seines Jungen, der sei, gar keine Frage, dyslektisch oder so was, bekäme nichts richtig zusammen, fünfzehn Jahre alt und könne kaum lesen, was *ihm* zwar auffalle, aber die verdammte Lureen wolle es einfach nicht zugeben, die tue so, als sei mit dem Jungen alles in Ordnung, wolle von Hilfe in der Sache überhaupt nichts wissen. Was zum Teufel sollte er da machen? Lureen hatte das Geld und gab den Ton an.

»Ich hätte auch immer gern einen Jungen gehabt«, sagte Ennis, knöpfte seine Hose auf, »hab aber nur Mädchen gekriegt.«

»Ich wollte überhaupt kein Kind, weder noch«, sagte Jack. »Aber alles ist anders gekommen, als ich's wollte. Nichts ist mir je richtig gelungen.« Ohne aufzustehen, warf er totes Holz ins Feuer, die Funken stoben auf mit ihren Lügen und Wahrheiten, ein paar heiße Feuerpunkte landeten, nicht zum erstenmal, auf ihren Händen und Gesichtern, und sie rollten auf der Erde herum. Eines änderte sich niemals: Die Glut ihrer seltenen Paarungen wurde verdunkelt von dem Gefühl, daß ihnen die Zeit davonflog, daß sie nie genug Zeit hatten, nie genug.

Ein, zwei Tage später auf dem Parkplatz beim Ausgangspunkt, als sie die Pferde schon in den Anhänger verladen hatten, war Ennis bereit zur Rückfahrt nach Signal, und Jack wollte rauf nach Lightning Flat, seinen Vater besuchen. Ennis lehnte sich in Jacks Fenster, sagte nun, was er die ganze Woche vor sich hergeschoben hatte, daß er wahrscheinlich erst im November wieder fort könnte, nach der Verschickung des Viehs und vor Beginn der Winterfütterung.

»November! Was zum Teufel wird aus August? Ich sag dir eins, wir haben August ausgemacht, neun oder zehn Tage. Himmel, Ennis! Wieso sagst du mir das erst jetzt? Du hast verdammt noch mal eine ganze Woche Zeit gehabt dazu. Und warum muß es immer in diesem kalten Wichswetter sein? Wir sollten was unternehmen. In den Süden gehen. Irgendwann sollten wir nach Mexiko gehn.«

»Mexiko? Jack, du kennst mich. Ich reise nie weiter als rings um die Kaffeetasse bis zum Henkel. Und ich muß den ganzen August über die Heupresse fahren, das wird aus dem August. Mach nicht so'n Gesicht, Jack. Im November können wir auf Jagd gehen, einen schönen Elch schießen. Werde versuchen, ob ich Don Wroes Hütte wieder bekomme. Das war doch eine schöne Zeit in dem Jahr.«

»Freund, du weißt, das ist eine zum Kotzen unbefriedigende Situation. Sonst konntest du doch immer ohne weiteres fort. Jetzt ist das wie eine Audienz beim Papst.«

»Jack, ich muß arbeiten! Früher, da hab ich die Jobs oft hingeschmissen. Du hast 'ne Frau mit Geld und einen guten Job. Du weißt nicht mehr, wie das ist, wenn man immerzu pleite ist. Schon mal was von Unterhaltszahlungen für Kinder gehört? Ich hab jahrelang blechen müssen, und es ist noch nicht vorbei. Diesen Job kann ich nicht aufgeben, das sag ich dir. Und ich kann auch nicht freinehmen. Es war schwer genug, die paar Tage zu kriegen – manche Färsen kalben jetzt erst. Da kann man nicht weg, geht einfach nicht! Stoutamire kann ein Teufel sein, und er hat mir schon wegen dieser Woche die Hölle heiß gemacht. Ich kann's ihm nicht verübeln. Wahrscheinlich hat er jetzt keine Nacht mehr geschlafen, seit ich weg bin. Die Bedingung war der August. Hast du 'ne bessere Idee?«

»Ich hatte mal eine.« Der Ton war bitter und vorwurfsvoll.

Ennis sagte nichts, richtete sich langsam auf, rieb sich die Stirn; in dem Anhänger stampfte ein Pferd. Er ging zu seinem Wagen, legte eine Hand an den Anhänger, sagte etwas, das nur die Pferde hören konnten, drehte sich um und kam, nun mit festen Schritten, zurück.

»Bist du schon mal nach Mexiko gefahren, Jack?« Mexiko war *das* Land, davon hatte er gehört. Er überschritt jetzt die Grenzlinie, dahinter war vermintes Gelände.

»Verdammt noch mal, ja, bin ich! Wo ist das Problem?« All die Jahre war er drauf gefaßt gewesen, und da kam es, spät und unerwartet.

»Ich sag's dir nur einmal, Jack, und ich mein's ernst. Was ich nicht weiß«, sagte Ennis, »all die Sachen, die ich nicht weiß, könnten dich ins Grab bringen, wenn ich die mal erfahre.«

»Schluck erst mal das hier«, sagte Jack, »und *ich* sag's nur einmal. Du weißt, wir hätten zusammen ein schönes Leben haben können, ein echt verdammt schönes Leben. Du wolltest nicht, Ennis, darum haben wir jetzt nur Brokeback Mountain. Darauf baut alles auf. Das ist alles, was wir haben, mein Junge, verflucht noch mal alles, hoffentlich weißt du wenigstens das, wenn du schon den Rest nicht weißt. Scheiße, zähl doch mal, wie oft wir in zwanzig Jahren zusammen waren! Miß mal nach, wie beschissen kurz du mich hältst, und dann kannst du mich nach Mexiko fragen und mir erzählen, du willst mich umbringen, weil ich es brauche und sonst kaum kriege! Du hast ja keine Ahnung, wie schlimm das sein kann. Ich bin nicht du. Ich komm nicht aus mit ein paar Hochgebirgsficks ein- oder zweimal im Jahr. Ich begreif dich nicht, Ennis, du Hurensohn! Ich wollte, ich wüßte, wie ich dich loswerde.«

Wie Dampfwolken aus Thermalquellen im Winter stieg das jahrelang Unausgesprochene und nun Unaussprechliche rings um sie auf – Geständnisse, Erklärungen, Scham, Schuld, Angst. Ennis stand da wie ins Herz getroffen, das Gesicht grau und zerfurcht, grimassierend, die Augen fest zugekniffen, die Fäuste geballt, dann gaben seine Beine nach, er fiel auf die Knie.

»Mein Gott!« sagte Jack. »Ennis?« Aber bevor er noch aus dem Wagen heraus war und erraten konnte, ob es ein Herzanfall war oder die überschäumende Wut, stand Ennis wieder auf den Füßen, und irgendwie, so wie man den Haken eines Kleiderbügels geradebiegt, um ein verschlossenes Auto zu knacken, und ihn dann wieder in die alte Form bringt, bogen sie alles fast wieder so hin, wie es gewesen war, denn was sie gesagt hatten, war nichts Neues. Nichts war zu Ende, nichts fing an, nichts war geklärt.

Woran Jack sich erinnerte und wonach er sich auf eine Weise sehnte, die er weder begreifen noch ignorieren konnte, war der Augenblick in jenem längst vergangenen Sommer auf dem Brokeback, als Ennis hinter ihn getreten und ihn an sich gezogen hatte, die stumme Umarmung, die einen gemeinsamen, geschlechtslosen Hunger stillte.

Lange hatten sie so vor dem Feuer gestanden, die Flammen warfen rötliche Lichtfetzen, die Schatten ihrer Körper eine einzige Säule am Felsen. Die Minuten vergingen auf der runden Uhr in Ennis' Tasche, an den Stöcken, die im Feuer verkohlten. Sterne bohrten sich durch die flimmernde heiße Luft über dem Feuer. Ennis' Atem ging langsam und ruhig, er summte, wiegte sich ein wenig im Flackerlicht, und Jack lehnte sich an den gleichmäßigen Herzschlag, spürte die Schwingungen des Summens wie einen kribbelnden Schwachstrom und fiel stehend in einen Schlaf, der kein Schlaf war, sondern etwas anderes, eine Benommenheit, eine Verzückung, bis Ennis einen rostigen, aber noch brauchbaren Spruch aus der Kindheit vor dem Tod seiner Mutter hervorholte und sagte: »Wird Zeit, sich ins Heu zu haun, Cowboy! Ich muß los. Komm, du schläfst ja schon im Stehn wie ein Pferd«, Jack einen Stubs, einen Rempler gab und in der Dunkelheit verschwand. Jack hörte seine Sporen klirren, als er aufsaß, die Worte »Bis morgen«, das zitternde Schnauben des Pferdes, das Scharren der Hufe auf Stein.

Später verfestigte sich diese schläfrige Umarmung in seiner Erinnerung als der einzige Augenblick aufrichtigen, zauberhaften Glücks auf ihren getrennten und schwierigen Lebenswegen. Nichts konnte das zerstören, nicht mal das Wissen, daß Ennis ihm damals nicht ins Gesicht sehen wollte, weil er nicht sehen oder spüren mochte, daß es Jack war, den er in den Armen hielt. Und vielleicht, dachte er, waren sie nie recht viel weiter gekommen. Laß sein, laß sein.

Ennis wußte monatelang nichts von dem Unfall, bis seine Postkarte an Jack, auf der er ihm schrieb, daß November noch immer die erste Gelegenheit zu sein schien, mit dem Stempel VERSTORBEN zurückkam. Er wählte Jacks Nummer in Childress, etwas, das er erst einmal getan hatte, als Alma sich scheiden ließ, und da hatte Jack den Grund des Anrufs mißverstanden, war umsonst die zwölfhundert Meilen nach Norden gefahren. Es war bestimmt nichts, Jack würde abnehmen, mußte abnehmen. Aber es meldete sich nur Lureen und sagte, wer? wer ist da?, und als er es ihr noch mal sagte, antwortete sie mit ruhiger Stimme, ja, Jack habe draußen auf einem Feldweg einen Platten an seinem Lastwagen aufpumpen wollen, als der Reifen platzte. Der Wulst war irgendwie beschädigt, und die Gewalt der Explosion schleuderte ihm die Felge ins Gesicht, brach ihm Nase und Kiefer, und er fiel bewußtlos auf den Rücken. Als endlich jemand vorbeikam, war er im eigenen Blut erstickt.

Nein, dachte er, sie haben ihn den Wagenheber spüren lassen.

»Jack hat Sie oft erwähnt«, sagte sie. »Sie sind sein Angel- oder Jagdkumpel, ich weiß. Hätte Sie benachrichtigt«, sagte sie, »aber ich wußte Ihren Namen und Ihre Adresse nicht genau. Jack hatte die Adressen seiner Freunde meistens nur im Kopf. Es war schrecklich. Er war erst neununddreißig.«

Die ungeheure Traurigkeit der nördlichen Ebenen überrollte ihn. Er wußte nicht, was es gewesen war, der Wagenheber oder ein echter Unfall, das Blut, das Jack die Kehle verstopfte, und niemand da, der ihn umdrehte. Durch das Dröhnen des Windes hindurch hörte er Stahl gegen Knochen prallen, das hohle Klappern einer Radfelge, die kreiselt und dann liegenbleibt.

»Ist er da unten begraben?« Er hätte sie gern dafür verflucht, daß sie Jack auf dem Feldweg hatte sterben lassen.

Die dünne Texanerinnenstimme kam geschmeidig aus dem Hörer. »Wir haben 'nen Stein aufgestellt. Er hat immer gesagt, er wollte verbrannt werden und die Asche auf dem Brokeback Mountain verstreut. Ich weiß nicht, wo das ist. Also ist er eingeäschert worden, wie er's ja wollte, und, wie schon gesagt, die Hälfte der Asche ist hier beigesetzt, und den Rest hab ich seinen Leuten geschickt. Ich dachte, dieser Berg wär irgendwo da, wo er aufgewachsen ist. Aber so wie ich Jack kenne, könnte das auch ein erfundener Ort sein, wo die Blaukehlchen singen und der Whiskey aus 'ner Quelle fließt.«

»Auf dem Brokeback haben wir einen Sommer Schafe gehütet«, sagte Ennis. Er konnte kaum sprechen.

»Na, jedenfalls hat er gesagt, da sei er richtig. Ich dachte, um zu trinken. Da oben Whiskey zu trinken. Er hat viel getrunken.«

»Sind seine Leute noch oben in Lightning Flat?«

»Oh, klar! Die bleiben da, bis sie sterben. Ich hab sie nie kennengelernt. Zur Beerdigung sind sie nicht gekommen. Setzen Sie sich mit ihnen in Verbindung. Ich nehme an, sie werden dankbar sein, wenn seine Wünsche erfüllt werden.«

Kein Zweifel, sie war höflich, aber die dünne Stimme war kalt wie Schnee.

Die Straße nach Lightning Flat führte durch ödes Land, an einem Dutzend verlassener Ranches vorüber, die in Abständen von acht bis zehn Meilen über die Ebene verstreut lagen, von Gestrüpp umwucherten Häusern mit blinden Fenstern, die Gehegezäune umgestürzt. Auf dem Briefkasten stand John C. Twist. Die Ranch war dürftig und klein, fast verdeckt von Wolfsmilchranken. Die Rinder waren weiter weg, ihr Zustand nicht zu erkennen, nur daß es Black Baldies waren. Vor der braunverputzten Front des kleinen Hauses, zwei Zimmer unten, zwei oben, lag eine Veranda.

Ennis setzte sich mit Jacks Vater an den Küchentisch. Jacks Mutter, stämmig, bedächtig in ihren Bewegungen, als müßte sie sich von einer Operation erholen, sagte: »Trinken doch sicher 'n Kaffee, nicht? Stück Kirschkuchen?«

»Danke Ma'am, 'ne Tasse Kaffee gern, aber jetzt im Moment kann ich keinen Kuchen essen.«

Der alte Mann saß stumm da, die Hände auf der Plastiktischdecke gefaltet, sah Ennis wütend an, mit einem Gesichtsausdruck, als ob er Bescheid wüßte. Ein nicht so seltener Typ, dachte Ennis, jemand mit dem dringenden Bedürfnis, Hahn im Korb zu sein. An keinem von den beiden fand er viel, das an Jack erinnerte. Er holte Luft.

»Es tut mir furchtbar leid um Jack. Kann gar nicht sagen, wie leid. Ich habe ihn lange gekannt. Ich bin vorbeigekommen, um Ihnen zu sagen, daß es mir, wenn Sie wollen, eine Ehre wäre, seine Asche zum Brokeback hinaufzubringen, wie seine Frau sagte, daß er es wollte.«

Stille trat ein. Ennis räusperte sich, sagte aber nichts mehr.

Der alte Mann sagte: »Ich weiß schon, wo der Brokeback ist. Er war sich zu verdammt fein für unser Familiengrab.«

Jacks Mutter sagte, ohne darauf einzugehen: »Er ist jedes Jahr heimgekommen, auch noch, als er verheiratet und da unten in Texas war, hat seinem Daddy eine Woche auf der Ranch geholfen, die Tore reparieren, mähen und alles. Sein Zimmer hab ich so gelassen, wie er als Junge drin gewohnt hat, und ich glaube, das hat ihn gefreut. Sie können gern in sein Zimmer raufgehn, wenn Sie wollen.«

Der alte Mann sagte gereizt: »Ich krieg doch keine Hilfe hier draußen. Jack sagte immer: ›Ennis del Mar, mit dem komm ich irgendwann mal her, und dann bringen wir diese verdammte Ranch auf Vordermann.‹ Er hatte so eine halbgare Idee, ihr beide könntet hierherziehen, ein Blockhaus bauen und mir helfen, die Ranch in Schuß zu bringen. Dann, in diesem Frühjahr fällt ihm ein, jemand anders soll mit ihm hier raufkommen, ein Haus bauen und auf der Ranch helfen, ein Nachbar von ihm von einer Ranch unten in Texas. Er will sich von seiner Frau trennen und wieder hier raufziehen. Hat er gesagt. Aber wie bei den meisten von Jacks Ideen ist nie was draus geworden.«

Also wußte er jetzt, daß es der Wagenheber gewesen war. Er stand auf, sagte, klar würde er gern Jacks Zimmer sehen, erinnerte sich an eine von Jacks Geschichten über diesen alten Mann. Jack war beschnitten, der Alte nicht, und das beschäftigte den Sohn, der den anatomischen Unterschied bei einem üblen Auftritt entdeckt hatte. Er war drei oder vier gewesen, sagte er, ging immer zu spät auf die Toilette, kriegte die Knöpfe nicht auf, kam nicht auf den Sitz, weil das Ding zu hoch war, und nicht selten spritzte er dann die Umgebung voll. Der Alte tobte jedesmal, und das eine Mal hatte er sich in eine rasende Wut hineingesteigert. »Herrje, er hat mir die Seele aus dem Leib geprügelt, hat mich im Bad auf den Boden geschmissen, mich mit seinem Gürtel verdroschen. Ich dachte, er bringt mich um. Dann sagte er: ›Willst du wissen, wie das ist, wenn alles voll Pisse ist? Ich werd's dir zeigen!‹, und er holt ihn raus und pinkelt auf mich drauf, bis ich ganz durchgeweicht bin, dann schmeißt er mir ein Handtuch hin, und ich muß den Boden aufwischen, muß die Kleider ausziehn und sie in der Badewanne waschen, das Handtuch auswaschen, während ich Rotz und Wasser heule. Aber als er mich anpinkelte, hatte ich gesehen, daß er da so einiges Zeug hatte, das bei mir fehlte. Ich hatte gesehn, daß sie mich anders zurechtgestutzt hatten, wie man der Kuh ein Ohr einkerbt oder ein Zeichen aufbrennt. Danach kam ich mit ihm überhaupt nicht mehr klar.«

Das Schlafzimmer am Ende einer steilen Treppe, die ihren eigenen Stufentakt hatte, war winzig und heiß, die Nachmittagssonne prallte durchs Westfenster herein auf das schmale Knabenbett an der Wand, einen tintenfleckigen Schreibtisch mit hölzernem Stuhl, ein Luftgewehr in einem selbstgezimmerten Gestell über dem Bett. Vom Fenster sah man auf die Schotterstraße hinaus, die nach Süden ging, und plötzlich kam Ennis der Gedanke, daß dies wohl die einzige Straße war, die Jack in seinen Jugendjahren gekannt hatte. An der Wand neben dem Bett hing ein altes Illustriertenfoto von einem dunkelhaarigen Filmstar, die Haut rötlich verfärbt. Er konnte hören, wie Jacks Mutter unten Wasser laufen ließ, den Kessel füllte, ihn wieder auf den Herd stellte und den Alten leise etwas fragte.

Der Kleiderschrank war nur eine flache Nische mit einer eingeklemmten Holzstange, vom Zimmer abgeteilt durch einen verblichenen Kretonnevorhang auf einer Schnur. Darin hingen zwei Jeans mit Bügelfalten, ordentlich zusammengelegt auf Drahtbügeln, auf dem Boden stand ein Paar abgetragene Arbeitsstiefel, an die er sich zu erinnern glaubte. An der Nordseite der Nische war so etwas wie ein Versteck hinter einem leichten Vorsprung, und dort entdeckte er ein Hemd, steif vom langen Hängen an einem Nagel. Er nahm es herunter. Jacks altes Hemd, das er auf dem Brokeback getragen hatte. Das trockene Blut am Ärmel war sein eigenes, von einem heftigen Nasenbluten am letzten Nachmittag auf dem Berg, als Jack ihn im Drunter und Drüber ihrer Ringkämpfe mit dem Knie hart an der Nase getroffen hatte. Jack hatte das Blut, das nur so hervorschoß, zuerst mit seinem Hemdsärmel gestillt, aber ohne Erfolg, denn Ennis hatte plötzlich ausgeholt und den liebreichen Engel mit angelegten Flügeln in die Akelei gestreckt.

Das Hemd kam ihm schwer vor, bis er merkte, daß noch ein zweites Hemd darin steckte, die Ärmel sorgfältig in die Ärmel des ersten hineingezogen. Es war sein eigenes, ein kariertes Flanellhemd, von dem er geglaubt hatte, daß es vor langer Zeit in irgendeiner verdammten Wäscherei verlorengegangen war, sein dreckiges Hemd mit aufgerissener Tasche und fehlenden Knöpfen, von Jack gestohlen und hier in dem andern versteckt, wie zwei Häute, dieses Paar, das eine im andern, zwei in eins. Er drückte das Gesicht in das Gewebe und atmete langsam durch Mund und Nase ein, in der Hoffnung, wenigstens eine Spur von Rauch, Bergsalbei und Jacks salzigem Schweißgeruch zu finden, aber da war nichts, nur die Erinnerung daran, die Vorstellung von der Macht des Brokeback Mountain, von der nichts mehr übrig war als das, was er in den Händen hielt.

Am Ende weigerte sich der Gockel, Jacks Asche herauszugeben. »Damit Sie's wissen, wir haben ein Familiengrab, und da kommt er rein.« Jacks Mutter stand am Tisch und entkernte Äpfel mit einem scharfen, gezackten Gerät.

»Kommen Sie wieder«, sagte sie.

Als er auf der Waschbrettstraße davonrumpelte, fuhr Ennis an dem Landfriedhof vorbei, einem winzigen eingezäunten Viereck auf der wogenden Ebene, umgeben von einem durchhängenden Drahtzaun, ein paar Gräber bunt, Plastikblumen, und wollte gar nicht dran denken, daß Jack hier liegen würde, begraben werden sollte auf der klagenden Prärie.

Ein paar Wochen später, an einem Samstag, warf er alle schmutzigen Pferdedecken von der Stoutamire-Ranch hinten in seinen Lieferwagen und brachte sie zur Autowaschanlage, um sie mit dem Hochdruckspray zu behandeln. Als er die sauberen nassen Decken wieder auf der Ladefläche verstaut hatte, ging er in Higgins' Geschenkartikelladen und machte sich am Postkartenständer zu schaffen.

»Ennis, nach was wühlen Sie denn da in den Postkarten?« sagte Linda Higgins und warf einen tropfenden braunen Kaffeefilter in den Mülleimer.

»Ansicht vom Brokeback Mountain.«

»Drüben in Fremont County?«

»Nein, nördlich von hier.«

»Davon hab ich keine bestellt. Schaun wir doch mal auf die Bestelliste. Wenn sie's haben, kann ich Ihnen hundert besorgen. Ich muß sowieso noch ein paar Karten bestellen.«

»Eine reicht«, sagte Ennis.

Als er sie hatte – für dreißig Cent –, pinnte er sie im Wohnwagen an die Wand, eine messingköpfige Reißzwecke in jeder Ecke. Darunter schlug er einen Nagel ein, und an den Nagel hängte er einen Drahtbügel mit den zwei alten Hemden. Er trat zurück und betrachtete das Ganze unter ein paar beißenden Tränen.

»Jack, ich schwöre –« sagte er, obwohl ihn Jack nie irgend etwas hatte schwören lassen und das auch gar nicht seine Art war.

Um diese Zeit begann Jack in seinen Träumen zu erscheinen, Jack, wie er ihn zum erstenmal gesehen hatte, mit seinem Lockenkopf, dem Grinsen und den Raffzähnen, wie er davon sprach, daß er etwas aus sich machen und den Stier bei den Hörnern packen wollte, aber die Büchse Bohnen mit dem herausstehenden Löffelstiel auf dem wackligen Holzklotz war auch da, wie in einem Comic und in grellen Farben, die den Träumen einen Anflug von komischer Obszönität gaben. Den Löffelstiel konnte man auch als Wagenheber verwenden. Und dann wachte er manchmal in Trauer auf, manchmal mit dem alten Gefühl von Freude und Erleichterung; und manchmal war das Kissen naß, manchmal das Laken.

Zwischen dem, was er wußte, und dem, was er glauben wollte, gab es eine Lücke, aber da war nichts zu machen, und wenn man's nicht ändern kann, muß man's aushalten.

Danksagung

Viele Menschen haben mir beim Schreiben dieser Geschichten Hilfe und Ermutigung gespendet, und ich bin ihnen dankbar. Besonderen Dank meiner Lektorin Nan Graham für Rat und Anregung. Dank meiner Agentin Liz Darhansoff und den Mitarbeitern bei Darhansoff & Verill für jederlei Hilfe. Meinem alten Freund Tom Watkin bin ich dankbar für die langen Diskussionen über winzige Einzelheiten im Leben meiner Charaktere. Elizabeth Guheen, Sharon Dynak und Keith Troll von der Ucross Foundation danke ich für hundert Gefälligkeiten, John und Barbara Campbell von der Big Red Ranch der Foundation für ihre großzügige Gastfreundschaft, für ihre Auskünfte und für die packenden Flüge mit John über die Landschaft. Ein lehrreiches Vergnügen war die Zusammenarbeit mit Bill Buford, dem Literaturredakteur des *New Yorker*, als wir einige dieser Geschichten für die Veröffentlichung in seiner Zeitschrift vorbereiteten. Ich danke dem Rancher Paul Etchepare für die Gespräche über Schäfer-Camps in den sechziger Jahren und dem Musiker und Liedermacher Skip Gorman, der mir zuredete, die Cowboy-Poetry-Versammlung in Elko, Nevada, zu besuchen, wo ich den texanischen Sänger und Liedermacher Tom Russell kennenlernte. Tom Russell danke ich für die freundliche Genehmigung, den halben Titel seines beeindruckenden Liedes »The Sky Above, The Mud Below« als Titel einer Geschichte zu verwenden. Ich danke auch Buzzy Malli, dem Besitzer der Arvada-Bar in dem Ort gleichen Namens, der sich eine Geschichte über diese Stadt gewünscht und sie bekommen hat – *Der Blutfuchs* –, ein Wyominger Garn nach dem Märchen vom Kalb, das den Wanderer auffraß, eine Geschichte, die vielen Viehzüchterkulturen bekannt ist. Eine andere Geschichte, *Der halbgehäutete Ochse*, die zuerst im *Atlantic Monthly* erschienen ist, beruht auf dem alten isländischen Märchen von Porgeirs Bullen. Ich bin eine Liebhaberin von Lokalgeschichten und habe jahrelang Memoiren und Berichte über Lebensläufe und Ereignisse in vielen Gegenden Nordamerikas gesammelt. Ich merkte, daß ich einige beunruhigende Abschnitte aus Helena Thomas Rubottoms schönem Buch über die Regionalgeschichte von Wyoming nicht vergessen konnte (*Red Walls and Homesteads*, 1987, herausgegeben und verlegt von Margret Brock Hansen), und eine Anekdote daraus wurde zum Ausgangspunkt für *In der Hölle will man nur ein Glas Wasser*.

Die Gedichtzeilen in *Die Gouverneure von Wyoming* sind von Edward Taylor, einem Dichter aus dem siebzehnten Jahrhundert (*The Poems of Edward Taylor*, herausgegeben von Donald E. Standord, Yale University Press 1960).

Mit *Der halbgehäutete Ochse* kam diese Sammlung in Gang, als die Umweltschutzorganisation Nature Conservancy mich um einen Beitrag zu einer Kurzgeschichtensammlung bat (*Off the Beaten Path*, Farrar, Straus & Giroux, 1998). Die Geschichten sollten von mindestens einem Besuch in einem Naturschutzgebiet angeregt sein. Ich war einverstanden unter der Voraussetzung, daß ich eines in Wyoming besuchen könnte. Dies war das 4000 Hektar große Reservat Ten Sleep am Südhang der Bighorns, wo ich mehrere Tage verbrachte. Herzlichen Dank an Phil Shepard und Anne Humphrey für ihre Zeit und Hilfe. Ich fand es so aufregend und herausfordernd, wieder in der Form der Kurzgeschichte (die mir sehr schwerfällt) zu arbeiten, daß mich der Gedanke an eine Sammlung von Erzählungen, die alle in Wyoming spielen, nicht mehr losließ. Zum Glück habe ich einen Verlag, der mir diesen Abstecher erlaubte.

Das Motto »Mit der Realität konnten wir hier draußen noch nie viel anfangen« stammt von einem anonymen Rancher, zitiert nach Jack Hitts, *Where the Deer and the Zillionaires Play*, in der Zeitschrift *Outside*, Oktober 1997. Die Elemente des Unwirklichen, Phantastischen und Unwahrscheinlichen färben alle diese Geschichten ein, so wie sie auch der Wirklichkeit Farbe verleihen. Phantastisch ist in Wyoming nicht zuletzt der Umstand, daß es Menschen gibt, die entschlossen sind, auf einer Ranch in diesem widerspenstigen, unversöhnlichen Land ihren Unterhalt zu verdienen.

Vor allem aber danke ich meinen Kindern für ihre Geduld mit meiner gedrosselten, arbeitsbestimmten Lebensart.

Inhalt

Der halbgehäutete Ochse 9
Tief im Schlamm 32
Lebenslauf 77
Der Blutfuchs 85
In der Hölle will man nur ein Glas Wasser 89
Das Präriegrasende der Welt 112
Ein Paar Sporen 145
Einsame Küste 189
Die Gouverneure von Wyoming 211
55 Meilen bis zur Tankstelle 256
Brokeback Mountain 258
Danksagung 295

Annie Proulx
Das grüne Akkordeon

Roman.
Aus dem Amerikanischen von Wolfgang Krege
560 Seiten. Gebunden

Ein Akkordeon wird 1890 von Sizilien in die Neue Welt gebracht und wandert über ein Jahrhundert lang von Hand zu Hand und quer durch Amerika. In seiner Geschichte spiegeln sich die gegensätzlichsten Kulturen, Landschaften und das Schicksal der Einwanderer. »*Das grüne Akkordeon* ist voll dunkler Schönheit und herzzerreißender Traurigkeit. Es ist einer der vollendetsten amerikanischen Romane der letzten Jahre.« *Kirkus Reviews*

»*Was Thomas Wolfe 1929 mit seinem Roman* Schau heimwärts, Engel *anstrebte, ist Annie Proulx kurz vor der Jahrtausendwende geglückt: das Epos vom modernen Amerika als einer einzigen großen Illusion zu schreiben.*« Der Tagesspiegel

»*Ein mitreißendes, von Cajun-Soundfetzen, Tango- und Walzerrhythmen durchtöntes Stück Literatur.*« facts

»*Ihre tollkühnen Metaphern, die unverhohlene Ironie gegenüber ihren Figuren sorgen für höchsten Lesegenuß.*« Brigitte

Dale Peck
Schwarz und Weiß

Roman.
Aus dem Amerikanischen von Klaus Pemsel
ca. 600 Seiten. Gebunden

Auf der Flucht aus New York sind Colin Nieman und Justin Time unterwegs in die Kleinstadt Galatea. Was zunächst wie ein ruhiges Kaff in Kansas aussieht, erweist sich als ein Ort des Schweigens und der Angst. Als die beiden bemerken, wie sehr Galatea von der dunklen Vergangenheit überschattet ist, sind sie schon selber vom Strudel der Geschehnisse erfaßt.

Mit virtuoser Sprachkraft führt der Autor seine Leser in ein Labyrinth aus Verschweigen, Lügen und Verbrechen. Dale Peck erweist sich erneut als ein Autor, der meisterhaft die Obsessionen seines Landes beschwört: In diesem großen allegorischen Roman ist das Trauma von Gewalt und Rassismus sein Thema.

»Eine sensationelle Geschichte von einer der führenden literarischen Stimmen seiner Generation.« Los Angeles Times

»Ein äußerst fesselnder Thriller ... ein völlig eigenständiges und überzeugendes Kunstwerk.« The New York Times

5-03

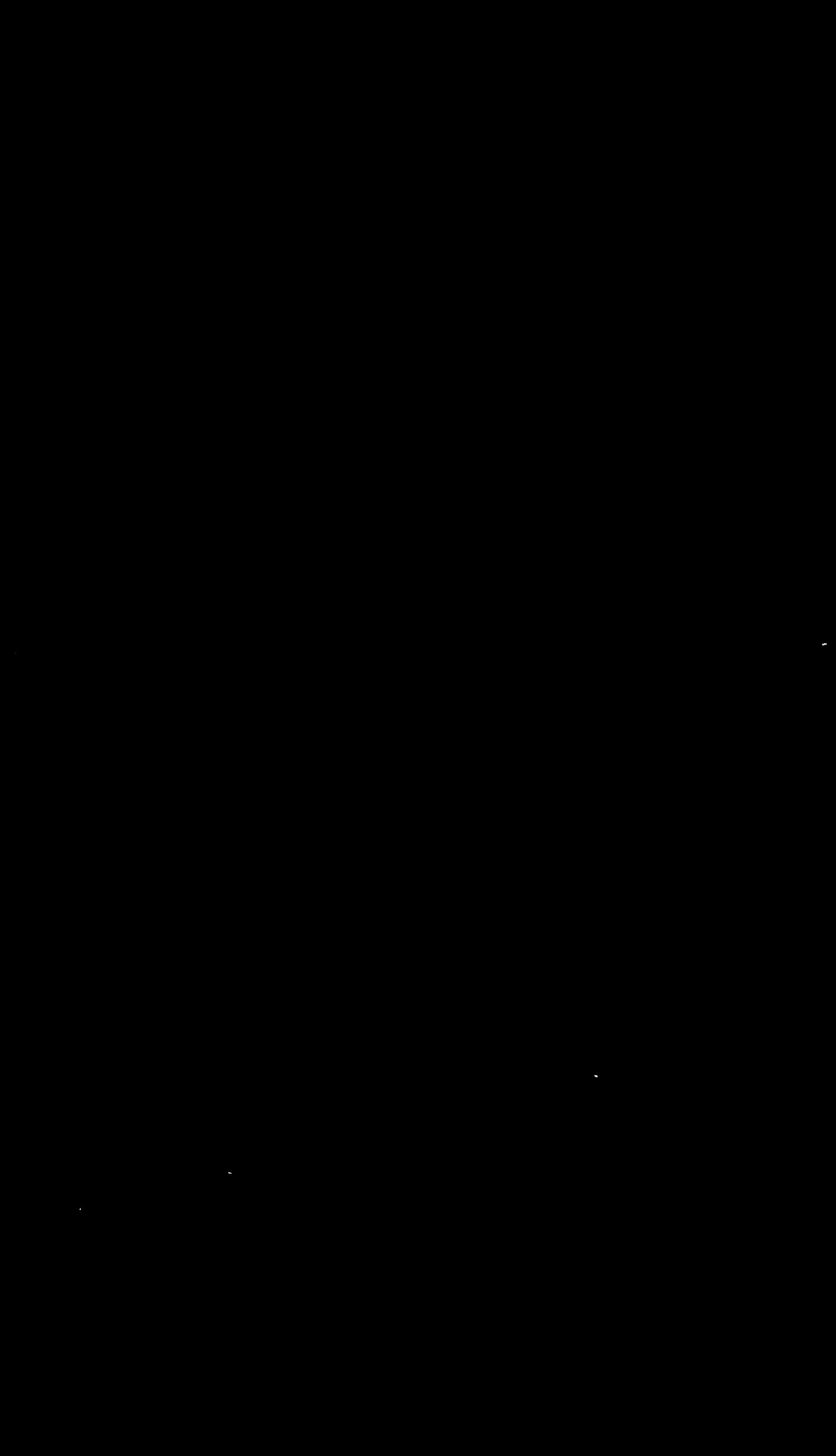